茅盾研究
八十年書系

錢振綱・鍾桂松◎主編

李廣德◎著

16

一代文豪：
茅盾的一生

花木蘭文化出版社

國家圖書館出版品預行編目資料

一代文豪：茅盾的一生／李廣德 著 — 初版 — 新北市：花木
蘭文化出版社，2014〔民 103〕
目 2+260 面；19×26 公分
（茅盾研究八十年書系：第 16 冊）
ISBN：978-986-322-706-9（精裝）
1. 沈德鴻　2. 傳記
820.908　　　　　　　　　　　　　　　　　103010234

中國茅盾研究會《茅盾研究八十年書系》編委會

主　　編：錢振綱　鍾桂松

副主編：許建輝　王中忱　李　玲

特邀顧問：

邵伯周　孫中田　莊鍾慶　丁爾綱　萬樹玉　李　岫

王嘉良　李廣德　翟德耀　李庶長　高利克　唐金海

ISBN-978-986-322-706-9

9 789863 227069

茅盾研究八十年書系
第十六冊　　　　　　　　　　　　　ISBN：978-986-322-706-9

一代文豪：茅盾的一生

本書據上海文藝出版社 1988 年 10 月版重印

作　　　者　李廣德
主　　　編　錢振綱　鍾桂松
總 編 輯　杜潔祥
副總編輯　楊嘉樂
編　　輯　許郁翎
出　　版　花木蘭文化出版社
社　　長　高小娟
聯絡地址　235 新北市中和區中安街七二號十三樓
　　　　　電話：02-2923-1455／傳真：02-2923-1452
網　　址　http://www.huamulan.tw 信箱 hml810518@gmail.com
印　　刷　普羅文化出版廣告事業
初　　版　2014 年 7 月
定　　價　60 冊（精裝）新台幣 120,000 元　　　　版權所有‧請勿翻印

一代文豪：茅盾的一生

李廣德　著

作者簡介

李廣德，湖州師範學院文學院教授，中國作家協會會員，中國報告文學學會會員、中國魯迅研究會和中國現代文學研究會會員，中國寫作學會高師寫作研究中心主任，北美洛杉磯華文作協會員、加拿大魁北克華人作協會員等。1935 年 12 月 27 日出生於河南省開封市。1961 年畢業於杭州大學（現浙江大學）中文系。曾任中學語文教師 18 年，大學寫作講師、副教授、教授23 年。1956 年發表處女作。1961 年 8 月被批准爲中國作家協會浙江分會會員。1991 年 10 月被批准爲中國作家協會會員，同年 12 月晉升爲教授。先後擔任湖州師專茅盾研究所所長、湖州師院新聞傳播與寫作研究所所長、中國寫作學會高師寫作研究中心主任，中國茅盾研究會監事、理事、常務理事，浙江省作家協會委員，浙江省寫作學會副會長，湖州市作家協會主席——名譽主席、文學學會會長。2002 年退休。10 月赴加拿大、美國探親、旅遊。2007 年 3 月移居加拿大魁北克，參加加拿大魁北克華人作家協會、魁北克中華詩詞研究會，並受聘擔任蒙特利爾「七天」俱樂部文學社顧問。2007 年 8 月加入北美洛杉磯華文作家協會。中國寫作學會高師寫作研究中心名譽主任、浙江省寫作學會顧問、湖州市作家協會顧問、湖州市文學學會名譽會長、湖州陸羽茶文化研究會副會長兼學術部主任。出版有《一代文豪：茅盾的一生》、《一代名醫——朱振華》、《兩棲文心》、《茅盾學論稿》、《電影評論寫作學》、《文體寫作概論》、《少年茅盾與作文》、《E 時代的電腦與網路寫作》、《湖州散文》、《湖州茶文》、《〈茶經〉故里——湖州茶文化》、《湖州鄉土語文讀本》、《寫作學教程》、《簡明寫作學》、《高師寫作教程》、《寫作》、《名人怎樣閱讀寫作》、《絕妙比喻小辭典》等 18 本。獲省哲學社會科學優秀成果二等獎，茅盾研究學術成就獎，「共和國的脊樑」報告文學全國徵文一等獎、中國驕傲第六屆時代新聞人物優秀報告文學金獎、浙江省政府教學成果獎、首屆湖州國際湖筆文化節論壇徵文一等獎等多項。

提　　要

　　第一部關於茅盾的長篇文學傳記，又是豐富、翔實的茅盾生平事迹研究專著，曾獲浙江省哲學社會科學成果二等獎，浙江省高等學校哲學社會科學成果二等獎、浙江省茅盾研究一等獎。1988 年 10 月由上海文藝出版社出版，1992 年 2 月第二次重印，深受讀者歡迎的。作者在艱辛採訪、廣泛搜羅、細心閱讀、深入研究的基礎上，以精準、生動、鮮活的語言，採用一篇一個題目，以時代和歲月爲經緯，環環緊扣，生動敘述，敘議結合，描寫抒情，全面呈現茅盾的家庭出身、父母養育、童年生活、學校培養、學生運動、譯著編輯、革命生涯、國共影響、抗日救亡、愛女病逝、部長履職、經受批判、文革苦難、寫回憶錄……。本書的風格：眞實、紮實、樸實。茅盾兒子韋韜先生曾對書稿給予審閱、修改，出版後覆信作者說：「你這本書是第一本茅公的文學傳記，我自然要多保存幾本。但我擔心在北京的書店中買不到……」（1989年 1 月 8 日）《茅盾年譜》作者萬樹玉認爲此書：「內容翔實新鮮，寫得活潑，對研究瞭解茅公的生活道路、創作道路和政治道路都有幫助和啓迪。」（1989 年 2 月 12 日）現代文學研究專家、中國現代文學副館長吳福輝稱作者「完成的是紀實性普及型的作品，應當是功德無量的。」（1989 年 2 月 13 日）中國茅盾研究學會常務理事查國華教授的書評是《茅盾研究的新收穫》，南京大學博士生導師、《胡適傳》作者沈衛威教授當時發表書評題爲《一座雕像的誕生》，豐子愷研究專家陳星教授也作有書評《他寫活了茅盾》。

目次

茅盾 1914 年（18 歲）在北大預科　　　　茅盾的母親

一九一九年茅盾與其弟沈澤民在烏鎮　　茅盾與夫人孔德沚 1925 年於上海

1921 年春茅盾與張聞天、沈澤民在上海

茅盾與夫人孔德沚 1925 年於上海

1938 年初在廣州

前排左起：茅盾、夏衍、廖承志，後排左一潘漢年、三郁風、五司徒慧敏。

1938 年秋茅盾夫婦與其子女在香港太子道寓所

1938 年 2 月在廣州中山公園。
左起：茅盾、孔德沚及其子女韋韜、沈霞

一九四六年底茅盾在上海

一九四六年秋，茅盾夫婦與陽翰笙、陳白塵、葛一紅、風子、趙清閣在杭州

一九四七年三月茅盾夫婦從蘇聯訪問回來在船上

一九四七年茅盾在上海大陸新村寓所寫作

一九五四年茅盾夫婦與楊芝華、張琴秋在北京

一九五九年，茅盾與婦與子韋韜兒媳小　　1962 年 10 月茅盾在北京會見日中文化
曼、大孫女、孫兒在頤和園　　　　　交流協會會長中的島健藏

1976年茅盾八十壽辰與子、媳、孫、孫女全家

一九七八年茅盾接見美籍華人趙浩生

一九七九年茅盾與周揚在第四次全國文代會主席台上

一九八〇年秋茅盾在書房寫作

一代文豪：茅盾的一生

一　長房長曾孫

　　在蘇州、杭州之間的嘉湖平原上，星羅棋佈地散落著許多水鄉集鎮。其中有一個中等規模的烏鎮，就是本書主人公的故鄉。

　　烏鎮是一個水鄉古鎮，由烏鎮和青鎮合併而成。它位於浙江省桐鄉縣的北部，在京杭大運河的西側，距縣城十三公里。《烏青八景圖記》說：「我烏青，左嘉禾而右茗，南武林而北姑蘇，爲浙之名地。」

　　這裡是典型的江南水鄉。烏鎮的水系四通八達，河道縱橫，舟船如梭。一條寬闊的市河──車溪從南至北縱貫全鎮。河上石橋、木橋如長虹飛跨，兩岸房舍鱗次櫛比，水街相依。每天清晨，集市上熙熙攘攘，人們摩肩接踵，交易著這裡盛產的上等稻米、蠶絲、曬煙、湖羊，買賣價廉物美的河蟹、甲魚、黃鱔、銀魚……。

　　烏鎮應家橋塊有一座修眞觀，觀前有一條街，用青石板鋪成。觀前街十七號是一幢四開間兩進的「走馬樓」房屋。它的中間有一個小天井，四面是兩層的樓房，每層各間屋子只用板壁隔開，可以互相通行，如同騎馬能夠走一圈，當地人稱這種樓房叫「走馬樓」。

　　清朝末年，這幢並不寬敞的「走馬樓」裏住著一戶姓沈的人家。沈家的祖先原是烏鎮近鄉的農民，後來遷到鎮上做小買賣，賺了點錢後，開了一爿經營曬煙絲的煙店。此後，這家的主人沈煥跑到上海、漢口等地經商，又捐了一個候補道的官職。於是沈家，成了一個半官半商的家庭。沈煥帶著妻子

王氏、女兒和小兒子在廣西梧州，擔任稅關監督；他的兩個兒子，分管著沈家在烏鎮開的兩爿商店，一爿是泰興昌紙店，另一爿是京廣百貨店。負責紙店的大兒子沈恩培，是個秀才，他不願經商，只知樂天逍遙，吹簫唱曲；二兒子沈恩埈願意經商，卻又不善經營，百貨店常常虧損。

沈家的長房長孫沈永錫，十六歲就中了秀才，但他厭惡八股文，訂婚後去跟岳父——烏鎮名中醫陳世澤學習，滿師後成了個中醫「郎中」。

仲夏的一天，在廣西當官的沈煥接到烏鎮拍來一封電報，拆開一看，頓時眉開眼笑，奔進內宅，向王氏喊道：「大喜事！大喜事！我們沈家四世同堂，我做太公了！你做阿太了！」

原來這一年——1896年7月4日，即清光緒22年（丙申）5月25日亥時，他的長房長曾孫即大文豪茅盾誕生了。

沈煥心想，按照沈家的排行，曾孫這一輩應是「德」字輩，「德」字下面一字須是「水」旁。我家孫輩雖然都中了秀才，可是舉業連連不成，經商又不善管理，沒有一個令人滿意的。如今長曾孫誕生，他可要超過前輩，做個鴻儒，像鴻鵠高飛，為沈家興旺大展鴻圖！於是，他為長曾孫取了個大名：德鴻。他又想起，今年春天來梧州的燕子特別多，這是吉祥之兆，就叫長曾孫的小名為：燕昌。

家裏人接到沈煥來信，都覺得「德鴻」這個名字意思好，又響亮，從此大人小孩都喚他「德鴻」。

由於德鴻是長房長曾孫，大家都把他當寶貝，百般寵愛。好的食品，祖父母先給他吃；好的衣裳，也先給他穿。當他睡著的時候，人人都屏聲靜氣，說話低聲細語，走路躡手躡腳，唯恐驚嚇了他。幾個小叔叔也把自己捨不得吃的好東西給他吃，將自己的玩具讓給他玩。

他的祖母高氏是一戶地主的女兒，辦事都依照農村風俗習慣。孫媳婦陳愛珠懷孕後，她天天燒香拜求觀音送子；德鴻出生第三天，她親自下廚，向親朋端「三朝麵」、分紅蛋。滿月那天，她又張羅著為德鴻擺「滿月酒」。

德鴻的外公、外婆，給小外孫送來了緞子斗篷，四季衣裳、鞋帽，還有搖籃、坐車。特地請人打製了「長命富貴」銀鎖、銀項圈，以及銀手鐲、銀腳鐲，親手給外孫戴上。

德鴻的祖父沈恩培，平時常說：「兒孫自有兒孫福，不替兒孫做牛馬。」從來不管家裏的事，天天顧自己上「訪盧閣」品茶，打小麻將，或練習書法。

然而他對長孫德鴻，卻是例外地喜歡，經常抱到手上逗著玩，或到街上轉悠，這家商店櫃檯前站站，那家商店客房裏坐坐。聽到人們說他孫子長得眉清目秀，聰明伶俐，他便一臉是笑。

德鴻滿周歲了。一天中午，一艘嘉興航班的小火輪靠上烏鎮碼頭。沈煥帶著王氏、女兒、小兒子，卸任還鄉，回到了烏鎮。他一到家，不顧旅途勞累，就對家裏人喊道：「德鴻呢？快把他抱來，讓我看看！」沈永錫急忙上樓，偕妻子抱了德鴻下來，向二位老人請安。小德鴻見了曾祖父、曾祖母，居然不怕陌生，伸出一雙小手，按母親的吩咐，脆聲地喊道：「太公！——阿太！——」

沈煥和王氏把德鴻抱起來，寶貝、心肝地連聲叫著。一家人都笑了。

德鴻的曾祖父晚年心情鬱鬱不歡，不願和兒孫們談話，而對長曾孫德鴻，一直很寵愛。他對兒孫——包括德鴻的父親，屢次不能中舉感到失望、沮喪。心想，自己奮鬥了一生，白手起家，創下了這份家業，而要使沈家成為真正的官宦之家，這願望看來只能寄託在德鴻身上了。

「德鴻，快快長大吧！太公要靠你為沈家傳宗接代、光宗耀祖！你不能使太公失望！」沈煥叮囑著才兩三歲的曾孫。小德鴻仰著臉，忽閃著眼睛。他此時怎能聽懂曾祖父的話呢？

不久，德鴻的外祖父因病去世，母親帶他回外婆家住了一段時間。

1900 年，德鴻四歲了。他的曾祖父沈煥病逝於烏鎮。而他的弟弟來到了這個中醫兼小商的家庭。父親按沈家的排行，給他弟弟取名「德濟」，就是日後曾任中共鄂豫皖中央分局書記的沈澤民。

德鴻的父親在維新變法的高潮中，成了一個擁護君主立憲，贊成「西學為用，中學為體」的維新派。然而「百日維新」的失敗，使他想進高等學堂、然後考取官費赴日本留學的美好計劃全落空了。

他三十歲時患病，一年多以後病情加重，臥床不起。

這時，德鴻已進入與他家僅一牆之隔的立志小學讀書。每天下午三點放學回到家裏，母親就叫他坐在床沿，雙手拿著書本，豎在他父親胸前讓父親看，望著父親看書時的專注神情，他想：什麼有趣的書，使父親這樣入迷呢？待父親疲倦睡著時，他便悄悄地打開父親的書來看。哎呀。這是何等難懂的書呵！他一頁也看不懂。不過，他對父親能讀懂這樣的「天書」，是十分欽佩的。父親即使在病中仍好學不倦的精神，給他留下了深刻的印象，也培養了

他對書籍的愛好。

有一天，德鴻正拿著書讓父親看。忽然聽父親說：「不看了，拿刀來！」德鴻知道，這「刀」是指他們房中那把長方形、半尺長的切瓜果的鋼刀，便去拿了來，問道：「阿爸，你要刀做啥呀？」

「手指甲太長了，刀給我。」父親遲疑了一下，對他說。

德鴻聽了有點詫異：手指甲怎麼能用刀削呢？但他還是把刀遞給了父親。

沈永錫朝刀看了一會兒，又把刀放下，叫兒子拿走。德鴻問父親還看不看書，他說不看了，要德鴻去瞧瞧媽媽衣服洗完了沒有。

德鴻走下樓，看見母親已把衣裳洗完、晾好，便說：「阿爸想剪指甲。」母親應道：「哦，我去給他剪。」轉身就上樓。

晚上，等他父親睡著了，母親悄悄告訴德鴻，父親叫他拿刀，是想自殺。德鴻吃驚地「啊」了一聲。母親說，經過勸說，父親答應不自殺了。但是她不放心，反覆叮囑兒子：「德鴻，你以後把刀藏藏好，剪刀也要藏好，都不許再給你阿爸了。」從這以後，德鴻擔負起了監督父親的任務。

他外婆得悉女婿想自殺，很著急，特地派人去鄰鎮南潯，請來鎮西醫院的一位日本女醫生。診斷後，確定女婿患的是「骨癆」。

這是一種骨結核病，當時人們還不懂，在中國也沒有特效藥。陳愛珠憂慮地問丈夫：「你知道什麼叫骨癆？」沈永錫想了半天才說：「中國醫書上沒有這個病名。癆病蟲子是土話。我看過西醫的書，說肺癆西醫名為肺結核，這結核是菌，會移動。想來是移動到骨髓裏去了。看來我這病是沒法治了。東洋醫生給的藥，吃也無用。」

德鴻看到父親說話時心氣平靜，而外婆卻哭了。父親笑著說：「原來說是請東洋醫生來看看，弄個清楚。如今知道了是不治之症，我倒安心了。但不知還能活幾天？我有許多事要預先安排好。」

從此之後，德鴻就再見不到父親看書了，卻見父母兩人低聲商量著什麼事。過了兩天，看見他父親說著什麼，母親在筆錄。他站在一旁，雖然能聽得那些話，卻不解有什麼意義。只見母親一邊筆錄，一邊流淚，筆錄完以後念了一遍。

「就這樣吧。」父親說。

母親想了一會兒說：「這樁大事，我寫了，人家會說不是你的主張，我看，

應當請公公來寫。」

「你想得周到。」德鴻的父親苦笑道，便對兒子說，「去請你爺爺來。」

德鴻把祖父請到父母的臥室裏，聽見父親又說了一遍，讓祖父錄寫下來。這時，他聽懂了最後兩句是：「沈伯蕃口述，父硯耕筆錄。」晚年他在回憶錄中寫道：「後來我知道這是遺囑。要點如下：中國大勢，除非有第二次變法維新，便要被列強瓜分，而兩者都必然要振興實業，需要理工人才；如果不願在國內做亡國奴，有了理工這個本領，國外到處可以謀生。遺囑上又囑咐我和弟弟不要誤解自由、平等的意義。」

立遺囑後的一天，德鴻看到父親叫母親整理書籍。他父親把小說留給妻子，聲、光、化、電等「新學」書籍遺給兩個兒子，將醫學書都送給別人，又指著一本書對德鴻說：「這是一大奇書，你現在看不懂，將來大概能看懂的。」

沈永錫指的「一大奇書」是譚嗣同的《仁學》。

他不再看自己喜歡的數理化書籍之後，就和妻子天天議論國家大事，敘述日本怎樣因明治維新而成爲強國。

德鴻坐在一旁聽著，大部分不懂。病中的父親常常勉勵他：「大丈夫要以天下爲己任。鴻兒，你知道什麼是『以天下爲己任』嗎？」德鴻搖搖頭，父親便反覆說明這句話的意思。他父親是多麼希望他成爲「以天下爲己任」的「大丈夫」啊！

沈永錫這個維新派知識分子，因骨結核病不治而於 1906 年病逝，終年三十四歲。

這年德鴻十歲，他的弟弟德濟六歲，他們的寡母陳愛珠三十一歲。

二　知書達理好母親

德鴻的母親是當地著名中醫陳世澤續弦夫人所生。陳老醫生很喜歡這個女兒，視作掌上明珠，特地爲她取名：愛珠。愛珠四歲時，她母親的腦病仍不見好轉。父親想：女兒漸漸長大，總得有人教養。他想起了連襟王老秀才夫妻倆家道小康，無兒無女，若請他們代爲教養女兒，可以放心。於是愛珠長住王家。姨夫姨母待她像親生女兒一樣。她跟王老秀才學會了讀書、寫字、珠算，還念了不少古書；她向姨母學會了烹飪、縫紉，不但能縫製單衣夾褲，會翻絲棉衣襖，而且會縫製皮衣裘裳。

　　她十四歲那年，陳世澤來接她回去，想讓她替自己管家。王老秀才知道他親自教的這個十四歲女孩子知書達禮，能寫會算，便說：「不是我誇愛珠，朝廷如開女科，我這個姨甥女準能考取秀才！不過，你要她管那麼大個家，她能不能管得了，我可沒有把握。」陳世澤也有點擔心，女兒才十四歲，能挑得起管家這個重擔子嗎？誰知愛珠一回到家裏，就開始整頓家務。不過一個多月，家裏就變了個樣：女僕和男廚師不再吵架了，學醫的門生感到伙食改善了。連陳世澤也察覺出：家裏仍是那麼多人，卻秩序井然，內外肅靜，吵鬧、調笑的聲音再也聽不到了。妻子的腦病也居然好了。他對來訪的姐姐和王老秀才說：「想不到愛珠比我還能幹！」

　　愛珠十九歲與沈永錫結婚。陳世澤拿出一千五百兩銀子爲她辦喜事。當聽說沈煥從廣西匯來兩千兩銀子給長孫作結婚之用時，他又添上五百兩銀子，這樣就與男家相當了。他爲愛珠置辦了各種各樣的嫁妝。雖比不上官僚、巨商嫁女的排場，但在烏青兩鎮也是夠體面的。

　　她與沈永錫結婚後，丈夫問她過去讀過什麼書，她說讀過四書五經、《唐詩三百首》、《古文觀止》、《列女傳》、《幼學瓊林》、《楚辭集注》。沈永錫見她對這些書還能解釋，很是高興。但他覺得這些書不切實用，便讓妻子讀《史鑑節要》，接著又讀《瀛環志略》。前一本是簡要的中國通史，陳愛珠順利地讀完了，而後一本是關於世界各國歷史地理的書，她太生疏了，讀起來困難很多，沈永錫就給她解釋、說明，直到她懂了爲止。

　　小德鴻五歲時，陳愛珠與丈夫商量，想叫兒子進沈家的家塾讀書。丈夫不同意，說是家塾的老師是他父親（沈恩培），教書不認眞，而且教的是《三字經》、《千家詩》一套老古董。他說：「還是讓德鴻學點科學知識，將來有用。」陳愛珠覺得丈夫說得有理，可是由誰來教兒子呢？

　　沈永錫這時一邊行醫，一邊忙著實現他做學問的計劃。他想到家裏是德鴻祖母當家，妻子有閒空，就要妻子在他們臥室裏教兒子讀書。兩人挑選了上海澄衷學堂新出版的《字課圖識》作爲識字教材，又從《正蒙必讀》裏抄出《天文歌略》和《地理歌略》，作爲知識教材。沒有合適的歷史讀本，陳愛珠就根據《史鑑節要》，自編教材。

　　樓下，家塾裏不時傳出誦讀《三字經》的聲音：「人之初，性本善……」；樓上，陳愛珠和德鴻母子在教讀《地理歌略》和《天文歌略》：「高平爲原，窈深爲谷。山脊曰嵐，山足曰麓。」；「雲維何興，以水之升，雨維何降，以

雲之蒸……」;「大地橢圓，旋轉如球，東半西半，分五大洲……」這些全新的知識，開啓了小德鴻心智，引他進入了宇宙、自然和社會的廣闊天地。他後來說：「我的第一個啓蒙老師是我母親。」

年輕母親對兒子的要求很嚴，但是並不主張他一天到晚關在家裏讀書、寫字。她經常給兒子講歷史故事，本地傳說，家庭人事。家裏的僕人也常領著德鴻遊玩烏青兩鎮的名勝古迹，或去看修眞觀對面戲臺的演出，或去烏鎮將軍廟，看人們燒香許願。

陳愛珠對丈夫愛好的數學不感興趣，她的愛好是小說。在她當姑娘時，已經讀過許多古代小說，做了媳婦反比替父管家時空閒，她又一本接一本地讀起小說來。德鴻的父親那年赴杭州參加鄉試，未入場前逛書坊，買了不少書，其中有特地爲她買的《西遊記》、《封神榜》、《三國演義》、《東周列國志》，還有幾本是上海新出的文言譯的西歐文學名著。

她不僅自己愛讀這些小說，而且還經常把小說中的故事講給兒子聽，這就無形中培養了德鴻對於小說的興趣。而沈永錫對此卻不瞭解，他常常納悶，對妻子說：「我們這個兒子，怎麼於數學如此地不近？一點也不像我。」

1904 年，烏鎮辦起了第一所初級小學——立志小學，德鴻成了這所小學的第一班學生。校長是德鴻的表叔盧鑑泉。校門的兩旁是原立志書院留下的一幅對聯：「先立乎其大，有志者竟成」，裏面嵌著「立志」二字。這給童年的德鴻留下了深刻的印象，使他懂得了事在人爲的道理。

這年德鴻八歲。他後來寫道：「那時候，父親已臥床不起，房內總要有人侍候，所以我雖說上了學，卻時時要照顧家裏。好在學校就在我家隔壁，上下課的鈴聲聽得很清楚，我聽到鈴聲再跑去上課也來得及，有時我乾脆請假不去了。母親怕我拉下的功課太多，就自己教我，很快我就把《論語》讀完了，比學校裏的進度快。」

立志小學的課程有國文、修身、歷史和數學。他對數學雖比過去「近」了一些，仍然沒有興趣。但他覺得進了小學是個「解放」，他說：小學的「課程都比《天文歌略》容易記，也有興味，即使是《論語》吧，孔子和弟子們的談話無論如何總比天上的星座多點人間味。」

有一天，德鴻從家裏堆放破爛什物有平屋裏翻到了一箱子木版繡像小說，其中有《水滸》、《三國演義》、《西遊記》。過去，他曾聽母親講過《西遊記》中的一些故事，此時看到這部書，就捧在手中津津有味地讀了起來。

　　不久，沈永錫和陳愛珠都發現兒子在偷偷看小說。「德鴻看看閒書，也可以把文理看通。他要看，你就把那部石印的《後西遊記》拿給他看吧。」父親並沒有訓斥兒子，相反還關照妻子幫兒子挑選小說。陳愛珠明白丈夫的意思，那部石印的《後西遊記》裏沒有插圖，兒子不會因只看插圖而不看文字，這樣有助於他學習語文。

　　得到了父母的同意，德鴻便能夠公開閱讀小說了，漸漸成了一個小說迷。

　　德鴻的父親去世以後，陳愛珠用恭楷寫了一幅對聯，貼在丈夫的遺像兩側：

　　　　幼誦孔孟之言，長學聲光化電，憂國憂家，斯人斯疾，

　　　　奈何長才未展，死不瞑目。

　　　　良人亦即良師，十年互勉互勵，電碎春紅，百身莫贖，

　　　　從今誓守遺言，管教雙雛。

　　陳愛珠把全部心血傾注在德鴻、德濟兩兄弟身上。她常對德鴻說：「你要做個有志氣的人。俗話說，『長兄為父』，你弟弟將來怎麼樣，全在你給他做個什麼榜樣。」

　　她管教德鴻極為嚴格。聽到隔壁放學的鈴聲，而兒子還沒有回家，就要查問他為什麼回家晚了，是不是到哪裏玩耍去了。有一天，教算術的翁老師生病沒有來上課，小德鴻急著回家。一個年齡比他大五六歲的同學拉著他，叫他一起去玩。德鴻不肯，向校門口跑去。那同學在後面追趕，不小心跌了一跤，擦破了膝蓋，手腕上還出了點血。他拉著小德鴻，去找德鴻的母親告狀。陳愛珠安慰了那個大同學一番，還給他幾十個銅錢，讓他醫治手腕。最愛挑剔他人的德鴻二姑母看見了，不冷不熱地對陳愛珠說：「他爹不在了，你怎麼連自己的兒子都管教不好，真是！」陳愛珠一聽，勃然大怒，把小德鴻拉到樓上，關了房門，拿起從前家塾中的硬木大戒尺，就要打下來。

　　過去她也打過他，不過是用裁衣服的竹尺打手心，而且只輕輕在打幾下；現在竟然舉起這硬木大戒尺來了。德鴻怕極了，開了房門，直往樓下跑去。

　　陳愛珠氣憤地大聲說：「你不聽管教，我不要你這個兒子了！」

　　聽著母親的罵聲，小德鴻嚇壞了，一直跑出大門來到街上。這件事驚動了全家。他祖母叫他三叔去找，卻找不到；他祖母更著急了，可是又不能埋怨他母親。

　　小德鴻在街上無目的地走著，煩惱地想：又不是我的錯，姆媽為什麼要打我呀？走了一會兒，他覺得還是應當到學校去，請當時看到那個大同學自己絆了一跤的沈先生替他說情。沈老師跟著他來到沈家，對他母親說：「這件事我當場看見。是那個大孩子不好，他要追德鴻，自己絆了跤，怎麼反誣告沈德鴻呢！這事我可以作證。」又說：「大嫂讀書知禮，豈不聞『孝子事親，小杖則受，大杖則走』乎？你家德鴻做得對呀！」聽到沈老師這麼說，陳愛珠開口道：「謝謝沈先生。」說完就轉身回進房中。德鴻祖母聽不懂沈老師說的那兩句文言，看見媳婦說了聲「謝謝」就返身回房，以為又要打德鴻了，就帶著孫子到樓上去。陳愛珠背窗坐著。祖母讓德鴻跪在母親膝前。他哭著說：「媽媽，你打吧。」母親一聽，淚如雨下，只說了一句「你父親若在，不用我……」就說不下去了，伸手把愛子拉了起來。

　　過後，小德鴻問母親：「媽，沈先生對你說的那兩句話，是什麼意思呀？」

　　「唉！天下的父母沒有不愛子女的，管教他們是要他們學好。父母盛怒的時候，用大杖打子女，如果子女不走，打傷了豈不反而使父母痛心麼？所以說『大杖則走』。沈先生是說……」

　　「哦，你要拿大戒尺打我，我跑了出去，是對的？」

　　「你這孩子……」母親笑了。

　　從這以後，母親就不再打他了。

　　陳愛珠就是這樣一位從小受到良好教養，通曉文史，知書達理，卓識遠見，性格剛強的中國婦女。她喪夫之後，含辛茹苦，撫養兩個兒子成才，又深明大義，支持他們遠走高飛，獻身革命事業。

　　沈德鴻曾為母親寫有一首《七律》：

> 鄉黨群稱女丈夫，
> 含辛茹苦撫雙雛。
> 力排眾議遵遺囑，
> 敢犯家規走險途。
> 午夜短檠憂國是，
> 秋風黃葉哭黃壚。
> 平生意氣多自許，
> 不教兒曹作陋儒。

三　作文名列前茅

　　1907 年的春天，沈德鴻在立志小學以優異的成績畢業，接著就進入植材高等小學求學。這年他十一歲。

　　還是在讀初小的時候，他看到高小的那些學生在學校住宿，平時出來，排成兩列縱隊，一律穿白夏布長衫、白帆布鞋子，走路目不斜視，吸引著滿街行人的眼光，真是羨慕得很。如今他也成了「植材」的一個高小學生，在路上走時不覺挺起了胸膛。當時，「植材」的住校生和教師一同吃飯，伙食比較好。他母親為了使他營養好一點，就每月替他交四元的膳宿費，讓他住校讀書。

　　「植材」教的課程除了國文、算術外、還有英文、物理、化學、音樂、圖畫和體操。這些課程都使他感到很新鮮。上化學課時，從日本留學回來的張濟川老師在教室裏作各種有趣的實驗，使沈德鴻和他的同學們大開眼界。科學的種籽在這個少年人的心田上孕育了。

　　德鴻的思想變得活躍起來。一天，中過秀才的周先生教《孟子》，錯把「棄甲曳兵而走」一句解釋成「戰敗的兵丁急於逃命，扔掉盔甲，肩背相磨，倉皇逃走」。他忽然站起來問道：「先生，」他指著《孟子》，「書上注釋『兵』是『兵器』，不是『兵丁』。」他這麼一說，同學們也恍然大悟，應聲附和。「是『兵丁』，不是『兵器』！啊——你們小孩子，懂什麼！我是中過秀才的。」老先生硬著頭皮堅持自己對。沈德鴻見這位老先生硬是不認錯，下了課就去問校長。徐晴梅校長是他父親的好朋友。他聽後想了一想，對沈德鴻說：「可能周先生說的是一種古書的解釋吧？」德鴻心想：校長大概覺得不能讓周老秀才在學生面前丟臉，才這樣說的。

　　當時教他們國文的先生還有三位，其中的張濟川還兼教物理、化學。對於張濟川先生布置的作文，德鴻最感興趣。每逢寫作文，他既緊扣題目，又獨闢蹊徑，文思敏捷，下筆成篇。

　　就是進入「植材」的第二年上半年，他參加了一次「童生會考」。這次植材小學同另一所高等小學的會考，由沈德鴻的表叔盧學博（鑑泉）主持。他出的題目是：《試論富國強兵之道》。面對這個試題，沈德鴻潛心構思起來。他父親在世時經常與母親議論的國家大事，什麼「明治維新」啦，「變法圖強」啦，「自由」、「平等」啦，「振興實業」啦……此時，他都記了起來。邊想邊寫，一下子寫了四百多字。結尾處，他寫上了父親生前反覆強調的那句話：「大

丈夫當以天下爲己任！」

　　盧學博讀了這篇作文，大爲讚賞，拿起朱筆，在結尾處加了許多密圈，批語寫道：「十二歲小兒，能作此語，莫謂祖國無人也。」他還特地把這份卷子拿給小德鴻的祖父看，又在他祖母前大加讚揚。陳愛珠看過作文卷子後，笑著對兒子說：「德鴻，你這篇文章是拾人牙慧。盧表叔自然不知道，給你個好批語，還特地給祖父看。唉，你祖母和二姑媽常常說，你該到我家的紙店當學徒了，我料想你盧表叔也知道。他不便反對，所以用這方法。」德鴻領悟地點點頭，聽媽媽接著說：「去年祖母不許你四叔再去縣立小學，盧表叔特地來對你祖父說：『這是袍料改成馬褂了！』他如今逢人就誇你會考成績好，眞是用心良苦！」聽了這番話，他心想：原來母親讓我繼續念書，受到了那麼大的壓力。盧表叔到處宣揚我的成績，是爲了幫助母親減輕一點壓力，使母親能按照父親的遺囑，把我培養成人啊！

　　打這以後，懂事的小德鴻更加用功了。在他的作文本上，國文老師屢次寫下不同尋常的褒獎他的批語：

　　　堂堂之陣，正正之旗，確是史論正格。

　　　好筆力，好見地，讀史有眼，立論有識，小子可造。其竭力用功，勉成大器！

　　　慨祖生不遇其主，壯志莫酬，確有見地。行文之勢，尤蓬蓬勃勃，眞如釜上之氣。

　　　掃盡陳言，力闢新穎，說理論情，兩者兼到。

　　　生於同班年最幼，而學能深造，前程遠大，未可限量！急思升學，冀著祖鞭，實屬有志。

　　　慷慨而談，旁若無人，氣勢雄偉，筆鋒銳利，正有王郎拔劍斫地之慨！

　　　目光如炬，筆銳似劍，洋洋千言，宛如水銀瀉地，無孔不入。

　　　國文至此，亦可告無罪矣！

　　對他作文中的不足之處，老師也在批語中予以指出。如在他寫的《富弼使契丹論》後面就批道：「簡則簡矣，而警策語尚少。」而《張良賈誼合論》的批語是：「人物合論，不可竟重一面，使旗鼓不能相當。作者論賈生甚詳，論留侯則略，未免猶有此弊。」

在張濟川這位善知人又善知文的國文老師的獎勵和指導下，少年沈德鴻的作文在全校名列前茅，月考、大考常有獎品帶回家。有一次，獎到了兩本童話──《無貓國》和《大拇指》，他便送給了弟弟，讓母親講給弟弟聽。

一天上國文課，張濟川老師撫著沈德鴻的背說：「你將來是個了不得的文學家呢！好好地用功吧！」聽了老師這種獎勵的話，他學習更加奮勉，以未來的文豪自期，曾對同學沈志堅說：「我能著作一種偉大的小說，成一名作家，於願足矣！」

1909 年，是沈德鴻在植材高等小學即將畢業的一年。那年他十三歲，已經胸懷大志，決心報國救民，常常在作文中運用歷史觀點和科學眼光評古論今。除寫作史論之外，他還寫下了多篇議論生動、鞭辟入裏的時論，如《西人有黃禍之說試論其然否》、《青鎮茶室因捐罷市平議》、《學部定章》、《學堂衛生策》、《論陸靜山蹈海事》等等。

沈德鴻還是一個多情善感的少年。面對蕭瑟的秋風，飄零的黃葉，他情不自禁地揮筆寫下一篇《悲秋》的抒情散文：「紫燕去，鴻雁來，寒蟬互噪，秋蟲淒切，衰草遍野，木葉盡脫。悲夫！何秋聲秋色之傷懷歟？憶夫！豔李紅桃，芳草綠蔭，春光明媚，藻麗可愛之際，忽焉秋風蕭蕭，荔丹蕉黃。曾幾何時，萬物肅殺之秋至矣。嗚呼！人孰無情，誰能遣此！而況萬里長征，遠客他鄉，又何能禁秋雨之感其懷抱。傷矣哉！秋之為秋也。……」

國文老師給他的眉批是：「語可動人」，總批為：「注意於悲，言多寄慨。」

四　志在鴻鵠

1910 年春節過後不久，沈德鴻告別母親，同一個姓費的表叔乘航船到湖州中學求學。他原想插進初中三年級，因為幾何題目完全答錯，只好插進二年級。但是就這樣，他也跳過了初中一年級。他在給母親的信裏寫道：「教國文的先生姓楊名笏齋。他教我們《古詩十九首》、《日出東南隅》……這比我在植材所讀的《易經》要有味得多，而且也容易懂。楊先生還從《莊子》裏選了若干篇教我們。他說，莊子的文章如龍在雲中，有時見首，有時忽現全身。夭嬌變化，不可猜度；《墨子》簡直不知所云，大部分看不懂；《荀子》、《韓非子》倒容易懂，但就文而論，都不及《莊子》。這是我第一次聽說先秦時代有那麼多的『子』。在植材時，我只知有《孟子》。……」

在體育課上，老師訓練同學們「走天橋」、「翻鐵槓」，還要同學們扛上「能裝九顆子彈」的真槍操練。沈德鴻身材矮小，走天橋時腿發軟，翻鐵槓又攀不上，扛上槍走不穩，踢足球只六七尺，常常惹得其他同學發笑。體育老師見他如此，就例外地准他免學。

他這個體育場上的弱者，在學習其他功課上卻是個佼佼者，尤以國文和英文成績卓越，為同學們羨慕。他講的那些小說故事，也使同學們著迷，不管大小同學，常愛圍坐一起，聽他講述。

學校曾組織學生自願去南京參觀「南洋勸業會」的展覽。沈德鴻這次南京之行，大開了眼界：不僅第一次看到和乘坐了火車，而且第一次見到了大城市的建築、人物，對「勸業會」展出的展品十分驚歎，真正感到我國地大物博，發展工業前途無限。

湖州中學沈譜琴校長是同盟會的秘密會員，大地主，在湖州很有名望。他聘請的教員大都是有學問的人，而他卻從不到校。他購買真槍訓練學生，用「遠足」訓練學生適應「急行軍」，都是有深意的。自然，沈德鴻當時並不知道這一點。

他在晚年寫道：「浙江出過許多人材。……僅僅民國以來的仁人志士、革命先烈就可以列出長長的名單。……還有一些現在也許不為人所知的志士，在我記憶中卻保留著深刻的印象。這就是湖州中學校長沈譜琴和嘉興中學校長方青箱。沈譜琴和方青箱都是同盟會員。在辛亥革命時，他們把學生武裝起來，佔領了湖、嘉兩座府城……」「湖州光復，卻全仗湖州中學的學生軍。沈譜琴也擔任湖州軍政分司。這是費表叔從湖州回來說的。」

那天早晨，學生集合，聽校長講話。沈德鴻終於見到了大名鼎鼎的沈譜琴。只見他陪著一位矮胖的老人來到肅立的學生們面前，親切地對大家講話：「我沈某做校長多年，但對教育實在外行。今天，我特地為大家請來了錢念劬先生。錢先生是湖州最有名望的人。他曾經在日本、俄國、法國、意大利、荷蘭等國做外交官……」

嗬，到過這麼多國家！德鴻驚訝地伸了一下舌頭，更認真地聽沈校長介紹：「錢先生通曉世界大勢，學貫中西。現在錢先生回湖州來暫住，我以晚輩之禮懇請錢先生代理校長一個月，提出應興應革的方略……」

這位錢念劬先生，是沈德鴻一生中見到的第一位大人物。在兩星期一次的作文課上，錢老先生竟然不出題目，而是說：「你們大家就自己喜歡做的事，

或想做的事，或喜歡做怎樣人，寫一篇作文。」

沈德鴻過去養成了一種黏著題目作文的習慣，錢老先生這種教法，今天頭一次遇到，因而一時感到茫無邊際，不知從何處寫起。過了一會，他忽然想起楊笏齋先生教過的《莊子·寓言》，他高興起來了：我何不用「言於此而意寄於彼」的方法，也寫一篇？於是動筆。大意是：一隊鴻鵠在天上高高地飛翔，嘲笑下邊仰臉看的獵人。這像是一篇寓言，有五六百字。寫完後，再加上一個題目：《志在鴻鵠》。因他名德鴻，意在借鴻鵠自訴抱負。「我這篇作文不知寫的怎樣？錢老先生會滿意嗎？」他這種忐忑不安的心情，過去從未有過。不論是在立志小學做沈聽蕉先生布置的史論，或者是在植材學校做張濟川先生出的題目。但他仍然第一個把作文卷子交上去。

第二天作文卷子發下來，沈德鴻的卷子上加了很多紅點、朱圈。有幾個字，錢老先生認為不是古體，給他勾了出來，又在旁邊寫個正確的。在卷子後邊寫的批語只有一句「是將來能為文者」。

夠了，這樣的一句讚語足夠了！沈德鴻臉上露出了滿意的笑容。

在一個星期日，錢老先生邀請全校學生去他借住的「潛園」遊玩。他拿出了許多歐洲國家的彩色風景畫冊，讓同學們欣賞。還講了他在國外見到、聽到的一些趣事。少年沈德鴻心中的又一扇窗扉打開了。

還是在植材小學時，他在作文中就流露出遠大志向。「大丈夫當以天下為己任」是父親留給他的警語。而他自己寫的則是：「我黨少年，宜刻自奮勉，」為使「我國民可以脫離苦海，而跳出專制範圍，享自由之福，」必須「挽時艱，振國威，」「如能力行新政，以圖自強，將駕歐美之上，為全球之主人翁矣！」

寫《志在鴻鵠》的這一年，沈德鴻十五歲。

他為了實現自己「以天下為己任」的宏大抱負，孜孜不倦地讀書讀報，接受愛國、自由的精神薰陶，吸取科學、民主的思想營養。

他還跟著錢老先生的弟弟錢玄同（代國文教員），讀史可法的《答清攝政王書》，念黃遵憲的《臺灣行》：「城頭蓬蓬擂大鼓……」，背梁啟超的《橫渡太平洋長歌》：「亞東大陸有一士，自名任公其姓梁……」，抄出文天祥《正氣歌》中的句子貼在宿舍中的床頭，引吭高吟：「人生自古誰無死，留取丹心照汗青！」

三年級上學期，沈德鴻向一個四年級的大同學學會了篆刻。一天，學校裏的一些紈絝子弟組織一次會議，為保密起見，會前印了門票。一些思想進

步的同學，要和他們鬥爭，但苦於無票入門。這時，德鴻想出了一個辦法，仿照他們的門票刻了枚肖似的圖章，印出了不少票子。進步的同學拿了闖入會場，展開鬥爭，把他們的會場攪散了。

放暑假後，他回到家裏，用父親遺留下的舊石章，自己治了十幾方印章，除刻了「德鴻」、「雁賓」、「T·H」、「沈大」等姓名章外，還刻有「醒獅山民」、「志在鴻鵠」等言志印。

他把這些印章，或鐫在書籍封面，或蓋在《文課》（作文本）扉頁，當作一面面鏡子、一方方磨石，警醒、砥勵自己上進、奮飛。

五　除　名

德鴻在 1911 年秋初轉學到嘉興府中學四年級讀書。原來已在那裡上學的凱崧，比他小一歲，因為是四叔祖的兒子，德鴻叫他「凱叔」。這一對叔侄，是一對要好的同窗學友。德鴻之所以轉學到嘉興，是因為聽凱崧說起嘉興府中學英文教員是聖約翰大學畢業的，比湖州府中學的英文教員強得多，而且，嘉興中學教員與學生平等，師生宛如朋友。校長方青箱是革命黨，教員大部分也是革命黨。師生之間民主、平等，也是嘉興中學的校風。

四年級第一個學期，是在辛亥革命的熱烈、興奮、激動中度過的。一放寒假，他們兩個人便結伴返回了烏鎮。

一天上午，雪後初晴，德鴻到鎮上去看一個同學。他母親見郵遞員投進一封信，接過一看，是德鴻學校寄來的。她拆開信封，從裏面抽出兩張紙，一張是德鴻的大考成績單。看到兒子門門功課優秀，她臉上浮現出了微笑。另一張紙是什麼呢？她一看，大吃一驚：「啊！『除名通知』。怎麼，德鴻被學校開除了？」因為生氣，她拿信的手也顫抖起來，又感到一陣眩暈，站立不穩，趕忙轉身坐到一把太師椅上。

這時，德鴻從門外進來，見到母親臉色難看，急忙上前問候。母親問道：「你，你說，你在學校裏做了什麼壞事？」這使他像是丈二金剛摸不著頭腦，便說自己在學校沒有做過對不起母親的事。

「沒有？那學校為什麼把你開除了？」陳愛珠說著把學校的「除名通知」遞給兒子。他接過一看，頓時明白是怎麼一回事，在心裏罵了一句：「陳鳳章這個壞蛋！」

看見他不吭聲，陳愛珠催問道：「你怎麼不說話，還想瞞我嗎？」

「我沒有做壞事。不信你問凱崧好了。」德鴻對母親說。「好，我就叫人去找凱崧來。」她說著便喚人去喊凱崧前來。

不一會兒，凱崧跟著沈家的傭人走來了。還未等陳愛珠開口，他就從衣袋裏取出一張紙遞過去。陳愛珠一看，原來也是一張同樣的「除名通知」。她著急地問，這一對叔侄、同學究竟因為什麼被學校開除呢？

德鴻和凱崧便把他們被「除名」的原委說了出來：

11 月初，德鴻、凱崧同時接到學校通知：嘉興已經「光復」，因學校臨時放假返家的學生，著立即回校上課。他倆結伴返校後，才知道教員中的幾個「革命黨」（同盟會會員）已離開學校，或參加革命軍，或到軍政府工作。老校長方青箱已經出任嘉興軍政分司的官職，校務無暇顧及，目前的校務由一位新來的學監陳鳳章負責。這位新學監一反方青箱的做法，把嘉興府中學師生之間民主平等的校風拋到一邊，按照舊的一套教育方法管理學校，只准學生埋頭讀書，不讓學生過問政治。德鴻在後來回憶時寫道：「這位學監說要整頓校風，巡視各自修室，自修時間不許學生往來和談天。我覺得『革命雖已成功』，而我們卻失去了以前曾經有過的自由。」

一天晚上，凱崧到德鴻的自修室來，拿著一張刊有革命軍光復各地消息的《申報》，指著對德鴻說：「你讀讀這一段！」德鴻接過報紙看了起來，幾個同學聞聲也圍攏在他倆身旁。這時，猛然傳來大聲的喝斥：「自修時間不准談天！你們知道嗎？」

他們往門口一看，學監陳鳳章鐵青著臉正舉著手杖怒視著教室裏的學生。幾個圍在一邊的學生趕緊溜回到各自的座位上，只剩下德鴻和凱崧。陳鳳章此時已站在兩人面前，抓起課桌上的那張《申報》撕成破紙，扔在地上。

「你怎麼撕掉我們的報紙？」德鴻不服，起身問學監。

「不准讀報！」陳鳳章想不到這個學生竟然敢質問他，便說：「自修時間要做功課！」

「我們功課都做完了，看報不行嗎？」凱崧問。

「不行！我說不行，就是不行！」陳鳳章專橫地大聲說。

「方校長讓我們讀報的！」「也允許我們自修時間往來和談天！」德鴻、凱崧不服，和陳鳳章爭吵起來。這時，不少學生圍了過來，也幫他倆跟學監講理。還有一個學生把陳鳳章的手杖悄悄拿走藏了起來。陳鳳章講不過學生，又找不到手杖，氣急敗壞地說：「好！你們不服我學監管教，居然如此搗亂，

看我不處理你們！」一邊說一邊離開了自修室。

第二天，陳鳳章就掛出布告牌，對德鴻、凱崧等幾個學生給予記過處分。

德鴻、凱崧和其他被記過的學生都不服，他們認為自己並沒有「搗亂校紀」，是陳鳳章故意刁難他們。一個同學說，「他是拿我們開刀，殺雞給猴子看！」另一個同學說，「去找方校長，告他！」

恰在這時，德鴻收到家裏母親的來信和匯款，囑他好好複習功課，把期終的大考考好。又叮嚀他：「一人在外，要處處謹言慎行。」匯來的錢作他寒假回家的路費。於是他對凱崧和另幾個相好的同學說：「君子報仇，十年不晚。算了！」

凱崧說：「等大考完了再跟他講話！」

緊張的大考考過以後，德鴻、凱崧和幾個同學去郊遊。他們在南湖划船、賞景，還在煙雨樓中喝酒，又談起學監給他們記過處分的事情，都憤憤不平。德鴻沒有喝酒，對於同學的氣忿之情，也抱有同感。他們回校後，幾個同學趁著酒興就去找學監陳鳳章，質問：「憑什麼記我們過？」

「你們搗亂校紀，目無學監！給你們記過處分，這是輕的。看你們還敢再搗亂！」陳鳳章說完，「砰」一聲關上門，不再理他們。

有兩個年歲大的學生，聽了這話更加氣憤，經過布告牌時，拾起兩塊石頭，打碎了布告牌。

德鴻和凱崧看了，也說砸得好，出了一口氣。

回到宿舍後，他看到同學打死的一隻老鼠，起了一個惡作劇的念頭。他叫凱崧找來幾張南貨店糕點的草紙，把那隻死老鼠包在裏面，外面貼上一張紅紙，像是一隻禮品包。他抓起毛筆，在「禮包」的封套上寫道：「南方有鳥，其名為鵷雛。子知之乎？夫鵷雛發於南海，而飛於北海，非梧桐不止，非練食不食，非醴泉不飲。於是鴟得腐鼠。鵷雛過之，仰而視之曰：『赫！』今子欲以子之梁國而嚇我邪？」

這是德鴻早已背得滾瓜爛熟的《莊子》中《秋水》裏的句子。凱崧看了，拍手喊道：「妙！妙！德鴻，這個腦筋只有你動得出。」

德鴻笑著抓起這個包著死老鼠的「禮包」，說道：「凱叔，走！我們給學監送禮去。」兩人悄悄地把這個「禮包」放到陳鳳章的辦公室裏，看看沒有人瞧見，就回到宿舍。

他們給學監送了這份特殊的「年禮」之後，第二天就回到烏鎮度寒假了。

兩人哪裏想得到，這下會闖了禍——被學校開除了。

　　陳愛珠聽了兒子和凱崧的敘述，感到學監太專橫，德鴻他們因為反對學監的專制而被除名，也情有可原。她看看兩份同樣的「除名通知」，無可奈何地歎了口氣說：「看來學監對你們還算客氣，居然給你們寄來了大考成績單。」待凱崧走後，她望瞭望兒子說：「德鴻，你今後到哪裏去讀書呢？是不是還回湖州？」

　　德鴻表示不想回湖州。陳愛珠安慰兒子說：「到何處去，一時不忙，只是年份上不能吃虧，你得考上四年級下學期的插班生。」

　　後來，經過反覆考慮，陳愛珠決定讓德鴻到杭州讀書。而凱崧由決定到湖州中學去。直到兩年後，這一對叔侄與同窗好友才在北京會面。

六　學作對聯

　　1912 年初春的一天下午，沈德鴻乘坐的「烏杭班」客輪抵達杭州賣魚橋碼頭。他提著一只小皮箱，夾著一個鋪蓋卷，登上岸來。叫了一輛黃包車，拉他到了位於葵巷的安定中學，很快辦好了入學手續，成了這所中學四年級的正式學生。

　　他是一個月前來杭參加插班考試而被錄取的。當時他住在一家與他家「泰興昌紙店」有業務來往的紙行裏，曾聽紙行老闆說過，創辦安定中學的是一個姓胡的大商人，住宅有花園，花園裏有四座樓，每座樓住一個姨太太。他辦這安定中學是要洗一洗被人說成銅臭的恥辱。

　　其實，創辦安定中學的大實業家胡趾祥，並不是一個滿身銅臭的奸商，而是一位具有愛國心的有遠見的富商兼學者。在中日甲午戰爭失敗後，「舉國上下力圖復興，多以科學足以救國，大興辦學之風。」胡趾祥的好友胡適、邵伯炯、陳叔通，都力勸他創辦學校。《杭州文史資料》載：「胡趾祥即手示二子煥、彬，撥八千元為開辦費，六萬元儲息為學堂經常費，並請陳叔通來杭籌建。」他的治學精神是：「學唯誠意正心四字，教有經義治學兩齋。」為了辦好學校，與公立中學競爭，凡是杭州的好教員，他都千方百計聘請來。如當時被稱為浙江才子的張相（獻之）、舉人俞康侯，就被聘請擔任國文教員，其他的數理化和史地教員，也多為知名學者和外國留學生。這些教員薰陶、培育了一大批優秀人才。與德鴻先後在安定中學畢業或肄業的有：黃花崗七十二烈士之一的林尹民，及范文瀾、錢學森、潘潔茲、蔡振華、華君武、馮

亦代等人。

新的校園，新的師長，新的同學，這裡的一切都使沈德鴻感到新鮮。杭州人說話差不多每句話都帶著個「兒」，也是他聞所未聞的。教員上課沒有通用的固定課本，每個教員愛教什麼就教什麼，不受任何約束。因此，學生上課的興趣很濃厚。

德鴻上的第一堂國文課，是張相（獻之）教的。他對同學們說：「我要教你們作詩、填詞。但是，學作對子是作詩、詞的基本功夫，所以我要先教你們作對子。什麼是對子？你們知道嗎？……」

對子，德鴻當然知道，這就是對聯嘛。雖然他還不會作對聯，卻接觸過不少對聯。他的祖父沈硯耕擅長書法，常用楷書為烏鎮的商店、人家書寫對聯。他常站在一旁觀看。他舅父陳粟香也是一個喜歡作對聯的人。前年暑假，他跟母親到外婆家「歇夏」，曾聽陳粟香舅父和母親談話。舅父說：「北面一箭之遠，前年失火，燒掉了十多間市房，其中有我的兩間。今年我在這廢墟上新造了兩間。附近人家就議論紛紛，說是我既來帶頭，市面必將振興。可是誰不知道，『烏鎮北柵頭，有天沒日頭』，北柵頭多的是小偷、私販、鹽梟，如何有把握振興市面呢？上樑的日子，我寫了一副對聯貼在樑上。上聯是：豈冀市將興，忙裏偷閒，免白地荒蕪而已。」德鴻母親問：「那下聯呢？」「下聯是：誠知機難測，暗中摸索，看蒼天變換何如？」德鴻母親笑道：「你這是實話。對聯作得好，白地對蒼天尤其妙。」至於母親寫在父親遺像兩旁的那副對聯，他更是歷歷在目。

德鴻豎起耳朵聆聽張獻之講解對聯的特點和寫作方法：「撰寫對聯，看來雖似小道，卻最能看出一個人的學問見識和文字功夫，例如區分平仄，要懂音韻；辨別詞類和句子結構，要懂文法；遣辭造句，須善修辭；用典使事，須熟文史……。」這使得他懂得作對子是詩詞的真功夫，不是什麼雕蟲小技。

張獻之在課堂當場示範，詳細地講解平仄如何協調，詞類怎樣選擇，哪裏是描寫，何處是議論。並且，常常寫了上聯，叫學生們做下聯。做後由他當場批改。

又有一天，德鴻聽張獻之為他們講長聯的寫作：「說到長聯，昆明大觀樓的長聯，恐怕是最長的了。」

這是德鴻不知道的。於是專注地盯著黑板，只見張先生一字一句地把全聯默寫了出來。他數了一下，兩聯共有一百八十字。

張獻之要每個學生就西湖風光也來做一對長聯。

沈德鴻過去寫史論、時論和遊記都頗好，卻從未作過對聯。然而作對聯的興頭被張先生鼓得高高的，便就年前遊西湖所見的風光景色，模仿黑板上的大觀樓長聯寫了起來。他先寫了一句「欲把西湖比西子」，心想不好，這是前人的詩句，應自出心裁地寫。又寫道：「萬頃湖平似玉鏡靜無塵照葛嶺蘇堤憑欄看雲影波光照我全身都入畫」，可是下聯如何對呢？他怎麼湊也湊不好，不是平仄失調，就是詞語失對，甚至結構不相應。這一來，他才知道「求長不難，難在一氣呵成，天衣無縫。」

四月，一個星期天的上午，他一人到西湖遊玩。這時的西湖已是桃花飛紅，翠柳飄絮，晴光拂眼，遊人如織。他卻無心賞看，而是徜徉在一處處樓臺館閣所掛的對聯之間。他來到一副對聯前，只見上寫：「翠翠紅紅處處鶯鶯燕燕，風風雨雨年年暮暮朝朝」。他品味著，覺得昨天上課時張先生的分析確是入木三分：「這對聯雖見作者巧思，但掛在西湖可以，掛在別處也可以，只要風景好的南方庭院，都可以掛，此乃這副對聯的弱點。」

走過西泠橋，便是蘇小小墓。沈德鴻知道，蘇小小是南齊時的一個俠妓。在她的墳墓的小石亭上，刻滿了各種對聯。於是在本子上抄錄著。忽然聽到一個人喚他的名字，扭頭一看，是同班同學胡哲謀。

「張先生講的哪副對聯在哪裏，你找到了嗎？」胡哲謀問。

「呶，在這裡，你看。」德鴻指給他看。

這副對聯是：「湖山此地曾埋玉，風月其人可鑄金。」張獻之對這一對聯極為稱許，他在課堂上解釋道：「湖山對風月，妙在湖山是實，風月是虛，元曲中以風月指妓女者甚多，風月即暗指墓中人曾為妓。地對人，亦妙，天地人謂之三才。鑄金，雜書謂越王句踐滅吳後，文種被殺，范蠡泛五湖去，句踐乃鑄金為范像，置於座右。銅，古亦稱金，不是今天所說的金。說蘇小小可鑄金，推重已極。」德鴻看看眼前石柱上這副未曾署名的對聯，更感到張先生分析得透闢。胡哲謀對他說：「張先生指出的此聯，的確是這些稱讚蘇小小聯語中的佳作。」

他倆又結伴同去岳王廟、靈隱寺，抄錄了許多楹聯。待到日暮時離開湖濱返校，他的小本子已記得滿滿的。

沈德鴻後來寫道：「張先生經常或以前人或以自己所作詩詞示範，偶爾也讓我們試作，他則修改。但我們那時主要還是練習作詩詞的基本功：作對子。

張先生即以此代其他學校必有的作文課。」

1913 年夏天，沈德鴻成為杭州私立安定中學第八屆畢業生之一，以三年半時間修完五年的中學課程，提前畢業了。

對於西湖風光，他一直未能製作一副長聯，直到 1979 年 8 月才為《西湖攬勝》畫冊填了一首《沁園春》：

西子湖邊，

保叔塔尖，

暮靄迷蒙。

看雷峰夕照，

斜暉去盡；

三潭印月，

夜色方濃。

出海朝霞，

蘇堤春曉，

疊嶂層次染漸紅。

群芳圃，

又紫藤引蝶，

玫瑰招峰。

人間萬事匆匆，

邪與正往來如轉蓬。

喜青山有幸，

長埋忠骨；

白鐵無辜，

仍鑄奸凶。

一代女雄，

成仁就義，

談笑從容氣貫虹。

千秋業，黨英明領導，

贏得大同。

七 北大深造

「德鴻，你來看！」陳愛珠指著《申報》上的一條廣告對兒子說。

那是《北京直轄各校招生一覽表》。招生的學校有北京大學預科、法政專門學校、工業專門學校和醫學專門學校，其中北京大學預科第一類和第二類各招 80 名，考試科目有史地、國文、英文、數學、理化、博物和圖書。

德鴻看完這則招生廣告，聽母親說，外婆給她的一千兩銀子，自他父親逝世後存在烏鎮的錢莊裏，到現在連本帶息已有七千元。他和弟弟兩人平均分，各得一半，每人三千五百元。這樣，她還可以供德鴻再讀三年大學。北京大學預科的畢業年限正好三年，所以她想讓德鴻報考這所大學。又對兒子說：「你盧表叔在北京的財政部供職，你到北大預科求學，可以得到他的照顧。再說，北京大學前身是京師大學堂，早兩年，他們的畢業生都欽賜翰林呢。進這所大學，准能得到深造！德鴻，你考這所學校，行不？」

「媽，你想得周到，我就考北京大學預科吧。」德鴻答道。

7 月下旬，他來到上海，借住在二叔祖家裏。然後到設在江蘇教育總會內的報名處去報名。這時，他才知道北大預科第一類是文、法、商三科，第二類是理、工、農三科。雖然考試科目相同，但是願入大學預科第一類者得於理論、博物、圖書三門中免試二門。他想，自己數學不行，不是學理工科的料，還是讀文科爲好，於是選報了第一類。

8 月 11 日，沈德鴻一大早來到虹口唐山路的澄衷學校，按時進入試場應考。除了數學，其它幾門課他都考得很順利，尤其是國文和英文。

返回烏鎮，他將自己選報第一類和考試的情況稟告了母親。他後來寫道：「這時我的不能遵照父親遺囑立身，就是母親也很明白曉得了。但她也默認了，大概她那時也覺得學工業未必有飯吃……，還有一層，父親的遺囑上預言十年之內中國大亂，後將爲列強瓜分，所以不學『西藝』，恐無以糊口；可是父親死後不到十年，中國就起了革命，而『瓜分』一事，也似乎未必竟有，所以我的母親也就不很拘拘於那張遺囑了。」

陳愛珠這位知書識禮、通情達理的母親，是最瞭解自己的兒子的，她聽了兒子的稟告，只說了一句：「看來也只好如此了。」

過了幾天，《申報》上刊出了北大預科錄取的新生名單。然而他和母親找來找去，只找到一個「沈德鳴」。他母親猜想，「鴻」、「鳴」字形相近，想必弄錯了。不久，錄取通知終於寄來，他被錄取了。

月初，德鴻從上海搭乘海輪北上。抵天津後，再坐火車到北京崇文門車站。他的表叔盧學溥派了兒子盧桂芳，帶著傭人來接他，表兄表弟一見如故。盧桂芳雖比他小幾歲，卻很能幹。在陪德鴻到預科新生宿舍所在的譯學館安頓下來之後，他告訴德鴻，自己在讀中學，還沒畢業。德鴻問了他，才知道盧表叔擔任的是公債司司長，每天都忙得很。

這天晚上，他到盧表叔家吃晚飯。盧學溥見了德鴻，笑著說：「幾年不見，德鴻長得一表人才了！」又對桂芳說，「那年你表兄十二歲，他祖母和二姑母主張他到紙店做學徒，我想，這不是要把『袍料改成馬褂』嗎？就去對他祖父母和他母親說，才使他能繼續求學。德鴻，你母親為了你能讀書，可真是操夠了心呵！」他囑咐德鴻有什麼困難就來找他，缺什麼就到他家裏拿。飯後喝茶時，盧學溥對桂芳提起德鴻童生會考曾獲第一名的往事。德鴻說，那全是盧表叔的鼓勵。盧學溥誇他說，他那篇《試論富國強兵之道》的作文確實寫得好。「我還記得給你寫了一段批語，卻忘記了，你還記得嗎？」

德鴻見問，答道：「您寫的是，十二歲小兒，能作此語，莫謂祖國無人也。」

這一說，盧學溥也記起來了，「對麼，我是針對你寫的那句『大丈夫當以天下為己任』說的。德鴻，桂芳，你們不僅要記住這句話，還要以這句話立身行事。」

幾天後，大學的新生活開始了。

沈德鴻看到了許多外國教授，教外國文學和第二外語——法語的都是外國人。中國教授大多是有名的學者，如教國文的沈尹默，教文字學的沈兼士，教中國歷史的陳漢章等。

德鴻喜愛讀的依然是小說。大學的圖書館裏有各種各樣的小說，任憑他隨意借閱。他曾寫道：「……中國的舊小說，我幾乎全部讀過（包括一些彈詞）。這是在十五、六歲以前讀的（大部分），有些難得的書如《金瓶梅》等，則在大學讀書時讀到的。我那時在北京大學盡看自己喜歡的書……」

然而他並沒有放鬆各門功課的學習，對於沈尹默的古代文論課，更是學得津津有味。

沈尹默學貫中西，精於詩文。他教國文，沒有講義，對學生們說：「我只指示你們研究學術的門徑，如何博，在你們自己。」

這種講授方法，同學中有很多人一時不適應，而沈德鴻並不感到很陌生。

還是在安定中學讀書時，張獻之教國文就不用講義，另一個姓俞的國文教員也不用講義。

然而，他發現沈尹默的教法，又跟張獻之和俞先生有所不同。沈尹默更多的是教他們治學之道和研究的方法。

在課堂上，沈尹默教學生讀《莊子》的《天下篇》，《荀子》的《非十二子篇》和《韓非子》中的《顯要篇》。德鴻豎耳聽他說：「要瞭解先秦諸子各家學說的概況，以及他們互相攻訐之大要，讀了這三篇就夠了。你們課外要精讀這些子書。至於《列子》，是一部偽書，其中還有晉人的偽作，但《楊朱》篇卻保存了早已失傳的『楊朱爲我』的學說。」

這樣的課，是他在中學時未曾聽過的。以往教師講的都是知識，他只要記住、理解就行了。而現在，德鴻的面前卻閃著一個個誘人的問號，召喚他去研究、解釋，去偽存眞，去蕪存精。這是多麼有趣呵！

由於得到沈尹默的指點，沈德鴻下功夫精讀了《典論・論文》和《文賦》，還有劉勰的《文心雕龍》，章學誠的《文史通義》，劉知幾的《史通》。

對於外國文學，他的興趣也很濃厚。兩個外籍教授，分別教他們讀司各特的《艾凡赫》與狄福的《魯濱遜漂流記》。教《艾凡赫》的外國教授，試著用他剛學的北京話講解，反而弄得學生莫名其妙。沈德鴻便在一張紙條上用英文寫道：「請您還是用英語給我們解釋。」遞上去後，外國教授讀了，微笑著點點頭，改用英語上課。這樣，同學們倒容易懂他的講解，師生雙方都感到了輕鬆、愉快。

第二學期，一位年輕的美國教授來到德鴻所在的班級上課。他剛從美國一所師範大學畢業，很懂得教學方法。德鴻在看望盧學溥時說，「這位美國教授最受我們歡迎啦。他教我們莎士比亞的戲曲，先教了《麥克白》，後來又教了《威尼斯商人》和《哈姆萊特》。一學期以後，他就要我們作英文的論文。他不按照一般的英文教法，先得學寫敘述、描寫、辯論等，而是出了題目讓我們自由發揮，第二天交卷。」

在植材小學讀書時，沈德鴻學的就是英國人納司非爾特編的英文文法讀本，從小奠定了英文的基礎。中學階段，他的英文成績總是名列前茅。如今得到這位善於教學的美籍教授的指導，他英語的讀說聽寫能力又大爲提高。

同班的徐佐，是浙江富陽人，和沈德鴻是大同鄉、好朋友。他的英文程度較差，每逢寫英文作文，總是悄悄地對沈德鴻說：「老鄉，多多拜託！」

沈德鴻向他眨眨眼，低聲回了一句：「放心，『捉刀』有我！」

他先代徐佐寫好一篇，然後作自己的。往往別人寫完一篇的時候，他已作好兩篇英文作文。

但是他出手雖快，卻常常有小錯誤。每次作文發下來，便看到美籍教授替他一一作了修改。

每年暑假，德鴻總是南下還鄉看望母親；而每逢寒假，他都遵照母親囑咐留在學校，通讀了向盧學溥借來的「二十四史」。

1916 年 3 月，當青年沈德鴻即將結束三年預科學習之際，袁世凱被迫取消帝制。早先預備的大量廣東焰火，本來打算在袁世凱正式登上皇帝寶座時用來慶祝的，如今只好在社稷壇放掉。

沈德鴻和同學們聽說後，在夜裏翻過宿舍的矮圍牆，奔往社稷壇觀看燃放焰火。他看到一串串、一簇簇的焰火飛上夜空，閃閃爍爍的美麗火花，組成了「天下太平」四個大字。

站在他旁邊的一個老人說：「本來還有一個大『袁』字，臨時取消了。」

「民心不可違呵！」沈德鴻想。

6 月，當他正準備最後一次大考時，袁世凱死了。他說：「死得好！早該死了。」

7 月，沈德鴻從北京大學預科畢業了。這年他二十歲。

八 「商務」第一天

1916 年 7 月 27 日清晨，一艘小客輪在上海十六鋪碼頭靠岸。沈德鴻提著一隻小皮箱，擠出熙熙攘攘的人群，找了一家小旅館住下。然後，走到街上，吃了一點早點，便問了問路，匆匆向河南路商務印書館發行所走去。

他一路想著心事：不知道能不能見到張元濟總經理？無一面之識，他肯見嗎？不怕，我有他們印書館北京分館經理孫伯恒寫給他的介紹信。雖然我也不認識孫伯恒，不過我知道此人，他常找財政部公債司司長盧表叔。聽盧表叔說，這位孫伯恒巴結他，是有求於他，想要他同意由商務印書館承印公債券。他想起母親上個月底對他說的話：「德鴻，你還沒有回來，我就讓你祖父給盧表叔寫信了；我也寫了信，叫你盧表叔不要給你在官場和銀行找職業。他可能一時沒辦法，你可要準備在家閑居半年呵！」誰知不到十天，盧表叔就來了信：「……接信後，速去上海見張經理。張元濟（菊生）先生翰林出身，

是商務印書館創辦人之一。……」母親說：「你父親去世後，留下的錢我分成兩份，你和弟弟每人一千元。你的一份這些年用得差不多了，我沒有辦法供你再讀下去。這下好了，商務印書館裏的書很多，聽說他們有個涵芬樓，藏有許多善本、珍本書，你可以好好利用，一邊做事一邊深造。」德鴻對母親說：「媽，您放心。我會努力的！」

沈德鴻照著旁人的指點，找到了商務印書館發行所。他向營業部的一個售貨員打聽總經理辦公室在哪裏。這個售貨員只把嘴一噘：「三樓。」他又問了另一個人，才知道上三樓要從營業部後面的一個樓梯上去。謝過那人，他轉到營業部後面，剛到樓梯邊，就有一個人攔住他問：「幹什麼？」

「請見張總經理。」

那人用輕蔑的眼光把他上上下下打量了一番，看沈德鴻一身窮學生的打扮，冷冷地說：「你在這裡等吧。」

沈德鴻心中來了火，也冷冷地扔給他一句話：「我有孫伯恒的介紹信。」

一聽「孫伯恒」三個字，那人立刻面改笑容問道：「是北京分館孫經理麼？」

沈德鴻不回答，從口袋裏取出印有「商務印書館北京分館」紅字的大信封，對那人一晃。

那人的笑容更濃了，很客氣地說：「請，三樓另有人招呼。」

沈德鴻在心裏說了一句：「勢利小人！」隨即慢慢地向三樓走去。拐彎處，他回頭往下一看，果然在那人對面的一條板凳上坐著兩個人，想來是等候傳呼然後才可上樓的。他不禁想道：「好大的派頭！不知總經理的威嚴又是什麼樣？」走上三樓，他覺得這裡比一樓、二樓矮多了。地方也小，顯得很不相稱。一間辦公室門前擺著張方桌，坐在桌後的一個職員見了他，說道：「過來，先登記。什麼姓名？」

「沈德鴻。有人介紹我來見張經理。」

「也得登記。」那職員一本正經地說。

沈德鴻一聲不響，又從衣袋拿出那個大信封來。職員接過去一看，霍地站了起來，口裏念道：「面陳總經理張　台啓　商務印書館北京分館孫」——這個墨寫的大「孫」字，恰恰寫在紅色印的「館『字上面。

「我馬上去傳達。」那職員滿面笑容地對他說，推開門走進去不久帶著一個人出來，低聲對那人說：「請稍等候。」又側身引路對沈德鴻說：「請進。」

沈德鴻進了門，他就把門關上了。

沈德鴻走進室內，看見一排明亮的玻璃窗前放著一張大寫字臺，旁邊坐著一個中年人，長眉細目，滿面紅光，心想：他就是張元濟了。

張元濟指著一把圈椅說：「坐近些，談話方便。」

沈德鴻坐下。張元濟問他讀過哪些英文和中文書籍。他簡短扼要地回答了；張元濟點點頭，然後說：「孫伯恒早就有信來，我正等著你。我們編譯所有個英文部，正缺人，你進英文部工作好嗎？」沈德鴻答：「好的。」張元濟又說：「編譯所在閘北寶山路，你沒有去過吧？」沈德鴻表示不認識寶山路。這時張元濟拿起電話，用流利的英語跟對方說：「前天跟你談過的沈先生，對，沈德鴻，他今天來了，一會兒就到編譯所見你，請同他面談。」掛上電話，張元濟對他說：「你聽得了吧？剛才我同英文部部長鄺博士談你的工作。現在，你回旅館，我馬上派人接你去寶山路。你住在哪個旅館？」沈德鴻說了旅館名稱和房間號碼。張元濟隨手取一張小紙片記下，念了一遍，又對他說：「派去接你的人叫通寶，是個茶房，南潯人。你就回旅館去等他吧。」說完站了起來，把手一攤，表示送客。沈德鴻對他鞠了躬，轉身走出這間總經理辦公室。

回到旅館，他把簡單的行李理好。在等候去編譯所時，他回想張元濟的辦公室是那樣的樸素，牆上不掛任何字畫，大寫字臺對面的長几上，堆著許多中、英文的書報。初次見面，商務印書館張總經理給他留下了良好的印象。

等了一會，通寶來，幫他把行李裝上一輛相當漂亮的小轎車後，就對司機說：「走！」沈德鴻還是第一次坐小轎車，他以為是出租汽車。通寶說：「這是總經理的車子。出租汽車哪裏去找？如果坐黃包車，起碼得一個小時，那就誤了事了。是總經理派汽車接我到河南路，又叫原車送我們到編譯所。」沈德鴻有點驚訝地說：「啊！你是編譯所的茶房！」通寶點點頭，告訴他：「我是南潯人，南潯離烏鎮一十八里，我們也算同鄉。你到編譯所做事，不管有什麼要幫忙的，找我就行。」沈德鴻聽他口氣不小，猜不透他是什麼來頭。他這時還不知道，通寶是編譯所茶房的頭頭，也是編譯所茶房的元老，所裏的茶房清一色的南潯人，都是他引進去的。

到了寶山路，通寶把他的行李卸在一座二層樓的小洋房裏，就帶他到編譯所會見英文部部長鄺富灼博士。這位鄺博士是華僑，原籍廣東，在外國大學畢業後得的博士，大約四十多歲。他不大會說廣東話，說英語卻順口。見

到沈德鴻，就用英語談話。他說：「歡迎你到我們英文部做事。我跟總經理商量，安排你在我們英文部新近設立的『英文函授學校』，工作是修改學生們寄來的課卷。我們英文部現在有七個人，大家來認識認識。」鄺博士招呼著同事們，一一向沈德鴻介紹：「英傑文函授學校」主任周越然，編輯周由廑、平海瀾，改卷員黃訪書，辦事員胡雄才。

二周是兄弟，他倆和胡雄才都是湖州人，三人和沈德鴻握手時說：「我們是同鄉。」聽到通寶和這三位同事的浙江鄉音，一股暖流湧上沈德鴻的心頭，彷彿異鄉見到了親人一般。他對鄺博士和大家說：「我剛來所裏做事，一切都不懂，請諸位今後多多指教。」

他的第一天的工作很輕鬆，只改了四五本「英文函授學校」學生的課卷。

下了班，和他年歲相近的胡雄才到宿舍看他，對他說自己還是練習生，每月薪水只有十八元。沈德鴻的薪水每月二十四元，是「編譯」一級最低的工資。以後每過一兩年，可以加五元。

「你與總經理是不是親戚？」胡雄才盤問沈德鴻。

「不是。」

「不是？我才不信哩。你說不是親戚，可是自有編譯所以來，從沒有聽說一個最低一級的小編輯，是坐了總編輯的專用車、由茶房頭腦伴送來的。」

沈德鴻也不和他多辯論。因為他覺得胡雄才的推論是合理的。胡雄才還悄悄告訴他：「我們編譯所裏，有好多人每月薪水一百元，但是他們長年不編也不譯，只是每天這裏瞧瞧，那裏看看，跟一些拿著高薪又不幹事的人咬耳朵說話。你不知道，這些人都有特別的後臺，特殊的背景，他們跟老闆關係密切。你可不要得罪他們啊！」

送走胡雄才，沈德鴻躺在床上，覺得渾身很疲倦，但胡雄才說的編譯所內幕情況，使他久久不能入睡。他想，母親寫了極誠懇的信，請盧表叔不要把自己弄到官場去，又哪裏料得到這個「知識之府」的編譯所也是個變相的官場！今後的路，究竟該怎麼走呢？

九　入文學之門

沈德鴻到英文部工作已有一個多月了。一天，他翻閱新近出版發行的《辭源》時，心有所感，忍不住給張總經理寫了一封信。在信的開頭，他讚揚「商務印書館的出版事業常開風氣之先，《辭源》又是一例。」接著，舉出《辭源》

中的一些條目在引出處時，有「錯認娘家」的，「而且引書只注書名，不注篇名，對於後代頗不方便。」最後，他寫道：「《許慎說文》才九千數百字，而《康熙字典》已有四萬多字，可見文化日進，舊字不足應付。歐洲文藝復興以來，文化突飛猛進，政治、經濟、科學三者日產新詞，即如本館，早已印行嚴譯《天演論》等名著，故《辭源》雖已收進『物競天擇』、『進化』諸新詞，但仍嫌太少。此書版權頁上英譯為《百科辭典》，甚盼能名實相符，將來逐年修改，成為真正的百科辭典。」

出乎他的意料之外，這封信居然引起了張元濟的注意。當晚，有一位同事悄悄告訴他：「你那封信，總經理批交辭典部同事看後送請編譯所所長高夢旦核辦。」

第二天上班後，高夢旦把沈德鴻叫到小會客室裏談話，對他說：「你的信很好。總經理同我商量過，你在英文部，用非其材，想請你同我們所裏一位老先生——孫毓修，合作譯書，不知意下如何？」德鴻驀然想起，他在植材小學時學校獎給他的那本《無貓國》，不就是孫毓修編譯的嗎？這位孫老先生大概英文很好，要我同他合作譯書，不知怎樣做法，譯什麼書？他向高夢旦表示願意後，高夢旦就帶他去見孫毓修。經過交談瞭解，他發現這位高級編譯的英文水平並不高，編譯的《歐洲遊記》是按意譯用駢體文寫成的。他要德鴻合譯的書是卡本脫的《人如何得衣》（出版時書名為《衣》）。

「老先生的文筆別具風格，我勉力續貂，能不能用，還請老先生裁定。」德鴻謙遜地說。

「試譯一章看吧。」孫毓修自負地回答。

他摹仿孫譯的前三章，僅用三四天便譯出了一章，孫毓修不以為然地說：「真快。畢竟年輕人精力充沛。」待看完德鴻的譯稿，他笑道：「真虧你，驟然看時彷彿出於一人手筆。」德鴻說：「慚愧。還得請你斧削。」孫毓修只不過改動了幾個字，便把譯稿還給德鴻：「你再譯幾章，會更熟練些。」

「不跟原書校勘一下麼？也許我有譯錯之處？」

孫毓修搖搖頭：「本館所出的譯本，向來不對校原著，只要中文好，就付印。」

這使德鴻大吃一驚，怎麼會這樣呢？後來才知道，這是因為編譯中沒有人肯做這項吃力不討好的校勘工作。

這本《衣》譯完後，他又譯了《食》、《住》兩本，都由商務印書館出版

了。這是他最早的譯著。

他們兩人合作的還有《中國寓言初編》。出版時，版權頁上印的是：編纂者桐鄉沈德鴻，校訂者無錫孫毓修。這本書在兩年內就印了三版。

在德鴻看《衣》、《食》、《住》三書的校樣時，主編《學生雜誌》的朱元善找到他說，《學生雜誌》上沒有登過小說，現在打算登點科學小說，請他找點材料。德鴻答應後，在涵芬樓圖書館的英美舊雜誌中，找到一些材料，譯寫出了一篇《三百年後孵化之卵》，交給朱元善，發表在《學生雜誌》1917年第一期上。以後，他又與胞弟德濟合譯了《兩月中之建築譚》，還譯編了《履人傳》、《縫工傳》，都是科學小說一類的通俗讀物。

在這以後的兩年裏，受孫毓修的影響，朱元善的鼓勵，沈德鴻編著了許多童話，有《大槐國》、《負骨報恩》、《獅驢訪豬》、《獅受蚊欺》、《千匹絹》、《蛙公主》、《牧羊郎官》……等等，先後由商務印書館出版。與此同時，他創作的童話《尋快樂》、《書呆子》，也由商務印書館分別於1918年11月和1919年3月出版了。

在兩年裏沈德鴻從翻譯科學小說和編著童話，開始了他的編著與文學的生涯。他還在《學生雜誌》、《婦女雜誌》上發表了一些論文。對於其中的《學生與社會》，他很看重，曾說：「這篇文章可以算得是我的第一篇論文。當時年輕膽大，借著這個題目對二千年來封建主義的治學思想，發了一通議論。」而在《一九一八年的學生》一文中，他認為「亞東局勢必且大變」，因而大聲呼籲學生「翻然覺悟，革心洗腸，投袂以起」，並對學生提出了三點希望：「革新思想」，「創造文明」，「奮鬥主義」。他後來說：「從這篇文章，可以見到我當時的愛國主義和民主主義思想的端倪。」「當然，那時候我主張的新思想只是『個性之解放』、『人格之獨立』等等資產階級民主主義的東西，還不是馬克思主義，因為那時『十月革命』的炮聲剛剛響過，馬克思主義還沒有傳播到中國。」

沈德鴻從1919年起，就「開始注意俄國文學，搜求這方面的書。」他說「這也是讀了《新青年》給我的啟示」。那時，他已讀了陳獨秀、李大釗等人的文章，對李大釗《庶民的勝利》十分佩服。魯迅創作的第一篇反封建小說《狂人日記》，也使他激動不已。

「五四」運動爆發前夕，他在《學生雜誌》上發表了《托爾斯泰與今後之俄羅斯》。這是他關心俄國文學後撰寫的第一篇評論。他敏銳地指出：「俄人

思想一躍出……二十世紀後半期之局面，決將受其影響，聽其支配。今俄之 Bolshevism（布爾什維主義），已彌漫於東歐，且將及於西歐，世界潮流，澎湃動盪，正不知其伊何底也。」

在「五四」運動的影響和推動下，他開始專注於文學，翻譯介紹了大量的外國文學作品。在《學生雜誌》和《時事新報》副刊《學燈》上發表，如契訶夫的短篇小說《在家裏》是他第一次用白話翻譯的小說。在《近代戲劇家傳》的長文裏，他介紹了比昂遜、契訶夫等三十四個作家。

從這時候，他發表文章的署名已不是沈德鴻，而是「冰」、「雁冰」。年幼時，他祖父根據《詩經》中「鴻雁不定期賓」，為他取的字是「雁賓」。後來，他曾寫作「謙賓」、「燕斌」，此時又據諧音寫作「雁冰」。1919 年 11 月 18 日，《學燈》上刊出《沈雁冰致虞裳》（通訊），可以認為是他以字代名，正式使用「沈雁冰」這一名字的開始。

「五四」之後，《新青年》公開宣傳馬克思主義，發表了李大釗的《我的馬克思主義觀》。這時沈雁冰開始接觸馬克思主義，同時也「如饑似渴地吞咽外國傳來的各種新東西」及「各種主義、思想和學說。」他寫道：「馬克思主義作為社會主義的一個學派被介紹進來，但十分吸引人，因為那時已經知道，俄國革命是在馬克思主義的指導下取得勝利。」他又寫道：「也是在這種求真理欲的驅使下，我還譯過兩篇尼采的東西……，還寫了一篇介紹尼采的文章《尼采的學說》，登在 1920 年初的《學生雜誌》上。」

「五四」時期的沈雁冰，就是這樣一個青年：熱愛工作，愛好文學，追求真理，勤奮寫作。

一〇　婚　事

沈德鴻參加工作才半年，由於編、譯工作出色，每月工資由二十四元增加到三十元。

年底，編譯所的一些外地編輯大多回家過春節，沈德鴻也離滬返鄉探望母親。到家後，立即上樓去向母親請安。他說：「媽，您一人在家太辛苦了！」

「德鴻，你逢年回家來看看，媽就什麼苦也不覺得了。」陳愛珠接著問：「德鴻啊，你在上海有女朋友麼？」

「沒有。」他如實回答道，「媽，你不是說過，我小時候，父親就為我和

孔家定了親嗎？」

陳愛珠說：「是啊！女家又來催了，我打算明年春節前後給你辦喜事。」

這門親事是德鴻祖父和父親生前爲他定下的。在烏鎮，沈家和孔家本是世交。沈家的紙張店和孔家的紙馬店、蠟燭坊，常有商業上的往來。

烏鎮東柵有一家錢興隆南貨店，離觀前街不遠。德鴻的祖父常抱著他去那裡玩，孔繁林也抱著三孫女到那裡玩，兩人一起與店主錢春江閒談。德鴻五歲時初夏的一天，抱著長孫的沈恩培和懷抱三孫女的孔繁林，又在錢興隆南貨店相遇了。錢春江逗著一對小兒女，對沈、孔兩人說：「看這一對小寶貝多好。你們兩家定了親罷，本是世交且亦門當戶對。」德鴻祖父和孔繁林都同意。沈恩培回家將這事對德鴻父親說了，沈永錫也同意。而當沈永錫把此事對妻子說時，陳愛珠卻不同意：「兩邊都小，德鴻五歲，孔家孫女四歲，長大時是好是歹，誰能意料。」沈永錫說：「正因爲女方年歲小，定了親，我們可以作主，要女方不纏腳，要讀書。」他還對妻子說，在他和她定親以前，孫家曾差媒人拿了孔繁林的女兒的庚帖來說親，不料請算命先生排八字時，說是聯姻不得，女的剋夫。婚事也就不成。那時，他已中了秀才，對方也已十六七歲。誰知那位孔家小姐聽說自己命中剋夫，覺得永遠嫁不出去了，身體又素來羸弱，受不了這個打擊，憂愁成病，不久就去世了。最後他說：「爲此我覺得欠了一筆債似的，所以不願拒絕這次的婚姻。」

「如果這次排八字又是相剋，怎麼辦呢？」陳愛珠有點擔心地問。

「此事由我作主，排八字不對頭，也要定親。」沈永錫決斷地答，又說，「我就不信排八字，你我定親，不是也沒有卜吉嗎！」

陳愛珠聽丈夫說得有理，就不再爭了。沈家請錢春江爲媒，把親事定下來。孔家送來孫女的庚帖，經算命先生排八字，竟是「大吉」。沈永錫請媒人告訴孔家，不要給女孩子纏腳，要教女孩子識字。但是孔家守舊，認爲「女子無才便是德」，不重視沈家的要求。

這次，陳愛珠又把往事對兒子說了一遍。接著說：「德鴻，從前我料想你出了學校後，不過當個小學教員，至多中學教員，一個不識字的老婆還相配，現在你進商務印書館編譯所不過半年，就受重視，今後大概一帆風順，還要做許多事。這樣，一個不識字的老婆就不大相稱了。所以要問你，你如果一定不要，我只好託媒人去退親。」德鴻想了一下說：「媽，我現在正年輕，心裏想的是好好幹一番事業。既然家裏早已爲我定了親，女方不識字也沒啥關

係，她過門到我們沈家，孔家就不能再管她了，您可以像小時教我那樣，教她識字讀書，再說，也可以讓她進學校。」聽兒子這麼說，陳愛珠轉憂為喜道：「好吧，那就明年過春節時給你辦喜事。」

1918 年 2 月春節，沈德鴻和孔家的三姑娘結了婚。婚後第二天，他同新娘子向母親請安。陳愛珠婉轉地考問新娘子識字的情況，才知道她只認得一個「孔」字，還有一到十的數目字。

新娘子知道新郎曾在北京讀書，現在上海做事，就問：「北京離烏鎮遠，還是上海離烏鎮遠？」

陳愛珠聽了心想，孔家這麼閉塞，真是想不到。便說：「我們從前多次告訴你們家大人，要讓你讀書，原來你爹娘沒有理睬。這自然不能怪你。」

新婚後第三天，德鴻伴著新娘子「回門」。所謂「回門」，是當地一的種鄉俗，也稱「三朝回門」，通常是岳家以茶點招待女婿，女婿正式會見岳父母及近親。岳父同德鴻客氣了幾句後即離開，他倆便上樓去見岳母。交談不幾句，兩個男孩子追著跑上樓來，大的揪著小的打起來。德鴻聽岳母問：「怎麼又打架了？」那個大孩子仍扭著小的不放。「阿六！你又欺侮弟弟，也不看看有客人？這是你姐夫！」新娘子猛喝道。大孩子住了手，朝德鴻看了一眼，垂著手下樓去了。

德鴻這才知道大的叫令俊（後改名另境），小的叫令傑，是他的兩個小舅子。他心想：令俊不怕母親，卻怕姐姐，看來這姐姐會管教。又想，她們母女之間一定有私房話，我還是下樓去用茶點罷。走下樓，大姨陪著他用茶點。過了片刻，他想：回門不過是禮節性的事，何必多坐。就向大姨告辭。

「三小姐，新官人要回去了。」大姨向樓上喊道。

一會兒，他看到新娘子下來了，眼泡有點紅，似乎哭過，也不便問。返回家中，德鴻母親再三問，新娘子才說她同母親吵了一架。事情原來是這樣的：德鴻下樓後，她就哭起來。她母親問：「是女婿待你不好麼？」她搖了搖頭。又問：「是婆婆待你不好嗎？」她說：「婆婆是有名能幹的人，待我像待自己的女兒一樣。」又問：「那你到底為什麼要哭？」她說：「我恨你和父親！沈家早就多次要我讀書，你們為什麼不讓我讀書？女婿和婆婆都是讀過許多書的，我在沈家像個鄉下人，你們耽誤了我一生一世了。」

陳愛珠看新娘子說著又掉下眼淚，便笑道：「這麼一點事，也值得哭？你要識字讀書，能寫信，能看書看報，那還不容易？」又說：「只要肯下功夫，

不怕年歲大了學不成。我雖然沒有讀過多少書，教你還不費力。」聽婆婆這麼一說，新娘子破涕爲笑了。

德鴻母親又問她：「你有名字麼？我總不能老叫你新娘子。」她搖搖頭，父母叫她阿三。陳愛珠讓兒子給她取個名字。德鴻想了想，告訴母親：「據說天下姓孔的，都出自孔家一脈，他們家譜上有規定，例如繁字下是祥字，祥字下是令字，我岳父名祥生，兩個小舅子名令俊、令傑，新娘子取名令嫻、令婉，都可以。」

陳愛珠說：「剛才新娘子不是說，我待她跟女兒一樣麼？我正少個女兒，我就把她作爲女兒，你照我們沈家的辦法，給她取個名吧。」

德鴻答道：「按沈家，我這一輩，都是德字，下邊一字要水旁，那就替她取名德沚罷。可是照孔家排行，令字下邊才是德字。新娘子如果取名德沚，那就比她的弟兄小一輩了。」

「我們不管他們孔門這一套，就叫她德沚吧。」

新娘子也高興叫這個名字。從此，陳愛珠和德鴻母子倆，都叫新娘子德沚。

母親囑咐兒子，先由他教德沚識字，等他回上海後，再由自己教。沈德鴻於是開始教新娘子學習識字、讀書，成了妻子的啓蒙老師。這一年，他二十二歲，孔德沚比他小一歲。

一一　革新《小說月報》

沈雁冰在加入上海共產黨小組不久，商務印書館當局決定適應「五四」以來的新潮流，全面革新《小說月報》。由於在這之前，他已爲《小說月報》半革新的幾期撰寫了《小說新潮欄宣言》、《新舊文學平議之評論》等文章，實際主持了該刊「小說新潮」欄的編輯事務，編譯所所長高夢旦就約他談話，在座的還有陳慎侯。

「王蒪農已辭去《小說月報》和《婦女雜誌》的主編。這一年來，你幫助這兩個雜誌革新，寫了不少好文章。我們想請你擔任這兩個雜誌的主編，不知沈先生可有意見？」高夢旦說。

沈雁冰略思索一下說：「承蒙館方看得起我，但我只能擔任《小說月報》的編輯，《婦女雜誌》不能兼顧。」

高夢旦還想勸學雁冰兼任。高級編審、他的智囊陳愼侯在他耳邊悄悄說了幾句，他便不再提這件事了。又問：「沈先生，你全部改革《小說月報》，有哪些具體辦法？」

「讓我先瞭解《小說月報》存稿情況以後，再提辦法，現在還說不上。」

「好的。你就立刻去辦吧。」高夢旦最後說。

沈雁冰向王蒓農瞭解後，發現存稿全是「禮拜六」派的，林琴南譯的小說稿也有十幾萬字。就向高夢旦提出：一，現在稿子都不能用；二，全部改用五號字（原爲四號字）；三，館方應當給我全權辦事，不能干涉我的編輯方針。

高夢旦與陳愼侯商量後，全部接受他提出的意見，但提醒他：明年一月號的稿子，兩星期後必須開始發排，四十天內結束，一月號才能準時出版。

沈雁冰立即著手組稿。他不擔心論文和翻譯的稿件，只擔心創作的。心想，北京有魯迅，幾年前我就讀過他在《新青年》上發表的《狂人日記》，真是好作品！可是，我同他素不相識；還有周作人，他寫的文章也是極好的，但也未交往過；忽然他想起了王劍三（王統照），這個人的《湖中夜月》，是我給他發在《小說月報》第十一卷第十號上的，何不寫信給他，讓他幫我聯絡一下呢？他當即寄出一封快信，告訴王劍三：《小說月報》即將完全革新，由他主編，請儘快寫稿並約熟人稿子。

幾天後，他竟收到了鄭振鐸給他的信。當時，他們兩人還未見過面，互不認識。鄭振鐸說他是王劍三的好朋友，看了來信，大家都願意供給稿子，並說他們正在組織一個新文學團體，叫「文學研究會」，發起人是周作人等，邀請沈雁冰參加。

這封信，給了他極大的鼓舞。在這年最後一期的《小說月報》上，他擬寫了《本月刊特別啓事》五則，第一則說：「近年以來，新思想東漸，新文化已過其建設的第一幕，而方謀充量發展。本月刊鑑於時機已至，亦願本介紹西洋文學之素志，勉爲新文學前途盡一分之天職。自明年第十二卷第一期起，本月刊將儘其能力，介紹西洋之新文學，並輸進新文學應有之常識。面目既已一新，精神也當不同。」

第五則啓事則宣佈：「本刊明年起更改體例，文學研究會諸先生允擔任撰著，敬列諸先生之台名如下：周作人，瞿世英，葉紹鈞，耿濟之，蔣百里，郭夢良，許地山，郭紹虞，冰心女士，鄭振鐸，明心，盧隱女士，孫伏園，

王統照，沈雁冰。」

　　1921 年 1 月 10 日，第十二卷第一號《小說月報》以嶄新的面貌與讀者見面了。沈雁冰在他執筆的《改革宣言》中寫道：「不論如何相反之主義，咸有介紹之必要。故對於為藝術的藝術與為人生的藝術，兩無所祖。必將忠實介紹，以為研究之資料。」但是，「就國內文學界的情形言之，則寫實主義之真精神與寫實主義之真傑作，未嘗有其一二」，所以「在今日尚有切實介紹之必要。」這個宣言，第一次在中國新文學界高高地舉起了寫實主義（即現實主義）的旗幟！

　　第一號刊出了周作人、沈雁冰的論文和評論，冰心、葉紹鈞、許地山等人的六篇創作，耿濟之、孫伏園、王統照等人的譯文，以及鄭振擇的「書報評介」和沈雁冰自己寫的「海外文壇消息」。

　　《時事新聞》副刊《學燈》的主編李石岑讀了這第一號，寫信熱情讚揚，並提出了一些希望。

　　沈雁冰寫信表示感謝，他說：「中國的新文藝還在萌芽時代。我們以現在的精神繼續做去，眼光注在將來，不做小買賣，或者七年、八年之後有點影響出來。」並且說：「我敢代表國內有志文學的人宣言：我們的最終目的是要在世界文學中爭個地位，並作出我們民族對於將來文明的貢獻。」

　　這，就是新文學奠基者和開拓者之一的沈雁冰的抱負：讓中國的新文學走向世界！

　　《小說月報》革新後，銷數直線上升：5000→7000→10000，……商務印書館在各地的分館紛紛來電要求下期多發。商務印書館的頑固派老闆長期來憎恨新思想、新文學，此時竟在金錢驅使下屈服了。

一二　鍾英小姐

　　一天早上，沈德鴻照例去編譯所上班。兩個相熟的編輯來到他面前，笑著問道：「雁冰兄，你的情書怎麼這樣多呀？」

　　「哎哎，不要拿我尋開心了。我早就結婚了，還有誰給我寫情書？」

　　「沒有？我們拿出真憑實據，你老兄可得請客。怎樣？」

　　沈德鴻一時被弄得丈二和尚摸不著頭腦，便應允道：「好好，你們拿得出憑據，我作東！」

　　「一言為定。」那兩個人揚起一疊信說，「咦，你看！『沈雁冰先生轉鍾

英小姐臺展』，這『鍾英小姐是誰呀？」

沈雁冰一看，慌忙說：「我請客！我請客！」他從兩人手中奪過那疊信，掏出幾張鈔票交給他們，急匆匆走進自己的辦公室，坐在圈椅裏，心頭還不住地怦怦跳。

「鍾英小姐」是誰呢？這可是「絕密」的事。他想，同事們認爲是我的情人，就讓他們這麼想吧。這事是無法去解釋的。

那時，他收到的「沈雁冰先生轉鍾英小姐臺展」和「沈雁冰先生轉陳仲甫先生臺啓」的信，每天都有幾封。陳仲甫是誰，同事們倒不注意，而鍾英小姐是何人，卻引起了人們的興趣。一個小姐，竟有這麼多的信，而且是從全國各地寄來的，幾乎各省都有。一般人推測，這位鍾英小姐是沈雁冰的情婦，因爲他素有「風流才子」之稱，雖然他已有了妻子（孔德沚），再有個把情婦，是極平常的事。沈雁冰的好友鄭振鐸幾次問他，總是得不到切實的答覆。

有一天，鄭振鐸從郵遞員手裏接過一封「沈雁冰先生轉鍾英女士展」的信，忍不住就偷拆開來看了。起先，他猜想一定是封情書，等到一看內容，原來是中共福州地方委員會給中共中央的報告。乖乖不得了！他連忙塞進去，重新封好，交給了沈雁冰。

「擇鐸兄，此事請萬勿向他人言及。」沈雁冰囑咐好友爲他保密。

鄭振鐸點了點頭：「放心。」

「鍾英」實爲「中央」的諧音，是中共中央的化名。陳仲甫，是中共中央總書記陳獨秀，他的字是仲甫。

沈雁冰是 1920 年年初，和陳獨秀結識的。那天，他應陳獨秀之約，到法租界環龍路漁陽里二號去見陳，商談《新青年》雜誌移滬出版的問題。除了他，陳獨秀還約了陳望道和李漢俊、李達。後來沈雁冰說：「這是我第一次會見陳獨秀。他，中等身材，四十來歲，頭頂微禿，舉動隨便，說話和氣，沒有一點『大人物』的派頭。我們曾在上海報上看到他於 1919 年夏季被捕、關押三個月的消息，都想知道詳細情況。他笑了笑，滔滔不絕地說了一大堆話。但因安徽土話腔調很重，我不能完全聽懂。」

陳獨秀說了自己被捕、入獄及獲釋的經過後，告訴他們，他此次來上海，是李大釗設法讓他化裝成商人，保護他到天津，然後乘輪船南下的。並說，他已辭去北京大學文學院院長的職務。在他被捕前，因爲《新青年》的編輯

方針，和胡適等人發生了衝突。他和李大釗主張《新青年》要談政治，而胡適等人主張不談政治，把刊物辦成單純研究文、史、哲的學術性刊物。他在一怒之下，對胡適說：「《新青年》是我創辦的，我要帶到上海去！」

五個人經過商量，決定《新青年》的編輯部就設在陳獨秀的寓所，在法大馬路大自鳴鐘對面自辦發行所。

七月，陳獨秀、李漢俊、李達等六人發起成立了上海共產黨小組。十月，沈雁冰由李漢俊介紹，成為上海共產黨小組的一員。李達立即約他為上海共產黨小組成立後出版的第一個秘密發行的黨刊——《共產黨》寫文章。

沈雁冰知道，這份黨刊是要專門宣傳和介紹共產黨的理論和實踐，以及第三國際、蘇聯和各國工人運動的消息。共產黨小組的成員為黨刊撰文，是為籌建中國共產黨進行思想上的準備。

他接受了任務，從 1920 年 12 月至 1921 年 5 月，在《共產黨》上連續發表了幾篇譯文，計有《共產主義是什麼意思》（副題：《美國共產黨中央執行委員會宣佈》）、《美國共產黨黨綱》、《共產黨國際聯盟對美國 IWW（世界工業勞動者同盟的簡稱）的懇請》、《美國共產黨宣言》、《共產黨的出發點》。

沈雁冰說：「通過這些翻譯活動，我算是初步懂得了共產主義是什麼，共產黨的黨綱和內部組織是怎樣的；尤其《美國共產黨宣言》是一篇馬克思主義理論及其應用於無產階級革命實踐的簡要的論文，它論述了資本主義的破裂、帝國主義、戰爭與革命、階級鬥爭、選舉鬥爭、群眾工作、無產階級專政、共產主義社會的改造等等。」

由於從譯文中學到了關於共產主義的初步知識，他在《共產黨》第三號上撰寫了一篇《自治運動與社會革命》，指出「中國的前途只有無產階級革命」。

《共產黨》第四號上，還發表了他翻譯的列寧《國家與革命》的第一章。但他只從英譯本轉譯了這第一章，因為他感到：「對於馬克思主義的經典著作沒有讀過多少的我，當時要翻譯好《國家與革命》是很困難的。於是也就知難而退，沒有繼續翻譯下去。」

7 月中共「一大」選出陳獨秀為總書記。沈雁冰成為中國共產黨的第一批黨員之一。

有一天，陳獨秀找到他，機密地說：

「雁冰，我有一件重要的事和你談。你知道，近來各省的黨組織已經次

第建立，中央和各省黨組織之間的信件和人員的來往日漸頻繁。中央考慮到你在商務印書館編輯《小說月報》，這是個很好的掩護，決定派你擔任直屬中央的聯絡員。不知您有沒有意見？」

「中央的決定，我服從。不知我的具體工作有哪些？」

「我們來好好商量一下。」

陳獨秀告訴沈雁冰，決定將他編入中央工作人員的支部。主要任務是保持各省黨組織與中央的聯繫。具體工作有兩項：一是外地給中央的信件，都寄給他轉中央，用「鍾英」作為中央的化名。再由他每日匯總後送到中央。二是外地有人來上海找中央，也先去找他，對過暗號後，他問明來人所住的旅館，就讓來人回去靜候；他則把來人姓名、住址報告黨中央。

從這天起，沈雁冰就天天到編譯所辦公，唯恐外地有人來找不到他。編譯所那兩個編輯和鄭振鐸，哪裏會知道這些黨內的秘密情況呢。

當沈雁冰接手主編《小說月報》，和為黨刊寫文章的大忙期間，他給母親寫了一封信，說是「因為事忙，春節不能回家了」。在這之前，他母親曾來信問他：每月六十元的薪水總夠花了，為什麼還要寫那麼多文章「賺外快」？老人家雖說是怕兒子熬夜寫文章弄壞身體，但言外之意是懷疑他瞞著自己有什麼不軌的事，尤其是結交女朋友。這次收到他的信，居然連春節也不想回來了，她更懷疑兒子，擔心兒子在十里洋場的燈紅酒綠中，會把她忘掉，將媳婦拋棄。於是，立刻給兒子寄去一封快信。

沈雁冰拆開信，看到母親在信裏寫道：「你說春節不回來，那好，你馬上找房子，我這幾天就要和德沚一起，搬家來上海！」他心想：母親的語氣如此嚴厲，是過去不曾有過的。這是為什麼呢？他把信又看了一遍，終於看出老人家還是怕他在上海單身一人，會結交女朋友。「哦，原來如此。」他笑了，立即覆信母親，答應就去找房子。

經過託人幫忙，才在寶山路鴻興坊找到一處，是一樓一底帶過街樓的。這樣的房子很難找到，原房客要的「頂費」超出合理價格六七倍，高達一百五十多元。他雖覺得太貴，但是因他母親連著來信催問，只好照數付給，「頂」了下來。

沈雁冰把母親和妻子接到上海新居。老人家和孔德沚雖沒看到女人來找，可是仍然不放心。兩人心想：他怎麼有時晚上出去，要到半夜十二點，甚至下一點才回家呢？

　　原來他是去出席黨的支部會議的。而法租界漁陽里二號陳獨秀的寓所，距他家所在的閘北，路很遠，會後要花很多時間走路回家。起先，他對母親的問話還支吾其詞。後來他想：「如果我不把真實事情對母親和德沚說明，而假託是在友人家裏商談編輯事務，一定會引起她們的疑心。」於是，他便向母親說明他已加入共產黨，而每周一次的支部會議是非去不可的。

　　「何不到我們家來開呢？」他母親問。

　　「如果這樣，支部裏別的同志就也要像我那樣從很遠跑來，夜深回去，那也不好。」

　　老人家聽兒子這麼說，覺得有理，便覺悟地望著兒子說：「好吧，德鴻，你放心去開會，媽給你等門。」

一三　反擊「禮拜六派」

　　沈雁冰在魯迅和文學研究會會員的支持下，把革新後的《小說月報》辦得生氣勃勃，吸引了社會各界讀者，尤其是大中學校的青年學生。

　　鴛鴦蝴蝶派文人不甘心失掉《小說月報》這個地盤，他們或撰文發難，或暗中誹謗，扭成一股勢力向革新後的《小說月報》和沈雁冰個人發起了攻擊，企圖奪回《小說月報》的編輯大權。

　　這樣的攻擊，是沈雁冰意料中的。不過，他心裏仍很苦惱。1921 年 9 月 21 日，他給周作人寫信，敘述了自己的心情：「《小說月報》出了八期，一點好影響沒有，卻引起了特別意外的反動，發生許多對於個人的無謂的攻擊，最想來好笑的是因為第 1 號出後有兩家報紙來稱讚而引起同是一般的工人的嫉妒；我是自私心極重的，本來今年攬了這撈什子，沒有充分時間念書，難過得很，又加上這些鳥子夾搭的事，對於現在手頭的事件覺得很無意味了，我這裡已提出辭職，到年底為止，明年不管。」

　　後來，沈雁冰又在給周作人的信裏說，因為編譯所長高夢旦不同意，他「對於改革很有決心，」「我也決意再來試一年。」

　　1921 年夏，高夢旦因自己不懂外文，主持編譯所事務感到力不從心，徵得張元濟同意，到北京去請胡適來做編譯所所長。胡適於 7 月來到上海，但他說要先瞭解一下編譯所情況，再作決定。第二開，他在編譯所會客室輪流「召見」所內的高級編輯和刊物主編談話。沈雁冰也被「召見」。他從來沒見過胡適，但他早從陳獨秀那裡知道，在北京大學的教授中，胡適是保守勢力

的代表人物。因此當胡適讓他坐下後，他只回答胡適的詢問，不想多談。他觀察胡適，只覺得這位大名鼎鼎的北大教授的服裝有點奇特，穿的是綢長衫、西式褲、黑絲襪、黃皮鞋。他沒有見過這樣中西合璧的打扮。心想：「這倒象徵了胡適的為人。」胡適經過一番瞭解，不願擔任編譯所所長，就推薦王雲五來。他說：「王雲五既有學問，也有辦事才能，比我強得多。」據茅盾分析，胡適自己不幹而推薦王雲五，「他一方面既可以仍然是中國最高學府的名教授，門牆桃李，此中大可物色黨羽，而另一方面則可以遙控商務印書館編譯所，成為王雲五的幕後操縱者。胡適深知王雲五是個官僚與市儈的混合物，談不上什麼學問，是他可以操縱的。」商務當局的保守派對王雲五很中意，沈雁冰和其他有真才實學的高級編輯則看不起他。

1922 年 7 月，沈雁冰寫的《自然主義與中國現代小說》在《小說月報》上刊出，批判「禮拜六派」。當時一些專寫愛情小說的作家，他們在小說中常用「三十六鴛鴦同命鳥，一雙蝴蝶可憐蟲」的濫調。因此人們稱這派作家為「鴛鴦蝴蝶派」。又因為這派作家發表作品的最老的刊物是《禮拜六》，所以人們又稱他們為「禮拜六派」。《小說月報》在革新之前發表的小說，都是「禮拜六派」的作品。茅盾當了主編之後，把原來已經決定刊用的多篇「禮拜六派」的小說稿封存入庫，招致了「禮拜六派」文人的百般攻擊。茅盾撰寫這篇評論，批評「禮拜六派」寫得最多的戀愛小說或家庭小說思想，無非是「書中自有黃金屋，書中有女顏如玉」的各色各樣的翻版而已。茅盾的文章義正詞嚴，擊中了「禮拜六派」的要害，因之他們對他「恨之更甚」。「禮拜六派」就對商務當局施加壓力，商務當局中的保守派就讓王雲五去威脅沈雁冰。王雲五自己不出面，派了一個姓李的秘書來，架子十足地說：「沈先生，王所長近日風聞《禮拜六》將提出訴訟，要告《小說月報》破壞它的名譽。所長希望你在《小說月報》上再寫一篇短文，表示對《禮拜六》的道歉。不知尊意如何？」

「什麼，要我們道歉？絕對辦不到！王所長應該知道，是『禮拜六派』先罵《小說月報》和我個人，足足有一年之久，我才從文藝思想的角度批評了『禮拜六派』，如果說要打官司，倒是我們早就應該控告『禮拜六派』；況且文藝思想問題，北洋軍閥還不敢來干涉，『禮拜六派』是什麼東西，敢做北洋軍閥不敢做的事情！」沈雁冰理直氣壯地說了這番話。

對方一時語塞。

沈雁冰又說：「哼！我要把這件事原原本本，包括商務當局的態度，用公開信的形式，登在《新青年》以及上海、北京四大副刊上，喚起全國的輿論，看看『禮拜六派』還敢不敢打官司！」

姓李的心裏清楚，沈雁冰說的「四大副刊」是上海《時事新報》的《學燈》、《民國日報》的《覺悟》，北京《晨報》和《京報》的副刊。要是他真的這麼行事，那可招架不住，便恐慌地連聲說：「沈先生，事情且不可鬧大，不可鬧大。」

說完就急忙打開門，灰溜溜地走了。

王雲五不肯甘休，派人檢查《小說月報》發排的稿子。沈雁冰發覺了這事，怒衝衝地去向王雲五提出抗議：「當初我接編《小說月報》時，曾有條件：館方不得干涉我的編輯方針。現在你們既然背約，只有兩個辦法，一是館方取消內部檢查，二是我辭職。」

「沈先生，有什麼事可以商量嘛。」王雲五說。

「沒什麼好商量的！」沈雁冰扔下這句話，就離開了王雲五的辦公室。

王雲五與商務當局研究後，答應沈雁冰辭去《小說月報》的主編，但是堅決挽留他仍在編譯所當編輯，並說明：做什麼事，由他自己提出，館方一定尊重他的意見，而且決不用別的編輯事務打擾他。《小說月報》的主編由鄭振鐸接替，從 1923 年 1 月號起。第十三卷十二號仍由沈雁冰編完。商務當局選擇鄭振鐸，是因為「鄭振鐸亦文學研究會人，商務藉此對外表示《小說月報》雖換了主編，宗旨不變。」

沈雁冰後來曾寫道：「當時我實在不想再在商務編譯所工作，而且我猜想商務之所以堅決挽留我，是怕我離了商務另辦一個雜誌。」

他的情況，被陳獨秀知道了，就勸他說：「雁冰，你現在若離開商務，中央就得另找聯絡員，但是暫時又沒有合適的人選。我看你還是留在商務編譯所吧。」

沈雁冰想，既然黨的事業需要，那我就暫時留下，以後再說。他又向王雲五提出：「在我仍任主編的《小說月報》第十三卷內任何一期的內容，館方不能干涉，館方不能用『內部審查』的方式抽去或刪改任何一篇。否則，我仍將在上海與北京的四大報紙副刊上，用公開信揭發商務當局的背信棄義，和你們反對新文學的頑固態度！」王雲五聽了無可奈何，只好同意。

沈雁冰為此撰寫了短評《真有代表舊文化舊文藝的作品麼？》，特意署

名「雁冰」，刊登在《小說月報》第十三卷第十一號的社評欄內。這篇評論是擲向「禮拜六派」的又一把銳利的匕首。沈雁冰在文章中說他不同意有些人把「禮拜六派」看作是「舊文化舊文藝」的代表，並且引了北京《晨報》副刊上子嚴寫的《雜感》，猛烈抨擊「禮拜六派」一流「只是現代的惡趣味——污毀一切的玩世縱欲的人生觀」，「禮拜六派的文人把人生當作遊戲，玩弄，笑謔；……這樣下去，中國國民的生活不但將由人類的而入於完全動物的狀態，且將更下而入於非生物的狀態去了。」他大聲疾呼：「我們為要防止中國人都變為『猿猴之不肖子』，有反抗『禮拜六派』運動之必要；至於為文學前途計，倒還在其次，因為他們的運動在本質上不能夠損及新文學發達的分毫。」在同一期的社評欄內，還發表了沈雁冰寫的另一篇短評：《反動？》。他指出，「禮拜六派」的通俗刊物氾濫，這不是「反動」，而是「潛伏在中國國民性裏的病菌得了機會而作最後一次的發泄」。接著語重心長地說：「治標不如治本，我們一方面固然要常常替可愛的青年指出『通俗刊物』裏的誤謬思想與淺薄技能，一方面亦要從根本努力，引青年走上人生的正路。」

寫了這兩篇評論之後，沈雁冰感到反擊「禮拜六派」的痛快。他在晚年寫道：「同一期的《小說月報》接連兩篇社評都正面抨擊『禮拜六派』，可以說是我在離職前對王雲五及商務當權者中間的頑固派一份最後的『禮物』。」

魯迅、鄭振鐸、周作人等也都發表文章，對「禮拜六派」進行了連珠炮似的反擊。連成仿吾也在《創造季刊》上寫了一篇《歧路》，對「禮拜六派」狠狠地開了一炮。

在沈雁冰和其他新文學戰士的反擊下，「禮拜六派」雖未徹底垮臺，也噤若寒蟬了。

這場反擊「禮拜六派」的鬥爭，影響深廣。作家黃源說：「茅盾同志1921年主編《小說月報》，他一手把原是鴛鴦蝴蝶式的《小說月報》，改革為如魯迅先生所說的，『主張為人生的藝術的，是一面創作，一面也著重翻譯的，是注意於介紹被壓迫民族文學』的文學月刊。……這真是一次文學革命，對近代新文學史具有劃時代的開導作用。……茅盾同志繼《新青年》之後，給予其致命的打擊，使鴛鴦蝴蝶派從此一蹶不振。當時像我這樣的文學青年，從此都擺脫它的影響，開始接受世界的現實主義文學流派的教育。」

一四　並肩戰鬥

沈雁冰和孔德沚這對年輕夫婦，在十月社會主義革命七週年紀念日那天，去出席瞿秋白與楊之華的婚禮。

沈德沚曾聽沈雁冰談起瞿楊結合的事：楊之華與前夫沈劍龍意氣不投，感情不合，隻身來上海投奔革命，考進了上海大學社會學系。後來她與瞿秋白戀愛了，就給沈劍龍去信，要求離婚。沈劍龍從浙江蕭山回信說：「這是很平常的事，我到上海來和你面談。」結果，在張太雷、施存統、沈澤民、張琴秋等見證人面前，雙方協議，在《民國日報》上同時刊登了三條啟事：一為沈楊離婚啟事，二為瞿楊結婚啟事，三是瞿沈做朋友啟事。離婚啟事大意是：雙方很愉快地解除婚姻關係，但仍保留友誼關係，互相幫助，互相敬愛。做朋友的啟事說，兩人以後仍是最親愛的好朋友。

瞿、楊結婚後，和沈雁冰成了鄰居。沈雁冰住的是閘北泰順里十一號，瞿秋白是十二號。

當時，沈雁冰是中共上海兼區（江浙）執委會的執行委員，又是商務印書館的黨支部書記，支部會議常在他家中召開。瞿秋白是中共中央委員，也常代表中央出席指導。

孔德沚看著沈雁冰天天忙到深夜，心裏很急。但她不是黨員，幫不上忙。兩個孩子由婆婆照看，她於是跟楊之華、張琴秋到紡織廠去做女工工作，同去的還有葉聖陶的夫人胡墨林。

這時的孔德沚，已不是剛與沈雁冰結婚時那個只認識「孔」字的新娘子了。她在婚後，丈夫曾教了她一個多星期。後來又跟著婆婆識字、寫字，兩三個月，便認識了五六百字，能默寫、解釋。接著，她到桐鄉石門鎮振華女子學校讀小學。同班的學生都比她小，多數只有十一二歲，合不來；只有兩個十六七歲的大姑娘和她要好，一個是張琴秋，另一個是譚琴仙。她們後來都參加了革命。

孔德沚在振華女校讀了一年半，已能讀淺近的文言文、寫短信。由於對女校長的作風不滿意，才回到家中自修。上午，她請婆婆教一篇文言文，下午她寫作文，請婆婆批改。

後來，她跟婆婆一起到了上海，才和沈雁冰住在一起。沈雁冰忙著革新《小說月報》，又擔任了黨中央的聯絡員，沒時間教她學習，便送她進愛國女校的文科讀書。她很勤奮，一早去上學，中午回家吃完飯，就奔往學校，傍

晚才返家。

沈雁冰每星期一次去漁陽里二號開會。深夜回家時都是母親在等門。孔德沚第二天要讀書，母親體諒她，叫她早睡。

孔德沚得到婆婆、丈夫的關心，自己一門心思學文化，由小學畢業漸漸提高到初中的程度。

中國共產黨成立後，相繼創辦了平民女校和上海大學，爲革命事業培養幹部。沈雁冰先在平民女校教英文，學生有王劍虹、王一知和蔣冰之（丁玲）等十幾人。後來他又在上海大學中國文學系教小說研究，也爲英國文學系學員講歐洲文學史。

上海大學開辦不久，孔德沚的弟弟孔令俊（另境）也來到上海。沈雁冰看這個小舅子比過去大有長進，作事也有決斷，就與妻子商量介紹他進了上海大學讀書，使他「一則學點革命道理，二則也有個住宿的地方」。

孔令俊進入上海大學中文系以後，在同學中結識了戴望舒、施蟄存，後來也成爲一個革命作家。

孔德沚參加了女工工作以後，也和沈雁冰一樣，天天出去。

楊之華是上海大學學生會執委，又在國共合作的國民黨上海執行部青年婦女部工作，她讓孔德沚協助辦女工夜校和識字班，同時宣傳革命的道理。兩人結成了好朋友。那時，孔德沚經常穿著女工的衣服和布鞋，跟了楊之華、張琴秋出去，深夜才回家。

她們幾乎走遍了楊樹浦的老怡和紗廠、東方紗廠、大康紗廠，引翔港的公大、同興、厚生紗廠、浦東的日華紗廠、英美煙廠，虹鎮的協成絲廠。和女工們談心，瞭解女工和家庭的疾苦，動員女工們學文化。

有時，孔德沚和楊之華、張琴秋去向瞿秋白彙報女工工作。瞿秋白便和她們談革命的形勢，講怎樣發動工人跟資本家鬥爭，回答她們的問題，還教她們怎樣有系統地編寫夜校教材。

孔德沚每每回到家，就興奮地告訴丈夫和婆婆，某某女工怎樣了，某某女工家裏又如何了，某某廠裏發生了什麼事……

一九二五年一月，中國共產黨第四次代表大會在上海舉行。沈雁冰知道，在這次大會上，瞿秋白當選爲中央委員，主編《嚮導》；楊之華擔任了中央婦女部委員。

有一天晚上，孔德沚回到家，喜孜孜地對丈夫說：「德鴻，我告訴你一件

喜事……」

「怎麼，你又有了？」沈雁冰以爲妻子又懷孕了。

「不是，我入黨了。」

「哦，這可眞是喜事！」他握住妻子的手說：「祝賀你，德沚同志！」

她又告訴沈雁冰，是楊之華介紹她加入共產黨的。

「好，好！秋白和之華夫婦是共產黨，澤民跟琴秋夫妻是共產黨，如今我同你也都是共產黨了。我們大家都是同志，要爲共產主義理想奮鬥一輩子呵！」沈雁冰說。

「我跟著你。」她應道。

「不是跟，是並肩戰鬥！」

「並肩戰鬥。」

德鴻、德沚這一對夫妻，從此成了患難與共的革命同志。

一五　領導罷工

「五卅」運動發生後，沈雁冰忙得不可開交。他和韓覺民、楊賢江等三十餘人發起了「上海教職員救國同志會」，參加講演團奔赴各校講演，又和鄭振鐸等人一起冒著生命危險，負責編輯《公理日報》。作爲商務印書館的黨支部書記，他還肩負著領導職工罷工的重任。

6月21日，天剛濛濛亮，他就草草吃過早點，匆匆向虬江路廣舞臺走去。他想，商務印書館的罷工，勢在必行。我和楊賢江是館裏黨組織的負責人，擔子不輕。雖然發行、印刷、編譯三所和總務處的黨員同志不少，但要取得鬥爭的勝利，還是要周密考慮，謹愼從事。

商務印書館工會成立大會在 8 時整開始了。幾千名職員、工人，在熱烈的氣氛中選出了包括沈雁冰在內的二十三名執行委員。

會後，沈雁冰去參加臨時黨團會議。徐梅坤對他說：「我們黨決心發動這次罷工，是要重振 5 月 30 日以來因受壓迫而趨於低潮的上海工人運動。黨中央派我和你們一起工作，具體領導館內的這次罷工……」

當時，商務印書館的老闆們正要裁減一批職工，引起了職工們的強烈不滿。

8月19日，共產黨員廖陳雲（陳雲）、章鬱庵先在發行所串通低薪職工秘

密集會，布置罷工。

這事不知怎麼被老闆偵知了，搶先在 8 月 21 日貼出布告：「……本年內因種種影響，本館所受損失甚大。現當秋季開學，正是各書店營業旺盛之時，請職工勤勉從公，公司同人應同舟共濟，休戚相關……」

「商務」當局還允諾給發行所職工加薪一成。

職工並不為這種「空頭支票」所動。臨時黨團商量後，就由廖陳雲、章鬱庵等人和一百六十多名職工代表在當晚開會討論，決議罷工。廖陳雲被推選為罷工委員會委員長。

第二天，罷工開始了！印刷所、總務處也響應。要求聲援，採取一致行動的信件，向商務印書館設在全國各地的三十多個分館的職工飛去。

沈雁冰和其他共產黨員站在罷工鬥爭的前列。他們夜以繼日、廢寢忘食地磋商、研究、聯絡、組織。

23 日下午，沈雁冰和罷工委員會的同志們組織了四千多名罷工的職工，雲集東方圖書館俱樂部門前廣場上，由廖陳雲主持大會。大會決定向「商務」當局提出：「承認工會有代表全體職工之權」，「增加工資」，「縮短工作時間」，「廢除包工制」，「優待女工」。

會後第二天，編譯所全體職工也加入了罷工的行列。商務印書館「三所一處」的大聯合罷工實現了！

由「三所一處」罷工職工推選出的十三位代表，組成了罷工的最高指揮機關——商務印書館罷工中央執行委員會。沈雁冰作為臨時黨團的主要成員，兼任了罷工中央執行委員會委員。

他為了集中精力領導罷工，擱下了編寫《文學小辭典》的工作，從繁忙的編譯業務中脫出身來。

徐梅坤經常和他研究罷工的策略和措施。

商務印書館當時對外宣稱「文明機關」，館方常以館內職工「待遇優厚」、「勞資間感情融洽」而自詡。當罷工風潮驟起，沈雁冰擬寫的《罷工聯合宣言》揭露了館方對職工的種種不合理待遇，在報上一公佈，各界輿論大為震驚，記者紛紛前來採訪。

沈雁冰找到徐梅坤，兩人研究後向罷工中央執委會提出，為了防止報紙報導失實而影響公眾輿論，避免對罷工造成不必要的損失，必須對各報採訪作出限制。於是，罷工中央執委會決定，拒絕各報記者直接採訪。凡各報需

要消息，一律由罷工中央執委會發佈。這項工作落到了沈雁冰的肩上。他擔任了罷工中央執委會的新聞發佈人，專門負責對外撰寫稿件和發佈罷工消息，對內則參與討論、研究和起草、修改《工會章程》等文件、文告和宣傳品。

24 日晚上，孔德沚睡了一覺醒來，發現丈夫還在燈下寫著什麼，問道：「你怎麼還不睡，明天寫不行嗎？」

「不行，明天上午要用。」他答了一句，又繼續揮動毛筆。

這是一份《復工條件》，共有九條十八項。包括：「公司應無條件正式公佈承認工會」，「增加工資男女一律」，「減短每日工作時間」，「優給恤金及退俸金」，「每年紅利平均分派」，「改良待遇」，「職工等不得無故辭退」，「商務俱樂部應恢復同人名義，永遠移交同人負責辦理」，「關於此次罷工人員不得藉端辭退，罷工期內工資照發」等條。

他用娟秀工整的小楷，在「商務印書館工會用箋」上書寫著。一共書寫了十一張。看看錶，已是 25 日凌晨二時。

上午，罷工中央執委會經過複議，一致同意他起草的這份《復工條件》。在蓋上「商務印書館工會之章」後，沈雁冰和王景雲、章鬱庵等十三個代表帶著這份文件，參加了下午與「商務」館方代表的談判。

在總務處會客室裏，他看到資方的代表是：張元濟、高夢旦、王雲五等六人。

資方代表態度強硬：「先開工，後談判。」

沈雁冰等勞方代表針鋒相對：「不行！談判從無此例。」

第一次談判沒有結果。

第二次談判於 26 日進行。沈雁冰把《復工條件》逐條向資方代表提出，要求同意。資方代表正想討價還價之時，忽然聽到會議室外響起一陣嘈雜的聲音，「砰」的一聲，門被撞開了，一個凶煞似的軍官帶著幾個士兵闖了進來。

「本營長奉淞滬鎮守使之命，前來給你們調解。你們雙方各坐一邊，給我坐好！」那軍官高踞上座命令道。

他拿起罷工委員會的《復工條件》和資方表示能接受的答覆條件，草草看了一下，大聲說：

「你們工人不是要加工錢麼？我說可以。商務印書館有的是錢嘛。你們工

人又說要成立工會麼？那不成。聯帥（孫傳芳）命令取締一切工會。幾千人罷工，地方治安就不能維持了。我限你們雙方今天立即簽字復工！」

他這番話，雙方都不贊成，可是卻無一人作聲。

「啪！」那營長突然拍案而起，威脅道：

「明天，我派兵來。一定要復工！」

他說著就往外走。此時，王雲五突然快步向前，拉住他，撲的跪在地下哀求道：「請營長息怒，寬限一兩天，我們自己解決，千萬不要勞您派兵來。」

那營長不置可否，揚長而去。

王雲五返身對大家痛哭道：「我們雙方都讓步一點，免得外邊人來干涉。」

會議無法開下去，雙方只得散去。鄭振鐸對沈雁冰說：

「這事真怪！莫非那個營長是公司勾結來演這齣武戲的？」

「從王雲五他們那種驚懼之色來看，決非造作，不像是勾結來的。」

當天下午，兩百多職工自動集會，沈雁冰代表罷工委員會報告了上午發生的情況，並對大家說：「公司對上午發生的事情迄無表示，雙方條件相距太遠，很難接近。」

然而過了一夜，「商務」的資方突然讓步了。在會議室裏，雙方代表經過一整天的「討價還價」，晚上九時達成協議。由雙方代表在協議書上簽了字。

沈雁冰走回家已是半夜。母親和妻子還沒睡，在等他。看他那興沖沖的樣子，孔德沚問：「談判有進展了？」

「已經達成協議啦！我們提出的復工條件，公司大部分答應了。」

「德鴻，半夜啦，快休息吧。看你這些天累得臉都瘦了。」

「媽，您先睡吧！明天要開大會，我還得準備一下。」他又對妻子說：「你也睡吧，德沚。」

翌日上午，沈雁冰代表罷工中央執行委員會，向商務印書館全體職工報告了談判經過，解釋了協議內容。他說：

「我們向公司提出增加工資、承認工會有代表工人的權力、改良待遇、優待女工，等等，這些在協議中都有比較有利的規定。這次復工，雙方都作了讓步。罷工中央執行委員會認為，只能如此結束。此後，我們工友們應努力擴大工會勢力，設立宣傳機構，經常對全體職工進行定期宣傳。唯有如此，方能保障此次罷工勝利的成果。……」

全場職工熱烈歡呼：「擁護工會！」「擁護復工條件！」「勞工萬歲！」

一六　毛澤東的得力助手

商務印書館職工罷工取得勝利後，11 月底的一天，惲代英找到沈雁冰，對他說，黨中央為了反擊國民黨右派的倡狂進攻，指令他們兩人籌組兩黨合作的國民黨上海特別市黨部執行委員會。

他知道這是當務之急。在這之前一個星期，國民黨右派在北京西山碧雲寺開會，反對孫中山先生聯俄、聯共，扶助工農的三大政策，並強行在上海設立總部，公共宣佈開除已加入國民黨的共產黨員惲代英、沈雁冰等人。右派如此步步進逼，共產黨員豈能容忍、退讓！

兩人取得了一致的意見，不幾天就組成了國民黨上海特別市黨部，惲代英為主任委員兼組織部長，沈雁冰為宣傳部長，張廷灝為青年部長。12 月底，在上海市黨員大會上，沈雁冰與惲代英等五人被選為出席在廣州召開的國民黨「二大」的代表。

1926 年 1 月 19 日，國共兩黨合作的國民黨第二次代表大會閉幕了。沈雁冰在旅館整理行裝，正準備回上海，中共廣東區委書記陳延年派人把他找了去，對他說：「沈雁冰同志，你和惲代英同志都得留在廣州工作。」

這個決定使他感到突然，但他懂得，一個共產黨員必須服從組織的決定，便問：「我的工作？」

「你到國民黨中央宣傳部擔任秘書。中宣部部長由汪精衛兼，他是國民政府主席，忙不過來。現由毛澤東同志代理部長，你受他的指導。你認識毛澤東同志嗎？」

「認識。在上海見到過。」沈雁冰說。

那是 1923 年夏天，他當時是中共上海地方兼區（江浙）委員會執行委員兼國民運動委員長。8 月 5 日，他去出席上海地方兼區執委會第六次會議。

一位身材高大魁梧的中年人熱情地用湖南話跟他打招呼：「你好！沈雁冰同志。我是毛澤東。」

「啊，毛澤東同志！久仰，久仰。」他緊握著對方的手，笑著說。

「我是《小說月報》的老讀者，對你的大名，我也是久仰的呀！」毛澤東爽朗地說。

沈雁冰知道，毛澤東是中共中央委員，他今天是代表中央出席會議作指導的。

這次會議通過了四項決議，其中之一是「密令金佛莊相機作反戰宣傳，

如果他的一營要上陣，打仗時應設法保存實力。」金佛莊當時在夏超的警備團擔任營長，是共產黨員。

沈雁冰對這項決議的印象特別深刻。後來他寫道：「這是根據毛澤東的提議而作出的決議。由此可見毛澤東早就注意共產黨掌握槍桿子的問題了。」

在此之前，邵力子、沈玄廬、陳望道等三人因不滿陳獨秀的領導和對一些黨員的品質有意見，曾提出要退黨。毛澤東對參加會議的執委說：「我建議，對他們三人的態度應當緩和，要勸他們取消退出黨的意思。」

散會時，毛澤東對沈雁冰說：「雁冰同志，會議分工由你去找他們三人做工作，有困難嗎？」

「困難一定會有的，我盡力去克服吧。」

第二天，沈雁冰去找了陳望道、邵力子作解釋，請他們不要退黨。邵力子同意了。陳望道不願意，說：「雁冰，你和我多年交情，你知道我的為人。我既然反對陳獨秀的家長作風而要退黨，現在陳獨秀的家長作風依然如故，我如何又取消退黨呢？」並說：「我信仰共產主義終身不變，願為共產主義事業貢獻我的力量；我在黨外為黨效勞，也許比在黨內更方便。」

邵力子、陳望道都對他說，不必去勸說沈玄廬了，他一定不願留在黨內。不過，沈雁冰還是去找了沈玄廬。沈玄廬發了一頓牢騷，但表示願意考慮黨組織的挽留。然而到了第二年春天，還是退出了黨。

事後，沈雁冰向毛澤東彙報說他只完成了三分之一的任務。

「能完成三分之一，就很好嘛。」毛澤東鼓勵他說。

「今天，我將要成為毛澤東的秘書，不知能替他做些什麼工作？」沈雁冰想。

毛澤東住在東山廟前西街 38 號。這是一幢簡陋的中式樓房。他一見到沈雁冰，就伸出一雙大手說：「老朋友，歡迎你！歡迎你！」

又指著站在身旁的一個黑臉、麻子的男青年對他說：「這是蕭楚女同志。」

沈雁冰早知道蕭楚女是楚「男」，出乎他意料之外的是，楚女是麻面黑臉。

蕭楚女同沈雁冰一見如故，指著室內一隻掛著蚊帳的單人木板床說，「這是留給你的，我來陪伴你。毛潤芝同志和楊開慧同志住在樓上。」

三人坐下後，毛澤東對他說：「中央宣傳部設在舊省議會二樓，離這裡比較遠。兩三天後要開中央常務委員會議，那時，我就提出任命你為秘書，請

中常委通過。」

「哦，任命一個秘書，也要中常委通過麼？」沈雁冰有點不解地問。

「這個你不知道，部長之下就是秘書。國民黨中央委員會各個部，像婦女部、青年部，都是如此。」

「那，我能勝任嗎？」他感到自己要挑的擔子不輕，就問道。

「不要緊。蕭楚女可以暫時幫助你處理部務。」毛澤東又說，「我這些天正忙著籌備第六期農民運動講習所，不能天天到宣傳部辦公。還有，《政治週報》過去是我自己編，開慧當助手；現在可要你來編了，開慧還要幫我做別的事。」

到宣傳部辦公不久，沈雁冰就參加了一次部務會議。那天汪精衛到會講話，他說：「希望大家，嗯，在毛澤東同志的領導下，共同努力，依據第二次全國代表大會的宣言、政治報告和各項決議案的內容，展開革命的宣傳工作！」他講完就走了。毛澤東對宣傳部的工作提出了具體的意見，指示沈雁冰和蕭楚女起草一個宣傳大綱，用國民黨中央的名義下發，向全國宣傳這次大會的精神。

沈雁冰和蕭楚女都是寫文章的能手，兩人只用了一天時間，就起草好一份宣傳大綱。

毛澤東仔細審閱了一遍，加上「軍隊與人民合作」一段，在文字上作了一些修改，然後對沈雁冰說：「你還是送給汪精衛，請他再看一下。」

這個宣傳大綱經過國民黨二屆中常委會議討論、修改後下發了。

沈雁冰在處理好宣傳部日常事務的同時，接編第五期《政治週報》。在這一期上，他寫了三篇文章，都是批判「國家主義」的。當時，國家主義標榜他們是「右排英、日帝國主義，左排蘇俄帝國主義」。他評論道：「蘇聯是社會主義國家，正是英、日帝國主義的死對頭，不料卻有人稱之曰蘇俄帝國主義。這種奇談，真堪令人齒冷。……當去年五卅運動正熱烈的時候，上海的國家主義者並未起而『右排』英、日帝國主義。……這便是國家主義的所謂『右排』與『左排』。並尖銳地指出「國家主義是躲避革命高漲的盾牌」，是「帝國主義最新式的工具」。

在沈雁冰高效率地辦完毛澤東囑咐要辦的各項工作之後，有一天，陳其瑗來邀請他為廣州市的中學生作一次講演。他連忙說：「唉，我是最不善於演說的。你別強人所難好不好？」

「你是宣傳部的大秘書，演說是你的本份嘛。不行，我已經代你答應了！」陳其瑗說。

「還是算了吧；再說，我也不會說廣東話。」

「這沒關係，我給你翻譯。」

到了會場，陳其瑗恭讀了孫中山遺囑後，向全場中學生介紹：「沈雁冰同志是中央宣傳部的秘書，又是一個著名的文學家……」

沈雁冰本來是想照宣傳大綱把國民革命的道理宣講一遍的，聽到陳其瑗這樣介紹，於是靈機一動，改變了主張，向聽講的中學生說：「希臘神話中有一個普羅米修士的故事……」他把故事有頭有尾地敍述了一遍之後，緊接著說：「普羅米修士從天上把火種偷下來，交給了人民，然後人民才知道吃燒過的獸肉和魚類，然後又知道把樹枝點燃起來，夜間可以做事，住在山洞深處的原始人在白天也可以做事了。所以火是人類文明的起源……」說到這裡，他提高聲音說：「偉大的孫中山先生，就是中國的普羅米修士，革命的三民主義就是火！」

鴉雀無聲的會場頓時爆發出熱烈的掌聲。陳其瑗也笑著鼓起掌來。在送沈雁冰返回宣傳部的汽車裏，他對沈雁冰說：「有許多人對全市中學生講過話，都把聽眾催眠了。你這次效果如此之好，真是破天荒！」

過了幾天，毛澤東要秘密前往湘粵邊界的韶關，去視察那裡的農民運動，向國民黨中常委提出「因病請假兩週」。因此，中常委會議 2 月 16 日決定：在毛澤東同志因病請假兩週期間，宣傳部的部務由沈雁冰同志代理。

在沈雁冰代理宣傳部長的半個月裏，汪精衛曾在家裏宴請過他。

毛澤東從韶關返回銷假後，蕭楚女要離開宣傳部去農講所擔任教務主任。他看到毛澤東兼任所長，常常忙得不去宣傳部，就向他提出：「你可否再找個人來做我的幫手？」

「好吧，讓我物色一下。如果在廣州找不到適當的人，就函請上海派個人來。」

3 月 19 日深夜，掛鐘敲過了十一點。毛澤東的家裏還亮著燈光。沈雁冰正在向毛澤東詢問廣州的形勢：「前天上午，從黃埔軍校傳出謠言，說我們共產黨策動海軍局的中山艦密謀發動武裝政變，昨天下午中山艦果然準備開往黃埔，這是怎麼一回事？」

「我問過海軍局長李之龍同志，他說這是蔣介石校長的命令。」毛澤東答

道。

「哦，原來如此！」

前些天，蔣介石的嫡系、第一軍第二師師長王柏齡命令部隊「枕戈待旦」，狂叫準備「消滅共產黨陰謀」。毛澤東說他就此事問過陳延年，而陳延年的回答是「事出有因，查無實據，只能提高警惕，靜觀其變」。這天晚上，毛澤東預感到將要出事，皺著眉頭對沈雁冰說：「莫非再來個廖仲愷事件？」

「真會嗎？」沈雁冰擔心地問。

「鮑羅廷回去了，加倫將軍也回去了，代理蘇聯軍事顧問團團長的季山嘉，對廣州各軍的情況不瞭解。……」毛澤東剛談到這裡，忽聽有人砰砰地敲門。開門一看，是宣傳部圖書館的一個工人。他慌慌張張地報告：「出事了！李之龍局長被王柏齡的士兵抓走了。」

毛澤東聽後說：「現在是查有實據了。」說完，又吩咐那個工人快去找陳延年報告。然後默默地沉思起來。

沈雁冰不敢打擾，在一旁默默地坐著陪伴他。

片刻後，那個工人回來說：「陳延年帶著秘書去蘇聯軍事顧問團了。」

毛澤東轉身對沈雁冰說：「我要到蘇聯顧問團宿舍去。」

沈雁冰說：「路上已經戒嚴，怕不安全，我陪你去。」

毛澤東點點頭。

沈雁冰跟著毛澤東來到蘇聯軍事顧問團住處，看到有許多士兵。兩個士兵上前盤問他們是什麼人。

「我是中央委員，宣傳部長。」毛澤東坦然地答道，又指著沈雁冰說，「這是我的秘書。」

士兵一聽，陪著笑說：「請進去。」

兩人進了大門。毛澤東走進會議室，沈雁冰留在外面傳達室。起先，他聽到的講話聲音像是毛澤東的。後來聲音嘈雜，最後是高聲爭吵，其中有毛澤東的聲音。不久，毛澤東出來了，滿臉怒容，徑直往外走去。沈雁冰快步跟上去。回到家中坐定。他才低聲問：「究竟是怎麼一回事？」

毛澤東答道：「陳延年說，蔣介石不僅逮捕了李之龍，還把第一軍中的共產黨員統統逮捕了，關在一間屋子裏，揚言第一軍中不要共產黨員。季山嘉說，蔣介石還要趕走蘇聯軍事顧問團。」

「那怎麼辦？」

「這幾天我都在思考，我們對蔣介石還要強硬。蔣介石本來是陳其美的部下，雖在日本學過一點軍事，卻在上海進交易所當經紀人搞投機，當時戴季陶和蔣介石是一夥，穿的是連襠褲子。蔣介石此番也是投機。我們示弱，他就會得寸進尺；我們強硬，他就縮回去。我對陳延年說，我們應當動員所有在廣州的國民黨中央執、監委員，秘密到肇慶集中，那裡駐防的是葉挺的獨立團。……中央執、監委到肇慶會合，就開會通電討蔣，指責他違犯黨紀國法，必須嚴辦，削其兵權，開除黨籍。廣西的軍事首領李宗仁本來和蔣介石有矛盾，加上李濟深，這兩股力量很大，可能為我們所用。擺好這陣勢對付蔣，蔣便無能為力！」

沈雁冰著急地問：「結果怎樣？」

「陳延年先是站在我一邊，可是季山嘉為首的蘇聯軍事顧問團卻反對。他們從純粹的軍事觀點看問題，……說獨立團不能堅持到一個星期。季山嘉這樣一反對，陳延年也猶豫起來。我再三跟他們辯論，沒有效果，最後決定請示黨中央。」

「那你料想結果會如何？」

毛澤東思索了一下說：「這要看中央的決策如何，如決定對蔣讓步，最好的結果大概第一軍中的共產黨員要全部撤走了。重要之點不在於此，在於蔣介石從此更加趾高氣揚，在於國民黨右派會加強活動，對我們挑釁。」

這一夜，沈雁冰躺在床上，想著危急的形勢，輾轉不能入睡。

過了兩天，他見到陳延年，急忙問：「事情如何結束？」

陳延年說：「中央來了回電，要我們忍讓，要繼續團結蔣介石準備北伐。我們已經同意撤回第一軍中的所有黨員。……」然後又說：「剛收到上海來電，要你回去；張秋人從上海來，兩三天內準到。」

晚上，沈雁冰把這件事告訴了毛澤東。

「看來汪清衛要下臺了，我這代理宣傳部長也不用再代理了。張秋人，你認識嗎？」毛澤東問。

「認識，也是浙江人。」

毛澤東點點頭說：「張秋人本來要到宣傳部工作的，現在就派他接你編《政治週報》罷。你且等張秋人來了再回上海。」

兩天後，沈雁冰向張秋人交代了有關《政治週報》的存稿等等。他乘鄧演達的小汽艇，同鄧演達一起去黃埔軍校看望了惲代英。在上船前夕，他去拜見汪精衛。汪精衛聽他說要回上海，苦笑了一下說：「你要回上海，我不久

也要捨此而去。天下事不能盡如人意，我們的事業沒有完。你我後會有期。」

第二天上船之前，沈雁冰去向毛澤東辭行。毛澤東囑咐他：「上海《民國日報》早爲右派把持，這裡的國民黨中央在上海沒有喉舌。你到上海後趕緊設法辦個黨報，有了眉目就來信給我！」

「好的，我努力去辦。」沈雁冰又問：「你還管宣傳部的事麼？」

「他們一時找不到適當的人，挽留我再管幾天。再說，我也得把我代理部長以後經手的事情，作個書面報告，作個交待。」

從毛澤東家裏出來，沈雁冰登上了「醒獅」號輪船。快開航時，中央黨部書記長、共產黨員劉芬匆匆找上船來，把一個紙包交給他，輕聲說：「這是文件，帶回上海交給黨中央。」「醒獅」號輪船鳴響汽笛，慢慢駛離了廣州港。

沈雁冰站在甲板上，遙望江天，回想他給毛澤東當秘書這幾個月的經歷、見聞，心中感慨萬端，今後要走的路會是怎麼樣的呢？

一七　總主筆日夜戰鬥

沈雁冰返回上海後，即遵照毛澤東的囑託，著手籌辦上海《國民日報》。經他多方努力，已有眉目，終因法租界工部局不批准而告吹。

這時，他已辭去商務印書館的編輯職務，專門從事政治活動——擔任國民黨中宣部上海交通局主任，工作是負責翻印《政治週報》，向北方和長江一帶各省的國民黨部寄發中宣部的各種宣傳大綱和其它文件。

夏末秋初，北伐軍捷報頻傳，10 月 10 日克服武漢三鎮；11 月 16 日，浙江省長夏超宣佈獨立，中共中央計劃請沈鈞儒到杭州組織浙江省政府，並內定沈雁冰擔任省府秘書長。後來形勢突變，夏超被孫傳芳的軍隊趕出浙江，沈鈞儒組織省政府一事已不可能。此時武漢急需幹部，黨中央於是改派沈雁冰前往中央軍事政治學校武漢分校工作。

臨離開上海前，他把許多文學書籍寄存到一個朋友家裏，拍著書對朋友說：「也許以後我用不到了，也許再沒有我來用它們了。此時誰也不知道。」這時，他胸中激蕩著一股投筆從戎、甘願爲革命獻身的豪情。

12 月底，沈雁冰和妻子把一對小兒女交給母親，毅然拋雛別母，乘船奔向大革命的中心——武漢。

1927 年的元旦，他倆是在輪船上度過的。年初，他們下了輪船，住進「軍校」已安排好的房子——武昌閱馬廠福壽里 26 號。第二天，沈雁冰前往「軍

校」報到，孔德沚去婦女部報到，立即投入了緊張的工作和鬥爭。

中央軍事政治學校武漢分校的校長是蔣介石，教育長是鄧演達，主持日常工作的是總教官、共產黨員惲代英。

2月上旬，「軍校」發佈75項委任令，其中第71項委任令為：

委任沈雁冰為本校政治教官，支中校二級薪，此令。

於是，沈雁冰穿上新發的國民革命軍灰布軍裝，精神抖擻地來到設在兩湘書院內的「軍校」本部，跳到作為講臺的桌子上，向圍在周圍的學員講：什麼是帝國主義，什麼是封建主義，國民革命軍的政治目的是什麼……還給女生隊講有關婦女解放的問題。

「軍校」分軍事科、政治科，軍事和政治並重。他準備好了一課，就輪流到軍事科、政治科的各隊去講授。沒有現成的教材，除了用瞿秋白在上海大學時編的社會科學講義，他還要自己編寫講義。

不久，由原來的七所大學合併組成的武昌中山大學開學，沈雁冰應聘擔任了講師。他還介紹了郭紹虞等人進該校教書。

這位青年共產黨人在擔任「軍校」政治教官、「中大」講師的同時，還兼任了總政治部出版宣傳委員會和交通委員會的負責人；又要經常出席總政治部農民問題討論會召開的常會。在熱烈的革命氣氛中，他緊張而又愉快地工作著。他妻子也很忙，兩人常常深夜回到家裏才見面，因為疲累，夫妻交談了幾句，便倒頭睡著了。

那時，蔣介石圖謀公開叛變革命。他攻下南昌後，看到武漢已在國民黨左派和共產黨的掌握之中，就在南昌設立了行營，不久又提出要暫時建都南昌，反對國民政府遷到武漢，企圖把國民政府置於他的肘腋之下。為了制止蔣介石的獨斷專行、軍事獨裁，在武漢的共產黨左派開始了對蔣介石的反擊：一是拒絕建都南昌，二是發動恢復黨權運動，宣傳軍事領袖必須服從黨的領導。

沈雁冰和其他的共產黨員密切關注著形勢的發展、變化。他從報上讀到：3月7日，國民黨三中全會召開，推翻了蔣介石一手操縱的國民黨二中全會通過的議案，撤消了蔣介石國民黨中常會主席的職務，也免去了張靜江、陳果夫等右派的職務，左派取得了勝利。

一時間，武漢三鎮歡聲雷動。

　　沈雁冰冷靜地想，蔣介石並沒有參加這次會議，他那裡會心甘情願地服從國民黨三中全會對他的制裁呢？

　　4月初，中共中央鑑於革命形勢發展的需要，調動了沈雁冰的工作，派他到《漢口民國日報》社，接替高語罕擔任總主筆。

　　這張《漢口民國日報》名義上是國民黨湖北省黨部的機關報，其實是由中共中央宣傳部直接領導的，是中國共產黨創辦的第一份大型日報。董必武是該報經理，毛澤民為發行人。

　　沈雁冰既調到報社，便把家搬到歆生路德安里一號，住在編輯部樓上的一間廂房內。他的妻子也由婦女部調到農政部工作。

　　報紙應該怎樣來辦呢？他想，我過去主編過《小說月報》，去年在廣州時，毛澤東同志又讓我編過幾期《政治週報》，但是主編大型日報，這卻是第一回呀？

　　當時，中共中央宣傳部長彭述之還在上海，武漢的宣傳工作由瞿秋白兼管。他便去找瞿秋白請示編輯方針、宣傳內容。

　　「雁冰，你當總主筆還是很合適的。」瞿秋白說，「當前，我們的報紙宣傳要著重這樣三個方面：一是揭露蔣介石的反共和分裂陰謀；二是大造工農群眾運動的聲勢，宣傳革命道理；三是鼓舞士氣，作繼續北伐的輿論動員。《民國日報》過去辦得不錯，旗幟很鮮明，就照這樣繼續辦下去。」

　　「你看蔣介石會怎樣？」沈雁冰問。

　　「此人十分陰險，嘴上講的和實際做的完全兩樣。他現在掌握了軍權，又有了寧滬杭的地盤，完全是個新軍閥，將來後患無窮！」瞿秋白顯得憂慮地說。

　　4月中旬，蔣介石在上海、南京血腥屠殺共產黨人和革命工農群眾。侯紹裘、蕭楚女等人在這次大屠殺中首先倒下了。

　　消息傳到報社，沈雁冰悲憤地說：「果然不出秋白所料！」

　　上海、南京、廣州發生的慘案，激起了共產黨人和許多國民黨左派的極大憤慨。國民黨中央執委會開除了蔣介石的黨籍，罷免了蔣介石總司令的職務，武漢掀起了反蔣討蔣的怒潮……。這些消息，經過沈雁冰簽發後，都在《漢口民國日報》上刊出了。

　　他每天把編輯們編好的稿件加以選擇、審定，加上標題，確定版面，然後再寫一篇一千字左右的社論。但要聞版的消息常常需要等待，幾乎每天都

要等到夜間一兩點鐘，他才能把稿件發完。又因為報社印刷廠工人少，排字技術差，他差不多每天要到排字房去指導如何排版。因而經常徹夜不眠。

4 月 27 日中共「五大」召開後，他們的報紙刊載了「五大」通過的《中國共產黨宣言》。這個宣言除表示「完全贊成國民黨中執會決議罷免蔣介石國民革命軍總司令、開除黨籍和拿辦的決定」外，提出「農民革命是與國民革命不可分的，國民革命應首先是一個農民革命」，強調了深入開展農民運動的必要。

《漢口民國日報》天天收到各地反動勢力、頑固派騷動的消息，以及農民協會反擊的消息。他讓編輯們據實報導，並為這些消息加了一個總標題：《光明與黑暗的鬥爭》。

有一天，陳獨秀把沈雁冰找去，對他說：「你們的報紙太紅了，國民黨左派有意見。現在外面都在造共產黨的謠，說什麼『共產共妻』，你們報上還是少登些工運、農運和婦女解放的消息、文章。」

「我們《民國日報》沒有記者，所有消息都是工會、農協和省政府供給的，這些消息我都看過，說的都是實際情形，無非是揭露土豪劣紳，沒有『共產共妻』的消息呀！」

「那是他們造謠，但是現在這種消息登多了，國民黨裏有人就害怕，說革命到自己頭上了。」陳獨秀又說：「我們有的同志亂講話，說孫夫人廖夫人也有封建思想。」

「你這些消息是聽誰講的？」沈雁冰問。

「國民黨上層分子。」

「我勸你不要聽信這些謠言，總書記同志！」沈雁冰懇切地勸道。

「我提醒你注意少登些工農運動的消息！」陳獨秀又說。

回到報社，他立即把陳獨秀的意見告訴了董必武，又問：「你看怎麼辦？」

「不要理他，我們照樣登。」董必武果斷地答道。

此後，《漢口民國日報》繼續報導和刊登工農運動的消息和文章。這時沈雁冰剛過而立之年，政治上已很老練。有一次，他收到吳奚如轉來的一篇通訊，報導南京政府和黃埔系內部的情況動態，附信要求能在報上發表。他當即回信，指出這篇通訊具有相當的機密性，不宜在報上公開發表，只能打印出來，供國共兩黨領導部門傳閱。

「馬日事變」之後，湖南等地反動派大肆鎮壓共產黨和革命群眾，湖南各團體請願團到達武漢，報告長沙事件和湖南農民運動的真實情況。沈雁冰知道國民黨中宣部直屬的《中央日報》不登這一消息，便決斷地說：「我們來登！」他不顧阻撓，連續兩天在《漢口民國日報》上刊登湖南請願團的長篇報告：《湖南農民運動的真實情形》和《長沙事變經過情況》。並發表他自己撰寫的社論，大力聲援湖南請願團。

進入 6 月以後，《漢口民國日報》連續發表反動派屠殺工農的消息，揭露白色恐怖活動的猖獗。他綜合各條消息加上標題：《宜都縣黨員之浩劫》、《鍾祥避難同志為鍾祥慘案呼援》、《一個悲壯的呼聲》、《羅田慘案請願團之呼籲》、《死難農友的最後希望》。

沈雁冰後來說：「這些小縣城中發生的動亂和慘劇，那裡同志們的不幸遭遇，以及我在社論中講到的反動派的陰謀，『苦肉計』，殘忍等等，深深地印入我的腦海，後來我寫《動搖》時，就取材於這些事件。」

一天，他和妻子好不容易碰在一起休息了。孫伏園卻來找他，商量組織文學團體「上游社」的事。孔德沚去開門時，孫伏園叫她「沈太太」。

「你叫我什麼？」孔德沚瞪圓雙目問道。

「哦，哦，孔同志！」孫伏園連忙改口。

她聽了，才放孫伏園進屋內。

作家宋雲彬曾是《漢口民國日報》的編輯，他後來寫道：「雁冰的太太孔德沚女士，是富有男子氣概的……。她在漢口時，最忌人家稱她沈太太，她認為女子應有其獨立的人格，稱其為某太太，實在是不敬。雁冰呢，身材短小而極喜修飾，尤其對於頭髮，每天必灑生髮水，香噴噴的。所以孫伏園就常開玩笑，稱德沚為『孔先生』，而稱雁冰為『孔太太』。」

這時，孔德沚已懷孕八九個月。沈雁冰見她行動不便，加上形勢緊張，在武漢很不安全，就在六月底託人照顧，將她送回上海。

夏日炎炎，酷暑將臨。汪精衛步步進逼，加速寧漢合流，密謀公開叛變革命。而陳獨秀卻節節退讓，拱手讓出工人糾察隊的武裝。革命形勢在日趨惡化。

7 月初，沈雁冰整日整夜工作在報社。他閱讀、分析著收到的消息，食不辨味，睡不解衣，隨時準備應付突然的事變。

一八　上下盧山

「長沙事件」之後，武漢國民政府汪精衛緊步蔣介石後塵，加速走上反革命的道路。「大革命」被斷送的形勢越來越嚴重了。

6月底，沈雁冰把快分娩的妻子送上開往上海的英國輪船，讓妻子帶走了他們的絕大部分行李，只留下了他的夏衣，準備應付突然的事變。

7月8日，「寧漢」合流反共的趨勢已經十分明顯。他寫完最後一篇社論《討蔣與團結革命勢力》，就給汪精衛寫了一封信，辭去《漢口民國日報》總主筆，當天就與原任《漢口民國日報》發行人的毛澤民一起轉入「地下」。

他和宋雲彬、于樹德三人搬到前花樓法租界一家大商號的棧房裏隱蔽起來。兩天後，汪精衛託人轉給他一封信，希望他繼續擔任《漢口民國日報》總主筆。他看完信，鼻子裏「哼」了一聲，就隨手扔到一邊。

7月23日，沈雁冰接到黨的命令，要他去九江找某個人接頭，並交給他一張兩千元的攢頭支票，讓他帶去交給黨組織。

他和宋雲彬及另一個姓宋的，乘日本輪船「襄陽丸」抵達九江後，找了個旅館住下，然後一個人按照通知的地點去找人。

接頭地點是一家小店鋪。對上接頭的暗語之後，店老闆領他走進屋裏。他見屋裏坐著兩個人，原來是董必武和譚平山。董必武對他說：「你的目的地是南昌。但今天早晨聽說去南昌的火車不通了，鐵路中間有一段被切斷了。」

「那我怎麼去呢？」沈雁冰著急地問。

「你現在先去買火車票，萬一南昌去不成了，你就回上海。我們也即將轉移，你不必再來這裡。」

他取出那張兩千元的攢頭支票交給董必武。董必武沒有接，對他說：「你帶到南昌去交給那裡的黨組織。」他不敢多耽擱，轉身出來就到火車站，果然去南昌的客車已不賣票。他只好走出車站，心想：這下怎麼去南昌呢？

忽然他聽到身後有人喊他的名字。轉頭一看，是幾個同船來的熟人，也是要去南昌的。他們說，可以先上牯嶺，從牯嶺再翻山下去，就到南昌了。他們還告訴他，昨天惲代英從牯嶺翻山過去了，郭沫若也上了牯嶺，要去南昌。

聽他們這麼一說，沈雁冰決定上盧山。回到旅館，原來準備換船回上海的宋雲彬他們，聽說他要去盧山，也要跟著他上盧山遊玩。他不便說明自己

去廬山的目的，只好同意。

第二天上了廬山，住進廬山大旅社。在牯嶺大街上，他無意中遇見了夏曦，就向他詢問下山的路途。夏曦說：「昨天翻山下去的路還是通的，惲代英就是從這條路下去的。郭沫若來遲了一步，今天這條路就斷了，所以他上午又匆匆下山回九江了。」

「怎，怎麼會這樣呢？」沈雁冰帶點口吃地說，「哪，哪我怎樣去南昌？老夏，你能不能幫我想想辦法？」

夏曦把自己的地址告訴他，說：「我明天看看還有沒有別的辦法。」

他只好回到旅館。晚上閒著沒事，想起孫伏園約他給武漢《中央日報》副刊寫稿，就攤開紙寫起來。寫著，寫著，想到排行第三的妻子曾說過他的話，就順筆接著寫下去：「孔三姑說我是理性的人，是的，過去的事，即使是歡樂的紀念，也被我忘記得乾乾淨淨，我是最不懂懷舊的。但是一個人當閒卻的時候，在幻滅的時候，在孤身寂寞的時候，不由然而然的總想記他的好友，他的愛妻，他的兒女，還有他所想見而未見的人……。」這是篇通訊，由於其中寫宋雲彬的幾件事，他加題目是《雲少爺和草帽》，後來發表在1927年7月29日漢口《中央日報》副刊上。

那天晚上，他到半夜才上床。他是很愛清潔的，臨睡前，把乾淨的被褥抖了又抖。哪知他這一夜無法安枕。

第二天早飯後，他匆匆去找夏曦，見夏曦正在整理行裝。夏曦對他說：「形勢變化很快。從牯嶺下山去南昌，一點辦法也沒有。這地方不宜長住，你還是回去，我也馬上要走。」

沈雁冰絕望了，只好準備回去。剛走到旅館門口，遇到宋雲彬他們從裏面出來，拉著他說：「走，走，遊山去！」他想，反正要回去了，何不趁此遊覽一番呢。他們遊覽到傍晚才盡興返回旅館。

這天半夜，沈雁冰突然患了急性腸胃炎，一夜腹瀉了七八次。第二天就病得躺在床上不能行動了。那時山上沒有醫生，又買不到好的止瀉藥，他只能靠吃八卦丹止瀉。過了五六天，他才能起床稍微走動，沒有事幹，他就讓人買了本英文字典，翻譯西班牙小說家柴瑪薩斯的《他們的兒子》（英文版）。

宋雲彬和另一個姓宋的，遊過廬山後就向沈雁冰告辭，下山回上海去了。

8月初的一天，沈雁冰見到旅館茶房在交頭接耳，像是議論什麼事情。一打聽，茶房說南昌出事了。他原來不知道南昌要幹什麼，也不知道黨要他去南昌幹什麼。現在聽說南昌出事了，於是慢步走出旅館想進一步打聽消息。

才走到大街上，他就碰到了熟人范志超。這位女共產黨員在武漢時是海外部的幹部，跟茅盾的妻子孔德沚是好朋友。此時見到沈雁冰，驚奇地問：「怎麼，你還在這裡？」

沈雁冰把自己的情形告訴了她。

「這裡不是說話的地方，我們到你的旅館去說吧。」

他倆來到旅館後，范志超說：「你不瞭解外邊情況吧？8月1日南昌發生了暴動，我們把朱培德的兵繳了械！現在南昌是葉挺、賀龍的部隊占著，具體情況怎樣，我也不清楚。」

他頓時恍然大悟：黨要我去南昌是讓我去參加南昌起義的。然而，我卻因病滯留在山上了！

范志超說：「這幾天汪精衛、于右任、張發奎、黃琪翔等許多人要來開會。張發奎、黃琪翔是昨晚上的山，他們之中認識你的人很多，你千萬不要出門走動；他們開完會就會走的。有什麼消息，我來告訴你。我住在廬山管理局石局長家裏，在廬山沒有任務，過些天就要回上海。」

過了兩天，范志超來看沈雁冰。他見到他已經譯完了《他們的兒子》，讚歎道：「這麼快就譯完了？真是神速！」

他對她說：「志超，我也要回上海，你想法替我買一張船票行嗎？」

「行！我去找石局長，讓他去買船票。」范志超滿口答應。

「最好能預先買好，一下山就上船，不在九江停留。」他又說。

「這好辦。你我就一路走吧，我也好有個伴。」她答道。

8月中旬，沈雁冰和范志超乘轎下山，直接上了輪船。這也是一艘日本輪船。他們住的是兩人一間的房艙。他感到有點彆扭：兩人不是夫妻啊！

范志超看到他侷促不安的神態，笑著解釋說：「這裡不是起點，很難買到兩個女客同一間房的船票。與其和陌生的男客在一起，還不如和你同一間。」

在船上他倆不敢走動，怕碰到熟人，就在房艙裏閒談。沈雁冰知道范志超的丈夫朱孝恂已經去世。她和漢口市婦女部長黃慕蘭，都是工作有魄力，交際廣，活動能力很強，而且長得漂亮得女同志，在武漢三鎮很有名。一些單身男子天天晚上往她們的宿舍裏跑，而且賴著不走。他還聽說，瞿秋白的三弟瞿景白在熱烈追求范志超。瞿景白是個塌鼻子，瞿秋白曾對他說：「在你沒有把鼻子修好以前，還是不要急著追求范志超。」瞿景白把這番話寫在信上寄給她；她在信上批道：「女人要求於男人的並不是鼻子。」把信退還瞿景

白。瞿景白就高興地到處給人看。於是就有不少人半開玩笑地追問范志超：「女人要求於男人的到底是什麼呢？」她在宿舍裏被糾纏得受不了，常常在夜間跑到對面沈雁冰夫婦的宿舍裏避難。

在船上，沈雁冰問范志超：「你跟瞿景白到底是怎麼回事？」

「我跟他沒有絲毫關係。」范志超說，「我活了這麼大，沒有愛過任何人。我嫁給朱孝恂，那不是出於愛情，而是工作需要。你知道，朱孝恂比我大十多歲。我中學時跟一個同學好過，可惜他早死了。」

范志超打開手提箱，拿出一疊情書給他看。這些情書都是黃琪翔寫給她的。黃琪翔是張發奎手下的一個軍長，年輕，能打仗，是一個比較左傾的國民黨將領。

沈雁冰接過這些情書翻看著。他想不到黃琪翔能寫如此纏綿悱惻的情書，就問：「你為什麼不喜歡黃琪翔呢？」

「帶兵的人是捉摸不透的，今天他能這樣寫信，明天也許拋開你就走了。我有點怕他。」范志超答道。

在大革命時代的武漢，除了熱烈緊張的革命工作，也瀰漫著濃厚的浪漫氣氛。透過瞿景白追求范志超，以及范志超對瞿景白、黃琪翔的態度，沈雁冰對「時代女性」的認識又豐富和深入了一層。

次日下午，船到鎮江。沈雁冰考慮在上海碼頭容易碰到認識自己的人，不如在鎮江下船，再換乘火車，行李託范志超帶回上海。

他把這個想法告訴范志超，她也贊成。於是沈雁冰把自己上海家裏的地址給了范志超。船一到鎮江，他就登上了碼頭。

鎮江碼頭上，軍警在搜查旅客。一個當兵的過來搜查，發現了沈雁冰帶的那張兩千元的擡頭支票，又見他沒有行李，就用懷疑的眼光審視他。他心想，這張擡頭支票不經過商店擔保，也不能從銀行取錢。於是急中生智，低聲說：「這東西我不要了，就送給你吧。」

那個兵遲疑了一下，便把支票塞進口袋裏，放他走了。

沈雁冰在鎮江上了火車，正要進車廂，卻看到已投靠蔣介石的吳開先等人在裏面，立即收回腳，站在車門旁。車一到無錫，就跳下車，在無錫找旅館過了一夜。第二天，乘夜車回到上海家裏。

他把失掉那張支票的事立即報告了黨組織。黨組織先向銀行「掛失」，然後由共產黨員蔡紹敦開設的紹敦電器公司擔保，取出了那兩千元。

一九　筆名「茅盾」的由來

　　大革命失敗之後的上海，籠罩著一片白色恐怖。蔣介石的嫡系部隊按黑名單，搜捕共產黨員。

　　沈雁冰於 1927 年 8 月下旬潛回上海。他回到東橫濱路景雲里的家裏，只見母親和一雙小兒女。母親告訴他，孔德沚因為小產，住在日本人辦的福民醫院裏。於是他前往看望。

　　「德鴻，南京政府的通緝名單上有你的名字。前些日子有熟人問起你，我對他們說，你到日本去了。現在你回來了，怎麼辦呢？」孔德沚問。他沒有馬上回答。心想：和我同住在這條弄堂的，有許多商務印書館的職員，他們都認識我。即使我偶一露面，也難保不傳到蔣介石手下人的耳朵裏。於是他對妻子說：「你仍舊說我去日本了。我暫時不出大門，也不見人。」

　　他隱居下來後，馬上面臨著一個實際問題：如何維持生活？他想：找職業顯然不可能，只好重新拿起筆來，賣文為生。兩天後，妻子回到家中，只是仍有低燒，還需臥床調養。他就在妻子的病榻旁擺上一張小桌，一面照顧妻子，一面看書、寫作。

　　還是去年在上海時，沈雁冰就聽說，共青團中央負責人之一的梅電龍追求唐棣華，簡直到了發瘋的程度。一次，他問唐棣華究竟愛不愛他？回答是「又愛又不愛。」唐棣華這樣說，大概是開玩笑。但是，梅電龍從唐棣華屋裏出來，坐上人力車，腦子裏一直在研究這「又愛又不愛」是什麼意思。下車時，竟把隨身帶的一包團中央文件留在車上了。走了一段路梅電龍才想起那包文件，可是已經晚了。當時，沈雁冰就覺得「這件事是極好的小說材料。」

　　一天晚上，他去參加一個小會。會開完後，適逢大雨，他撐起雨傘正想走，忽然聽人說：「雨這麼大，叫人怎麼回去呀？」他回頭一看，原來是唐棣華，見她沒有帶傘，就說：「來吧，我送你回家。」兩人合一把傘，雨點打在傘上騰騰地響。他偷眼看了看緊挨在身旁的這位女性，發現她剛才會上說話太多，此時臉上還泛著興奮的紅光，越發顯得美麗動人。頓時，各種形象，特別是女性的形象在他的腦子裏紛紛出現，忽來忽往，或隱或顯，彷彿是電影的片斷。他聽不到雨打紙傘的聲音了，忘記了還有個同伴。

　　後來他寫道：當時，「寫作的衝動，異常強烈，如果可能，我會在這大雨之中，撐一把傘，就動筆的。」

　　就是那天晚上，他回到家裏，寫下了第一個小說大綱。

後來，沈雁冰去到武漢，忙於編輯《漢口民國日報》，就把這個小說大綱忘記了。然而，他在上海時見到的一些時代女性又在武漢見到了，她們的性格更加顯露。當大革命失敗時，他又見到許多人出乖露醜，發狂頹廢，悲觀消沉。

在武漢開往九江的「襄陽丸」三等艙裏，有一個鋪位上像帳幔似的掛著兩條淡青色的女裙。主人的用意大概是遮擋人們的視線，然而卻引起了人們的注視。

沈雁冰發現這是他在上海和武漢都見過的黃慕蘭和范志超。於是他一年前寫下的那個小說大綱，突然又浮上了他的腦海。但因為任務在身，他仍然未能動筆。

現在，沈雁冰坐在妻子床邊，翻出原來寫的那個小說提綱，從頭到尾檢查了一遍，又作了多處修改，然後動筆，開始創作他的第一部小說《幻滅》。

從 9 月初開始，用了不到兩個星期的時間，寫完了《幻滅》的前半部。他打算給接替鄭振鐸編《小說月報》的葉聖陶看一看。可是署什麼名字呢？當然不能署沈雁冰。原來用的筆名「玄珠」、「郎損」等，在武漢寫文章罵過蔣介石，也不能用了。

他想到當前革命與反革命的矛盾；革命陣營內部的矛盾；小資產階級知識分子在這大變動時代的矛盾，以及自己生活和思想上的矛盾。於是，一種諷刺別人也嘲笑自己的文人積習在他身上起了作用，他隨手在《幻滅》的題目下面，寫了個新的筆名：矛盾。

他把《幻滅》前半部原稿交給了葉聖陶，葉聖陶連夜讀完，第二天，他看到沈雁冰，連聲說：「寫得好！寫得好！《小說月報》正缺這樣的稿件。我準備把你這部大作登在九月號上，今天就發稿。」沈雁冰說：「我還沒有寫完呢。」

「這不妨事，九月號登一半，十月號再登後一半。九月號再有十天就要出版，等你寫完是來不及的。」

沈雁冰只好表示同意。葉聖陶又說：「你這署名『矛盾』，一看就知道是假名。如果國民黨方面有人來查問原作者，我們就為難了。不如在『矛』字上加草頭，《百家姓》裏有，姓『茅』的也很多，不會引起注意。」

「好吧，就照你說的，把『矛盾』改成『茅盾』吧。這一來，我這個姓沈的，以後又要姓茅啦。」沈雁冰說著笑出聲來。

1927 年 9 月號《小說月報》出版了，茅盾的《幻滅》立即引起了眾多讀

者和作家、評論家的注意。人們紛紛猜測「茅盾」是誰。詩人徐志摩寫信給葉聖陶詢問。葉聖陶回信說：「作者不願以眞姓名示人，恕我不能告訴你。」徐志摩想，從作品內容之豐富和文筆的老練看來，這個「茅盾」一定不會是初出茅廬的新作者。有一天，他去看戲，在戲院裏碰到宋雲彬，高興地向對方說：「聖陶不肯告訴我，我已猜中了，茅盾不是沈雁冰是誰！」「對！對！是沈雁冰。過去有些人以爲雁冰只能翻譯、寫評論，不能創作，這下他們的口可要關上了。」

這以後，茅盾寫完《幻滅》，又接著發表了《動搖》、《追求》。兩年後，三部曲以《蝕》爲名，由開明書店出版。在《蝕》的扉頁上茅盾寫下了這樣的題詞：

> 生命之火尚在我胸中燃熾，青春之力尚在我血管中奔流，我眼尚能諦視，我腦尚能消納，尚能思維，該還有我報答厚愛的讀者諸君及此世界萬千的人生戰士的機會。營營之聲，不能擾我心，我惟以此自勉自勵。

二〇　魯迅秘密來訪

1927 年 10 月上旬的一天傍晚，孔德沚從工廠區回到家，興沖沖走上三樓，對正在埋頭寫作的茅盾說：「德鴻，我聽人說，魯迅搬到景雲里 23 號來啦！我家前門正對他家後門，從涼臺上也看得到。」

「眞的？」茅盾驚喜地說。放下筆，就戴上近視眼鏡，跋著一雙拖鞋，匆匆走到涼臺上。

此時，暮色漸濃，但是對面還沒有點燈，他無法看到魯迅的身影，就對妻子說：「我們去看看魯迅先生吧？」

「不行。我不是在外面放空氣，說你從武漢出來，就到日本去了嗎？你怎麼能出門呢？萬一……」

妻子的告誡是對的。他說：「好吧，以後再說。」

茅盾和魯迅的戰鬥友誼，早在 1921 年文學研究會成立之時就開始了。魯迅雖然沒有參加文學研究會，卻和這個文學組織保持著密切的聯繫。茅盾曾就《小說月報》的革新和編輯問題，多次與魯迅磋商。他在 1921 年 1 月給鄭振鐸的信中寫道：「弟以爲《說報》現在發表創作，宜取極端嚴格主義。……弟之提議，以爲此後朋友中乃至投稿之創作，請兄會商魯迅、啓明、地山……

諸兄決定後寄申……。」

據《魯迅日記》記載，僅 1921 年 4 月至 12 月間，他們兩人的書信來往就有 48 次。

早在 1921 年 8 月，茅盾在寫作《評四五六月的創作》時，就表示了對魯迅的欽佩。1923 年 10 月，他又寫了《讀〈吶喊〉》的專論，給魯迅以極高的評價。他說，讀了魯迅的《狂人日記》，「猶如久處黑暗的人們驟然看見了絢麗的陽光。」這篇小說具有「異樣的風格，使人一見就覺著不可言喻的悲哀和愉快。這種快感正像愛吃辣子的人所感到『愈辣愈爽快』的感覺。」「因為這篇文章，除了古怪而不足訓的體式外，還頗有些『離經叛道』的思想。傳統的舊禮教，在這裡受著最刻薄的攻擊，蒙上了『吃人』的罪名了。」

當魯迅的《阿 Q 正傳》在北京《晨報副刊》發表後，有個讀者寫信給他主編的《小說月報》，認為魯迅的筆「太鋒芒了，稍傷真實。諷刺過分，易流入矯揉造作，令人起不實之感……。」這樣的批評，他不同意，立即擬了一封回信，與來信一併發表。在回信裏，他決斷地指出：《阿 Q 正傳》「雖只登到第四章，但以我看來，實是一部傑作。」

在《讀〈吶喊〉》中，他說「阿 Q 相」「未必全然是中國民族所特具，似乎這也是人類普遍弱點的一種。至少，在『色屬內荏』這一點上，作者寫出人性的普遍弱點來了。」

茅盾清楚地記得，在他主編《小說月報》期間，魯迅寄來並經他手發表在《小說月報》上的作品有：《端午節》、《社戲》、《酒樓上》；翻譯作品有：《工人綏惠略夫》、《瘋姑娘》、《戰爭中的威爾珂》、《醫生》、《世界的火災》；還有魯迅譯的評論：《近代文學概況》、《小俄羅斯文學略說》，等等。

1927 年 10 月 12 日，茅盾和妻子晚飯後正在喝茶，忽然聽見有人敲門。他示意妻子等他躲到樓上再開門。

原來是魯迅在周建人陪同下來看望他了。

茅盾聞訊喜出望外，連忙下樓沏上龍井茶。「我聽說你到上海來了，而且也住在景雲里，只是因為通緝令在身，未能去府上拜望。」

魯迅笑道：「所以我和三弟就到府上來了，免得走漏風聲。」

周建人說：「大哥到上海後，聽人說你去日本了，他感到很遺憾。今天我告訴他，你並沒有走，隱藏在家裏。你家裏人在外放空氣說你到日本去了，是要避免國民黨追蹤。大哥一聽，就要我陪他來看你。」

　　魯迅告訴茅盾，他是 9 月 27 日下午在廣州上船，經香港到上海，已是 10 月 3 日午後。8 日搬到景雲里，是周建人幫他找的房子。

　　這是茅盾第二次見到魯迅。第一次見面是一年前，魯迅去廈門大學任教路過上海，鄭振鐸在「消閒別墅」宴請魯迅，他前往作陪，當時只寒暄了幾句。這一回，兩人就談了很多。

　　茅盾談了他在武漢的經歷，以及大革命失敗的情形。魯迅也向他談了半年來在廣州的見聞。並說，革命看來是處於低潮了。對於當時流行的革命仍在不斷高漲的論調，他表示不理解。他說他要在上海定居下來，不打算教書了。還說，已看到《小說月報》上登的《幻滅》的前半部，問茅盾今後作何打算。

　　茅盾說，正考慮寫第二篇小說，是從正面反映大革命的。至於今後怎麼辦。也許要長期蟄居地下，靠賣文維持生活了。

　　茅盾說的「第二篇小說」是《動搖》。

　　幾天後，當他正要構思《動搖》時，葉聖陶前來對他說：「『月報』上評論太少了，這方面稿件很缺。雁冰，你是此中老手，趕快寫幾篇吧。最好請你先寫一篇《魯迅論》。」茅盾答應了下來。但第一篇寫的是《王魯彥論》。因為他感到評論界對王魯彥的評論比較一致，不難寫；而對魯迅的作品，評論界往往有截然相反的意見，必須深思熟慮，才能使自己的論點站得住。所以，他第二篇才寫《魯迅論》。兩篇評論寫完以後，立即交給了葉聖陶。

　　11 月份的《小說月報》出版了。葉聖陶給他送來刊物。他看到上面印出的仍是《魯迅論》。未等他發問，葉聖陶便向他說明，自己從編輯的角度考慮，認為還是用《魯迅論》打頭炮比較好，而且，魯迅剛經香港來到上海，也有歡迎魯迅的意思。

　　這篇《魯迅論》的署名為「方璧」，是從他過去的筆名「玄珠」演化來的。他沒有署「茅盾」，他說：「署了『茅盾』人家就容易猜到茅盾就是我了。」

　　在這篇評論中，他論述了魯迅的小說和雜文。認為魯迅小說所寫的，「正是中國現在百分之九十九的人們的思想和生活。」又認為魯迅的雜文充滿了反抗的呼聲和無情的剝露，「反抗一切的壓迫，剝露一切的虛偽！」「魯迅之為魯迅，在於他老實不客氣的剝脫我們男男女女，同時他也老實不客氣地剝脫自己。」

　　對於這篇中國文壇上第一篇全面評論魯迅的長文，茅盾在晚年寫道：「這

篇論文，現在看來，對於魯迅作品的評價還很不夠，分析也膚淺，但在當時卻被人責爲『一味吹捧』。」

然而，八十年代中期，魯迅研究的專家和學者已一致認爲：茅盾，是魯迅作品最早的知音。

二一　亡命日本

茅盾寫完《追求》，已是 1928 年 6 月底。有一天，陳望道來看他。閒談中，發現他久困斗室，精神上很苦悶，身體也不好，就說：「雁冰，天氣這麼熱，你悶居小樓，是要弄出病來的。既然你對外放空氣說已去日本，何不真到日本去一下，換換環境，呼吸點新鮮空氣。」

茅盾覺得這話有道理，而且他也知道，去日本很方便。（當時，中國人去日本，日本人來中國，都不用護照。）他說：「我怕不懂日語，到那邊有困難。」

「這沒關係，我的女友吳庶五已在東京半年，她可以招呼你。」陳望道又說，「秦德君現在化名徐舫，在我家已住了幾天，她也要到日本去。」

「哦，那我路上就有伴了。」

秦德君是四川人，1922 年在黨辦的平民女校高級班讀書時，茅盾教過她英文。他還記得，秦德君那時是平民女校工作部部長，惲代英稱她是「黃毛丫頭部長」。

第天，茅盾去見了秦德君。她拿出二十五日元，託他買船票。

7 月初，他叫了出租汽車，去陳望道家接秦德君。秦德君看到他換了一身灰色西裝，黃色鞋擦得亮亮的，剃去了八字鬍，顯得很精神。就笑著招呼：「沈……」，茅盾止住她，悄悄說：「記住，我現在的名字是方保宗。」

「我的化名是徐舫。」她也低聲對茅盾說。

來到碼頭，他們乘上了開往神戶的一條日本小商輪。經過三晝夜漂泊，船抵神戶。憲兵挨個地檢查旅客。

他們兩人站得很近，行李也靠在一起。日本憲兵把他倆當成了夫妻。秦德君心想：「我們都是亡命客，『同是天涯淪落人』，何必多說呢。」茅盾和秦德君又乘上從神戶駛往東京的火車。開車不久，一個穿西裝的人過來同茅盾攀談。見他不懂日語，就改說英語，詢問他的姓名。

茅盾把預先印好的「方保宗」的名片給他看。他又問茅盾在東京有沒有

朋友，打算遊玩哪些地方。茅盾懶得同他周旋，只簡單地回答「是」或「不」。而他卻表示得十分親熱。

車抵東京。吳庶五帶茅盾住進「本鄉館」，把秦德君安排在「中華女生寄宿舍」。

吳庶五和秦德君剛走不久，在火車上和茅盾攀談的那個穿西裝的日本人又來了。仍用英語，表示願意幫忙。茅盾覺得這人奇怪、可疑：他到底是幹什麼的？

這時有一個穿和服的人走進房間，用中國話和茅盾打招呼。他一看，原來是熟人，武漢時期《中央日報》的總編輯陳啓修。未等茅盾開口，他用日語向那個穿西裝的日本人說了幾句，那人笑笑，恭敬地向茅盾說了聲「打擾」，便走了。

「這個古怪的日本人是幹什麼的？」茅盾問。

「他是特高科的便衣。」陳啓修答道。

茅盾知道，日本警視廳特高科是搞情報工作的，便說：「他們怎麼找到我頭上來了？」

陳啓修笑道：「你還不算有名的麼？中山艦事件時你在廣州，去年你在武漢，都是被人注意的目標之一。日本人的情報人員怎麼不找到你！他們一定有你的相片，大概你到神戶時，他們就知道了。不過，不用擔心，你來日本，如果是避難，沒有其他活動，他們對你還是客氣的。」

「你怎麼認識他？」茅盾問。

「哈哈，我來時，他就來拜訪我，當然他知道我是什麼人。我猜他是特高科的便衣，一語點破，他也只好承認了。」陳啓修大笑道，又說，「我是辭掉《中央日報》總編輯之後，直接到日本的。」

茅盾把自己的情形也對他簡略地說了一下。他邀茅盾到他房間裏去坐坐。茅盾拉上門，就跟他過去。陳啓修的房間裏堆著許多日文書籍，也有中國雜誌。他拿出一本書送給茅盾，書名是《醬色的心》，作者陳豹隱。

茅盾猜想這是他新的筆名。翻開一看，是短篇小說集，第一篇即名《醬色的心》。這使他大為驚異，想不到這位法科教授也來寫小說了。他指著書說：「這《醬色的心》是……」

陳啓修說：「不瞞你說，『醬色的心』是比喻我在武漢時期，共產黨說我是顧孟餘的走狗，是投降了國民黨，這樣，我的心就是黑的；但在國民黨方

面，仍把我看成忠實的共產黨員，我的心是紅的。唉，你看，我介於紅黑之間，豈不成了醬色？」接著又說：「蔣介石仍看我是共產黨，說不定哪一天對我下毒手，到那時，顧孟餘一定還要打我這條落水狗，所以我還是到日本來做亡命客。」

茅盾問：「豹隱二字，何所取義？君子豹變，何不取豹變呢？」

「我是豹變以後就隱居了，所以用豹隱。」

茅盾心想，這言外之意豈不是說，他不做共產黨員了，當然更不願意做國民黨員，所以要隱居嗎？當他拿了《醬色的心》要走時，陳啟修又說：「你不懂日本話，如果有事要我幫忙，請不要見外，儘管來找我。」

回到自己的房間，茅盾坐在燈下讀《醬色的心》。可是陳啟修剛才的話還在耳邊響，心想，這個陳啟修跟武漢時期所見的，似乎有點變了。現在他坦然地自稱為「醬色的人」，這不僅是自我解嘲，也含有對共產黨和國民黨的藐視呵！

7月上旬，他盤腿坐在鋪席上，完成了東渡日本後的第一個短篇小說《自殺》。寫環小組與一個革命男性戀愛並發生了關係，在他離她前去作戰後，她孤寂、悵惘，不被人理解，無法解脫厄運，最後自殺。

這是一篇與他的第一個短篇《創造》很不相同的小說。茅盾說，「五四」以來的思想解放運動，喚醒了許多向來不知「人生為什麼」的青年，但是被喚醒了的青年們此後所走的道路卻又各自不同。他寫道：「像嫻嫻那樣的性格剛強的女性，比較屬於少數；而和嫻嫻相反，性格軟弱的女子，卻比較地屬於多數。寫這些『平凡』者的悲劇或暗淡的結劇，使大家猛省，也不是無意義的。」他在異國陌生的環境和孤寂的心情下，創作了《一個女性》、《色盲》、《曇》、《泥濘》、《詩與散文》、《陀螺》等短篇小說。後來分別收入短篇小說集《野薔薇》和《宿莽》之中。

從7月上旬到11月底，茅盾在東京一邊寫作，一邊向陳啟修學習日語。學會了問路、買東西等日常生活中的簡單語句。

12月初，住在京都的楊賢江夫婦給茅盾回信，勸他到京都去，說那裡的生活費用比東京便宜，而且他們住的高原町遠離市區，環境幽靜，尚有餘屋可以代他租下。於是茅盾決定前往京都。與他同行的有秦德君。異國寂寞的生活，使他們相互接近，又相互愛戀，又同居了。

在開往京都的火車上，一個穿西裝的日本人前來和茅盾攀談。原來是初

抵日本時那個警視廳特高科的便衣。茅盾想，難道為了我，他也轉移到京都麼？後來才知道，這人是為了將他「護送」到京都，移交給京都的另一個便衣。

來到京都高原町之後，他先住在楊賢江家裏。不久，便和秦德君搬進一排獨門獨戶的「貸家住宅」，與高爾柏、高爾松兄弟夫婦為鄰。他倆住的是四號門牌三間。這裡距楊賢江的家僅一箭之遙。屋前有個小池，池邊種了一排櫻花樹。透過屋子的後窗，看得見遠處的山峰。山並不高，並排五六個山峰，「最西的一峰上有一簇房子，晚間，這一簇房子的燈火，共三層，在蒼翠的群峰中，便像鑽石裝成的寶冕。」

1929 年的春天來了。茅盾門前小池旁的那排櫻花樹，綴滿了淡紅色的蓓蕾，先開的一株已經濃豔得似一片緋紅的雲霞。茅盾想，在櫻花成片開放的地方賞櫻花，一定是異常的賞心悅目。於是在一個明朗的晴天，他與秦德君、楊賢江夫婦、高氏兄弟夫婦一行，乘車前往嵐山，盡興觀賞了櫻花。

從嵐山回來，茅盾繼續埋頭創作長篇小說《虹》。在這以前，他撰寫的長篇論文《從牯嶺到東京》在國內發表後，引起了軒然大波，受到太陽社和創造社一些激進作家的圍攻。他們宣稱「這一次的戰鬥是無產階級文藝戰線與不長進的所謂革命的小資產階級的代言者的戰鬥！」這使茅盾十分苦悶。

他曾說，「自從我到了日本以後，就與黨組織失去聯繫，而且以後黨組織也沒有再來同我聯繫。我猜想，大概我寫了《從牯嶺到東京》之後，有些人認為我是投降資產階級了，所以不再來找我。」此時，他對《幻滅》、《動搖》、《追求》進行了反思，發現自己作品中是有「一層極厚的悲觀色彩」，決心振作精神，「堅定的勇敢的看定了現實，大踏步往前走」，寫出新的作品。前些時，他從秦德君那裡聽到了革命女性胡蘭畦的身世，感到是一個很好的小說題材，便融合以往的見聞，開始構思一部新的長篇。這就是他初次用革命現實主義方法創作的《虹》。

《虹》的主人公梅行素，十八歲愛上了在川軍團部當文書的姨表兄。但是她父親作主把她嫁給了蘇貨鋪的老闆、姑表兄柳遇春。這使她感到無比的苦惱。在「五四」新思想的影響下，她衝出了柳遇春的「牢籠」。她來到瀘州師範當教員。但是這裡的「新派」人物卻使她感到厭惡。後來，她借著一個機會，來到上海，投入革命鬥爭，最後，在「五卅」的暴風雨中，梅女士終於以勇敢的戰士姿態，出現在南京路上的示威遊行隊伍中。

　　茅盾很喜愛他筆下的梅女士。他說，梅女士在「生活的學校」中經歷了許多驚濤駭浪，「從一個嬌生慣養的小姐的狷介的性格發展而成為堅強的反抗侮辱、壓迫的性格，終於走上了革命的道路。我以為這是我第一次寫人物性格有發展，而且是合於生活規律的有階段的逐漸的發展而不是跳躍式的發展。」

　　這部小說從動筆到完稿，他只用了四個月時間。

　　在將前四章原稿寄給《小說月報》主編鄭振鐸時，茅盾附上一封信。他寫道：「虹」是一座橋，便是春之女神由此以出冥國，重到世間的那一座橋；「虹」又常見於傍晚，是黑夜前的幻美，然而易散，虹有迷人的魅力，然而本身是虛空的幻想。這些便是《虹》的命意：一個象徵主義的題目。他又告訴鄭振鐸：「從這點，你尚可以想見《虹》在題材上，在思想上，都是『三部曲』，以後將轉移到新方向的過渡；所謂新方向，便是那凝思甚久而終於不敢貿然下筆的《霞》。」以後他始終未能創作出來。

　　日本四島的寒冬再次降臨了。1930 年 2 月 1 日，他為《虹》寫下了一個短短的《跋》：「右十章乃一九二九年四月至七月所作。當時頗不自量棉薄，欲為中國近十年之壯劇，留一印痕。八月中因移居擱筆，而後人事倥傯，遂不能復續。忽忽今已逾半載矣。島國多長，晨起濃霧闖牖，入夜凍雨打檐，西風半勁時乃有遠寺鐘聲，苦相逼拶。抱火缽打瞌睡而已，更無何等興感。或者屋後山上再現虹之彩影時，將續成此稿。」

　　在亡命日本的一年零十個月中，茅盾在寂寞清苦的生活中辛勤筆耕，結出了累累碩果。計有：長篇小說《虹》1 部，短篇小說 7 篇，散文《叩門》等 12 篇，文學評論和學術論著《希臘神話與北歐神話》、《中國神話研究 ABC》、《近代文學面面觀》、《六個歐洲文學家》、《讀〈倪煥之〉》、《西洋文學通論》、《關於高爾基》等 14 篇，總共一百多萬字。

　　1930 年 4 月，櫻花又爛漫開放，招引遊客。茅盾卻已無心觀賞，他想念祖國，想念親人，於是和秦德君搭海輪回國。到上海不久，他們兩人就分道揚鑣，各奔前程。

二二　智鬥尾巴

　　1930 年 4 月 5 日，茅盾從日本偷偷回到上海。幾天前，他聽馮雪峰說，

魯迅和創造社、太陽社的朋友們已經聯合起來，組成了「左翼作家聯盟」。有一天，楊賢江來對他說：「有人想和你談談，你是不是願意？」「他是誰呢？」「馮乃超。」茅盾知道馮乃超是後期創造社的重要角色，日本留學生，但未曾見過面。於是告訴楊賢江：「那麼就請你代我約他在家裏見面談談吧。」

第二天，茅盾和馮乃超見了面。原來馮乃超是代表「左聯」來邀請茅盾參加「左聯」的。他拿出一份「左聯」的綱領給茅盾看，問茅盾有什麼意見。茅盾仔細看完綱領及所附的行動綱領，說「很好」。馮乃超問他是否願意加入？「照綱領的規定，我還不夠資格。」茅盾直率地說。「綱領是奮鬥目標，只要同意就可以了，你不必客氣。」馮乃超誠懇地說。茅盾也就不再推讓。他又叫馮乃超介紹了「左聯」的組織機構和活動情況。於是，在 1930 年 4 月下旬茅盾成為「左聯」成員。

他加入「左聯」以後不久，就發現「左聯」的實際行動和「左聯」的綱領並不一致。對於「左聯」組織的示威遊行，飛行集會，寫標語，散傳單，到工廠中作鼓動工作，幫助工人出牆報，辦夜校……他採取了「自由主義」的態度，都沒有去參加。一些年輕的「左聯」成員，對他這種行動很不滿意。馮雪峰聽到後，就替茅盾解釋：「茅盾年紀大，身體弱，不必要求他參加這些活動吧。」

後來，茅盾也聽說了。心想：我身體弱倒是事實，年紀大只能是個藉口，我不過三十多歲，大什麼啊！參加個遊行，夜間去街上貼貼標語，我也能夠辦到。唉，我不參加這些活動，是我不贊成這種做法！但是，這種做法又是黨組織規定的。他此時已失去黨的組織關係，不便出面反對。

他參加「左聯」後，還發現鄭振鐸、葉聖陶沒有參加，心中很納悶。問了馮雪峰，得到的回答是：因為多數人不同意。郁達夫是魯迅介紹的，所以大家才同意。他還告訴茅盾，他已向葉聖陶做解釋工作，免得他多心。茅盾表示他不贊成「左聯」這種「關門」的做法。馮雪峰說，魯迅也反對這種做法，可是一些人偏要堅持這樣做。聽了這話，茅盾恍然大悟：哦，為什麼我從日本回來那天由葉聖陶陪伴去看望魯迅時，魯迅對「左聯」的事一字不提，原來是這個緣故。

關於「左聯」的這種情況，茅盾曾與魯迅談到。魯迅大概出於對黨的尊重，對茅盾只是笑一笑說：「所以我總是聲明不會做他們的這種工作的，我還是寫我的文章。」

第二年 5 月下旬的一天，馮雪峰找到茅盾，要他擔任「左聯」的行政書記。他對馮雪峰說：「雪峰，『左聯』有那麼多機構，我能力弱，恐怕不能勝任。」雪峰考慮後說：「試試罷，反正是輪流擔任，工作也是大家做的。」

後來，瞿秋白也參加了「左聯」的領導工作。茅盾與魯迅、馮雪峰一起商量，創辦了由丁玲主編的大型文學刊物《北斗》。這是「左聯」爲了壯大左翼文藝運動，克服關門主義和宗派主義所作的第一次重大的努力。

擔任了「左聯」的行政書記後，茅盾再也不能「自由主義」了。他的活動、會議都多了起來。由於經常出入左翼人士的活動場所，引起了國民黨特務的注意。

9 月的一天下午，茅盾在北四川路附近的一所中學開完「左聯」執委會。出來時，他和馮雪峰邊走邊談。

「叮噹，叮噹」——列電車到站了。兩人坐上了前面的頭等車。車內乘客很少，他倆坐在一起。電車駛過了一兩站，茅盾突然發覺隔著一道玻璃門的三等車廂內，有一個戴著鴨舌帽的漢子在盯著他倆看。他驚疑地想：「啊，他是在注意我呢，還是在注意雪峰？」爲了核實，茅盾就換到對面的空座上。果然，那人也換了個位置，仍盯著他看。

「雪峰，你過來。」待馮雪峰坐到他身邊後，茅盾又說：「那個傢夥盯上了我們，得想辦法甩開他！到了南京路我就下車，那人如果跟著我下車，你就沒有事了。」

南京路到了，茅盾迅速跳下電車，在路上逛商店。他回頭看看，那個傢夥果然緊盯在後面。這種情況，雖然他還是第一次遇上，但卻毫不驚慌。幾年來的「地下」生活，他已練就了與國民黨特務「鬥法」的許多本領。加入「左聯」後，尤其是擔任行政書記以來，他的警惕性一直很高。還是在四月裏，他正和魯迅、馮雪峰籌備出版「左聯」機關刊物《前哨》，發生了柔石等五位青年作家被國民黨特務逮捕、暗殺的事件，就使他思想上有了準備，時刻提防特務的盯梢或逮捕。他自認自己仍然是一個共產黨員，仍然在黨的領導下爲中國人民的革命事業工作著、鬥爭著。哪怕爲了共產主義理想流血犧牲，也是甘心情願的。然而敵人休想輕易地逮捕我！

茅盾發現：這特務盯梢有一個規律，就是茅盾進入單門面的商店，他留在門口等候；茅盾進入大百貨公司，他則尾隨著在商店裏游蕩。茅盾頓時心生一計，直奔常去的交通銀行。因爲這家銀行除了大門，還有一個一般人不

知道的側門。

茅盾進了銀行大門，來到取款處，裝著要取款，順便回頭望了一眼，見那個傢夥也跟了進來。但他看到茅盾注意他，轉了一圈又走了出去。

「鬼東西，你在大門口恭候著爺爺吧！」茅盾在心中罵了一句，然後急忙抽身從側門奔出，跳上一輛黃包車，喊道：「快拉！」

越過幾條馬路，他回頭看清後面確實無人跟蹤，才在一個電車站下了黃包車，付了錢。這時，一輛電車正好駛來，他馬是跳了上去。過了幾站，又換了一次車，才安全回到家裏。

第二天，馮雪峰來看他。聽了茅盾的「歷險」經過，不禁哈哈大笑，說：「這叫做：文弱秀才被狗咬，急中生智甩尾巴。好，好！妙，妙！」停了一下，他對茅盾說：「雁冰，那個中學，以後不能再用作開會的地點了。」

茅盾同意地點了點頭。

過了幾天，馮雪峰來邀茅盾一起去看望魯迅。才跨進門，魯迅就笑著迎上來說：「哈哈，來得早不如來得巧，今天有大閘蟹，你們就留下吃蟹吧！等一會兒三弟也要來。」

在等候周建人的時候，馮雪峰向魯迅談起了茅盾甩「尾巴」的事。魯迅聽了對茅盾說：「你這位『方保宗』真不簡單。今天，我正好用大閘蟹為你老弟壓驚。」

在談話中，茅盾告訴魯迅，他已向馮雪峰請了長假，想寫長篇小說《夕陽》。

魯迅說：「在夏天就聽說你有一個規模龐大的長篇小說要寫了。現在的左翼文藝，只靠發宣言是壓不倒敵人的，還是要靠我們的作家寫出點實實在在的東西來。既然雪峰已經同意了你請長假，那你就快點寫吧。」

二三　羅美老弟

秋風蕭瑟，黃葉凋零。茅盾參加「左聯」已有四五個月了。有一天，他和妻子孔德沚晚飯後談天，兩人想起 8 月間，瞿秋白、楊之華從蘇聯回到上海不久，曾對他們說：沈澤民、張琴秋夫婦也要回國了。還說：張琴秋生了一個女孩。

「我和弟弟已有好多年不見了，真想他呵！」茅盾說。「我們那個侄女一定很可愛。不知她像澤民還是像琴秋？」孔德沚問。

「等他們回到上海，你一看不就知道了嘛。」

「中秋節快到了，如果中秋時能跟老二一家團聚，該有多好。」

「他們會趕上過中秋的吧？」

茅盾回想起弟弟讀了《幻滅》後給他寫的那封信。那是沈澤民到了莫斯科之後，寫給他的第二封信。信裏說，讀了《幻滅》，知道了「你自己的經歷」，「你並且曾經到過廬山。這些生活無疑的使你在技術上成熟；我想得見你在作小說時，筆下已經非常的自由，覺得許多實際經驗供給你豐富的材料，使你左右逢源。」「文學作品的讀者在中國的文化條件下只能是廣大的小資產階級的知識分子群眾。……忠實地去反映他們的心理，而指示他們以出路，這絕不僅僅是政治宣傳品的任務。我以前感覺到單翻譯的無味，現在你果然一變而專注力於創作，這我認為是非常好非常需要的一種改變。」

當時，一些掛著「革命批評家」牌子的人攻擊《幻滅》「意識不是無產階級的，依舊是小資產階級的」，說什麼「茅盾所表現的傾向當然是消極的投降大地主大資產階級的人物的傾向。」甚至在茅盾被迫流亡日本後，中斷了他的黨組織關係。在這樣困難和思想苦悶之際，弟弟從第一個社會主義國家——蘇聯首都莫斯科給他寄來的這些話，對於亡命異邦的他，是何等巨大的鼓舞呵！

沈澤民原名沈德濟，早年就讀於南京河海工程專門學校，數學、物理、化學等課的成績名列前茅，英語也很好，曾和哥哥合譯科普小說《兩月中之建築譚》，在 1918 年的《學生雜誌》上連載。他也很喜愛文學，從茅盾自己出錢並主編的桐鄉《新鄉人》雜誌第二期（1919 年 10 月 1 日出版）上，可以看到他寫的兩篇小說：《呆子》、《阿文和他的姊姊》。比他哥哥茅盾創作小說還要早八年呢。茅盾主持革新《小說月報》，也得到了這位弟弟的很大支持。在這封談論《幻滅》的信中，沈澤民對《幻滅》的人物、題材、主題，都有中肯的評價。茅盾深感弟弟是他的知音。

沈澤民的這封信，在 1929 年 3 月 3 日的《文學週報》刊出時，題目叫《關於〈幻滅〉——茅盾收到的一封信》，署名：「羅美」。這是他在蘇聯時用的假名。

茅盾知道，沈澤民是大革命前一年隨同劉少奇等去蘇聯的，參加在莫斯科召開的國際職工（赤色）代表大會，擔任代表團的英文翻譯。張琴秋則是1925 年秋派往蘇聯學習的。國際職工代表大會後，沈澤民就留在蘇聯莫斯科，先在中山大學學習，後來考上了紅色教授學院，學習哲學。兩年時間裏，他

每晚學習都到深夜，加上莫斯科的供應差，後來得了肺病。

然而他不瞭解的是，這年——1930 年秋，共產國際爲了糾正李立三左傾機會主義的錯誤，陸續派一些在莫斯科學習的中共黨員回國。沈澤民是屬於最先回國的。他身上帶著共產國際給中共的重要指示，共產國際因此決定他單身繞道法國，再乘郵船回上海，這是一條比較安全的路線。共產國際通知中共說，他回國用的假護照上塡的姓名是李明揚，乘的是法國某郵船，抵達上海後將住在新世界旅館。

中共中央專門接待沈澤民的幾個交通員，天天看報上外國輪船進出上海港的報導。一天，報紙預告法國那艘郵船將於明日上午到達。於是第二日上午十一時，一位交通員來到新世界旅館，看帳房間掛的旅客名牌上，沒有「李明揚」，不禁大吃一驚。他以爲是別的交通員先接去了。可是回去一問，並沒有人去過。這個交通員再次來到新世界旅館，找一個熟識的茶房探詢，才知道這天上午九時，確有一個叫李明揚的來住旅館，但是半小時後就離開了。這樣，就證明化名李明揚的沈澤民確已抵達上海。然而他爲什麼又匆匆搬走呢？到哪裏去了呢？

交通員來到茅盾家，將這些情況對茅盾說了後，問是否來過。茅盾告訴他沒有來過。於是他們又到沈澤民過去所熟悉的一些朋友探聽，也無消息。這使中共中央負責人十分焦急，打算在報上登尋人廣告。他派人先到茅盾家詢問沈澤民有無外間人不知道的小名。茅盾告訴來人，澤民並無小名，母親一向叫他「阿二」。

經過商量，他們共同擬定了一條啓事：「阿二，家庭小事口角，何必出走，慈母以只生我只弟二人而不和睦，甚爲焦急。兄現已來滬，暫寓某某處，以十日爲限，見報速來相見。」

這一條啓事在上海各報上登出後，過了十天，茅盾仍不見沈澤民來，他對中共中央派來的人說：「看來，我們登的啓事內容太普遍，即使澤民看到了，以爲阿大、阿二怎樣怎樣，未必一定是指他。」

商量後請示中共中央，決定登第二次啓事。茅盾向來人提出，可以用沈澤民在莫斯科用的假名「羅美」。來人則說落款可用秦邦憲的假名「博古」。於是又在上海各報上登尋人啓事：

> 羅美老弟，有事相商，即來某某處。博古。

然而仍然像石沉大海。茅盾只好寫信拜託陳望道、邵力子，請他們探詢

南京政府最近有沒有祕密捕人。結果也是沒有。

「澤民到底去哪裏了？」茅盾焦急地問孔德沚。

「琴秋呢，有沒有回來？眼前中秋節要到了。」孔德沚也焦急得很。

一個月後，孔德沚聽到有人敲門。開門一看，是楊之華。她說：「你們看，誰來了？」

「啊！澤民！澤民，是你啊！」茅盾夫婦一起驚喜地喊道。

「之華，你怎麼找到澤民的？」孔德沚問。

「我在馬路上看見一個人在那家工廠外面徘徊，走近一看，竟是澤民！」楊之華答。

「澤民，我們找得你好苦啊！」茅盾說。

「這叫做『踏破鐵鞋無覓處，得來全不費工夫。』哈哈！」穿著一身工人服裝的沈澤民幽默地說。

孔德沚趕快端來了洗臉水，讓弟弟洗臉，又拿來茅盾的衣裳叫他先換上。茅盾削了隻大蘋果，遞給弟弟。然後，聽他敘述「失蹤」的經過：

那天他下了法國郵船，按照事先聯繫住進新世界旅館。可是還不到一個鐘頭，就有人來找他，而且稱他「師長」。兩人相見，才知是誤認。他估計還會有人稱他「師長」，要他裁培等等，決定立刻搬走。在虹口一個廣東人家，是爲語言不通，彼此可以少說話。他還得預防說夢話露了眞相。因爲他自稱是鄉下來的農民，不識字，自然不看報。茅盾兩次登報找他，哪會想到他連報也不看呢。他也曾到出版左派書籍的書店去，希望遇到熟人，誰知第一次去，他就瞥見了托派王獨清，從此他就不敢再去書店了。爲什麼不找鄭振鐸等人呢？茅盾不知道，「四‧一二」以後，莫斯科的中國留學生只知道國內不革命就是反革命，他也認爲鄭振鐸等人都靠不住了。最後，他打算進工廠做工，心想在工人中間一定可以找到黨。他買好了工人服裝，天天穿上到一些工廠門外找機會進工廠，卻不料遇見了楊之華。這樣，他終於找到了黨組織。

後來，茅盾和沈澤民瞭解到，確實有一個李明揚師長，原來是李烈鈞的部下。現在這個李明揚師長，是有職無兵，蔣介石每月只給他一點維持費。

沈澤民回到上海不久，張琴秋把女兒瑪婭送進國際兒童院，與另一位女同志結伴，經滿洲里，也輾轉來到上海。她和澤民一起到茅盾家探望，未見到母親。茅盾告訴弟弟和弟媳：他1930年春回到上海後，下半年母親就遷回

烏鎮定居，但每年必來上海過多。並說他每年至少要回家鄉一次，或者接母親來上海，或者送老人家回烏鎮。茅盾還說，得到他要回上海的消息後，本想寫信報告母親，因一時找不到他，只好暫時瞞著母親。過幾天，自己就要回烏鎮去接母親。

當沈澤民和張琴秋第二次來探望兄嫂時，茅盾已把老母從烏鎮接到上海過多。母子見面，陳愛珠一隻手拉著二兒子澤民，一隻手拉著二媳婦琴秋，喜淚盈眶，樂得合不上嘴。只是聽說孫女瑪婭留在蘇聯了，她不能見到，臉上現出了不快。兒子、媳婦趕快勸慰，大孫女亞男和孫兒阿桑偎到她身旁，老人才又開顏歡笑。

這以後，沈澤民到中共中央宣傳部工作，張琴秋仍從事女工運動。

1931 年 4 月底，沈澤民穿著西裝革履，張琴秋是旗袍燙髮，來向母親兄嫂辭行，說他們要到鄂豫皖蘇區去工作。沈澤民告訴兄嫂，黨中央在 1 月間召開了六屆四中全會，中央現在的負責人是王明。目前黨在白區的活動十分困難，而蘇區的土地革命卻蓬勃發展，地區日益擴大。因此，3 月間黨中央決定遷到蘇區去，一部分人到中央蘇區，另一部分人到鄂豫皖蘇區，其中有張國燾等人。他們在「五一」之後就動身。

「到了那裡就到了自由的天地，在自己的地區工作，將是何等的快活！我和琴秋可以大幹一番啦！」

沈澤民夫婦的情緒高昂，對前景十分樂觀，對到蘇區去流露出由衷的歡喜。

陳愛珠看著二兒子、兒媳的穿著打扮，不放心地問大兒子茅盾：「德鴻，你看阿二、琴秋穿這種衣裳去那裡，敵人一看就會懷疑吧？」

還未等哥哥開口，沈澤民就笑著說：「媽，您放心！這套行頭是我們在上海的化裝，去蘇區要另換行頭的。」

那天，老母、茅盾夫婦和沈澤民、張琴秋互訴親情，互道珍重。他們哪裏想得到，這一別竟成為永訣！

1933 年 12 月中旬的一天傍晚，茅盾接到魯迅派女傭人送來的一張便條，上面寫道：「有一熟人從那邊來，欲見兄一面，弟已代約明日午後二時於白俄咖啡館會晤。」

這個白俄咖啡館在北四川路底，大陸新村附近，比較幽靜，中國人光顧的不多，魯迅和茅盾等三兩個人要商量什麼，而對方又不便領到家中來的，

常選在那裡會面。

第二天，茅盾準時來到咖啡館，見魯迅已在等待，就問是誰來了。魯迅說是成仿吾。他聽了感到愕然。心想：這個成仿吾，我和魯迅雖同他打過不少筆墨官司，卻從未見過面，只聽說他到蘇區去了。他怎麼會來找我？魯迅聽了他的問話，說：「不會錯的，他去找過內山，內山認得他；還有鄭伯奇也要來，他們是熟人。」

兩人正談時，鄭伯奇領著成仿吾來了。四個人互相作了介紹，一邊喝咖啡，一邊談了起來。

成仿吾說，他從鄂豫皖蘇區來，是到上海來治病的。他問魯迅能不能幫他找到黨方面的朋友。魯迅說可以，來得正是時候，過幾天就不好辦了。於是記下了成仿吾的地址。成仿吾接著對茅盾說：「有個不好的消息要告訴你，令弟澤民在鄂豫皖蘇區病故了。」

「這不可能！」茅盾脫口叫道。

「那邊的環境太艱苦了，他的工作又十分繁重，他身體本來單薄，肺病就復發了。加上在那裡得了嚴重的瘧疾，在缺醫少藥又無營養的條件下，就支持不住了。」成仿吾說。

茅盾又問：「是哪一天？葬在哪裏？琴秋呢？」

成仿吾答：「11 月 20 日，我離開的前一天晚上去世的，大概就地埋葬了。琴秋不在他身邊，她隨紅軍主力去路西了。」

他們黯然坐在那裡。待了一會兒，魯迅打破了壓抑的氣氛，站起身說：「沒有別的事，我就先告辭了。」

茅盾也站起來向成仿吾告辭，和魯迅一起走出咖啡館，步行回家。

「令弟今年三十幾了？」魯迅問。

「虛歲三十三，比我小四歲。」茅盾答。

「啊，太年輕了！」魯迅惋惜地說。

後來，茅盾從楊之華處瞭解到沈澤民病故的詳細經過。沈澤民和張琴秋到達鄂豫皖蘇區之後，沈澤民先是任中共鄂豫皖邊區中央分局委員，後來又任鄂豫皖蘇區省委書記，張琴秋在紅四方面軍政治部工作。他們的工作都很出色。蔣介石在 1933 年 6 月，發動第五次「圍剿」，蘇區被割裂和侵佔，紅軍遭到了極大的困難，主力部隊不得不化整為零，分散作戰。這時，沈澤民又得了嚴重的瘧疾，在頻繁的戰鬥中，每天吃飯都有困難，更談不上醫療了。

而且蘇區與紅四軍方面軍、與黨中央都失掉了聯繫，爲了重新建立與中央的指示，決定派成仿吾去上海找中央。11 月初，他已吐血不已，仍堅持向中央寫報告。就在寫完報告後的幾天，他吐血不止，與世長辭了。

「你弟弟臨終前，對戰友們說：『同志們，要以萬死的決心，實現黨的鬥爭方針的轉變，去爭取革命的勝利！』唉，他是戰鬥到最後一分鐘的啊！」楊之華還告訴茅盾：「澤民給黨中央寫的報告，是用藥水抄寫在一件襯衫上，由成仿吾穿上帶出來交給秋白的。秋白走時，已帶上澤民的報告，呈送給中央。」

想起自己是弟弟的入黨介紹人，如今弟弟卻在革命鬥爭中病故了，茅盾的悲痛猶如萬箭鑽心，眼淚禁不住潸潸而下。

二四　創作《子夜》

從 1930 年秋天起，茅盾的眼疾、胃病、神經衰弱同時發作，醫生囑咐他：「少用眼多休息。」他閒著沒事，便經常到表叔盧學溥的公館去。

盧學溥卸去財政部公債司司長後，來到上海作「海上寓公」，任中國銀行監察、交通銀行董事長、浙江實業銀行常務理事。

在盧公館，茅盾見到了許多同鄉故舊。這些盧公館的常客，有銀行家，有開工廠的，有政客，有商人，也有正在交易所投機的，還有軍界中人。

茅盾說：「盧公館的客人中，除銀行家而外，也有南京政府方面的人。要打聽政局的消息，盧公館是個能有所獲的地方。也是在盧公館，我曾聽說，做公債投機的人曾以三十萬元買通馮玉祥部隊，在津浦線上北退三十里（這成爲後來我寫《子夜》的材料之一）。」

秋天，蔣介石與馮玉祥、閻錫山正在津浦鐵路線上大戰，而世界經濟危機已波及到上海。前來盧公館的那些人都在互相打聽政局、戰況，交換經濟情報和各種信息。茅盾從他們那裡聽到許多過去聞所未聞的事情，對於社會現象也看得更清楚了：中國的民族工業在外資壓迫和農村動亂、經濟破產的影響下，正面臨絕境。爲了轉嫁本身的危機，資本家加緊了對工人的剝削，而工人階級的鬥爭也正方興未艾。天天聽到經濟不振、市場蕭條、工廠倒閉、工人罷工的消息。

他還經常從黨內的朋友處得到蘇區的消息：南方各省的蘇維埃紅色政權正蓬勃發展，紅軍粉碎了蔣介石多次的軍事圍剿，聲威日增。更使他心情振

奮的是，彭德懷率領的紅軍一度攻佔了長沙。

他後來說：「當時我就有積累這些材料，加以消化，寫一部白色的都市和赤色的農村的交響曲的小說的想法。」當時社會上和學術界開展的關於中國社會性質的論戰，對他寫這部小說也是一個促進。報紙上發表的一篇篇文章把他吸引住了。當讀到嚴靈峰、任曙等的文章時，他十分氣憤：「托派眞是太狂妄也太幼稚了！竟然胡說什麼中國已走上了資本主義的道路，還胡說反帝反封建的任務應由中國資產階級來擔承。」對於一些資產階級學者的文章，主張什麼既反對共產黨，又反對帝國主義和官僚買辦階級，認爲民族資產階級可以在「夾縫中求得生存和發展，建立歐美式的資產階級政權」，他也覺得不僅糊塗，而且完全錯誤。

茅盾意識到自己將寫的這部小說，意義是很重大的。他說，「我寫這部小說，就是想用形象的表現來回答托派和資產階級學者：中國沒有走向資本主義發展的道路，中國在帝國主義、封建勢力和官僚買辦階級的壓迫下，是更加半封建半殖民地化了。」

從《幻滅》到《虹》，他的小說主人公大都是小資產階級知識分子，而且大多是青年女性。這次，他要寫大資產階級，要寫大銀行家、大工業家了。

茅盾最初設想，「這部都市——農村交響曲將分爲都市部分和農村部分，都市部分打算寫一部三部曲，並且寫出了初步的提綱。」第一部叫《棉紗》，第二部爲《證券》，第三部是《標金》。

然而，他寫完了提綱，「就覺得這種形式不理想：農村部分是否也要寫三部曲？這都市三部曲與農村三部曲又怎樣配合、呼應？等等，都不好處理。」怎麼辦呢？他一時沒有考慮好。

11月，他轉而寫中篇小說《路》。可是才寫了一半，眼病又第二次發作，而且更加嚴重：右眼角膜潰爛成小孔，左眼瞳孔一半爲厚翳遮掩。他心裏有點發慌，問劉以祥醫生：「能治好嗎？」劉醫生說：「右眼好治，可注射血清，左眼比較難以對付。」又說，「你不能再看書寫字，總之不能再用眼」。經過劉醫生的精心治療，半個月後，他右眼復原，三個月後，左眼雲翳也消除了。

在這三個月裏，茅盾的眼睛不能多用，大腦的思維活動卻活躍得很。他暫時拋開《路》，又回到「城市——農村三部曲」上來，決定改變計劃，不寫三部曲而寫以城市爲中心的長篇。他又重新構思寫出了一個《提要》和一個簡單的提綱。

在眼睛康復以後，他續寫完了《路》，就根據提綱寫完了「約有若干冊的

詳細的分章大綱」。

　　他寫的《提綱》，我們可以從茅盾晚年的《回憶錄》裏讀到。而「分章大綱」，他在《回憶錄》中說：「都丟失了。」其實並非如此。「大綱」的一部分——第十章至第十三章、第十六章、第十八章、第十九章已經發現，刊於文化藝術出版社出版的《茅盾研究》第一輯。這幾章「大綱」，是如此詳細，簡直是一部長篇小說的縮本！

　　然而，當他提筆要根據「分章大綱」寫成小說時，「感到規模還是太大，非有一二年時間的詳細調查，有些描寫便無從下手。」而他卻「無法儲備一二年的生活費以便從事詳細的調查。」而且，「關於軍事行動的描寫，即使作了調查也未必能寫好。」因爲他沒有在部隊中工作（即使是政治工作）的經驗。於是他「就有再次縮小計劃的考慮，徹底收起那勃勃雄心。」

　　他仍在積極地進行創作的準備。先是訪問了從前在盧公館遇到的那些同鄉、親戚、故舊，他瞭解到許多新的情況，尤其是日本絲在國際市場上與中國絲競爭，使得中國各地的絲廠紛紛倒閉。僅 1930 年，上海的絲廠就由原來的一百家變成七十家，鎮江、蘇州、杭州、嘉興、湖州等地的絲廠，也十之八九倒閉。這使他改變了原來主要寫紗廠的計劃，決定以絲廠作爲基點。他又從同鄉故舊的口中知道，1929 年中國各省火柴廠宣告破產的，達三十八家之多。這又堅定了他以寫「內銷爲主的火柴廠作爲中國民族工業受日本和瑞典的同行競爭，而在國內不能立足的原定計劃。」

　　爲了寫好絲廠和火柴廠的民族資本家，他再一次去絲廠、火柴廠參觀。他寫道：「我是第一次寫企業家，該把這些企業家寫成怎樣的性格，是頗費躊躇的。小說中人物描寫的經驗，我算是有一點。這就是把最熟悉的眞人們的性格經過綜合、分析，而且求得最近似的典型性格。吳蓀甫的性格就是這樣創造的；吳的果斷，有魄力，有時十分冷靜，有時暴跳如雷，對手下人的要求十分嚴格，部分取之於我對盧表叔的觀察，部分取之於別人的同鄉之從事於工業者。周仲偉的性格在書中算是另一種典型，我同樣是綜合數人而創造的。」

　　因爲小說中要寫到公債投機，他找了個朋友帶他進入華商證券交易所實地觀察。這個朋友叫章鬱庵，他們曾一起參與領導商務印書館的大罷工，現在章鬱庵是交易所的一個經紀人。他向茅盾說明了交易所中做買賣的規律，以及什麼是「空頭」（賣出公債者），什麼是「多頭」（買進公債者）。

走進交易所的大門，茅盾看到人們進行交易的市場很像大戲院的池子，而池子則像是一個蜂房。章鬱庵讓他看池子後方上面，那裡站著一些袖子捲到肩胛邊的拍板人，這些人後面的電光記數牌上跳動著紅光閃閃的阿拉伯數字。他心想：「啊，這就是會叫許多人笑也會叫許多人哭的『拍板臺』！……那些提心弔膽望著它的人們，還有更多的沒有來親眼看著自己『命運』升沉的人們，他們住在上海各處，在中國各處，然而這裡臺上的紅色電光的一跳，會決定了他們的破產或者發財。」

他看這邊，有兩個人咬著耳朵密談；瞧那邊，又有兩個人壓低了嗓子爭論什麼。靠柱子邊上的一張椅子裏有一個人弓著背抱了頭，似乎在轉念頭：跳黃浦呢，吞生鴉片煙呢？

有時，茅盾還在交易所觀察到，一些無稽的謠言竟會激起債券漲落的大風波。他感到，「人們是在謠言中幻想，在謠言中興奮，或者嚇出了靈魂。沒有比這些人更敏感的人了。」

1931 年春天，他因為擔任了「左聯」的行政書記，這部小說的寫作又拖延了下來。

夏季酷熱異常，茅盾住在三樓，常常「熱得喘不過氣來」。他只好先寫出新的分章大綱，把精力專注在「左聯」的工作上。

10 月，他覺得寫作長篇的計劃不能再拖下去了，便辭去「左聯」的行政書記，專心寫作起長篇來。

當全書脫稿時，茅盾在「後記」中寫道：「《子夜》十九章，始作於 1931 年 10 月，至 1932 年 12 月 5 日脫稿；其間因病，因事，因上海戰爭，因天熱，作而復輟者，綜記亦有八個月之多，所以也還是倉卒成書，未遑細細推敲。」

這部長篇剛寫好前面幾章，《小說月報》主編鄭振鐸找到他，打算從 1932 年起在《小說月報》上連載。茅盾為此曾擬了三個題目：夕陽、燎原、野火。最後決定叫《夕陽》。這是取自李商隱的詩句「夕陽無限好，只是近黃昏」，暗喻蔣介石政權當時雖然戰勝了汪精衛、馮玉祥、閻錫山，表面上是全盛時代，實際上已在走下坡路，是「近黃昏」了。不料突然發生了「一二八」上海戰爭。商務印書館總廠被日軍侵略的炮火燒毀，他交去的那部分《夕陽》稿子也被焚毀。幸好那是孔德沚抄的副本，他親手寫的原稿還保存著。

全書寫完後，他經過再三斟酌，決定將書名改為《子夜》。他想：「夕陽」概括著舊中國社會的日薄西山，一派混濁、暗淡，一切都被黑暗吞噬了；而

「子夜」不僅包含著舊中國黑暗的一面，同時也象徵著既已半夜，快天亮了，黑暗過去，黎明就要來臨了。「子夜」是最黑暗的時刻，也是黎明到來的先兆，「這是從當時革命發展的形勢而言。」從《夕陽》到《子夜》，這書名的更易，正反映著茅盾的思想在創作中不斷深化。

《子夜》在 1933 年 2 月由開明書店出版了。茅盾從開明書店拿到了幾本樣書後，想到魯迅多次問過寫作《子夜》的進展情況。現在《子夜》終於出版了，應該儘早給他送上一冊。第二天 2 月 4 日，茅盾拿了《子夜》，和孔德沚一起，帶了兒子，去北四川路底的魯迅家中拜訪。

魯迅接過茅盾的新作，翻開扉頁一看，是空白的，就向茅盾鄭重提出：「雁冰，你怎麼不簽上大名呢？來來，這書你得簽名，好讓我留念。」他把茅盾拉到書桌旁，打開硯臺，遞上毛筆。

「這一本是給你隨便翻翻的，請提意見。」茅盾說。

「不，這一本我是要保存起來的，不看的；我要看，另外再去買一本。」魯迅仍堅持讓他簽名。

於是，茅盾在《子夜》的扉頁上端正地寫上：「魯迅先生指正」，又簽上了自己的名字。

《魯迅日記》對這件事的記載是：「茅盾及其夫人攜孩子來，並見贈《子夜》一本，橙子一筐，報以積木一盒，兒童繪本二本，餅及糖各一包。」

過了幾天，魯迅在致曹靖華的信中寫道：「國內文壇除我們仍受壓迫及反對者趁勢活動外，亦無甚新局。但我們這面，亦頗有新作出現；茅盾一小說曰《子夜》（此書將來當寄上），計三十餘萬字，是他們所不能及的。」

《子夜》出版後，引起了各界讀者的注意。「左聯」內的黨組織對《子夜》進行了討論，瞿秋白、朱明、朱自清、吳組緗、趙家璧、侍桁等都寫了評論。連曾是學衡派的吳宓也撰文說他「最激賞此書」，認為《子夜》「表現時代動搖之力，尤為深刻」，小說的技巧「可云妙絕」。

從 2 月至 4 月的三個月內，《子夜》重版了四次；初版印數為三千本，每次重印各為五千本，均銷售一空。陳望道對茅盾說：「你這本《子夜》的發賣真是空前啊！連向來不看新文學作品的資本家少奶奶、大小姐，現在都爭著看《子夜》，因為你在這本書裏描寫到了她們。」

茅盾的表妹（即盧鑑泉的女兒）寶小姐也破例讀了《子夜》。有一天，她竟問茅盾：「表哥，你寫的吳少奶奶，是拿我做模特兒的嗎？」

對於她的誤會，茅盾只好笑而不答。

二五　痛失諍友秋白

茅盾用了三個月時間，完成了《新文學大系》小說一集的編選工作。他把自己撰寫的《導言》和原稿交給趙家璧時，已是 1935 年 3 月上旬。

在搬往極司非爾路信義村 1 弄 4 號的前一天，茅盾去向魯迅告別。

「哦，你們明天就搬走嗎？」魯迅問。

「是的，家裏的東西都整理好了。」茅盾答。

「這樣，我們商量事情就不方便了。」

「因為住得遠了，往後不是緊要的事情，只能靠書信來傳遞了。」

茅盾告訴魯迅，他到大陸新村已有兩年，知道他住址的人漸漸多了起來。而且自從國民黨當局實行圖書雜誌審查後，他賣文的收入減少許多，加上烏鎮老家的房屋要翻修，每月六十元的房租就成了一項沉重的負擔。妻子為這件事嘮叨過多次，要換個房租便宜的地方。信義村的房子是二樓二底，每月房租四十元。那裡既有租界的安全，又有租界所沒有的隱蔽和寧靜。

從談話中茅盾發覺魯迅心情不好，於是起身告辭。魯迅卻拉住他，壓低了聲音說道：「秋白被捕了。」

「啊，怎麼會呢？」茅盾聽了大吃一驚，急忙問：「這消息可靠嗎？」

魯迅拿出一封信，說：「這是他化名給我寄來的信，你看。」

茅盾接過信，湊近燈光，看到瞿秋白給魯迅寫道：「我在北京和你有一杯之交，分別多年沒有通信，不知你的身體怎樣。我有病在家住了幾年。沒有上學。兩年前，我進同濟醫科大學，讀了半年，病又發，到福建上杭養病，被紅軍俘虜，問我作什麼，我說我並無擅長，只在醫科大學讀了半年，對醫學一知半解。以後，他們決定我做軍醫。現在被國民黨逮捕了，你是知道我的，我並不是共產黨員，如有人證明我不是共產黨員，有殷實的鋪保，可以釋放我。」

魯迅說：「看來是在混亂中被捕的，身份尚未暴露。」

「之華知道了嗎？」茅盾又問。

「告訴她了，她是乾著急。你也知道，這一次中共組織被破壞得厲害，所有關係都斷了，所以之華也沒有辦法，不然找一個殷實鋪保還是容易的。現在要找這樣一爿店，又能照我們編的一套話去保釋，恐怕難。我想來想去只

有自己開它個鋪子。」

「就怕遠水救不了近渴。還是要靠黨的方面來想辦法。」

茅盾和魯迅兩人木然對坐，想不出更好的辦法。

從魯迅家裏出來，茅盾匆忙回到家中，關嚴房門，把瞿秋白被捕的消息告訴了孔德沚。她一聽就哭了起來。茅盾說：「你別哭，讓人聽見了不好。我們要盡力協助魯迅、協助黨營救秋白！」

那還是 1921 年，瞿秋白在蘇聯旅行期間，把他所寫的《餓鄉紀程》和《赤都心史》兩部書稿寄回國內，由他的好友鄭振鐸編入文學研究會叢書，交商務印書館出版發行。茅盾看到了兩部原稿，覺得他的文章極風趣，善於描寫，這兩部書的書名是一幅對聯，可以想見作者的風流瀟灑，是一個博學、思路敏銳、健談、有幽默感的白面書生。

當時知識界的許多人以為十月革命一成功，蘇聯馬上就變成了人間樂園。而一旦發現事實與他們的想像不相符合，就一下子由狂熱變成冰冷。對於這樣的人，茅盾以為《餓鄉紀程》和《赤都心史》可以醫治他們的病。

大約 1923 年春天，在上海大學的一次教務會議上，茅盾第一次遇見瞿秋白。秋白是教務長，兼社會系主任；茅盾教小說研究，也講希臘神話。瞿秋白真是人如其文，幽默得很！

茅盾記得鄭振鐸和高君箴舉行結婚儀式的前一天，鄭振鐸發現他母親沒有圖章，不能在結婚證書上蓋章。就寫信請瞿秋白代刻一個。誰知派去送信的人帶回的信箋上寫的卻是「秋白篆刻潤格」，內開：石章每字二元，七日取件；如急需，限日限件，潤格加倍；邊款不計字數，概收二元。牙章、晶章、銅章、銀章另議。

鄭振鐸以為秋白事忙，不能刻，就轉求於茅盾。第二天上午，茅盾把新刻的圖章送到鄭振鐸那裡。忽然瞿秋白派人送來一封紅紙包，大書「賀儀五十元」。鄭振鐸看了說：「何必送這樣重的禮！」茅盾把紅紙包打開一看，卻是三個圖章，一個是鄭母的，另兩個是新郎鄭振鐸和新娘高君箴的。新郎新娘兩章合成一對，刻邊款「長樂」二字，既表示祝福，又寓鄭、高兩人的藉貫同為福建省長樂縣之意。他一算，潤格加倍，邊款二元，恰好是五十元。忙對鄭振鐸說：「秋白開這個玩笑，真出人意外，妙，妙！」兩個人都忍不住捧腹大笑。茅盾感到瞿秋白的篆刻比自己高明得多，就把自己刻的圖章收了起來。

早在 1927 年春，在武漢擔任《漢口民國日報》總主筆的茅盾，常去向瞿秋白請示工作。此時，他耳邊又響起瞿秋白的聲音：「《民國日報》過去辦得不錯，旗幟鮮明，就照這樣繼續辦下去。當時，報紙要著重在這樣三個方面……」秋白是多麼好的上級和同志！

在文學事業上，秋白則是茅盾的一位諍友和知音。1932 年 5 月，光華局出版了茅盾的中篇小說《路》。他的《後記》中說：「因爲《教育雜誌》的主持人希望小說的內容和教育有點關係，所以我就寫了學生生活。本來寫的還是中學生，後來有位朋友以爲應當是大學生，我尊重他的意見，就略加改動，使由『中』而『大』。」這裡說的「有位朋友」就是瞿秋白。《路》出版後，瞿秋白看了全書，又提出書中有些戀愛的描寫可以刪去。後來此書再版時，茅盾就刪去了三四頁。

在茅盾的《三人行》發表以後，瞿秋白寫了《談談〈三人行〉》一文。他肯定茅盾寫這個中篇小說的立場和創作意圖，但又指出：「僅僅有革命的政治立場是不夠的，我們要看這種立場在藝術上的表現是怎樣？」「《三人行》之所以失敗，是由於作者脫離了現實生活，是斷斷續續的湊合起來的。」他還當面向茅盾指出：「孔子說，三人行必有我師，而你這《三人行》是無我師焉。」瞿秋白這一批評，言詞尖銳，茅盾卻由衷地接受了，他說：「徒有革命的立場而缺乏鬥爭的生活，不能有成功的作品：這一個道理，在《三人行》的失敗的教訓中，我算是初步的體會到了。」

更使茅盾難忘的是在他寫作《子夜》時，瞿秋白對他提出了一條又一條寶貴的意見。他曾帶了《子夜》前四章的原稿和各章的大綱，和妻子一起來到瞿秋白家。從下午一時到六時，瞿秋白邊看茅盾的原稿，邊談他對這幾章及整個大綱的意見。他們談得最多的是寫農民暴動的那一章。瞿秋白說：「雁冰，你寫農民暴動，怎麼沒有提土地革命呢？寫工人運動，就大綱看，第三次罷工由趙伯韜挑動起來，也不合理，這樣寫把工人階級的覺悟降低了。」

茅盾很感興趣地聽他介紹紅軍和各個蘇區的發展形勢，黨的各項政策的成功與失敗的經驗、教訓。當聽到瞿秋白建議他以此爲根據來修改農民暴動的一章，寫成後面的有關農村及工人罷工的章節時，他頻頻點頭。

天黑了，兩人還在交談著。這時，王一知來訪，楊之華請大家一起吃晚飯。秋白對茅盾說：「吃過晚飯，我們再談吧。」

不料剛放下筷子，秋白就接到通知：「娘家有事，速去。」這是黨的機關被破壞，瞿秋白夫婦必須立即轉移的暗語。可是匆促間轉移到何處呢？

「你們暫時搬到我們家去住幾天再說。」茅盾向瞿秋白提議。

「那要給你們添麻煩了。」瞿秋白說。

「都是自己人，快走吧。」孔德沚說。

瞿秋白夫婦在茅盾家裏住了一個多星期，和茅盾天天談《子夜》。

「雁冰，你寫吳蓀甫坐『福特』，這是普通轎車，像他那樣的大資本家，應當坐更高級的轎車，何不讓他坐『雪鐵龍』呢？」秋白說。

「哦，好的，改為『雪鐵龍』好。」秋白看稿子如此細心，茅盾真想不到。

瞿秋白還建議茅盾把吳蓀甫、趙伯韜兩大集團最後握手言歡的結尾，改寫成一敗一勝。這樣更能反映工業資本家鬥不過金融買辦資本家，中國民族資產階級是沒有出路的。他又說，大資本家憤怒到絕頂又絕望的時候，就要破壞什麼乃至獸性發作。

茅盾覺得這些建議都很重要，就照著作了修改。只是關於農民暴動和紅軍活動，他沒有按照瞿秋白的意見繼續寫下去，因為他覺得，僅僅有這方面的一些耳食來的材料，沒辦法寫好，與其寫成概念化的東西，還不如不寫。

《子夜》一出版，瞿秋白就用「樂雯」的筆名，在 1933 年 3 月 12 日《申報》的《自由談》上發表《子夜與國貨年》一文，認為「這是中國第一部寫實主義的成功的長篇小說，……應用真正的社會科學，在文藝上表現中國的社會階級關係，這在《子夜》不能夠說是很大的成績。」他又在《讀子夜》中寫道：「在中國，從文學革命後，就沒有產生過表現社會的長篇小說，《子夜》可算是第一部；……」

茅盾和瞿秋白也有過爭論。在關於文藝大眾化的討論中，瞿秋白化名宋陽在《文學月報》上發表了《大眾文藝的問題》，茅盾在《文學月報》的約請下，用「止敬」的筆名寫了與瞿秋白探討的《問題中的大眾文藝》。不久，瞿秋白又寫了答辯文章《再論大眾文藝答止敬》。瞿秋白強調要創造群眾喜聞的大眾文藝，首先要解決語言問題。而茅盾認為「不能使大眾感動的就不是大眾文藝」，大眾文藝應以「技術為主，作為表現的媒介文字本身是末。」瞿秋白認為舊小說的白話是「死的語言」，而「五四」以來的白話就根本沒有活過，一種新的普通話正在產生，要在文藝大眾化的過程中進一步去完成。茅盾則尖銳地批評他貶低「五四」運動以來的新白話。彼此唇槍舌劍，你來我往。但學術問題上的分歧，並不影響他們在政治上患難與共，並肩戰鬥。

　　有一天，茅盾收到瞿秋白的一封信，署名是「犬耕」，不解其意，就問瞿秋白。瞿秋白說：自己搞政治，就好比使犬耕田，力不勝任。但是這並不是說他不能做共產黨員，他仍是共產黨員，信仰馬克思主義，堅定不移。他又說，他做個中央委員，也還可以，但要他擔任黨的總書記領導全黨，那就是使犬耕田了。聽了他這一番話，茅盾對瞿秋白肅然起敬。

　　1933 年末，茅盾接待了即將前往中央蘇區工作的瞿秋白。那一晚，兩人懷著依依惜別的深情，談了很久。

　　秋白走後，茅盾和妻子常常念叨他，總以為他是隨著紅軍主力離開中央蘇區西進了。哪裏想到他會被捕呢！

　　夜深了，躺在床上的茅盾還輾轉反側，難以安睡。他對孔德沚說：「明天，我再去和魯迅先生談談，一定要設法營救瞿秋白！」

　　這以後的幾天，茅盾經常去見魯迅，也去慰問了楊之華。他知道黨組織和魯迅都在千方百計想辦法。可是在魯迅打算籌資開的鋪子尚無頭緒時，國民黨《中央日報》就登出了瞿秋白被捕的消息。他被叛徒出賣了。在 6 月 20 日前後，傳來了瞿秋白高唱《國際歌》從容就義的噩耗，茅盾和孔德沚都哭了。

　　瞿秋白犧牲後，茅盾去找楊之華、魯迅；商談出版瞿秋白遺作的事情。魯迅說：「人已經不在了，但他的著作、他的思想要傳下去，不能泯滅了。這也是我們活著的人對他的最好紀念。不過瞿秋白的遺作究竟怎樣編印，我還要再想一想，大概只有我們自己來印。」

　　茅盾贊同魯迅的意見。又過了幾天，他和魯迅、鄭振鐸又詳細商量了籌款印刷秋白遺作的各項問題。他捐款一百元。經歷了許多困難之後，印刷精美的瞿秋白遺作《海上述林》，終於在 1936 年 10 月初出版了。出版單位署名為「諸夏懷霜社」，寓有紀念瞿秋白的意思。

　　在晚年，茅盾回憶起這件事時寫道：「最初議定編印秋白的《海上述林》的三個人，我僅僅是個『促進派』，振鐸由於《譯文》停刊事引起了魯迅的誤會而主動避開了，只有魯迅為了編印亡友的這兩卷遺作，耗費了大量的心血，而這一年正是他沉疴不起的一年！」

二六　和史沫特萊的友誼

　　茅盾用「方保宗」的化名，在靜安寺東面一條街道裏租到了一幢房子。

　　新搬家後的一天上午，他正準備拿出紙、筆寫作，忽聽有人叩門。原來是徐志摩，他從開明書店打聽到茅盾的新居，就帶了一個外國女記者來看他。

　　「這位女士是 A·史沫特萊，」徐志摩向茅盾介紹說，「德國《法蘭克福匯報》的駐北平記者。她在北平被當局認爲是共產黨，所以只好到上海來，她要我介紹認識你，並且希望你送給她一本你的大作《蝕》。」

　　「茅盾先生，認識你我很榮幸。」史沫特萊說，「我久仰你的大名了。」

　　「認識你我也很高興。」茅盾熱情地說，轉身去取出一本《蝕》，在扉頁上簽上名字，贈給史沫特萊，「請你指教。」

　　史沫特萊翻開《蝕》，瞧著扉頁上茅盾的照片，笑著說：「Like a young lady（像一個年輕的小姐）。」

　　這是茅盾和史沫特萊第一次見面，時間爲 1930 年夏季。在這之後，他們之間的交往日益頻繁，友誼也愈益深厚。茅盾還瞭解到，史沫特萊名義上是《法蘭克福匯報》的記者，實際上在爲共產國際工作。在上海出版的英文刊物《中國論壇》和《中國呼聲》，也是這位女士創辦的。史沫特萊女士認識了茅盾和魯迅以後，就介紹他們給這兩家刊物寫稿。

　　史沫特萊只會講一些簡單的漢語，但是精通英語和德語，而茅盾和魯迅，正好一個懂英語，一個懂德語。不過魯迅的德文程度只能閱讀，不能交談。茅盾的英語則說得流利。這樣，當史沫特萊有事需要和他們兩個商量的時候，往往是三人聚合在一起，由茅盾充作翻譯。

　　起先，他們三人合作編印了一冊德國民間藝術家凱綏·珂勒惠支的版畫。以後就經常合作，爲西歐、美國的一些雜誌寫文章，揭露國民黨反動當局對中國知識分子的壓迫和摧殘。史沫特萊後來寫道：「茅盾和我常常在某個角落會晤，然後，仔細的巡視了一番魯迅所住的那條街道後，進入他的住屋，和他共同消磨一個晚上。我們從附近的菜館中點菜來一同進餐，一談便是好幾個鐘頭。我們三人中沒有一個是共產黨員，可是我們都認爲：能把幫助並且支持給與那些爲窮人的解放而鬥爭和犧牲的人，是一種無上的光榮。」

　　1935 年 12 月的一天，茅盾看到夫人起早買回一大籃子雞、魚、肉、蛋和蔬菜，就對她說：「今天史沫特萊要來，又要你忙了。」

　　「忙倒沒啥，只有你的洋朋友不再說你瘦多了，也高興吃，我就開心了。」妻子說著走進了廚房。

　　這使茅盾想起今年初夏，史沫特萊拜訪他時兩人交談時的情景：

「啊，茅先生，你比過去要瘦，這不好。我看你的營養不良，要注意增加營養呵！」

「瘦一點沒關係，我的身體還是很好的。只是眼睛近視，沒有辦法復原。」

「你平時鍛鍊身體嗎？」

「沒有時間呀。再說，我也不能太公開露面，要引起麻煩的。」

「對，對。不過，我看你們中國的革命作家，普遍的營養不良和缺乏身體鍛鍊，你說是不是？」

「是這樣。你的見解很對。可是……」

「哦，我知道，」她打斷茅盾的話，「在你們現在這樣的社會裏，要改變革命作家的生活狀況，還不具備條件。」

接著，她又一次問茅盾：「茅，你的《蝕》和《子夜》是很好的作品，是否已經有人把它們翻譯成英文？」

「謝謝你的關心。不過，我沒法告訴你。」茅盾說：「我想，目前是不會有人翻譯它們的。因為，翻譯長篇小說，要作大量時間和精力的『投資』，在我們國內，敢於涉足的人是極少的；在國外，翻譯家又對小說中描寫的中國現狀十分隔膜。」

「不，你的小說應該介紹歐洲、美國、德國還有其他許多國家的人民。我來找人把你的《子夜》譯成英文！」史沫特萊熱情地說。

「這是一件很艱巨的事情。」茅盾說。

「你放心，我一定要去做的。」她很堅決地表示。

這天當史沫特萊一走進茅盾的家，就笑著告訴他：「哈羅，茅，已經有人把《子夜》譯成英文了！」

「真的？那太好了。」茅盾喜悅地說。

「我已經讀過了譯文。現在，我要請你為這個英譯本寫一篇自傳，並且作一篇自序。」她坐下後向茅盾提出。

茅盾想了想，答道：「小傳我可以寫一篇，並且打算用第三者的口氣寫。因為，外國的讀者更欣賞客觀的介紹，而不喜歡作者自己去說三道四。」

「噢，是這樣，是這樣。」史沫特萊聽了連連點頭。

「根據同樣的理由，我建議序由你來寫。」

「我可以寫序，」她接受了茅盾的建議，又說，「不過，我需要一些材料——一份中國讀者對作者評價的綜合材料，你能不能提供？」

茅盾為難地攤開了雙手，說：

「這個我也不好辦，對我的評論有各式各樣，即使是戰友，對我尚且褒貶不一，由我來歸納這些意見就太難了。」

史沫特萊從椅中站起身，在室內慢慢走了一圈，突然站住，轉過身來對茅盾說：

「有了，我請魯迅先生寫！」

茅盾聽了一愣，想了一想說：「這當然好，只是大先生從來不寫這類文章，恐怕有點勉為其難了。除非你親自向他提出來。」

「當然，我要親自向他請求，我這就來寫一封信，請你交給他。」史沫特萊爽快地說。

茅盾心想，料不到她會這麼直爽，怎麼辦呢？現在我又不便再推託，畢竟她是為了給《子夜》的英譯本寫序呀。

史沫特萊攤開信紙就給魯迅寫信，她說明了原委，希望魯迅能幫助她提供三方面的材料：一，作者的地位；二，作者的作風和形式；三，影響——對於青年作家的影響，布爾喬亞作家對於作者的態度。

吃飯時間到了。看到茅盾夫人擺到桌上的豐盛菜肴，史沫特萊高興地拍著手說道：

「太美了！這麼多菜，你夫人待你真好！」

「史沫特萊，我夫人是專門做來招待你的。請你多吃一些！」茅盾笑著邀她加入席。

過了兩天，茅盾把史沫特萊的信面交魯迅，並向魯迅說明了事情的經過。

魯迅讓茅盾把信翻譯給他聽，一面在紙上記下了史沫特萊的要求。然後用手輕輕地拍了拍史沫特萊的信，微笑著說：「讓我來考慮考慮。你也知道，我平時是不注意這方面材料的。」

茅盾回家之後，就動手寫自傳。原稿紙上現出了一行行清秀的字跡：

「茅盾是筆名。他的真姓名是沈（姓）雁冰（名）。他是 1896 年 7 月生的。浙江人。他的祖先，本為農民；太平天國起義的時候，始在鄉鎮上為小商人；『太平天國』的戰事蔓延到江、浙的時候，他的曾祖父帶著家小避難到了上海，不久又到了漢口，就在漢口經商。後來又捐了官，到廣東、廣西去做了幾年官，從此就變做半官半商的家庭。從他的祖父以來，就是『讀書人』了。……」

在《自傳》寫了一半的時候，魯迅來信告訴他，史沫特萊要的材料，他已託胡風代筆了。於是茅盾繼續埋頭寫《自傳》。對《蝕》的創作是這樣寫的：「……從『三部曲』看來，那時茅盾對於當前的革命形勢顯然失去了正確的理解；他感到悲觀，他消極了。同時他的病也一天一天重起來，他常常連連幾夜不能睡眠……」，對於《子夜》，他寫道：「《子夜》是茅盾所寫的最長的作品，也是最近的作品。……他起意要寫這部小說還在 1930 年他剛從日本回到上海來以後。1934 年 2 月，南京政府查禁了二百多種左傾書籍，這《子夜》也在內。但後來因為各書店的抗議，南京政府重行『審查』，命令書店將《子夜》的第四章和第十五章全行刪去，始准繼續發售。所以在中國的《子夜》是不全本。」

這裡說的「《子夜》是不全本」，是指被國民黨命令刪去第四、第十五章後的開明版《子夜》。然而在 1934 年下半年，茅盾卻收到了一套分為上下冊、用道林紙精印的全本《子夜》。送這本書的那人告訴茅盾，出版這個全本《子夜》的救國出版社，是巴黎的一批進步華僑辦的，他們還出版了一種《救國時報》的報紙，也是宣傳革命的。這使茅盾深為感動，他寫道：「想來是為了反襯國民黨反動派禁書之不義而出此。由此也可證明，一九三四年國民黨反動派對左翼文藝的大舉『圍剿』，其結果與他們的願望正相反，革命文藝更加深入人心了！」

在國內，直到解放後，才由人民文學出版社出版了全本的《子夜》。

《自傳》剛完稿，魯迅也把「材料」寄來了。茅盾展讀魯迅的信：

明甫先生：

　　找人搶替的材料，已經取得，今寄上；但給 S 女士時，似應聲明一下：這並不是我寫的。

　　專此布達，並頌

春禧

　　　　　　　　　　　　　　　樹　頓首二月二夜

於是他把魯迅寄來的「材料」連同他寫的《自傳》，用掛號信寄給了史沫特萊。

舊曆年來到了，大紅的春聯和喜慶的爆竹使人們的心頭舒暢了一些。茅盾照例到一些老朋友家去拜年。他到魯迅家中拜過年之後，魯迅送他下樓。走到樓梯中間，魯迅忽然停下腳步，對他說：「明甫，史沫特萊告訴我，紅軍

長征抵達陝北了。」

「哦，這可是個大喜訊！」茅盾興奮地應道。

「她建議我們給中共中央拍一份賀電，祝賀勝利。」魯迅接著說。

「好呀！我贊成。」

兩人繼續往樓下走。魯迅說：「電文不用長，簡短的幾句就行了。」

茅盾點頭贊同，又問道：「可是電報怎麼發出去呢？」

「交給史沫特萊，她總有辦法發出去的。」

這時他倆已走到樓下，看見廚房裏有人，就沒有繼續談下去。

後來，茅盾因為忙其他的事，見到魯迅也沒有再問這件事。

在茅盾與魯迅的單獨接觸中，他感到魯迅對共產主義有堅定的信仰，對共產黨及其領袖懷有崇敬的感情。只不過這些話魯迅只在極小的範圍內講，在通信和日記中，他是不談或故意不記的。

史沫特萊和魯迅、茅盾心有靈犀一點通，她的建議得到了兩人的贊同，魯迅以他和茅盾的名義擬了電報，交給了她。她把電報寄往巴黎，再轉寄莫斯科，又由莫斯科發到陝北，幾乎用了兩個多月的時間。

四月底，馮雪峰從陝北來到上海，告訴茅盾：「你們那份電報，黨中央已經收到了，是在我離開延安前幾天才收到的。」

直到後來，茅盾才看到這份由史沫特萊建議並代發給中共中央的電文：

> 在你們身上，寄託著人類和中國的將來。

二十五年後，史沫特萊為美國反動統治者所迫害，病逝於倫敦的醫院裏。茅盾聽到噩耗，茫然若失。1950 年 5 月 14 日，他撰寫的《悼念 A·史沫特萊女士》在《人民日報》上發表。在文中，他滿懷深情地抒寫道：

> 一個人或者一個朋友的死，或使人悲痛，或使人憤慨，或使人惋惜，或使人惘惘然若將無以解除積年之負疚，……

> 在中國革命鬥爭最艱苦的年代，A·史沫特萊是在中國，而且是和我們在一起的；在全世界還被反動派的謊言所迷蒙的時候，她是把『紅色中國』的真相第一次告訴了世界人民的。中國人民和中國作家不會忘記這樣的一位朋友。

> 我們悲痛，憤慨，哀悼我們失去了一位熱情的朋友，民主的戰士和進步的作家。願您靈魂永遠安息，A·史沫特萊！

二七　兒子去遊行

　　茅盾把家搬到信義村不久，就送女兒沈霞和兒子沈霜進了曹家渡的時代小學。女兒入該校附設的初中班，兒子讀小學六年級。

　　這所學校裏的學生多半是工人子弟，他們入學都比較晚，年歲也比沈霞和沈霜大一些。這些工人子弟讀完小學就不再升學，因爲已經到了可以當學徒的歲數，而且想升中學也由於學費太貴，讀不起而作罷。

　　時代小學的校長腦筋一動，想出了附設初中班的辦法，收取學費從低，這既滿足了一些工人子弟升學的渴望，他又多了一筆收入。

　　初中班的學生不多，只有十幾個。班主任是劉老師，他因兼教六年級的國文，沈霜也就成了他的一個學生。

　　一天，沈霜放學晚回到家裏，忐忑不安地說：「爸，今天劉老師把我找去，問我《子夜》是不是你寫的？」

　　孔德沚在一旁聽到，不待茅盾回答，忙問：「什麼？劉老師哪會曉得的？」

　　茅盾讓兒子放下書包，坐在凳子上慢慢地說。

　　原來事情是這樣引起的：沈霜平時喜歡看小說，他去年已讀過《七俠五義》，這幾個月裏又讀了巴金的《霧》、《雨》、《電》。一天，初中班的一個學生發現他正在看小說，兩人就交談起來。後來，他看見那個中學生正在看《子夜》，於是用帶點驕傲的口吻說：「這本書是我爸爸寫的！」那個中學生吃驚地望著他，不相信地說：「你別瞎說，這小說是茅盾寫的，你知道茅盾是誰？」「茅盾就是我爸爸。」沈霜答道。「哦，是你爸爸！那他眞了不起！劉老師經常誇他的書寫得好哩！」「眞的？」「我騙你幹什麼！你不信，我和你去見劉先生。」

　　在劉老師的單人宿舍裏，劉老師指著《子夜》問他：「這本書是你父親寫的嗎？」沈霜點了點頭。「你父親不是教書的嗎？」劉老師想起學生登記冊上，他父親的職業一項填的是「教員」，便又問他。沈霜並不知道他父親隱姓埋名和所填職業的情況，他有點慌了，但仍堅持說：「我爸爸是寫書的。」……

　　孔德沚聽兒子這麼說，著急得很：「哎呀，小祖宗，這下可壞事了！誰叫你亂說一通的？德鴻，快給他換學校吧！」

　　茅盾並不緊張，沉著地說：「不至於那麼嚴重吧？既然劉老師自己和他和學生在讀《子夜》，可見都是正派人。」

「照你這麼說，不是沒事情啦？」妻子說。

「不是，」茅盾叮囑兒子：「你明天早上到學校去找劉先生，就說是弄錯了，是自己瞎說的。」

「這……這我怎麼說……」

看到兒子面有難色，茅盾堅持道：「就照我講的說，自己弄錯、瞎說的。」

第二天、沈霜拉了那位大同學去「更正」。劉老師一聽就聽出他是在說謊，但並沒有追問下去，反而對他說：「沈霜，你愛看小說，我這裡有，你空時可來取去看。」

後來，茅盾瞭解到劉老師思想傾向進步，引導中學生讀的書籍有不少是左翼作家的作品。然而他還是警告孩子們在學校裏說話要小心。

1936 年的「五卅」紀念日來到了。上午 11 點，茅盾還在伏案寫作。忽然房門開了，兒子走進來對他說：「爸，下午我要到市商會去。」

「噢，到市商會去——」他猛然記起妻子昨天說，兒子近來常常和同學們出去，有時走到文廟公園，來回足有二十里路，他年紀這麼小，要走傷身體的。於是轉身問兒子，「到市商會去幹什麼？」

「開會。」兒子回答，臉上浮出按捺不住的笑影。

茅盾盯著兒子的臉想，今天是 5 月 30 日，難道兒子也要去參加「運動」？

「三個人同去，都是同班的。」兒子猜想父親有不讓他去的意思，又加了一句。

茅盾瞭解兒子，平時關於他自己的事，是不肯對父母多說的。他也不主張對兒子的事多加干涉。這時只是問：「認識路麼？」

「認識。同去的人認識。」

茅盾關照兒子來去路上都坐「巴士」。他取了兩張角票，下樓去給兒子。妻子正在燙衣服，看到他來了，就說：「阿桑要到市商會去參加群眾大會。你已經允許他了麼？他先同你說，他知道你不會攔阻他。我想不讓他去，有危險，可是他說爸爸已經答應了。」茅盾說：「大概沒有危險。」

「倘使被捕了，你怎麼說？」媽媽問兒子。

「我說，軋鬧猛的。」

「噯嗨，你看，」她對茅盾說，「他們連『口供』都對過了。有組織的，他們準備有衝突呢。」

「是誰叫你們去的？你們怎麼知道今天在市商會開大會？」茅盾問兒子。

妻子代兒子說明，學校裏並沒有正式叫他們去，可是鼓勵他們去。誰要

是去了，不算缺課。教員也有去的。她對丈夫說：「依我看，還是不要讓阿桑去的好；他太小了。」

「媽，你別嚕蘇了，快點給我炒蛋炒飯罷。12 點我要和他們會齊的。」兒子催促她。

茅盾和妻子坐在旁邊看兒子吃蛋炒飯。妻子叮囑兒子：「開過會倘使去遊行，阿桑，你還是不要去罷。」茅盾也說：「遊行可以不去。你的肺病剛好，多走要傷身體的。況且，要是半路裏被衝散了呢？你又不認識路，怎麼回來呢？」

兒子大聲說道：「不怕，不怕！不認識路，我會問，會叫車子！車錢呢？」

茅盾把兩張角票放在兒子手裏，送他走出門外。他妻子一直站在門口看著兒子走出弄堂口。

回到客堂裏，妻子抱怨茅盾不該先允許兒子去開會。她說：「我原先打算和他同去，倘使要遊行了，就帶他回來；可是後來一想，我去不免會碰到許多認識的人，再說阿桑也不肯跟我回來的。」

「自然，」茅盾笑著說，「他要跟群眾走，怎麼肯跟你母親呢！」

「他是什麼也不懂的，就憑一股血氣，膽又大，——你應該教教他。」

「怎麼教？教什麼呢？難道對他說，要避免無謂的犧牲麼？他太小了，不能理解的。」

下午 6 點鐘，阿桑沒有回來。8 點鐘，阿桑還是沒有回來。於是茅盾和妻子都著急起來了。這時一個朋友來看他們，帶來參加當天集會得到的一些傳單。兩人聽說下午沒有出事情，才把心頭的石頭放下。但是媽媽擔心兒子迷了路，三番五次地走到弄堂口去張望。

直到夜晚 9 點 15 分，阿桑才跑跳著奔進家門。他從衣袋裏掏出一大把紅紅綠綠的傳單，像是捧著寶貝似的交給父母親。

茅盾和妻子哈哈大笑起來。

「怎麼遊行的？快講給媽媽聽聽。」母親拉著兒子的手問道。

「我們到了五卅公墓，後來到北火車站，有兵攔住不讓過去，隊伍就散了。」

「腳走痛了吧？」

「一點也不痛。」阿桑說著又摸出一張印著紅色的小紙說：「這是口號，喊得真高興呀！」

茅盾想，眞是「初生牛犢不怕虎」。這些年來，雖然自己和妻子不當著孩子的面談論政治問題，可是孩子們不但知道共產黨好，蔣介石政府壞，而且還會唱《國際歌》，家庭環境對他們還是起著潛移默化的影響。兒子今天去參加了第一次群眾大會和遊行，他還會參加第二次、第三次的。我們老一代曾在「五四」運動的感召下經歷了革命的暴風雨；現在下一代又在新的感召下衝向街頭了！好啊！這就是中國革命的接力賽。靠著這種接力賽，中國革命總有成功的一天！

二八　道高一尺，魔高一丈

天氣是越來越冷了。再過二十多天，就要進入 1934 年。

這天下午，茅盾坐在寫字臺前，花了一個多小時，寫出一篇散文：《冬天》。他擱下筆，目光從第一行依次看下去，到了結尾，他輕輕地讀出了聲：「近年來的冬天似乎一年比一年冷，我不得不自願多穿點衣服，並且把窗門關緊。不過我也理智地較爲認識了『冬』。我知道『冬』畢竟是『冬』，摧殘了許多嫩芽，在地面上造成恐怖；我又知道『冬』只不過是『冬』，北風和霜雪雖然兇猛，終不能永遠的統治這大地。相反的，冬天的寒冷愈甚，就是冬的命運快要告終，『春』已在叩門。『春』要來的時候，一定先有『冬』。冷罷，更加冷罷，你這嚇人的冬！」

忽然，背後傳來了腳步聲。他轉過身，看見妻子陪著傅東華來了。傅東華對他說，根據可靠消息，生活書店出版的《生活》週刊和《文學》月刊，都在被禁之列，國民黨的禁令就要下來了。又說，聽那透露消息的人的口氣，《生活》肯定要禁了，《文學》似乎還有圓轉的餘地。茅盾提議他去摸清國民黨市黨部的眞實意圖，然後再採取對策。

過了兩天，傅東華又來了。他對茅盾說，國民黨市黨部提出三條繼續出版《文學》的條件，一是不採用左翼作品，二是爲民族文藝努力，三是稿件送給他們審查。他向對方表示：對於寄到編輯部來的稿件，都是根據文章的質量決定取捨的，標準就是《文學》發刊詞上說的，「只要誠實由衷的發抒，只要是生活實感的記錄，而又是憧憬著一個光明之路的作品，我們就歡迎。」現在市黨部提出一、二這兩條，倒使我們難辦了，這裡沒有個標準可以掌握。至於第三條則是政府下令規定的事。他們要他回來再考慮考慮。

「第一第二兩條都是空話，他們也知道我們是不會辦的，關鍵是第三條。」

茅盾笑了笑說。他認爲國民黨要對雜誌下手，這是預料中的事，從《申報》的《自由談》半年來對付國民黨檢查的經驗來看，要瞞過那些低能的審查老爺的眼睛，還是有辦法的。於是又對傅東華說：「看他們最後怎樣決定吧。反正有一點要對他們說清楚：《文學》是個純文藝刊物，既無政治背景，也不涉及政治。」

「好的，我就這樣對他們說。我們跟他們來個『騎驢看唱本——走著瞧』！」傅東華說著也笑了。

不久，國民黨上海市黨部宣傳部通知傅東華：《文學》從第二卷起，每期稿子要經過他們特派的審查員的檢查通過後才能排印；版權頁上編輯者不能署「文學社」，要署上主編人姓名。

怎麼辦？《文學》編委會對事態的發展進行了討論，最後決定：版權頁上改署傅東華、鄭振鐸的名字，從第二卷起，主編就由傅東華實際負責，茅盾退入幕後，暫不露面。

《文學》第二卷第一期的新年號稿子送到了印刷廠，坐在那裡的國民黨市黨部的檢查官，利用審查辦法濫施威風。他見到巴金的長篇小說《雪》，抽了下來；歐陽山的《要我們歇歇也好》、夏征農的《恐慌》，也抽了下來。巴金爲新年試筆一欄寫了一篇短文，檢查官下令：「巴金」不行，改成「比金」！他又指著《文壇何處去》這個特輯中的文章說：「張天翼、鄭伯奇的這八篇文章，都是與政府唱對臺戲的，統統不能要！」

老舍的《鐵牛和病鴨》、洪深的電影劇本《劫後桃花》、謝冰心爲新年試筆欄寫的文章，還有茅盾用「惕若」和「蒲牢」兩個筆名寫的兩篇文章，卻逃過了檢查官的板斧。

當傅東華把被檢查的結果告訴茅盾之後，茅盾思考了一會兒說：「我寫的《清華週刊的文學創作專號》這篇評論，居然矇過了檢查官的眼睛，大概是因爲：一，他一時還不知道『惕若』是誰；二，他大概以爲書報評述而況又是貴族式的清華園出刊的週刊，是不會有什麼問題的，讀也沒讀一遍就輕輕放過去了。檢查官老爺的本領主要是辨認作者的姓名，凡犯忌的名字，不管文章內容如何，一律抽去。他哪裏會知道『蒲牢』是鄙人呢？其實，這位檢查官老爺對文學是一竅不通的。你看——」。茅盾讓傅東華看冰心的文稿。

我願有十萬斛的泉水、湖水、海水，清涼的、碧綠的、蔚藍的，迎面灑來、潑來、沖來，洗出一個新鮮活潑的我。這十萬斛的水，不但洗淨了我，也洗淨了宇宙中的山川人物。

傅東華看後問茅看：「你是說這文章的寓意——」

「對！」茅盾接口說，「檢查官看不起懂其中的象徵意義。」

「冰心就這樣過關了。」傅東華做了個手勢說。

「這叫做過關有術。他們不是罵左翼文學是『妖魔』嗎？我們就來它個『道高一尺，魔高一丈』。」茅盾說，眼鏡片後閃著狡黠的光。

「說得好！『吃一塹長一智』。你這個『過關術』，我看也要傳給其他的朋友。」傅東華興奮地說。

但是，國民黨檢查官的大抽大砍，畢竟打亂了他們原來的工作步驟。在過去，他們編的《文學》從不脫期，而這次的二卷一期卻脫期半個多月。茅盾和傅東華兩人實在不甘心，就擬了一則啟事，在這一期上刊出：

> 本刊自去年七月創刊以來，每月一日發行，從未脫期，內容純屬文藝，絕無政治背景，極受讀者界歡迎，銷行至為暢廣。近以特種原因，致出版延期，重勞讀者垂詢，至深歉憾！事非得已，尚祈曲諒是幸！

茅盾對傅東華說：「明眼人一看我們這則啟事，也就明白個中原因了。」

1月22日，鄭振鐸從北平來到上海。他聽茅盾說，國民黨的檢查老爺，目前施展的是程咬金的三斧頭，徒顯其不學無術和色屬內荏。茅盾又分析道，「不過，他們這樣亂抽亂砍，也使我們忙於應付，而多數作者是等著稿酬買米下鍋的，這樣下去將馬上影響到他們的生活。」

「是得想一個萬全之策，避開這三斧頭，化被動為主動。」鄭振鐸說完思忖起來。

他們研究的結果，決定從第三期起連出四期專號：「翻譯」、「創作」、「弱小民族文學」和「中國文學研究」。

茅盾估計，這四期專號中，有三期是國民黨檢查官撈不到什麼油水的；至於創作專號，可以在選稿時預先避開有明顯「違礙」內容的作品。

三人作了分工，由於鄭振鐸遠在北平，聯繫不方便，把「中國文學研究專號」交給他負責編，由他在北平組稿；其它三期專號仍由茅、傅共同負責。

過了一天，茅盾和鄭振鐸一同去拜訪魯迅。他們向魯迅談了《文學》打算連出四期專號的想法，徵求魯迅的意見。魯迅也認為，這是目前應付敵人壓迫的可行辦法，表示贊成。但是他說：「《文學》能繼續出下去嗎？我有點懷疑。國民黨的壓迫只會愈來愈烈，出版刊物，寫文章也只會愈來愈困難。他們是存心要扼殺我們的！」

　　果然如魯迅所料，《文學》第二期送審的稿子，又被檢查官抽掉一半。他們只好從存稿中再挑一些絲豪無「違礙」字句的去頂替，或者換上新的筆名。茅盾的短篇小說《賽會》，用了「吉卜西」的筆名，而得到通過。

　　上海的一張國民黨御用小報在「文壇消息」中造謠說：《文學》內容與前完全不同，出二期翻譯專號，一期中國文學專號之後，即行停刊。

　　茅盾立即起草並在《文學》上刊登闢謠啓事，聲明「文壇消息」「全與事實不符」，「至謂本刊專號出齊即行停刊，則更屬捕風捉影之談。本刊自始即以促進文學建設為職志，尚為環境所許，俾本刊得效綿薄於萬一，本刊自當不辭艱險，奮鬥圖存，非至萬不得已時決不停刊。」

　　為了和國民黨反動當局進行鬥爭，茅盾夜夜揮豪寫作書評或翻譯。在《文學》的「翻譯專號」上，他以「芬君」的筆名譯了荷蘭提巴咯的小說《改變》，在「創作專號」上發表了評論《喜訊》（彭家煌作）、《戰煙》（黎錦明作）、《戰線》（黑炎作）、《懷鄉集》（杜衡作），他還寫了論文《英文的弱小民族文學史之類》（署名馮夷），又翻譯了波蘭、南斯拉夫、羅馬尼亞、土耳其、秘魯等國作家的六篇作品，在《文學》的「弱小民族文學專號」上刊出。他寫一篇換一個筆名，迷惑國民黨的圖書檢查官。

　　由於茅盾和鄭振鐸、傅東華、巴金等人的巧妙鬥爭，《文學》的四期專號「擋住了檢查老爺的亂抽亂砍，為《文學》的繼續前進闖開了路，也給國民黨反動小報造的各種謠言，什麼《文學》要轉向，《文學》要停刊等等，以迎頭痛擊。」茅盾又寫道，「到了七月份出版《文學》第三卷時，我們已經基本上摸清了敵人的底細，紮穩了陣腳。我們知道文章應該怎樣寫，雜誌應該怎樣編，就能瞞過檢查員的眼睛，達到預期的目的。從第三卷開始，雖然每期還有被抽被刪的文章，但已難不倒我們了，《文學》又開始進擊。」

二九　勸說魯迅出國治病

　　清早起身後，茅盾匆匆吃完妻子為他準備的油條、泡飯，就出門向魯迅家裏走去。他一邊走，一邊心裏在思忖：怎麼勸說大先生呢？

　　昨天，史沫特萊開車接他去外白渡橋旁的蘇聯總領事館，參加慶祝十月革命節十八週年的一個小型雞尾酒會。他看到了宋慶齡、何香凝、魯迅、許廣平、鄭振鐸……等熟悉的朋友。

　　在酒會快結束時，史沫特萊把茅盾拉到一邊，悄悄對他說：「我們大家都

覺得魯迅有病，你看他臉上缺乏血色，很不好看。孫夫人也有這個感覺。我還聽說他常有低燒，容易疲勞。朋友們都希望魯迅能夠離開上海到外地去療養一下。蘇聯同志表示，如果他願意到蘇聯去休養，他們可以安排好一切，而且可以請他全家都去。我認爲這是最好的辦法。」她停頓了一下，像是徵詢茅盾的看法，見到茅盾未說話，又接著說：「轉地療養的事，我也和他說過，但他不願意，希望你再同他談談，勸一勸他，好不好？」茅盾表示願意盡力。

來到魯迅家，他才把話說了一半，魯迅就笑道：「我料到史沫特萊一定要拉你幫助她做說客的。但是，我考慮的結果，仍下不了決心。」「爲什麼呢？」茅盾問。「一旦到了蘇聯，就與國內隔絕了。我又不懂俄文，眞要變成聾子和瞎子了。」魯迅點著一支香煙，慢慢地說。「蘇聯會配備一個翻譯專門招呼你的。」茅盾說。「我所謂聾子瞎子還不是指生活方面，是指我對於國內的事情會不很瞭解了，國內的報紙要好幾個星期才能見到。」魯迅說出了他的顧慮。

「這有辦法。我們可以把國內的書刊逐日彙交給蘇聯方面，請他們想法用最快的速度寄給你。你仍然可以寫文章寄回來在國內發表。」茅盾進一步勸說，讓魯迅放心。

魯迅聽他這樣說，沉吟了一會兒，然後搖著頭說：「凡事想像是容易，做起來不會有那麼順利。我猜想，即使很快，書刊在路上也總要一兩個禮拜。我寫了文章寄回來，又要一兩個禮拜。雜感都是根據當時的情況，匕首一擊，如若事隔一個多月，豈不成了明日黃花了嗎？」茅盾說：「不會成爲明日黃花的。你的文章擊中敵人要害，儘管遲一點，還是能振奮人心，虎虎有生氣的。」

魯迅聽他這樣說，只是微笑著搖頭。

茅盾靈機一動，換個話題，對他說：「你不是說，如果有時間的話，打算把《漢文學史》寫完嗎？到了蘇聯，這件事情倒有時間辦了。」

這話似乎有點打動了魯迅，他又接著說：「你到了蘇聯，就有機會碰到許多國際上著名的革命家和文化界進步人士，那時你把我們中國的情況對他們說一說，而且，世界各地的有影響的報紙和雜誌，也一定要派人向你採訪，請你寫文章。這樣，對中國革命所起的作用，會是大得無可比擬的。」

「哦，——」魯迅沉吟了一會兒，然後說：「讓我再考慮考慮，反正要走也不是一兩個星期之後就走得成的。」

茅盾回到家，立即給史沫特萊寫了封短信，告訴她：大先生的心思有點鬆動了，過幾天我再去試試。

　　隔了六、七天，他又到魯迅家去。不等他開口，魯迅就說：「我再三考慮，還是不去。過去敵人造謠說我拿蘇聯的盧布，前些時候，又說我因為左翼文壇內部糾紛感到為難，躲到青島去了一個多月。現在如果到蘇聯去，那麼敵人豈不更要大肆造謠了嗎？可能還會說我是臨陣開小差哩！我是偏偏不讓他們這們說的，我要繼續住在上海，在中國戰鬥下去！」魯迅望著茅盾，眼光沉著而堅定。

　　茅盾心想，他大概是下了最後的決心。不過還是向他說道：「可是你的健康狀況，大家都很關心呵！」

　　魯迅回答道：「朋友們的好意，我明白。我自己，疲勞總不免有的，但還不至於像你們所想像的那麼衰老多病。不是說『輕傷不下火線』嗎？等我覺得實在支持不下去的時候，再談轉地療養吧！」

　　茅盾覺得他已無能為力，不好再多嘴了。第二天，他寫信給史沫特萊：「大先生說『輕傷不下火線』，十分堅決，看來轉地療養之事只好過些時候再說了。」

三〇　維護文藝界的團結

　　自從上海地下黨組織在 1935 年春上遭到嚴重破壞之後，茅盾與周揚、夏衍等人的聯繫也失去了。他搬到了信義村，知道他新住址的只有魯迅、鄭振鐸等幾個人。

　　1936 年元月初的一天，鄭振鐸來找茅盾，說夏衍託他轉告，有要事須面談，請茅盾約定一個時間和地點。

　　「夏衍找我有什麼事？」他問。

　　「大概是關於『左聯』的事吧。」鄭振鐸說。

　　茅盾就讓他約定夏衍第二天上午在鄭振鐸家裏見面，因為鄭振鐸是暨南大學文學院院長，住址是公開的，在他家會面不會引起國民黨密探的注意。

　　第二天，他們如約會晤，鄭振鐸也在場。夏衍告訴他：「自從上海黨組織遭到破壞後，『左聯』工作陷於癱瘓，人自為戰，沒有統一的活動。現在黨中央號召要建立抗日統一戰線，文化界已經組織起來，成立了上海文化界救國會，文藝界也準備建立一個文藝家的抗日統一戰線組織。這個新組織的宗旨是，不管他文藝觀點如何，只要主張抗日救國，都可以加入。我們已經與好多方面聯繫過了，其中也包括原來的『禮拜六派』的人物。不過，這件事要

徵求魯迅先生的意見。」

「哦，請你繼續談下去。」茅盾說。

「另一件事，既然要成立文藝家的新組織，『左聯』就沒有存在的必要了，它已經完成了歷史使命，應該解散了。不解散，人家以為新組織就是變相的『左聯』，有些人就害怕，不敢來參加，那麼統一戰線的範圍就小了。我們準備在報上登一個啟事，宣佈『左聯』解散。這件事也要徵得魯迅先生的同意。但是，魯迅先生不肯見我們，所以只好請你把這意思轉告魯迅先生。」夏衍問魯迅：「你對這些變動有什麼意見？」

在這以前，茅盾已在魯迅家中看到蕭三從莫斯科寄來的信，知道蕭三建議「取消『左聯』，另外發起組織一個廣大的文學團體，……吸引大批作家加入反帝反封建的聯合戰線」。從蕭三寫信的口氣，茅盾感到顯然不是他個人的意見，他個人作不了這個主，而是傳達了黨方面的指示，或是共產國際的指示。他還聽史沫特萊說起，共產國際在戰略上有了重大變化，號召各國共產黨在本國團結最廣大的社會階層建立反法西斯的統一戰線。因此，他對蕭三信上的建議持贊成態度。這時，他對夏衍說：「我從蕭三的信上已經知道了，最近也風聞有些活動。我對於黨中央提出的建立抗日統一戰線的主張是贊成的，『左聯』的關門主義、宗派主義也的確一直妨礙著工作的開展，不過究竟怎麼辦，我還要考慮考慮，等我同魯迅先生談了再說吧。」

「我們希望魯迅先生能發起和領導這個新組織。」夏衍又說。

「我可以把你們的意見轉告魯迅先生。」茅盾說。

他們約定三天以後再會面。

翌日上午，茅盾去看魯迅。他預料這次談話不會順利，因為他知道魯迅對蕭三的信採取看一看的態度。魯迅對於把原來的敵人拉來做朋友表示懷疑，對於解散「左聯」也不表示贊同。他認為「左聯」的宗派主義、關門主義是嚴重的，曾對茅盾說，「他們實際上把我也關在門外了」。又說：「宗派主義、關門主義是有人在那裡做，不會因為取消了『左聯』，他們就不做了。」此時，魯迅鏗鏘的話語似又在他耳邊響起：「『左聯』是左翼作家的一面旗幟，旗一倒，不是等於向敵人宣佈我們失敗了嗎？」

這次見到魯迅之後，他轉達了夏衍的意見。

魯迅給茅盾點上一支煙，自己也燃著一支，深深地吸了一口，說：「組織文藝家抗日統一戰線的團體我贊成，『禮拜六派』參加進來也不妨，只要他們贊成抗日。如果他們進來以後又反對抗日了，可以把他們再開除出去。至於

解散『左聯』，我看沒有必要。文藝家的統一戰線組織要有人領導，領導這個組織的當然是我們，是『左聯』。解散了『左聯』，這個統一戰線組織就沒有了核心，這樣雖然說我們把人家統過來，結果恐怕反要被人家統了去。」

茅盾聽到魯迅的回答如此簡明，心想，看來他已考慮成熟，不必多說了。第三天，他來到鄭振鐸家中，把魯迅的意見告訴了夏衍。

「不會沒有核心的，我們這些人都在新組織裏面，這就是核心。」夏衍解釋。

「魯迅先生的意見是有道理的。不過，我可以把你的意見再轉告他，我只做個傳話人。」

於是茅盾第二次去見魯迅，把夏衍的話原原本本地告訴了魯迅。當魯迅聽到「我們這些人在新組織裏就是核心」這句話時，笑了笑說：「對他們這般人，我早已不信任了。」

茅盾敏感地覺得，這話的意思是：有周揚他們在裏面做核心，這個新組織是搞不好的。既然魯迅這麼說，我再談下去，也不會有什麼結果。我本來是個傳話人，弄不好還會被魯迅懷疑是替周揚他們做說客，這樣的教訓我已嘗過幾次了，可不能重蹈覆轍。再說，我也沒有那麼多時間在他們中間傳話。他辭別魯迅，就託鄭振鐸把魯迅堅持不解散「左聯」的意見轉告夏衍，沒再與夏衍見面。

後來，魯迅因周揚等人背著他解散「左聯」，大為憤怒。

茅盾在二月間給魯迅寫了一封信，談到全國抗日救亡運動蓬勃的形勢，說道：「看來春天真的要來了！」想不到魯迅在回信中表示不同意：「現在就覺得『春天來了』，未免太早一點——雖然日子也確已長起來。恐怕還是疲勞的緣故罷。從此以後，是排日　造反了。我看作家協會一定小產，不會像『左聯』，雖鎮壓，卻還有些人剩在地底下的。惟不知想由此走到地面上，而且入於交際社會的作家，如何辦法耳。」

面對魯迅的這封信，茅盾搖了搖頭，心裏說：想不到他對新組織會是這樣的反感啊！

茅盾與魯迅不同，他答應周揚參加並作為這個新組織的發起人之一，而且擔任起草並在「中國文藝家協會宣言」上簽了名。他還接受馮雪峰的建議，在「中國文藝工作者宣言」上也簽了名。

事後的一天，茅盾從一張報紙上看到一篇文章，罵他是「腳踏兩頭船」，

不禁憤怒地自語起來：「罵吧，讓你們罵吧，我不怕！」

「雁冰，怎麼了？誰罵你了？」他妻子孔德沚聞聲不安地問。

「雪峰對我說，大先生不願意加入文藝家協會，也不必再勉強；他們要另外組織文學團體，也就讓他們組織罷。他要我兩邊都簽名，兩邊都加入，免得人家看來完全是兩個對立的組織。我想他這話不錯，雙方對立，有什麼好處？就照他的建議做了。想不到一些朋友不理解我，如今居然形之於筆墨，對我進行攻擊了！你說氣人不氣人？」茅盾激忿地說。

「只要做得對，怕什麼人家說三道四！你儘管去做，總有一天大家會理解你的。」妻子安慰他說。

過了一會，他的心情平靜下來，隨手翻開了六卷三號的《文學》，讀起自己寫的那篇《作家們聯合起來》：「在這個苦難的時代，在這個存亡危急的關頭，還有什麼不可解釋的怨恨能把我們的前進作家們彼此分化，甚至成為敵體，互相仇視呢？站在一條戰線上的，大家聯合起來，一同走向前去罷！在這個苦難的時代，在這個存亡危急的關頭，有什麼個人的嫌隙芥蒂可容存在呢？放大了眼光，敞開了胸懷，堅定了意志，手牽著手，一齊向前走罷！」

他想，目前「國防文學」和「民族革命戰爭的大眾文學」兩個口號爭論激烈，雙方互不相讓，顯然難以調和，但是我和魯迅、周揚兩方面關係都比較好，我要珍視這種關係的重要性，盡力調節雙方的關係。唉，說客難做，作家難做，然而不正是因為難做，才需要我去做的麼？自然，我不能做折中的調和主義者，我還要繼續寫文章，闡明我對「兩個口號」的觀點和態度！

夜深了，窗帷半掩，人聲靜寂，茅盾又坐到映出綠光的燈罩下，揮筆寫作起來……

三一　月曜會

魯迅逝世已近一個月了，茅盾卻覺得恍如眼前，心頭的鬱悶依然無法排遣。

連日來，他為《文學》寫了悼念的文章《寫於悲痛中》，為《中流》寫了篇《學習魯迅先生》，給英文的《中國呼聲》送去了《「一口咬住……」》。

在這些文章中，他提出了要學習魯迅的偉大鬥爭精神，嫉惡如仇。「不顧健康地努力工作，忘掉了自己地為民族、為被壓者求解放；學習魯迅，這是我們青年一代的一項重要的革命任務……」他感到還有許多話要傾吐，還

有滿懷的感情要抒發，爲了不斷地宣傳魯迅，召喚青年朋友研究魯迅，學習魯迅，自己應該寫的文章是很多很多的。

使他鬱悶不舒的，還有籠罩上海文壇的沉悶氣氛。這種沉悶是怎麼造成的呢？他分析：「主帥不在了，大家好似『群龍無首』；左聯解散後雖成立了文藝家協會，但實際上未做工作，因而作家的活動沒有了組織；文壇內部的矛盾、分歧和宗派情緒，使人焦慮，也使人灰心。」可是，能否做一些事情使大家組織起來呢？他想起開明書店通知他：他著的《創作的準備》已經出版，請他便時去取樣書。於是，他換上件米色西裝，將皮鞋擦了擦，對妻子說了一聲，向門外走去。

還是在八月底，茅盾剛編完報告文學徵文集《中國的一日》，生活書店的經理徐伯昕就找上門來，要他爲《青年自學叢書》寫一本談小說創作的書。茅盾說：「什麼《創做法程》、《小說做法》之類騙人的書，那一家小書鋪裏都有現成的，我最反對這種掛羊頭賣狗肉的書了，你們爲什麼也要出這種書呢？」

徐伯昕笑著說：「你誤會了，那種東西我們是反對的，但是這一類書卻有市場，有讀者，一些年輕的初學寫作者，常常饑不擇食買這種書來看，結果上當不說，還被引上歧途。世界文學史上的著名作家都有豐富的創作經驗，外國研究和介紹這些經驗的書就不少，只是中國還沒有……」

「所以你就要我來寫這樣一本書，可是這是理論家的工作，他們可以把自己研究的成果用淺顯的文筆寫出來，以適合初學寫作者的水平，而我是寫小說的……」茅盾打斷了他的話。

「不對，你過去就寫過一本《小說研究 ABC》，是不是？可見你是能寫的。」

「哈哈！那本書是抄來的，是爲了換稿費，當時我還沒有寫小說哩！」

「你現在有了親身體會，所以你來寫不是更合適了嗎？再說……」

「寫小說的人很多，你們何不去請別人？」

「我和韜奮商量過，認爲你是最合適的人，你平時寫小說又寫評論；當然，魯迅也是合適的，但他在病中，是決不會寫的。」徐伯昕見他還有點猶豫，又說，「你和魯迅是好朋友，你有責任把你們的經驗傳授給青年啊！只要你把這些經驗寫下來，讀者就會歡迎。」

茅盾見推諉不掉，只好答應。他遵循現實主義創作方法的原理，根據自

己的經驗和體驗，把創作技巧用通俗的文筆介紹給初學寫作者。只花了一個星期的時間，就一氣呵成了。

當他取了書回家，妻子告訴他，馮雪峰等他多時了。他急忙抱著書上樓，熱情地說：「唉呀，雪峰，讓你久等了。」

「不，不。我正在讀你寫的《研究和學習魯迅》呢。」馮雪峰站起身說，「你說魯迅先生好像盤旋於高空的老鷹，他看明了舊社會的弱點就奮力搏擊，二次，三次，無數次，非到這弱點完全暴露，引起了普遍的注意，他不罷休。寫得好！你關於魯迅的戰鬥精神和戰鬥技術的論述，也很精闢。你準備給那家報刊發表？」

「這是為《文學》七卷六號寫的，王統照等著發排呢。」茅盾答，又從那包書中取出一本，簽上名說，「《創作的準備》出來了，請你批評。」

「這種介紹創作經驗的小冊子青年人很需要。你這是做了一件大好事啊！」馮雪峰看了一遍書的目錄後說。

「雪峰，你今天來，有什麼事吧？」茅盾將一杯熱茶遞給客人。

「當然，無事不登三寶殿嘛。」馮雪峰笑笑說，「魯迅先生去世後，上海的文壇較前冷落了。我見到一些作家特別是青年作家，他們談起話來都不大有勁，心情沮喪，這與當前全民族抗日情緒普遍高漲的形勢很不適應。我們要設法把作家們團結起來，使他們抖擻精神，投入新的鬥爭！」

「你說得對。是應該為青年作家們組織一些活動，使他們加強聯繫，交流感情，激勵鬥志。」茅盾表示贊同。

馮雪峰徵詢他採用什麼方式比較好。

茅盾想起前幾年出版界的一些老朋友曾舉行星期聚餐會，十一二個人，每周聚餐一次，輪流做東，每人每次出一元錢，做東的出兩元錢。在餐桌上，互相交換上海政治界、文藝界的信息，也解決一些編輯、出版上的事務。於是他向馮雪峰提出：可以仿照星期聚餐會的方式，把大家邀集到一起交流思想、感情。這種方式比較自由，大家可以隨便交談，討論一些共同關心的問題。

「這是一個好主意！雁冰，我的事情多，也不大好公開出面，這事就委託你了。你可以再找幾個同志商量商量。」

馮雪峰起身告辭，在門口他緊握著茅盾的雙手，眼裏流露出充分信任的神色。茅盾也點了點頭，說道：「放心。你自己多保重！」

晚上，艾蕪和申報《自由談》的編輯吳景崧來拜訪他。茅盾向他們談了想搞個青年作家聚餐會的想法。他說：「雖然我已經是四十出頭的人，可我覺得自己跟青年人一樣，愛和青年朋友談天，青年朋友思維敏銳，見解新穎。如果大家能一星期或兩星期聚餐一次，談談文藝思潮和新發表作品，該有多好？」

艾蕪、吳景崧齊聲稱好。第二天，他又找了沙汀、張天翼徵求意見，他倆也滿口贊成。這件事就定了下來。

茅盾向馮雪峰談了舉行聚餐會的準備情況。馮雪峰提出一個問題請茅盾考慮：青年作家和「星期聚餐會」的參加者不同，參加「星期聚餐會」的鄭振鐸、傅東華、葉聖陶、胡愈之、陳望道、徐調孚……這些人是名作家、老編輯，經濟都比較寬裕，每星期拿出一元錢來聚餐是小意思，而預定要參加聚餐會的青年作家，要他們每周掏出一元錢，都會感到吃不消，一元錢意味著三四天的飯錢呢。

經馮雪峰一提，茅盾想了個退一步的辦法：不固定每星期一次，也可以兩星期一次。不輪流做東，就由他固定做東家。湊錢採用「撇蘭」的辦法，每一「蘭」一般是四角、五角、六角，負擔不大，也活潑。飯館是中小餐館。

馮雪峰表示贊同。

茅盾提議這種聚餐叫「月曜會」。

馮雪峰覺得「月曜會」這個名字既新鮮，又好記。他對茅盾說：「你想邀請誰參加，就邀請誰。」

第一次「月曜會」聚餐在一個星期一的晚上舉行了。茅盾和王統照早早地來到預定的菜館。他們選了一間屋子一桌雅座。不大一會兒，張天翼、沙汀、艾蕪、朱凡、王任叔、蔣牧良、端木蕻良……陸續來到了。茅盾拿出一張紙，用筆在上面畫了一叢蘭草，在蘭草的根部注明錢數。於是撇蘭開始了。茅盾說：「我是東家，我先來圈。」

大家一一圈完了蘭葉，打開一看，茅盾圈的是一元二角，他馬上把錢掏了出來放在桌上。別人哪會知道，他是有意圈畫這最多的一份。

點的一道道菜看送上來了，一個個話匣子也嘩嘩地打開了。茅盾指著王統照向大家說：「在座的大多是青年作家，老王當然不算青年作家了。我拉他參加，一則是因為他是《文學》的主編大人，能對青年朋友來稿中存在的毛病提出一些意見，二則他與你們熟悉起來，也為《文學》的稿源開闢一個基

地。」

「對，對！我是來交朋友的。雁冰拉我來吃菜，我來向大家拉稿。今後，請大家給我們《文學》多多支持啊！」王統照說。

有人關心地問茅盾，他是不是常失眠？茅盾說，他有了治失眠的「單方」，不大失眠了。大家紛紛向他請教「單方」是什麼。他說，這個「單方」就是在臨睡之前讀幾頁有趣而輕鬆的書。他舉例：「譬如，昨晚我睡不著，就打開燈，讀勃蘭兌斯寫的《安徒生論》。我覺得勃蘭兌斯的評論文章也和安徒生的童話一樣輕鬆而有趣。他說，寫童話不要用曲折的敘述，什麼都得從嘴巴裏新新鮮鮮當場出彩——哦，說是『講出來』還嫌不夠，應當是咪咪嗎嗎、帝帝打打，或者是嗚嘟嘟像號筒。他舉例說，安徒生常常是這樣開頭的：『三個小兵在大路上開正步走——一、二！一、二！』或者『那麼——張開嘴巴的喇叭在吹，大底達大打！有一個小孩在裏頭！』……我讀著讀著，就在安徒生的鼓聲中進入了夢鄉，呼——呼——」

說得大家哈哈大笑。

在「月曜會」上，茅盾講的並不多，總是聽別人講話。每當人們議論到文壇現象和文藝思潮時，他總是注意傾聽。他聽到一些青年作家反映，他們寫出了作品苦於無處發表。就想出了出「叢刊」的主意向馮雪峰建議，創辦了《工作與學習叢刊》。出了四輯：《二三事》、《原野》、《收穫》和《黎明》。茅盾在上面發表了評論青年作家艾蕪、周文、葛琴等人作品的書評，以及其它評論文章。陳白塵後來寫道：「1937 年春，張天翼同志通知我去參加由茅盾同志主持的『月曜會』的聚餐，這更使我興奮不已了。此前雖然見過幾次茅公，都是在公共場合，未能親聆教誨。『月曜會』……連茅公不過十來人。……那天，他身御淺灰長衫，足登便鞋，周身上下樸素整潔，在這十里洋場上，卻似一塵不染，溫文儒雅，飄然而至，真是文如其人！

「沒有任何形式，誰也無拘無束，我們都圍他而坐，隨便傾談。忽而國內國際形勢，忽而抗日統一戰線前途，忽而文壇掌故和新收穫，忽而又落到創作問題上。茅公有問必答，自然地形成了中心。他那較重的浙江桐鄉的鄉音和輕微的口氣，並不妨礙他談笑風生，娓娓動聽。我們這一群，當年的青年，真是如坐春風啊！……

「這個『月曜會』，在茅公一生事業中，只不過是小小的一朵浪花而已。他自己都可能忘記了。但正是這類一朵朵浪花聚集起來，便可以看出，在整

個三十年代裏，他為中國文壇培育了一代新人！說他是三十年代作家們的導師，想不過分吧？」

三二　炮火的洗禮

1937 年 8 月 13 日清晨，茅盾打開收音機，播音員正在報告：因為戰事，「銀行停業兩天」。接著又說：「國民政府已於昨日封鎖長江和南黃浦……」

近半個月來，他已在手記上寫下了這樣一些戰況：

7 月 30 日，北平、天津淪陷。

8 月 7 日，日本大使川越抵上海；自長江上游撤下之日本海軍軍艦與陸戰隊亦已集中滬上。

8 月 10 日，日本一面施放外交途徑解決的煙幕，一面急遽向上海增兵，吳淞口外敵艦相望。

8 月 11 日，京滬、滬杭兩線我大軍向上海推進。

8 月 12 日，我大軍繼續沿京滬、滬杭兩線推進，兩線僅各開客車一班。

昨天，茅盾去和馮雪峰、鄒韜奮、胡愈之等人商量戰爭發生後辦雜誌的事情。他妻子去設法搬運寄放在開明書店總廠的兩千本書籍。待他傍晚回到家裏，卻不見書籍搬來。妻子說，好不容易才叫到一輛黃包車，家裏的細軟更要緊，就把兩皮箱細軟運到了租界的二叔家裏。在睡夢中，茅盾還跟妻子爭吵，說要把那兩千本中西書籍搬運出來。今天，他要親自去試一試，看能不能運出那些書，哪怕運出一部分也好。

當他換上衣服要出門的時候，收音機裏傳出了閘北已經開火的消息。他心急如焚地跑上街頭，穿過已壘起沙包、有衛兵守衛的蘇州河橋，向開明書店總廠的方向走去。

一路上，許多工廠在用卡車搬運貨物和原材料。

海寧路上，擠滿了人。茅盾一打聽，原來是前面禁止行人通行，只允許持有特別通行證的汽車過去。

驀然，幾架塗著太陽旗標誌的日本飛機嗡嗡地從人們頭上掠過。不一會兒，遠處轟轟轟地響起爆炸聲，幾股濃煙翻滾著衝上天空。人們議論著什麼工廠、哪家棧房著了火。緊接著，響起高射機關槍的噠噠噠聲音，中國軍隊向日本飛機還擊了。人群歡呼，鼓掌。茅盾頓時覺得熱血沸騰，激動不已。

晚飯後，茅盾正在收聽新聞廣播，鄭振鐸叩門進來，興沖沖地告訴他：

從上海市政府得來的可靠消息，政府決定開放民間的抗日救亡活動，各種救亡團體只要向政府登記，就可以公開活動。他還問茅盾是否馬上搬家。

茅盾對他說：「暫時還不搬。老母早在內地老家，自己只有四個人，孩子大了，到緊急時刻拔腳便可以走。我大部分的書已經在火線內了，身邊的一小部分隨它去吧。」

這一夜，茅盾又失眠了，服了安眠藥片，才勉強睡了三四個小時。醒來時，窗玻璃已映出朦朧的玉色晨曦。忽然弄堂裏傳來：「小白菜、韭菜要哦？菠菜、雪裏蕻……」

怎麼，還有農民出來賣菜？他感到詫異。妻子說要去買點青菜，茅盾就跟她下了樓。

妻子一問，小白菜的價錢竟然和原來一樣！他感動了，心想：清晨冒著被敵人飛機轟炸掃射的危險，挑來這樣新鮮的青菜，就是加價一倍，也不算多，而這農民倒並不肯擡價。問那農民：「日本飛機要來轟炸，不怕麼？」

農民笑了笑答道：「要怕的話，就不能做鄉下人了！」

茅盾的腦子裏忽然閃現出一句古話：「民不畏死，奈何以死懼之。」

這天中午，茅盾去參加例行的月曜聚餐會。到了菜館，他看到人數大大超出了預計的，心想：也許大家預感到這將是象徵和平時期的最後一次聚餐，所以都趕來了。於是，臨時又增加了一桌。

在餐桌上，人們的談話集中到今後作家藝術家的任務以及如何開展活動等問題上。許多人的眼光向著茅盾，聽他發表意見：「……在抗日戰爭中，文藝戰線也是一條重要的戰線。我們的武器就是手中的筆，我們要用它來描繪抗日戰士的英姿，用它來喊出四萬萬同胞保衛國土的決心，也用它來揭露漢奸、親日派的醜惡嘴臉。但我們的工作崗位將不再在亭子間，而是前線、慰勞隊、流動劇團、工廠……。總之，我們要趁這大時代的洪流，把文藝工作深入到大眾中去，提高大眾的抗日覺悟，開拓出一個抗戰文藝的新局面來！」

在會上，多數人主張要趕快創辦一個適應戰時需要、能夠迅速反映出作家們救亡呼聲的小型刊物，而且提出要茅盾出任這個刊物的主編。這種信任和期待，使他感到義不容辭，立即向大家表示：下午就去找人商量，著手籌辦，早日出版。

聚餐會將散席的時候，電臺播出中國空軍出動轟炸了日本海軍「出雲艦」的消息；大家還聽到遠處傳來的一陣陣高射炮的聲音。忽然，轟轟的飛機聲

在屋頂響過，茅盾和朋友們擁到涼臺上，只見三架一隊的飛機朝東北方向飛去，有人大聲說：「好啊！這是我們的空軍！」

下午，茅盾找到了馮雪峰、巴金，晚上又找了黎烈文，第二天一早找了王統照。他們都贊成由《文學》、《中流》、《文叢》、《譯文》四個刊物同人集資出版一份文藝週刊的計劃。巴金來電話說：「靳以、黃源都贊成我們的方案。我建議明天開一次同人會。」茅盾當即表示同意。次日，他和巴金約了四家刊物的主編開會，討論了編輯方針、紙張和印刷問題。他們一致決定用《吶喊》作為刊名。他對巴金說：「我看，創刊號的文章就由我們這些人包了。稿件最遲十九號交來，文章不要長，一千字以內。」巴金表示同意，並說他還約了胡風、蕭乾寫文章，言明是沒有稿費的。

晚上，隆隆的炮聲似沈雷轟鳴。茅盾耳聽炮聲，手揮毛筆，撰寫《吶喊》的創刊獻詞——《站在各自的崗位》。

第一期《吶喊》出版了。鄒韜奮主編的《救亡日報》也出版了。上海的公眾紛紛爭購。《吶喊》從第三期起改名《烽火》，在第一期《烽火》的封面上，加印了以下的文字：編輯人茅盾，發行人巴金。

那些天，茅盾日夜為《吶喊》(《烽火》)、《救亡日報》、《抗戰》、《少年先鋒》等抗日救亡報刊寫搞，眼睛熬出了一根根殷紅的血絲，失眠症越來越嚴重，胃病也常發作。他妻子心疼得很，提醒他要注意身體。他說：「你放心，我不會累垮的。如果我不寫文章，那才會悶出大病至悶死的！」他從桌子上撿起《救亡日報》第一號，對妻子朗讀他寫的《炮火的洗禮》：「在炮火的洗禮中，中國民族就更生了！讓不斷的炮火洗淨了我們民族數千年來專制政治下所造成的缺點，也讓不斷的炮火洗淨了我們民族百年來所受帝國主義的侮辱。古老的偉大的中華民族，需要在炮火裏洗一個澡！……」讀罷，對妻子說：「德沚，我們原來就是戰士，一直以來就是戰士，今天我們是經受著炮火洗禮的戰士，我們要盡一切力量去同民族的敵人戰鬥啊！」說著走到妻子的身邊，把《救亡日報》放在妻子的手中，眼眶裏閃著激動的淚花，關注地望著她。

妻子的眼眶裏也有淚珠在滾動，她深情地說：「你的心，我懂！」

三三　在《文藝陣地》上

戰火向上海整個市區蔓延。

1937 年 10 月 5 日，茅盾帶著女兒、兒子離開上海。他們先坐火車到鎮江，

再乘輪船到漢口，又搭火車抵長沙。在陳達人和黃子通幫助下，他讓沈霞考入周南女中，又送沈霜插進岳雲中學。安排好兩個孩子之後，他即乘火車到漢口，想搭輪船回上海。誰知戰事發展很快，輪船只通到南京。孔德沚來電報，讓他走浙贛和滬杭鐵路。然而一路上火車時開時停，11 月 5 日才到杭州。使他吃驚的是：這天凌晨，敵軍在金山衛登陸，從中午起火車已不通上海。

歸路斷了，如何是好？他去找生活書店杭州分店想辦法。一個老店員建議他到紹興，再乘船返上海。

11 月 12 日晚上，茅盾終於回到信義村家中。妻子在替他炒蛋炒飯時告訴他：「剛剛廣播，我軍已撤出上海了。」

茅盾想，從現在起，租界已成為「孤島」，看來得想法離開上海了。

這年除夕，他和妻子登上了開往香港的輪船。站在船舷旁，他眺望夜色中的上海，感到戀戀不捨。在這裡，他曾經生活、工作和戰鬥了二十年，如今在戰火的逼迫下，終於要離去了！他後來懷著深情寫道：「上海可以說是我的第二故鄉。在這裡我開始了對人生真諦的探索，也是在這裡我選擇了莊嚴的工作。現在我要離去了，為了祖國神聖的事業。但是我還要回來的，一定會回來！」

年初，沈雁冰和妻子抵廣州，再轉車到長沙，和兩個孩子會合。然後他隻身到武漢。這時，生活書店已從上海遷到這裡。他去生活書店，見到了徐伯昕和鄒韜奮。三人商量後，決定編一本綜合性文藝刊物，取名《文藝陣地》，半月出一期。考慮到武漢不可能長期堅守，他們決定刊物在廣州編輯、出版。

一天，茅盾去武漢八路軍辦事處拜訪董必武。董必武希望他留在武漢，參加正在籌備的中華全國文藝界抗敵協會和政治部第三廳的工作。他認為自己還是去編雜誌和創作小說更合適。董必武聽了，表示尊重他的選擇，並介紹吳奚如幫助他組織稿件。

沈雁冰聽說樓適夷在《新華日報》社工作，就找到了他，對他說：「你跟各方面的聯繫比較多，請你為《文藝陣地》多組織一些稿件吧。」樓適夷應允了下來。他又向老舍、葉以群、馮乃超、洪深、孔羅蓀、宋雲彬等人約了稿。然後才回到長沙。2 月 21 日，茅盾攜家登上了南下的火車。臨行前，張天翼趕到車站送行，並且交給予他一篇為《文藝陣地》寫的小說：《華威先生》。

2 月下旬，茅盾一家抵達廣州，住在愛群大酒店。他著手編輯《文藝陣地》的稿子。

　　有一天晚上，《立報》總經理薩空了來訪，對茅盾說：「我準備把停刊的《立報》遷到香港出版，特此來請你去編副刊《言林》。」茅盾一聽連忙擺手說：「不行，不行！我要在這裡編《文藝陣地》。」薩空了說：「這並不矛盾，你可以同時編兩種嘛。《文藝陣地》是半月刊，字數又不多，占不了你多少時間，而《言林》每期只要二千五百字，你順手就編了。你可以到香港安家，那邊居住條件、寫作環境都比廣州好，安靜，免得天天躲警報。」

　　「唉，我最煩躲警報了。可是……」

　　「你可以在香港把《文藝陣地》編好，寄到廣州來排印，反正你只負責編輯，印刷發行都由生活書店負責，如果有事情要來廣州，坐火車兩個多小時也就到了。他們生活書店給你多少編輯費？」

　　茅盾對他說了一個數目。

　　「那怎麼夠你開銷？現在物價又天天上漲。如果加上《言林》的編輯費，你又住在香港，那裡物價便宜，你就可以安心搞創作。」

　　一番話使茅盾動了心。經過與妻子商量，他接受了薩空了的建議，舉家遷居香港。把家安頓下來後，就埋頭閱讀、編輯源源而來的稿件。

　　3 月 20 日，他把《文藝陣地》創刊號的最後一批稿子發往廣州，但是他聽說廣州的印刷條件很差，簡直不能跟上海相比，實在放心不下，決定親自去看一看排印情況。

　　這天，生活書店廣州分店的經理陪著茅盾走進印刷廠。校樣拿來了，他發現幾乎滿篇錯字。看看排字工人，技術差，手腳慢；字體不全，許多字要靠手工刻，字行間不用鉛條而是用竹條，排出來的版面很難看。心想，果然耳聞不如目見，廣州的印刷條件竟如此之糟！茅盾本來打算在廣州住兩三天，結果卻呆了一個星期，天天在印刷廠裏校錯字。

　　巴金到旅館來看茅盾，見到他伏案校對的情景，很感動。後來他說：「我才發現他看過、採用的每篇稿件，都用紅筆批改得很清清楚楚，而且不讓一個筆畫難辨的字留下來。他做任何工作都是那樣認真負責，一絲不苟。」

　　《文藝陣地》創刊號在 4 月 1 日出版後，各界反映強烈。尤其是張天翼的短篇小說《華威先生》，反響更加強烈。在這篇近五千字的小說裏，張天翼以幽默的筆調塑造了一個想包辦救亡運動的國民黨的抗日官。抗日的青年和進步的文藝工作者讀了紛紛拍手稱快。國民黨當局卻大肆咆哮，說這篇小說是諷刺政府，破壞抗戰。也有一些人憂心忡忡，害怕這篇小說產生的影響不利於抗日救亡。

面對這種不同的反響，茅盾作爲《文藝陣地》的主編挺身而出，先後撰寫了《論加強批評工作》和《八月的感想》，高度讚揚和評價《華威先生》。他寫道：「《華威先生》那樣典型的出現，而且引起了普遍的注意（我這裡收到了不少讀者的來信都是對於《華威先生》感得很大『興味』的），而且更引起了青年作家對於隱伏在光明中的醜惡的研究和搜索，——這也是近半年來文壇的新趨向。這決不是不好的傾向（有人以爲這是作家的悲觀主義的流露，我則不以爲然）。這正表示了作家對於現實能夠更深入去觀察。……誠然，《華威先生》尚多可議之處，這個典型還應去發展，但是以此而作爲反對醜惡描寫的藉口，那就是『倒掉盆裏的污水連盆裏的孩子也一齊倒掉了』的笑話。」

那些天，他一邊忙著編輯刊物，一邊爲《立報》的《言林》創作連載長篇小說《你往哪裏跑》，同時還不斷寫作評論，熱情鼓勵支持第一批抗戰文藝作品。

《文藝陣地》創刊號出版後，茅盾的編輯工作一帆風順，然而刊物的排印工作卻困難重重。茅盾於是和生活書店商量，是否移到香港出版。

生活書店同意了，卻又遇到了麻煩：香港政府怕得罪日本人，規定刊物上不準用「敵」字，連「彼此敵對」、「同仇敵愾」也不准使用，「敵」一律用「╳」代替。還有「姦淫擄掠」等二十多個詞句也禁止使用。這樣一來，刊物上滿頁╳╳，那怎麼行！

茅盾找到新知識的愛國教育家吳涵眞，對他說：「吳老先生，我想，《文藝陣地》雖在香港排印，名義上卻仍在廣州出版。香港政府是否可通融一下，免去例行的審查？」吳答應去找港府有關方面說說，再給回音。過了兩天，吳涵眞來說，香港政府裏的華人官員倒願意幫忙，但英國官員一口拒絕，他們還是怕得罪日本人。

「一本鼓吹抗戰的文藝刊物，卻把所有抗敵的字眼換成『╳╳』，在我是無論如何不能接受的！《文藝陣地》是面向全國的大型刊物，它不能受制於香港這個彈丸小島！茅盾因爲氣憤，有點口吃地回答。

於是他把目光轉向「孤島」上海。經過與生活書店廣州、香港、上海三個分店的磋商，他們決定把《文藝陣地》移到上海秘密排印，然後再把印好的刊物運到香港，轉發內地和南洋。由於茅盾不能親自去上海發稿和看校樣，他就寫信給留在「孤島」的妻弟孔另境，請他幫助編排。孔另境曾協助他編

選《中國的一日》，是可以信任的。從第四期起，茅盾先是組稿、選稿、編稿，編好後由生活書店託人帶往上海，然後寫信「指揮」孔另境編排。

孔另境是個青年作家，他在協助茅盾編排中，常常自作主張。有一次把《旅途中》一篇小說題目下的「筆記」二字改成了「手記」，等到茅盾發現，雜誌已經印出。他只好寫信告訴孔另境：「『筆記』二字僅稍牽強而已，『手記』則不通矣！以後遇有此等情形你還是不要改動。」在另一封信裏，他又寫道：「大凡我手寫手訂之件，都看了兩遍的，不會有錯誤及遺漏，——你所不解或認為不妥者，我都自有其用意也。」他對孔另境就是如此「遙控指揮」。

那時，有幾個青年評論作者常常給他主編的《文藝陣地》投稿。其中一個是李南桌，湖南人，長沙遭到敵機大轟炸後和妻子來到香港，在一家中學教書。

這年元月，茅盾路過長沙，應邀在「銀宮」講演。李南桌聽後打聽到茅盾的住址，曾前去訪問。茅盾當時以為他是想請教寫作方面的問題，或者是請求批改習作。出乎茅盾意料的是，他卻談起了文藝方面的許多問題，從外國的到中國的，從古典的談到現代的，而且很有見地，對於戰時文藝也發表了精闢的意見。看到這個青年思路敏捷，很有才氣，許多觀點與自己一致，茅盾感到驚訝，心中頓生喜愛之情。便對他說，自己要辦一個刊物，如果辦成了，希望他能支持。後來李南桌接連給《文藝陣地》寄來了幾篇文章，茅盾是多麼喜悅呵！他把這些文章一一發表在《文藝陣地》上。在《文藝陣地》創刊號至第十三期的二十篇文藝論文中，李南桌的就有八篇。

從此，茅盾和李南桌的交往密切起來。每當李南桌來訪，茅盾總讓妻子給這位青年朋友沏茶、拿水果、遞點心，和他促膝交談文藝問題。面對這年僅二十五六歲的青年人，聽著他侃侃而談，茅盾為他知識的淵博感到驚訝，對於他善於把所學的原理溶為自己的思想觀點，又用來衡量現實，剖析現實中的矛盾，提出新穎獨到的見解，深為佩服。

一些知名的作家、理論家讀了《文藝陣地》上李南桌的評論，也給茅盾來信稱讚，有的還以為那樣老練的文筆一定是某位大作家的化名之作。茅盾覆信告訴他們：李南桌是個剛出茅廬的青年，但他是一個讀書多而善消化的人，他謙遜，好學，深思，明辨，在他這樣的年齡實在難得。

有一天，茅盾聽說他打算系統地寫幾篇莎士比亞和歌德研究的論文，還

有一個構思了很久的長篇小說也打算寫，便熱情鼓勵他一篇一篇地寫出來。

「沈先生，我們有了個孩子以後，我是又要教書，又要當保姆，實在很少有時間來寫作，我的論文都是在深夜燈下趕出來的。」李南桌說。

「我不教書，不當保姆，可我也常常寫到深更半夜呀！」茅盾說著呵呵地笑起來。

「你們一老一小，都是夜貓子。」進來給客人茶杯續水的茅盾夫人插了一句。

那天晚上，他們談到了半夜。

然而，萬萬沒想到，李南桌因急性闌尾炎未能及時治療而死了。茅盾聽到噩耗，頓時驚呆了，跌坐在椅子上了，久久說不出話，淚水潸潸而下。李南桌是他發現的第一個卓越的青年評論家呵！

茅盾和夫人去向李南桌的妻子表示哀悼和慰問。她含淚告訴茅盾，李南桌在彌留之際神智清醒，念念不忘他的治學寫作計劃。呼喊：「我要活，要活，我還有許多事情要做！」茅盾回到家裏，懷著沉痛的心情，在燈下寫了《悼李南桌──一個堅實的文藝工作者》，發表在《立報》的《言林》上。為了紀念李南桌，茅盾還把他的論文匯集起來，幫助李南桌的妻子編成一本《李南桌文藝評論集》，並由他推薦給香港生活書店出版。

茅盾在《文藝陣地》上的戰鬥，得到了中共中央和八路軍駐香港辦事處主任廖承志的關心和指導。廖承志派從事文化聯絡的杜埃去拜訪茅盾，把重慶出版的《新華日報》送給茅盾，並告訴他，以後各期都定期轉給他。茅盾如獲至寶，捧著《新華日報》說：「有了它，我就有了指路明燈。」

茅盾以他超凡的組織才能和號召力，組織了當時最廣大的作家隊伍，像陸定一、葉聖陶、蕭紅、老舍、鄭振鐸、許廣平、豐子愷、劉白羽、周而復、駱賓基、臧克家、田間、陳白塵……等等作家的作品，都從抗日前線、敵後根據地、延安解放區，和大後方寄到茅盾手中，又經茅盾之手刊於《文藝陣地》，為抗日戰爭吶喊、衝鋒。

三四　赴新疆途中

抗戰開始後，新疆督辦盛世才以進步姿態出現，制定了「反帝、親蘇、民平（民族平等）、清廉、和平、建設」的「六大政策」。中國共產黨也與他建立了統一戰線關係，先後派遣了毛澤民、陳潭秋、孟一鳴、林基路、鄧發

等前去工作。新疆一時間出現了一種新局面，引起國內外人士的注目和進步文化人的嚮往。

著名愛國民主人士杜重遠到迪化（現爲烏魯木齊）後，擔任了新疆督辦公署和省政府高級顧問兼新疆學院院長。

杜重遠向盛世才推薦了茅盾，並代表盛世才邀請茅盾到新疆學院任教。

1938 年 12 月中旬，茅盾將《文藝陣地》委託給予樓適夷編輯。同月 20 日，他偕夫人孔德沚及女兒沈霞（亞男）、兒子沈霜（阿桑），離開香港，前往新疆，想到那一片正在欣欣向榮的天地裏幹一番事業。

他們先是乘法國輪船「小廣東」號抵越南海防，再坐火車經河內到昆明，1 月 4 日早晨 7 時，登上歐亞航空公司直飛蘭州的班機。同行的還有薩空了的夫人金秉英、她的女兒苦茶和苦茶。

「沈先生、沈太太，跟你們作伴去新疆，我們母女三個可有照應了。我先謝謝二位！……薩空了哪知道我們留在香港的苦楚呵！」金秉英見人自來熟，熱情地對茅盾夫婦說。

「我跟薩空了是老朋友，你別客氣，一同入疆，理應互相照顧。」茅盾介紹妻子和金秉英認識，又招呼女兒、兒子和她的兩個女兒坐在一起。

飛機在成才停留半小時上下客。張仲實來了，他對茅盾說：「上星期，杜重遠給我來了電報，讓我趕到成都搭你們這班飛機。」

「歡迎！歡迎！」茅盾和他多年不見，緊握著張仲實的手說。

「張先生，你還認識我嗎？」

「哦，薩太太，怎麼能不認識呢！」

他們跟別人換了座位，坐在一起熱烈地聊著彼此這些年的情況。

經過九個小時的飛機，飛機在蘭州機場著陸。他們一下飛機，凜冽的西北風迎面撲來。在昆明，茅盾只在西裝裏加一件薄毛背心，上飛機前，他穿上了毛衣毛褲，帶上了呢大衣。但是一下飛機，他就感到自己的裝備太差了，西北風輕易地穿透厚呢大衣，直浸骨髓。他回頭看了看張仲實，這位旅伴只穿了一身西裝，連大衣也沒有，站在這零下十幾度的嚴寒中。這時，航空公司送旅客進城的大轎車開來了。茅盾、張仲實、金秉英等人連忙鑽進汽車。

一個多小時的顛簸，捲進車廂的黃色塵埃使他們一個個成了土人。

他們走進中國旅行社蘭州招待所。這家旅館是蘭州最高級的，卻簡陋得可憐，樓上樓下各有五間客房。

就在茅盾與經理寒暄的時候，金秉英快步奔上樓，佔據了中間最敞亮的一大間，又主動替張仲實佔了隔壁的一間。「張先生，你東西放在這間好了！」她對正在上樓的張仲實喊道。

張仲實看見金秉英替他占的那間房約有二十平方米，而留給茅盾一家的緊挨樓梯口那間只有十一二平方米，於是讓茅盾一家住了大間，自己搬進了小間。金秉英看了，氣得鼓著腮幫直吹冷氣。

茅盾看到妻子在忙著開箱子，就問：「德沚，你急著找什麼？」「找你的絲棉袍、絲棉褲呀！」

茅盾心想，這些東西在香港根本用不著，不知道她什麼時候準備下的。

這時服務員給他們送來了清淨的洗臉水和渾黃的飲用水。茅盾一家感到奇怪。後來才知道，清的是井水，但是苦水，別說喝，就是洗臉也使人皮膚澀得難受。渾的是河水，卻是甜水，是五角錢一擔雇人從黃河裏挑來的。

從蘭州去新疆，沒有定期的航班，只能等蘇聯的便機。但是蘇聯的飛機有時三五天一架，有時一個多月也不飛一趟。茅盾和張仲實原來估計最多一個星期他們就能成行。誰知在蘭州等了四十多天。

第二天上午，茅盾看到在金秉英右邊房間裏有兩位二十幾歲的女房客。其中剪短髮的一個像學生，另一個高挑身材，梳兩根長辮子，總是一身男子打扮──黑皮夾克、馬褲、長統皮靴，經常外出，顯得有點神秘。他雖有一雙善於觀察人物的眼睛，卻也一時看不出這一對女郎的身份。向金秉英打聽，她說：「她們也是去新疆的。可她們去那裡能做什麼？沈先生，我猜那個高個子的是軍統女特務。」「哦──，會是嗎？」「怎麼不會？弄不好是重慶方面派來盯我們梢的！」

「啊──」茅盾沒有料到這一層。心想，看不出這位旅伴會有如此的頭腦，真是人不可貌相呀！而那一對女郎要是也與自己同行，又不知道會成為怎樣的旅伴呢。

有一天，孔德沚和金秉英為爭根曬衣裳的繩子吵了起來。茅盾正巧去逛書店回來，急忙上前勸解。

「沈先生，你夫人真是太不講理了，嗚──嗚──」金秉英拉長哭腔訴說。

「你才不講理！我拉的繩子，你為啥不說一聲就霸佔了去？啊？你說！」孔德沚伸手指著金秉英，毫不示弱地說。

茅盾一邊向金秉英道歉，一邊勸說：「為了一根繩子，何必爭吵呢？薩太

太，你就在這兒晾衣裳，我們再拉一根。德沚，走吧！」「我不走！我拉的繩子為啥讓給她？」「德沚，看在我的面上，你讓讓她吧。」茅盾背轉身悄聲對妻子說，「外人見了多不好看！」

他把妻子勸回房間，叫女兒亞男再找個地方拉上繩子，把衣裳晾上。又倒一杯熱茶，對坐在床沿的妻子說：「她帶著兩個孩子去新疆，也真不容易，薩先生不在一起，我們要多照顧她。」「誰不照顧她了？一路上她處處搶先住好的，用好的，難道我們活該吃虧受欺侮？」妻子餘怒未息地說。「薩空了跟我們是老朋友了，他的太太和兩個女兒同我們一起入疆，我們把方便讓給他們，也理所應當。」經過茅盾一番好言勸說、安慰，孔德沚的怒氣才漸漸消去。

在招待所住久了，茅盾和那兩位女郎天天見面，也慢慢熟了起來。舊曆除夕，招待所免費請全體旅客吃年夜飯，他們在一個桌上，還互相碰杯共祝新年愉快。剪短髮學生相的那個，很少出門，天天看小說，見人顯得靦腆，不多說話。另一個被金秉英猜為軍統女特務的，善交際，茅盾等人提防她三分，輕易不同她答話。有一天，孔德沚外出買日用品，茅盾正在為蘭州出版的《現代評論》寫一篇《抗戰與文藝》，那位神秘女郎卻叩門而入，主動和他交談起來：「沈先生，我知道您是大作家茅盾，能和您談談嗎？」「可以，可以。」茅盾感興趣地說。

她告訴茅盾，她早就是茅盾的崇拜者，從學生時代起就一直愛讀他的小說，喜歡《蝕》、《虹》裏的慧、章秋柳、梅女士。「其實，我不過是愛好文學，我的女伴小林簡直是著了迷。沈先生，您能不能對小林作些指導？她很膽小，怕見您這位大作家。」

他見這位女郎侃侃而談，的確不像個學生，就問她們從哪裏來，到蘭州有什麼事。她說她們從重慶來，想去新疆。他問：「你們是學生嗎？」「原來是的，現在都不是了。我大學沒有讀完，為了生活，考進重慶的一個機關當了小職員；小林是學醫的，半年前失了學。」那你們去新疆做什麼呢？」「聽說新疆不錯，我們想去碰碰運氣。沈先生，你們準備怎樣進新疆呢？」「我們是應聘去迪化教書的，進新疆要得到新疆當局的同意，自己想去恐怕不容易。我勸你們對入疆的事，要三思而後行……」

她聽了茅盾的話，笑而不答。當茅盾問她在蘭州有什麼社會關係時，她又迴避了茅盾的問話。

晚飯後，茅盾到金秉英房裏，詢問苦茶、苦茶兩姐妹是否過得慣。金秉英悄悄告訴他，神秘女郎在甘肅省政府和省黨部都有熟人，她們打算通過這些關係到新疆去。她說：「沈先生，這個女人是個危險人物，她到新疆去是負有任務的。她的同伴看樣子並不知情，是被她利用了。我們應該通知新疆當局不讓她們去你說呢？」茅盾聽了未置可否，金秉英就說她要拍電報告訴薩空了，讓薩空了報告新疆督辦公署。

那女郎後來又再次找茅盾，希望他能介紹她們去新疆。茅盾婉言推辭，並且勸她們不要去那裡碰運氣。孔德沚聽說這個神秘女郎幾次找茅盾談話，緊張得很。她告誡丈夫：「德鴻，你可別大意，也許她真像金秉英說的，是個軍統特務呢。」他安慰妻子說：「她即使是蛇蠍，我也不怕。我倒以為這個女郎很值得觀察瞭解，她跟你、金秉英都不同，是當代新女性中一個新的類型。」「我不管她是新類型、老類型，你自己可要留心，別上當！」「三姑有旨，德鴻遵命就是。」

聽到這句茅盾平時少有的風趣答話，孔德沚嚴肅的臉上綻出了笑容。

在茅盾一行將要動身之前，那個神秘女郎又來找茅盾，說她們決定不去新疆了，明天就離開此地。

茅盾心想，她們終於未能去新疆，也許是金秉英造的輿論使新疆當局不發通行證。或是她們聽了我的勸告改變了主意。還可能有其他的原因，就不必管它了。如果這兩位女郎成為自己入疆的旅伴，不知又會要引出多少麻煩？

2月20日，茅盾一行八人搭飛機來到哈密。因為孔德沚患肺炎，在哈密滯留了半個月。3月6日，迪化（現為烏魯木齊）的新疆督辦政府派一位副官和一輛小轎車、一輛八個座位的旅行車到哈密接茅盾、張仲實等人。那位副官對茅盾和張仲實說：「迪化小汽車很少，這次只來了一輛臥車，我想請沈先生、張先生、還有剛病好的沈夫人坐小臥車；薩太太一家、沈先生的小姐、公子和我本人坐旅行車。」茅盾、張仲實同意他的安排。

8日早飯後，茅盾和張仲實向送行的哈密區行政長劉西屏等人告別，走出招待所大門，卻見迪化來的那位副官一臉尷尬地指著小臥車說：「沈先生，你看……」

原來金秉英帶著兩個孩子已經坐在小臥車裏了。她看見茅盾、張仲實走去，就大聲招呼張仲實：「張先生！張先生！我這裡給你留著個座位！」張仲實進退兩難。茅盾連忙說：「仲實，你去罷，我們一家坐旅行車。」

　　張仲實見周圍已站滿了送行的哈密官員，只好上了小臥車。茅盾招呼副官進了旅行車，對他說：「這樣不是很好嗎？」

　　離開哈密，按副官的規定，旅行車在前，小臥車在後，相距五十米，在戈壁灘上行駛起來，他們預定在天山腳下的七角井過夜。

　　午飯後再次上路，小臥車抄到旅行車前疾駛而去。副官神色緊張地吩咐司機追上去。可是看不見小臥車了。夜幕降臨了，旅行車打開前燈，在荒漠中開足馬力，頂著狂風奔馳著。兩個多鐘點以後，前面燈光閃爍，副官指著燈光說：「好了，總算到了！前面就是七角井。沈先生，你不知道，這輛車太舊了，在迪化剛剛大修過，我真擔心它在半路上拋錨呵！」

　　四時半，車子才在招待所門前停下。張仲實已經等得很焦急。他說他們已經到了一個多小時，晚飯也已吃過，薩太太和孩子們都已睡了。

　　第二天、他們一早出發，一路上兩輛車嚴格按照旅行車在前小臥車在後的順序，結伴行駛。晚上安抵鄯善縣招待所過夜。茅盾聽妻子說，昨晚副官狠狠地訓斥了小臥車司機，不許他擅自開車先行。在戈壁灘上行車，必須結伴一起走，互相照應，這是一條紀律，否則單車出了故障，陷在沙漠裏很危險。小臥車司機辯解說，這是車上那位太太一再要他超車快開的。副官警告他今天不能再犯，不然到了迪化要叫他吃官司。

　　第三天，副官已經成了他們熟悉的新旅伴，一路上向茅盾夫婦和孩子介紹新疆的風土人情。下午三點多，他們在汽車裏遠遠望見一座火紅色的山脈，副官說：「沈先生，傳說這就是《西遊記》中的火焰山，吐魯蕃就快到了。」

　　茅盾知道吐魯蕃是全國聞名的「火爐」。當汽車駛進吐魯蕃狹窄的街道時，副官指著跨街搭的棚子介紹說：「這棚子是專用來遮太陽的。其實，到了夏天，這樣的陰棚也不起作用。正午，居民都躲進地窖，僅清晨和黃昏時才有集市。在最熱的七八月裏，牆壁上可以烙餅。」

　　「叔叔，那種餅子好吃嗎？」茅盾的兒子阿桑好奇地問。「好吃，有一股太陽香味呢。那些天，雞蛋放在太陽下，也能曬熟。去年，我到吐魯蕃來，看見公安局長熱得蹲在大水缸中辦公哩！」

　　茅盾想瞭解新疆督辦盛世才的情況，可是副官緘口不談。

　　1939 年 3 月 11 日是茅盾赴疆之行的最後一天。汽車翻越了天山，經過了達坂城，下午四時到達迪化郊外二十公里的地方。突然，前方塵煙飛揚，鑽出一前一後兩輛卡車，保護著中間的兩輛小臥車，迎面駛來。這時，副官對茅盾說：「督辦來迎接了，我們下車吧！」

茅盾、張仲實等人走下汽車，佇立等候。轉瞬間，兩輛卡車駛了過來，上面整齊地站著全副武裝的士兵，在駕駛室上面各架著一挺機槍，槍口瞄準前方。茅盾暗想，這排場是從哪裏學來的？難道是怕遭到暗算？正想著，前後兩輛卡車突然一輛駛向公路右側，一輛駛向公路左側，形成兩翼，那兩輛小臥車在中間駛到他們面前。「看來情況不太妙！」茅盾不禁悄悄地對站在身邊的張仲實說。他想，不要雙腳才踏上迪化的地面，就被綁架。

這時，從前面的小臥車裏鑽出一個軍人，身披黑斗篷，內穿將校呢的軍裝，中等身材，濃眉、方臉，留著口髭。杜重遠身穿西裝、大衣，從後面的小臥車裏走出，趕上前向茅盾、張仲實介紹：「這位就是盛督辦！」

盛世才露出滿嘴黃牙，大聲嚷道：「沈先生！張先生！你們一路辛苦了！兄弟歡迎來遲，請二位多多包涵！」

茅盾一行隨著盛世才的轎車駛進了迪化。

三五　身陷虎口

茅盾原來是想來新疆作一番事業的。但是不久他就發現，盛世才在新疆實行的是特務統治，所謂「六大政策」——「反帝、親蘇、和平、清廉、建設、民平（民族平等）」，只不過是他標榜自己進步的外衣。

杜重遠請茅盾擔任了新疆學院的教育系主任。茅盾心想：這一來，我將不得不改行做我並不熟悉的工作，而我的本行——文學工作將成爲副業了。

有一天，毛澤民來訪問茅盾。兩人暢敍了闊別十年來的人事變遷。毛澤民告訴了他許多新疆的情況，並對他說：「……盛世才這個人很難捉摸，他多疑，忌賢，有邊疆『土皇帝』的特性。他對我們延安來的人很客氣，奉爲上賓，但從不交心。他周圍有一夥親信，是他的耳目，你今後與這些人打交道，要小心。」

茅盾點了點頭，表示知道。毛澤民又說：「我們在這裡，與蘇聯領事館很少往來，今後你我之間往來也不會多。因爲我這個財政廳長與你沒有什麼工作上的聯繫，而盛世才他們又不知道我和你是老朋友。這些都是爲了避嫌。不過孟一鳴今後可以與你和仲實聯繫，他是教育廳長，算是你們的頂頭上司。」

孟一鳴，原名徐夢秋，是茅盾的弟弟沈澤民在莫斯科時的同學，也是從延安派來的共產黨員。茅盾想起那天盛世才在宴會上對他說：「這次請你和張

先生到新疆來，除了教書，還有更重要事情需要你們幫助。……這件事等以後再給你們說。」於是在見孟一鳴時就問：「一鳴，你知不知道盛世才有什麼打算？」

「他這人在人事任免問題上向來獨斷專行，不徵求我們意見。」

一個星期後，盛世才找茅盾和張仲實談話，才揭開了「謎」底。原來他是讓茅盾擔任新疆文化協會委員長，張仲實擔任副委員長。他說：「我這個新疆呀，十四個民族都有本民族的文化促進會，這些會是由教育廳兼管的，但又管不過來。我早就想成立一個全新疆的文化協會來統管這些促進會，只是一直沒有合適的人選。現在你們二位蒞臨新疆，又是全國文化界的權威，正是領導全疆文化建設最理想的人選。」

茅盾和張仲實都說他過譽了。盛世才卻說：「你們不必推辭！你們初來，情況不熟悉，這不要緊，我已經為你們物色了一個助手，就是漢族文化促進會的李佩珂，他人頭熟，過去與各民族文化促進會的聯繫就是由他負責的。我打算讓他掛個副委員長的名，兼任秘書長。」

茅盾心想既然來了新疆，就應該為新疆的文化發展多做點事，不僅僅在新疆學院教幾十個學生。然而，當他問盛世才對文化協會的工作有什麼指示時，盛世才卻說：「你們先立個章程，訂個一年計劃，我想最好能儘快編出一套小學教科書來，當然要符合六大政策啦！」茅盾不禁在心裏叫起苦來，但他揣摸不透盛世才為何「殺雞用牛刀」。他只好耐著性子，一邊當教師，一邊做小編輯。從此，在學院裏，他是「沈系主任」，在官場上，則是「沈委員長」。

4月12日，盛世才上台六週年的慶祝大會在迪化北門外的軍校操場舉行。按照規定，茅盾作為軍政首長之一，也要騎馬跟著盛世才閱兵。茅盾對負責與他聯繫的副官長盧毓麟說：「我從來沒有騎過馬，就免了參加檢閱罷。張仲實會騎馬，讓他代表我怎樣？」盧毓麟去請示盛世才後回答：「督辦的意思，還是請沈委員長參加，一則今天的大會很隆重，二則群眾都知道有兩位『口裏』來的貴賓要參加，您還是和群眾見見面好。不會騎馬不要緊，我們給您挑一匹最老實的馬，再派一個人牽著，您只要在馬上坐穩了，馬就會跟著檢閱的隊伍慢慢走的。」張仲實也在一旁鼓動他說：「你就試一試嘛。騎馬並不難，尤其是騎老實的馬，跟騎驢差不多。」

茅盾苦笑道：「我連騎也沒有騎過呀！雖說我的家鄉耕田用水牛，而我卻

連水牛也沒有爬上去過⋯⋯。騎馬，不行，不行！」

這時，盧毓麟已牽來一匹矮小的馬，他先騎上走了一圈，跳下馬來，安慰茅盾說：「這馬老實得出奇，你用鞭子抽它也不肯跑的。你完全不用擔心！」

茅盾還是連說不行，不行。然而盧毓麟、張仲實卻不由分說，把他扶上了矮馬，試著走了一圈。

「對，對！就這樣騎。」張仲實說。

「很好，很好！」盧毓麟也說。

參加檢閱的日子到了，茅盾穿一身海軍呢灰黃色西服，頭戴呢帽，戴一幅銀絲眼鏡，有生以來第一次騎馬「上陣」。他坐在馬上，由人牽著，跟在檢閱隊伍的後面，繞場走著。但是他太緊張了，那排列整齊的步、騎、炮兵，那盛大的場面，都沒有看清。事後，他對妻子說：「我見到的只是馬的兩隻耳朵，不過我今天第一次吃了抓飯，那是一盤金黃色、浸透了羊油的大米飯，上面嵌滿了羊肉塊和胡蘿蔔丁，味道的確不錯。」

第一次騎馬之後，在盧毓麟的勸說下，茅盾又學著騎了幾次，終於能駕馭「老爺馬」。他的兒子阿桑也在這時學會了騎馬。

當時，迪化有兩個家喻戶曉的「花花太歲」：盛世才的五弟盛世驥，盛世才的老婆邱毓芳的弟弟邱毓熊。他倆一人跨著一頭當地人稱為「電驢子」的摩托車，到處耀武揚威。

有一天，邱毓芳來到茅盾家，動員茅盾的女兒亞男去女中教書，茅盾婉言謝絕了。隔了兩天，她的弟弟邱毓熊突然來拜訪茅盾，說要拜茅盾為師，在茅盾門下學寫小說。茅盾對他說：「寫小說是不用拜師的，何況你一身戎裝，何苦棄武學文呢？」邱毓熊改口道：「那麼，請沈先生給我講講文學知識和歷史，我不願去新疆學院聽課，你給我單獨輔導吧。」

茅盾被他磨得沒有辦法，只得答應每週給他講一次。他想，年輕人願意學總是好事，自己只好犧牲點晚上的時間。邱毓熊說他有「電驢子」來去方便，上課地點就定在茅盾家中，茅盾未細想，便同意了。豈料第二天，盛世驥也來找他，硬要和邱毓熊一樣，做他的學生。茅盾答應了那一個不答應這一個勢必不行，只能硬著頭皮同意，要他們兩人一起來上課。

第一次上課，這倆個人就不像學生，坐在茅盾面前海闊天空閒聊，對茅盾家的情形問長問短，而且再三提出要見他的兩個孩子。茅盾無可奈何，只得把兩個孩子叫出來和他們見面。兩個「花花太歲」的眼光，直往茅盾的女

兒亞男的臉上、身上逡巡，茅盾揮揮手，讓孩子們回進內室。

待這兩個「學生」一走，茅盾的妻子急忙對他說：「恐怕他們來上課是另有目的，你看剛才亞男出來時他們的眼神！」茅盾也感到了事情的嚴重性，當即對兩個孩子叮囑道：「今後凡是邱、盛來上課，你們就躲在屋裏不要露面。」第二次上課時，邱毓熊、盛世驤又問起茅盾的女兒亞男，還表示關心她的學習。茅盾的妻子推說女兒早已睡了。

張仲實見到茅盾，關心地說：「盛世驤、邱毓熊是迪化有名的紈袴子弟，外面傳說，他們找到你家裏去上課，是另有企圖的，你可要警惕！」

「我已經察覺了，現在正用『堅壁清野』的辦法對付他們。」

那兩個胸無點墨的草包，到茅盾家裏連連碰壁，見無隙可乘，也就找個藉口不再去了。茅盾夫婦才鬆了一口氣。

5月下旬，新疆學院學生演出了報告劇《新新疆進行曲》。5月26日，茅盾撰寫的《爲〈新新疆進行曲〉的公演告親愛的觀眾》在《新疆日報》上刊出。孟一鳴讀了報紙，來看望茅盾。對他說：「你要注意，已經有人在背後講你的閑話了。」茅盾很吃驚。

「你是新官上任，熱情高，到處去講演，又寫文章，又編劇本，可你哪知道有的人心裏卻很不舒服。」

「我所做的都屬文化啓蒙性質的工作，又沒有涉及新疆的政策，究竟觸犯了他們什麼？」

「因爲你做的工作反襯出了他們的無能。看來盛世才對你還是器重的，所以要你擔任《反帝戰線》的主編，不過你卻拒絕了，他心裏會痛快嗎？在這種情形下，有人背後向你放冷箭是不足爲奇的，但你要小心。」孟一鳴向他解釋。

「哼！想不到我沈某千里迢迢來新疆，卻要同這種小人鬥法，實在犯不著。我以後就一不講演，二不寫文章。」茅盾冷笑著忿忿地說。

「文章還是要寫的，你是個大作家，一點不寫怎麼說得過去？那不是也要引起盛世才的猜疑嗎？」

茅盾想想確是如此，剛才自己說的也是氣話，就說：「放心，我知道應該怎樣對付他們。」

從此以後，茅盾就謝絕了去外單位演講的邀請，也不再寫與他本職工作無關的文章。他想起在來新疆之前，曾和妻子商量，新疆離蘇聯很近，也許

盛世才能給他們機會去蘇聯觀光，那時就可以把他們的兩個孩子留在蘇聯學習。此時他才知道自己太一廂情願了。現在他認定必須設法早點離開新疆，做到客客氣氣地來，又客客氣氣地走。於是茅盾開始製造自己身體不好的輿論。他在寄往內地的每封信中，訴說自己來新疆後「水土不服」，「神經衰弱症又復發」，「工作也不適宜」，「孩子不能上學」。他悄悄地對妻子說：「我寫這些信，是為了讓盛世才看到。我早已發現，他對我們寄往內地的信，都派人檢查過。」以後，他又在信中告訴友人，他在三十年代初患過的眼病「捲土重來」，看書寫字都困難。這些「病」，也得到了駐迪化的蘇聯醫生的「證實」，他就到處宣傳。

10 月上旬，杜重遠被盛世才軟禁，茅盾吃了一驚。下旬，杜重遠的內弟侯立達、孫秘書先後被捕，他又大吃一驚。但他這時還不知道，那位孫秘書在毒刑拆磨下，竟「供」出了一個「與汪精衛勾結」的「杜重遠陰謀暴動集團」，而茅盾、張仲實是其中的兩名骨幹！

10 月 19 日，魯迅逝世三週年，新疆學院召開紀念會，茅盾在會上講了話，又在《新疆日報》上發表了《在抗戰中紀念魯迅先生》。茅盾寫這篇文章是有感於當時的抗戰營壘中出現了反共、獨裁、倒退的逆流，這也反映了他當時的心境，他不是也正在「裝死」和「騙人」嗎？茅盾是想用魯迅這面大鏡子照照隱藏在抗戰營壘中的那些妖孽。然而，當他讀報上自己的這篇文章時，卻不禁手心捏出一把汗：要是盛世才看出我像魯迅在「裝死」和「騙人」，那怎麼得了啊？然而，盛世才雖多疑、狡詐，卻不是「智多星」，也不懂文學。次年 1 月，茅盾辭去新疆學院教育系主任的職務以後，盛世才又讓他擔任了中蘇友好協會迪化分會的會長。

11 月，盛世才又逮捕了一大批少數民族幹部，其中有不少是與茅盾有過聯繫的各族文化促進會的會長。他和張仲實都感到形勢日益惡化，便找孟一鳴商量如何離開新疆。孟一鳴說：「你們二人名聲大，平時言行又謹慎，盛世才還不至於對你們下手。你們要等待時機，不要貿然提出辭職。」

年底，蘇聯塔斯社的羅果夫自重慶經迪化回國休假。茅盾和他在上海時就認識，便向他提出，能否讓他和妻子去蘇聯遊歷，孩子到蘇聯上學？羅果夫和蘇聯總領事商量後說，未經盛世才同意，總領事不能擅自邀請中國人去蘇聯作客。他說：「茅盾先生，你假如不在新疆，我就有辦法，我可以用塔斯社或者 VOKS（蘇聯對外友協）的名義請你去我國。」茅盾感謝了羅果夫的好

意，打消了通過去蘇聯而離開新疆的念頭。但是他離開新疆的念頭卻越來越強烈，一時又想不出好的辦法。

回到家，他除了寫文章，就看兩個孩子玩小狗——列那和吉地。

這是茅盾第一次長時間地觀察動物，而且表現出了濃厚的興趣。後來在桂林，他以這兩個小狗為題材，創作了短篇小說《列那和吉地》。

可是離開了小狗，人世間的苦惱又襲上了茅盾的心頭：身在虎口危險多，何時才能飛出樊籠呢？

三六　逃出魔爪

從 6 月份起製造「患病」輿論以來，茅盾時時刻刻在尋找逃出新疆的機會。但他知道凡事「欲速則不達」，因此在外間絲毫不露聲色，繼續「生病」。

1940 年春節後的一天，屋外下著大雪，茅盾和女兒沈霞在屋內談詩說文。他問女兒：「用什麼比喻下雪最好？」亞男隨口吟出：「未若柳絮因風起。」茅盾說：「你這是拾人牙慧。你看那窗外的大雪，哪裏像柳絮呢？」亞男往窗外看了片刻說：「是不像。」茅盾又問女兒：「《世說新語》中那一則《言語》，你還能背得出嗎？」

女兒搖搖頭。他便背誦起來：「謝太傅雪日內集兒女講文義，俄而雪驟，公欣然曰：『白雪紛紛何所似？』兄子胡兒曰：『撒鹽空中差可擬。』兄女曰：『未若柳絮因風起。』……」

「爸爸，你記性真好！」女兒讚歎道。坐在一旁補衣服的母親說：「你爸連《紅樓夢》都背得下來呢！」女兒問爸爸是背給誰聽的。茅盾不肯回答。女兒便纏住母親問。孔德沚只好停下針線，對女兒說：「那是在上海的時候，有一天你爸爸有事去開明書店。章錫琛、鄭振鐸還有幾個老朋友聚在一起談話。章錫琛說你爸爸能背出一百二十回《紅樓夢》來，振鐸不相信，說靈不靈當場試驗。你爸爸推脫不掉，只好請他們指定一回，滔滔不絕地背了出來。朋友們才服了。德鴻，我沒有給你誇大吧？」

茅盾說：「是這麼回事。」接著又和女兒議論下雪：「從古以來的人，和你一樣，都以謝道韞的比喻為佳勝。自然，柳絮因風起，多麼清靈俊逸；但這是江南的雪景呵！如果說北方，我看她哥哥謝胡用『撒鹽』來比擬，實在也沒有錯。當然北方也有下大朵雪花的時候，那也是『柳絮』了，不過，總是『撒鹽』時居多。你說，是不是這樣？」

亞男再次望瞭望窗外「撒鹽」似的大雪，問：「爸爸，如果要你寫這大雪，您也把它比喻成『撒鹽』嗎？」

「那怎麼行呢！寫作要有自己的發現、創造才行。」茅盾說著，走到書桌前，撿出一張箋紙遞給女兒：「這是爸爸寫的一首絕句，你看好不好？」亞男接過來，念道：「紛飛玉屑到簾櫳，大地銀鋪一望中，初試爬梨呼女伴：阿爹新買玉花驄。」

這時，忽然張仲實來了。他說：「雁冰兄，情況越來越不妙了。我昨天去拜訪了孟一鳴。他說盛世才已在懷疑我了。」

「有根據嗎？」茅盾問。

「他說盛世才多次問起我，問我回國多久了，是不是共產黨員。他只好回答不清楚。我想去找盛世才當面說說清楚，老孟不贊成，他說盛世才既然已經懷疑，我去解釋也沒有用，相反只能增加他的懷疑。」茅盾認為孟一鳴說得有道理，又問他：「老孟說到盛世才懷疑我了嗎？」張仲實說：「孟一鳴認為盛世才對你似乎還沒有懷疑，你的歷史盛世才好像知道得很清楚。不過，是不是也有人在盛世才耳邊說你什麼，他還不清楚。據他估計，大概短期內還不會對我們採取行動。」

茅盾勸他不必過於緊張，然而他也感到，長此下去危險會一日甚於一日，必須設法早日離開新疆。

兩人還談到，杜重遠最近再次要求回內地治病，又遭到盛世才藉口沒有交通工具而拒絕。他們都為這個老朋友岌岌可危的處境擔憂。午飯過後，他們兩人正在聊天，突然督辦公署來人通知張仲實，說盛督辦叫他立即前去公署。張仲實敏感地低聲對茅盾說：「恐怕要出事了！」茅盾的妻子急得要哭了：「這下怎麼辦呀？張先生——」

事到如此，他們有什麼辦法可想呢？茅盾握著張仲實的手說：「多多保重！」張仲實穿上皮大衣，戴上帽子，迎著「撒鹽」似的大雪向盛世才的督辦公署去了。

茅盾夫婦像熱鍋上的螞蟻，不時看看電話，希望張仲實來個電話報平安；但又怕電話驟然響起傳來兇信。到晚上七點鐘，孔德沚才擺晚飯。他們剛拿起筷子，張仲實竟來了。茅盾夫婦喜出望外，忙問究竟。

張仲實餘悸未消地說：「唉呀呀，我這幾個鐘頭就像是闖過了鬼門關。」茅盾妻子特地為他開了一瓶名酒，斟上一杯說：「張先生，你先壓壓驚。」張

仲實告訴他們：「我到了督辦公署，並未見到盛世才，也未被引到他通常會見我們的西客廳，卻被盛的副官帶到了一間廂房，說督辦請我等一等。誰知我這一等就等了兩個多小時！你們可以想見，這兩個多小時我是怎麼熬過來的。盛世才終於來了，手中拿著一份材料，說要我修改一下，並對讓我久等表示歉意。說完他就走了。那是一份極普通的材料，我用十幾分鐘就看了一遍，改了幾個字，請副官送交盛世才。一會兒副官回來對我說，請張先生回去罷。你們看，就是這麼一回事。」

茅盾說：「事情不會這麼簡單吧？」

張仲實分析說：「盛世才要我修改材料，完全是藉口，因為沒有必要為這樣一份材料讓我等兩個小時，他可以派人把材料送到我家。猜想起來，他本來想把我抓起來，所以把我帶到了廂房。後來又猶豫了，反覆權衡了兩個小時，才藉口讓我修改材料，把我放了。雁冰，你說是不是這樣？」

茅盾點頭說：「你這分析合乎情理，但是盛世才為什麼要抓你呢？倒使人難以捉摸。」

張仲實說：「我早年在蘇聯留學，參加了共產黨，回國後因故脫黨，這些不能成為抓我的理由，除非因為我與杜重遠的關係比較密切。」

茅盾想到他去年來新疆，是杜重遠建議盛世才發出邀請的，自己與杜重遠的關係同樣密切。不知哪一天盛世才心血來潮也把我「請」了去，那就不知道能不能像張仲實這次平安脫險了。

第二天，兩人按昨晚的約定，一起去找孟一鳴，茅盾問孟一鳴：「黨組織有什麼辦法能幫助我們脫離險境嗎？」孟一鳴說，他與陳潭秋、毛澤民兩同志商量過，都認為當前是張仲實面臨著危險。

「那我怎麼辦？」張仲實著急地問，孟一鳴為張仲實出主意：「萬一盛世才下一次真的把你抓起來了，你就說你是共產黨員。那時候，我們就可以出面向盛世才證明你的確是共產黨員，只不過是經過延安派來的。這樣，我們就可以把你要出來，送到延安去。」「好的，就這樣！」張仲實膽子壯了許多。

「我呢？」茅盾忙問。孟一鳴分析說：「估計盛世才顧慮到你在國內外的影響，還不會對你下手。萬一發生了什麼，我們再另想辦法。當然，你也要時刻警惕。」

2月底，薩空了來向茅盾辭行，說是要送妻子去重慶動手術，並說：「盛世才告訴我，如果國民大會召開，就讓我作為新疆代表。還說，另外兩位代

表是你和張仲實。」茅盾和張仲實分析，盛世才的這個姿態對他們也許是個好兆頭。

幾天以後，張仲實收到他的伯母去世的電報。經過與孟一鳴商量，他給盛世才寫一封辭意懇切的信，說他從小由伯母撫養長大，現在伯母去世，想請假回去安葬。信送出去之後，他們估計盛世才不大會同意。然而，他居然准了假，並說一有便機即可以走。張仲實是多麼高興呵！他天天等飛機。雖然經常見到飛機從空中飛過，但督辦公署經常給他的答覆總是「沒有飛機」。一個多月過去了，他也沒有走成。

「四·一二」新疆革命七週年活動那天，茅盾又被請去騎馬閱兵。這回他已能自己坐在馬上，不要人牽著走了。然而，他卻無心觀賞閱兵的場面。他眼望著盛世才，心裏想的是，何時才能擺脫這個「土皇帝」的魔爪呢？4 月 20 日上午，茅盾突然收到他二叔發自上海的一封加急電報：「大嫂已於十七日在烏鎮病故，喪事已畢。」

茅盾心痛如絞，孔德沚捧著電報放聲痛哭。她想起婆婆把她當親生女兒一般疼愛，哭著責怪丈夫不該到這能進不能出的地方來，弄得無法回去奔喪。茅盾的眼淚也潸潸而下。他想到父親去世後的三十年來，母親幾乎一直過著孤單的生活，她以最深沉的愛培育兩個兒子成長，又支持他們遠走高飛，投身革命，卻從不企求補償。她勞碌一生，而在彌留之際卻見不到一個親人。忽然，他心中一亮：「我何不學張仲實的辦法，也來個請假奔喪？盛世才一向以孝道教人，既然允許仲實奔喪，大概也不會拒絕我吧。不管盛世才是真心還是假意，無論如何這是我請假回內地的一個理由，一個機會，一個藉口，值得一試。」

掛通了電話，茅盾說他接到上海電報，母親病故，雖說喪事已畢，但還有些後事需要請假回去料理。盛世才沉默片刻，就同意了。茅盾接著說：「督辦，我母親的喪事已辦完，但我還想在這裡開喪遙祭一下。您看是否可以？」

盛世才大聲說：「沈先生孝心可嘉，完全應該，應該。」「那麼回頭我擬個訃文，請督辦過目，如果可以的話，請交《新疆日報》刊登。「好的。」茅盾當即擬寫了一個訃告，內稱：「母親病故，經請示盛督辦，將於 4 月╳日在本市開喪遙祭，並已獲准請假回鄉料理後事。」

22 日一早，茅盾一家穿了素白的孝服，來到設在漢族文化促進總會的靈堂內，佇立在茅盾母親陳愛珠遺像的一側。盛世才的代表盧毓麟第一個來祭

奠，依次弔唁的是各廳廳長和各機關首長。下午，茅盾前往督辦公署向盛世才謝孝，又去向各廳長謝孝。

張仲實來看望茅盾，說盛世才已答應他和茅盾一道回內地。

24 日，茅盾和張仲實來到督辦公署，參加盛世才爲他們舉辦的餞行宴會。在宴會上，盛世才冠冕堂皇地說：「沈先生、張先生爲慈母、伯母奔喪，請假回內地，你們孝道可嘉，我盛某豈有不准假之理？我衷心感謝你們一年來在新疆幫忙作了許多工作，希望沈、張二位先生在事後再來新疆。」茅盾和張仲實也相繼講話，表示感謝盛世才的款待，並說：「辦完事一定再回來。」

過了兩天，茅盾借著向盛世才請示如何交代文化協會工作的機會，順便問他哪一天能走。盛世才卻回答：「現在沒有飛機，什麼時候有，我會通知你們的。」張仲實聽了茅盾轉述的這番話，著急地說：「糟了！當初他也是這樣答覆我的。他可以藉口沒有飛機，一直拖延下去。」「那不行。我們必須趁熱打鐵，不能讓他拖。」茅盾果敢地說。

兩人又去找孟一鳴求援。孟一鳴說：「盛世才對我說過，你們這一走是不會回來了。不過，你們這次聲勢造得不錯，這是有利條件。如果你們提出乘汽車，盛世才是無法拒絕的。只是路上很不安全，萬一有人扮成土匪半路上截去，就毫無辦法。至於坐飛機，你們不妨私下找蘇聯總領事，也許他有辦法。」「我們私下找總領事，會不會引起盛世才的懷疑？」張仲實有點擔心。

茅盾說：「不會的。我們是中蘇文化協會正副會長，現在要回內地，完全有理由去拜會總領事。」

在蘇聯領事館，總領事告訴他們，這幾天正好有一架交通飛機要從莫斯科來迪化，過了「五一」節就飛往重慶。盛世才駐重慶的代表張元夫就是搭這架飛機回重慶。茅盾心想，盛世才對他倆保密，看來還是不想讓他們走。於是他請蘇聯總領事想辦法讓他們搭這架飛機走。

「我當然願意幫忙，不過總要得到盛督辦的同意才行。」總領事說完，想了一會兒，就如此這般說了一個辦法。

「五一」節，盛世才宴請蘇聯總領事，請茅盾和張仲實也赴宴。在宴會上，他們瞅準盛世才正與蘇聯總領事交談，便走過去敬酒，趁機問道：「督辦，聽說有一架飛重慶的蘇聯飛機，不知我們能不能搭這架飛機走？」「哦，哦，只是這架飛機是蘇聯的，請你們問問總領事。」茅盾立即問蘇聯總領事：「總領事，盛督辦已經同意我們回內地，我們可以搭貴國的飛機走嗎？」

總領事爽快地答道：「盛督辦同意了，當然可以，可以。」盛世才不好再阻攔，舉杯對茅盾、張仲實說：「我祝你們二位一路平安！」

事後他倆見到蘇聯總領事，三人哈哈大笑，原來這是總領事出的妙計，他們如法炮製，果然成功。

5月4日晚上，茅盾和妻子送走了最後幾個前來送行的朋友，準備早點休息。因明天上午就要乘飛機離開新疆。突然，電話鈴急驟地響起，一聽，是盛世才打來的，不禁一驚：難道又要出事？盛世才寒暄了幾句，忽然問：「你的兒子不是在新疆學院讀書嗎？他是不是去內地呀？」茅盾心想，莫非他要拿我兒子作人質？頓時緊張得額頭滲出冷汗，鎮靜了一下馬上回答：「督辦弄錯了，我的兒子去年十二月就退學了，他有病，支持不了緊張的學習，我正打算這次把他帶到內地去好好治一治病哩。」盛世才沉默了片刻，終於說：「那就去治病罷，明天我爲你們送行。」

第二天，盛世才在架著機關槍的兩卡車警衛護衛下，來到了迪化機場。

茅盾面帶笑容與這位新疆土皇帝交談著，心卻忐忑不安，怦怦跳動。只要飛機未起飛，盛世才一聲令下，他們一家和張仲實便會立刻成爲階下囚。

9時，飛機轟鳴著離開跑道，昂首衝向藍天。茅盾眺望著舷窗外起伏的天山山巒，全身頓時漾溢著一種難以言說的輕鬆感：啊，我們總算逃出了迪化！逃出了牢籠！

12時，飛機在哈密降落。張元夫對茅盾說，要在哈密過夜。哈密行政長劉西屏在外賓待所設宴歡迎茅盾一行。由於他們在迪化已從孟一鳴處獲知劉西屏是從延安來的共產黨員，因此這次的宴會氣氛比一年前更融洽，茅盾也破例喝了幾杯香檳酒。然而這一夜，茅盾夫婦卻久久不能入睡。他對妻子說：「我總覺得飛機在哈密停留有點蹊蹺，不是說好飛機從迪化直飛蘭州的嗎？」「是呀，這事眞奇怪……」妻子說。「我眞擔心，怕再出事。盛世才這人是什麼手段都會使出來的！」

果然如此。午夜12點，盛世才給劉西屏打來電話，命令他把茅盾和張仲實扣留起來。過了半小時，盛世才又電令劉西屏先不要行動，他要再考慮考慮。深夜三點，盛世才第三次打電話給劉西屏：「算了，讓他們走吧！」

劉西屏怕盛世才反悔，天濛濛亮就去催促茅盾等人趕快起程。他想，在飛機當著蘇聯人的面，盛世才就不便再扣留他們。驅車來到機場，他們又等了一個多小時，劉西屏耐心地陪伴著，直到茅盾、張仲實再次登上飛機，雙

方揮手告別。

飛機載著茅盾一家和張仲實向東方飛去。當玫瑰色的朝霞染紅了天際，茅盾鳥瞰大地，飛機正飛越猩猩峽。他長長地吁了一口氣，臉上現出了疲倦而勝利的微笑，終於逃出魔爪了！

三七　到延安去

蘇聯的那架交通飛機降落在蘭州機場。茅盾等人仍住進蘭州招待所，準備第二天清晨繼續乘飛機飛往重慶。他已給重慶的友人拍了幾封電報。

晚飯後，茅盾和張仲實正想早點休息，張元夫忽然來通知他們：因為傅作義將軍有急事要搭飛機，請他們遲走幾天，搭下一班飛機去重慶。

茅盾問張元夫：「傅將軍怎麼會知道我們這架飛機去重慶？」

張元夫吞吞吐吐地說：「這個，這個，他們自然消息靈通。」

聽到這位盛世才的代表如此說，茅盾心中冷笑道：哼，才飛出新疆，我們的「身價」在你的眼裏就變了。於是說：「張仲實先生是單身一人，飛機上不會只缺他一個位子，我們一家可以留下。」

「不，不，我還是和沈先生一起行動。」張仲實連忙推讓。

看到張元夫還想嚕蘇什麼，茅盾冷冷地說：「張先生不必解釋了，我們是普通老百姓，又無公幹在身，早走遲走無所謂。只是要麻煩你派人把飛機上我們的東西送到這裡來。」

「好，好，這事我來辦，您放心！」張元夫一迭聲地說著走了。

茅盾的妻子嗔怪張仲實不該謙讓：「張先生太老實了，你這一讓讓掉了一張飛機票，要飛重慶，只好自己掏腰包了。」

張仲實卻坦然地說：「我原來就不想去重慶，現在你們都留在蘭州，我一個人更不想去了。」

「您想去延安？」茅盾問。

「對，延安。在迪化我問過孟一鳴，他說到了西安找八路軍辦事處就行。」張仲實又勸他倆，「你們也去延安看看吧！」

夜晚，茅盾和妻子商量此事，他說：「如果交通方便，我們就和仲實同去延安，兩個孩子可以進延安的抗日大學、陝北公學學習。」

「也好。聽說聞天、琴秋都在那邊，我真想見見他們！」妻子說。

由於買不到飛機票，茅盾去找西北公路局的沈局長幫忙。過了一天，沈局長告訴茅盾，正好青海有一位活佛要去重慶，也因為買不到飛機票，甘肅省政府指令西北公路局為他開一輛專車，經西安去重慶。他已跟那位活佛說好，讓他們搭他的專車去西安。

1940 年 5 月 14 日，茅盾一家和張仲實登上了開往西安的專車。那位活佛是喜饒嘉錯，他帶著一個秘書、兩個隨從，坐在車前面，茅盾等五人坐在中間。

因為風雪，他們在華家嶺滯留了三天。第四天翻越了六盤山，汽車在無邊無際的黃土高原上奔馳。

專車的司機對茅盾說，塬上水貴如油，除了天上落下來的，就得從百丈深的井裏打上來，人們難得洗上一次臉。停車休息時，茅盾和張仲實走進白楊樹下的幾戶人家參觀。眼前的情景使他想起曾經聽到的傳說：西北有些地方大姑娘窮得沒有褲子穿。剎時他感慨萬分：這黃土高原是肥沃的，然而在它上面生息的人民卻過著極端貧困的生活！

5 月 19 日下午，他們經咸陽抵古城西安。由於敵機炸壞了發電廠，沒有電燈，照明的只是蠟燭。

當晚 7 點，又一次響起敵機空襲的警報。茅盾夫婦和兩個孩子在乘車到郊外躲警報時失散了。孔德沚急得哭了。茅盾安慰妻子：「你別急，我想，不會出事的吧。」來到郊外，在一塊麥地裏，他們碰巧見到亞男、阿桑坐在那裡，心上的大石頭才落下地。

第二天下午，茅盾和張仲實找到七賢莊八路軍辦事處。兩人走進客廳，意外地見到了中共中央副主席周恩來和第八集團軍總司令朱德。

茅盾是第一次見到久聞大名的朱德總司令，感到他是一位話語不多的敦厚長者。周恩來詳細詢問了他們離開新疆的經過，並問他們今後有何打算。

茅盾和張仲實都說想去延安。

「好啊，」周恩來說，「你們無論是去參觀還是去工作，我們都歡迎。正巧總司令過幾天要回延安，你們可以同他一道走，這樣路上的安全了有了保證。噢，你們也許還不知道，近年來，國民黨特務機關在去延安的沿途設下重重關卡，隨便抓人。我們對於自願去延安的青年，採取集中後分批護送的辦法。去的青年都換上軍裝，充作八路軍的人員。但即使這樣，仍發生過多起國民黨特務機關截留卡車的事件。不過，你們這次搭總司令的車隊去延安，

國民黨的特務機關是不敢留難的。」

茅盾請周副主席和朱總司令給他們簡略地講了抗戰的形勢。從中瞭解到一年來敵我形勢的變化，敵軍的進攻和「掃蕩」，根據地的擴大和勝利，以及國民黨愈演愈烈的反共內戰政策。朱德還告訴他們：前不久軍隊在山西大舉進犯我八路軍，被我軍一舉殲滅了朱懷冰的三個師。

「總司令原來要去重慶就是為了這件事。現在總司令不去了，我代他去重慶，跟國民黨談判。」周恩來說，「至於你們去延安的準備工作，請我們辦事處的主任跟你們談吧。」

辦事處主任告訴他們，總司令是 24 日走，他們得在 22 日下午雇幾輛人力車，直接拉到大門口，他派人在門口接。

5 月 24 日出發前，茅盾的女兒、兒子換上了軍裝，並且各起了一個假名。他和妻子仍舊穿便服，因為他們是知名人士、可以冠冕堂皇地前去延安參觀，如果也換穿軍裝，冒充朱司令的隨從，也不像。

臨上車時，負責照顧茅盾幾人的陳緒宗對他們說，到延安要走三天，第一天在國民黨統治區過夜，那裡布滿了國民黨特務，行動稍一不慎，就有被綁架的危險。他特別警告阿桑：「路上休息，你下車後不要亂走，不要看熱鬧。年前有個延安的青年，走到街上，一個國民黨特務故意撞他一下，反而誣告他打人，就被預先等在旁邊的憲兵抓走了，再也沒有回來。交涉抗議都沒有用，而汽車又不能因他一人滯留下來。」

這天傍晚，車抵銅川。朱總司令下榻在一家旅館，他們在另一家旅店住宿。子夜時分，突然響起一陣嘈雜的人聲。茅盾連忙起身。陳緒宗不讓他出去，自己走到門外。一會兒，響起陳緒宗和那些人的大聲爭吵聲。原來他們是國民黨的憲兵，聲稱奉命搜查一名可疑分子。陳緒宗不准他們進屋，把他們攔在門外。負責護送車隊的副官聞訊趕來，他亮出朱總司令的通行證，堅決拒絕憲兵的無理要求。在雙方各不相讓之際，來了一個國民黨的軍官，對副官說誤會了，請副官到他們的司令部去談談。那群憲兵就尾隨著溜走了。

翌日一早，車隊又上路了。下午 1 時，來到橋山腳下。山坡上一片蒼翠蓊鬱的古柏，簇擁著「軒轅黃帝陵」。車隊停下來，茅盾一家、張仲實等人在朱總司令率領下拾級而上，登山拜謁帝陵。黃帝陵管理處的負責人前來擔任嚮導。

茅盾看到陵墓古樸雄偉而又帶點淒涼，迎面是一個巨大的土冢，冢前有

一座漢武帝時建築的祈仙臺，臺前立一塊大石碑，陵墓兩旁的許多石碑上刻著祭文。

他們在陵前留影後，朱總司令要茅盾給大家講講黃帝的故事。他推辭不掉，就只好提高聲音簡略地講了講：黃帝是傳說中的人物，姓姬，號軒轅氏，相傳是中原各族的共同祖先，用現代的話說，大概是中國氏族社會最早的各部落公認的首領。黃帝既有武功又擅文治，他先打敗了炎帝，後又擊殺蚩尤於涿鹿之野。在他統治下有許多發明創造：他手下的史官倉頡，創造了文字。他的妻子嫘祖發明了養蠶和繅絲。他又與一個叫歧伯的醫生編了中國第一部醫書《內經》……。當然，這些都傳說，或者是神話但這些神話，傳說在人們口頭傳頌了五千多年，正證明了黃帝在中國人心目中的特殊地位，他代表了我國悠久的歷史和文化，他是中華民族的象徵！

茅盾講完後，朱總司令帶頭鼓掌，幽默地說：「剛才沈先生講了歷史上的黃帝，現在我再講一講當代的黃帝——我們這些黃帝的裔胄。中華民族有五千年光輝的歷史，然而近百年來我們這個民族卻遭受了帝國主義的百般欺凌，被稱作『東亞病夫』。現在，這個古老的民族覺醒了！我們這些黃帝的子孫點燃了民族解放的烽火，全國人民正在進行著神聖的抗日戰爭。抗日戰爭就是中華民族復興的戰爭。我們一定要把這場戰爭進行到底，我們也一定能取得戰爭的最後勝利！現在有人想阻撓抗日戰爭的勝利，想妥協投降，這種人是黃帝的不肖子孫！……」

聽著朱總司令的即興演說，茅盾不住地點頭。昨天晚飯後，朱總司令特地來看望他們。在閒談中，他發現這位名震中外的將軍有很高的文學素養，和他們談的話題是杜甫、白居易。臨分別時還提議明天經過黃帝陵時要上去拜謁一番。現在他又發現，朱總司令還有很好的演說才能，他的話雖不多，卻極富煽動力，讓聽的人頭腦清醒，熱血沸騰。

下午 4 時許，三輛大卡車組成的車隊經過最後一道國民黨軍隊的關卡，進入了陝甘寧邊區。汽車停下來讓人們稍事休息。

沈霞、沈霜和其他青年都跳下車去，興奮地跳著、笑著、唱著，盡情地傾泄第一次踏自由土地的歡樂感情。

茅盾看著歡呼跳躍的一雙兒女和青年們，他也感到渾身輕鬆、愉快。

1940 年 5 月 26 日下午 2 時，茅盾乘坐的汽車到達延安南郊七里鋪。由於他們比朱總司令的汽車遲到了二十分鐘，朱總司令和到七里鋪歡迎的人群已

經進城去了。公路旁還停著兩輛小嬌車，站著五六個迎候他們的人。

坐在駕駛室裏的茅盾妻子先下了車，忙著向一個穿灰軍裝、戴眼鏡的高個子奔去，一面興奮地喊著：「聞天！聞天！」

茅盾正從卡車後面爬下來，聽到妻子的喊聲，也急忙向張聞天走去。

張聞天熱情地向他們伸過雙手，笑著說：「一路辛苦了，歡迎！歡迎！」

「七八年不見了，你還是老樣子。」茅盾說。

早在建黨初期，茅盾和張聞天就因工作關係而認識了。茅盾的弟弟沈澤民與張聞天是同學、好友，曾一起赴日本留學。後來加入了共產黨，投身革命。

這時，一位身材瘦小的同志走過來，用上海口音問茅盾：「沈先生，儂還認得我哦？」

茅盾仔細端詳那人，覺得很面熟，卻一時記不起名字，便說：「好像見過面。」

那人哈哈大笑道：「我就是虹口分店的廖陳雲。」

「哦，陳雲！老朋友，老朋友。那年我們一起發動商務印書館大罷工，你多年輕呀！」

「沈先生那年不也一樣是個小夥子嗎！」陳雲說，「後來我被黨派往蘇聯學習，我們就再未見過面。」

「對，對！算起來有十四年了。日子過得眞快，你看，我都成了小老頭了。」茅盾感慨地說。

張聞天、陳雲請茅盾、張仲實和茅盾的妻子、兒女換乘小臥車進城。在南門外，他們受到不少機關、學校代表的歡迎。茅盾的弟媳婦張琴秋也來了。

茅盾他們在親人和同志們的簇擁下向延安城裏走去。這位一向以冷靜穩健著稱的作家，此時被感動得熱淚盈眶了。

三八　清涼山下路

初夏的陝北高原，紅杜鵑、山丹丹開得格外紅豔，信天遊的民歌更加嘹亮、悅耳。

茅盾住進延安南門外中共中央交際處的窯洞裏，第二天早餐是小米粥，又糯又香。

他看到兒子不喜歡吃，就對兩個孩子說：「這在上海是難得吃到的。你們不但要習慣於喝小米粥，還要習慣於吃小米飯，因為我們要在延安長住下去，你們將進抗大或其它學校學習。」

正說時，張琴秋來看望他們了。她是延安女子大學教育長，建議茅盾讓女兒沈霞進「女大」。聽說「女大」是新創辦的學校，專門培養女青年，茅盾覺得這對女兒很合適，而沈霞也願意進「女大」。張琴秋又建議沈霜進「毛澤東青幹校」，但是沈霜連聲說：「不去，不去！什麼『青幹校』，《西行漫記》上有個『陝北公學』，我要進『陝公』！」茅盾見兒子執意進「陝公」，就同意了。

張琴秋才離開，張聞天走進了窯洞。他問：「住窯洞，你們是第一次吧？」

「嗯，平生第一次。真正是別有風味！」茅盾臉上現出舒心的笑容。

他們促膝敘舊，長談八九年來上海文藝界的情形。張聞天問茅盾今後有什麼打算？

「我準備在延安住下去，有機會想到前方看看。」茅盾答。

張聞天表示歡迎。然後，他陪同茅盾去拜望了毛澤東。茅盾回來後對妻子說：「潤芝還是那樣，談笑風生，跟十多年前沒有兩樣。」

6月初的一天，茅盾正在家裏閱讀吳玉章主編的《中國文化》，門外忽然響起一個人的湖南口音：「雁冰在家嗎？」

茅盾應聲把毛澤東迎進窯洞。

毛澤東對他說，直到今天才來問候他和夫人、孩子，實在是太忙，請他們原諒，並拿出一本《新民主主義論》送給茅盾：「剛剛出版。您是大作家、評論家，請您看後多多批評呵！」兩個老朋友無拘無束地從上海、延安的文藝活動，談到中國的古典文學，還交談了對《紅樓夢》的評價。

中午，茅盾留毛澤東吃便飯。在飯桌上，毛澤東問到他今後的創作活動。他說：「在新疆呆了一年，使我深感大大落後於沸騰的生活，非常需要補課。我想多讀點東西，再到前線、後方走走，體驗體驗生活。我今後仍想搞我的創作。」

毛澤東聽了頻頻點頭，說：「你這個想法，很好！我建議你搬到魯藝去住。魯藝，需要一面旗幟，你去當這面旗幟罷。」

在這之前，曾有人勸茅盾搬到全國文藝家抗敵協會延安分會去住，並說丁玲等作家都住在那裡。現在聽了毛澤東的建議，決定搬到魯藝，他對毛澤

東說：「旗幟我不夠資格，搬去住我樂意，因為我是搞文學的。」

茅盾的妻子看到毛澤東一支接一支地吸煙，甚至在飯桌上也不停，而飯卻吃得很少，便勸他戒煙。

毛澤東搖了搖頭，幽默地說：「戒不了囉！前幾年醫生命令我戒煙，我服從了，可是後來又抽上了。看來，在這個問題上，我是個頑固分子。」

送走了毛澤東，茅盾就翻開《新民主主義論》貪婪地看起來，不時用紅筆劃出重要的句子，並讀出聲來。

和毛澤東談話後的第二天，茅盾就把家搬到了橋兒溝的魯迅藝術學院。主持魯藝的周揚領他走進特地為他們準備的兩孔窯洞，並對他說：「這裡一排排的窯洞，都是魯藝的學員們挖的。」

「哦，這兩孔窯洞還是套間呢！」茅盾的妻子驚喜地喊。

茅盾也看到兩孔窯洞一孔有門，另一孔只有窗戶，兩孔間有一通道。洞壁刷了白灰，洞口向陽，窗格上雖糊的是白紙，光線卻很充足。茅盾夫婦商量，裏面一孔作臥室和書房，外面一孔作客廳兼飯廳。

窯洞前是一塊小平臺。周揚說：「您寫作乏累了，可以在這裡散步；天熱了，這裡可以納涼。」

「晾衣裳、曬被子，也是個好地方。」茅盾妻子插話說。

平臺下面是翠綠的菜地，有許多正在泛紅的蕃茄。不遠處傳來潺潺的溪水聲。窯洞離地面僅兩米，十幾步臺階，進出方便。茅盾對這個住處很滿意。

周揚指著附近幾孔窯洞說：「那裡是伙房。我給你們派一個警衛員，叫任先智，幫你們打水、打飯，明天來報到，你們有什麼事，儘管吩咐他就是。」

小警衛員準時來報到了。

「這是我愛人，」茅盾指著妻子說，「以後你就叫她德沚吧。」

茅盾妻子笑著說：「往後就多麻煩你了，你有什麼事要我們幫助的，只管說，別客氣。從新疆出來時，走的太急，好多東西都沒有帶來，看你鞋子破得不像樣了，我還帶了一塊布，就給你做兩雙鞋子穿吧。」

小警衛員推辭說不要。茅盾叫他不用客氣，等妻子做好了就交給他。說完叫來女兒、兒子，介紹說：「這是我的兩個孩子，女兒叫沈霞，兒子叫沈霜。」孔德沚補充說：「你就叫她亞男，叫他阿桑吧！我們都是這樣叫。」

從此，這個小任每天負責茅盾的警衛，給茅盾拿公文包，送信件，牽馬匹，打飯，打水和採購東西。

　　搬到魯藝以後，茅盾應邀去給魯藝文學系的學員講中國市民文學發展史。從新疆出來時，他什麼書都沒有帶。此時要講課，總不能只憑記憶吧？他便去找周揚。周揚給他拿來了一本鄭振鐸的《中國文學史》。這是一本材料十分豐富的著作。茅盾如獲至寶，參考這本書又憑他的博聞強記，他邊寫邊講《中國市民文學概論》。

　　盤腿坐在籃球場上的魯藝學員，神情專注地聽茅盾分析市民文學的三部代表作《水滸》、《西遊記》和《紅樓夢》。

　　在教學之餘，茅盾還到學員住的窯洞串門。他謙遜親切的態度使學員們無拘無束地提出許多問題。他對學員們談屈原、司馬遷、李白、杜甫……，也講荷馬史詩，讚美《伊里亞特》、《奧德賽》中形象的準確性、獨創性。他說：「譬如，荷馬的作品描寫戰士們打仗的勇敢，說是像蒼蠅一樣的勇敢。以蒼蠅的勇敢形容戰士們的前仆後繼，而不是像老虎一樣勇敢，細研究起來是很對的。蒼蠅這東西，你把它趕走了，它又回來，百折不回，這不是勇敢嗎？老虎獅子雖猛，但人們很少看見，蒼蠅的勇敢是一般人天天都看得到的，但一般人卻想不到用蒼蠅來形容勇士的再接再厲。你們讀荷馬的史詩，就會知道他是多麼善於觀察生活，創造出含義深刻而又新穎的字句啊！……」

　　有時，他走出自家的窯洞，繞過另一個山頭，到魯藝教員居住的東山住宅區去和新老朋友談心，觀察人，體驗生活。這裡是文藝家之家，茅盾發現每一個窯洞的布置裝飾各各不同，反映出主人的獨特的個性來。藝術家們憑最簡陋的物質條件將他們的住所（窯洞）布置得或清雅，或明豔，或雄壯，或奇特。每當夕陽在山，紅霞照眼，這遙遙相對的東西兩山（教員住宅區與美術工場區），便有一簇一簇的人兒，在他們門前的廣場上逍遙散步，談天遊戲。藝術家的夫人們，用她們自製的小坐車推著孩子們慢慢地走，或是抱著挽著孩子聚在一堆談天。她們也是一律的灰布制服，但是她們的「小天使們」卻一個個打扮得新奇豔麗。

　　給他留下鮮明而深刻印象的，是夏季晚上的魯藝。後來他追記道：「……月圓之夜，天空無半點雲彩，仰視長空，萬里深藍，明星點點。這時候，『魯藝』大禮堂後邊第一個院子裏，正展開一幅詩意的畫面，兩列峨特式的石頭建築，巍然隔院對峙，這是學生的宿舍。……月明之下，樹影婆娑，三人五人一小堆的青年，席地而坐，有靠著一株樹的，也有在遊廊的石級上的，有人在低語談心，有人在月光下看書。但也有人琮琮地彈著曼陀琳，有人在低

聲的和唱，如微風穿幽篁，悠然而又灑然，但漸漸和唱者多了，從宿舍裏也傳出了歌曲的旋律。於是，突然男中音、女高音一齊迸發，曼陀琳以外又加進了小提琴和簫管，錯落迴旋，而終於大家不謀而合地唱起『風在吼，馬在嘯，黃河在咆哮』來。……這些穿灰制服吃小米飯的青年男女，就是這樣的感情淋漓，大氣磅礡的！」（《記「魯迅藝術文學院」》）

在這段時間裏，茅盾自己也穿著一身八路軍的灰布制服，天天吃的小米飯或南瓜湯，只是由於他患眼病而常戴一副墨鏡，與別人稍有不同。

除了在魯藝講課，茅盾的大部分時間都用來從事寫作、參加文藝活動或開會。他每周至少從橋兒溝騎馬進城兩三次，去參加各種活動。開頭由警衛員小任牽著馬，後來他就獨自進城了。在經過延河灘上的飛機場時，還能策馬小跑幾步。有時路過王家坪前的桃園，他會跳下馬來桃樹綠蔭下的石凳上休息片刻，喝上一杯清茶，買一棒紅棗品嘗，或者和在那裡遊憩的青年們交談。

9月下旬一天，張聞天來到橋兒溝茅盾住的窯洞，遞給他一封周恩來從重慶打來的電報。電報的大意是：郭沫若等人已退出第三廳，政治部另外組織了一個文化工作委員會，仍由郭沫若主持。爲民加強國統區文化戰線的力量，希望茅盾能來重慶工作，擔任文化工作委員會的常務委員。

張聞天向他介紹了成立文化工作委員會的經過後說：「文化工作委員會雖說是研究機構，但我們只要有這塊合法的招牌，仍然可以做許多工作。恩來想請你去重慶，就是考慮到你在國內外的名聲，在那種環境裏活動比較方便，國民黨對你也奈何不得。不過，這只是我們的建議，我們知道你全家都來延安了，你原來不打算再出去的，如果你實在不願意，也不必勉強。」

這件事太突然了。茅盾心想去重慶工作，並無困難；兩個孩子，當然留在延安；德沚，願意守著孩子還是跟著我，由她自己決定。只有一件事弄得很局促……

所謂「一件事」，是前幾天，在中央政治研究室裏工作的張仲實興沖沖地跑來告訴茅盾，他的黨籍問題已經解決了，勸茅盾也在延安解決這個問題。茅盾與妻子商量後，決定在適當的時候向黨提出。但現在突然要他去重慶工作，這事怎麼辦呢？

張聞天見他沉默不語，就對他說：「你和德沚姐商量商量，我過兩天再來聽你的回音。」茅盾立刻說：「不必商量了，既然那邊工作需要，我聽從分配。

兩個孩子就留在這裡。」張聞天又說：「德沚姐如果放心不下孩子，也可以留下。」

「不，我同雁冰一起行動，孩子已經大了，託琴秋照顧就行了。」茅盾妻子急忙說。

「那樣也好，兩個人在一起互相有個照應；孩子留在延安，請你們放心，我們都會照顧的。」張聞天又說，「董必武同志下個月要去重慶，你們可以和他同行，這樣路上比較安全。現在行期尚未定，你們可以先搬到交際處去，在那裡還要作些準備工作。」

茅盾送張聞天走出窯洞，向溝底慢慢走去的時候，說：「有一件事原來想找個機會正式向你提出的，現在來不及了，只好簡單地講一講。」

張聞天停下了腳步。

茅盾鄭重地說：「我請求黨中央研究一下我的黨籍問題，如能恢復黨籍，一則了卻我十年來的心願，二則到了重慶也能在黨的直接指揮下進行工作。」

「你這個願望很好，等我回去提交書記處研究後再答覆你。」張聞天握著他的手說。

回到窯洞，警衛員小任迎上來：「首長，你是要到重慶去嗎？」

茅盾看著這個跟了自己四個月的小同志說：「是的。小任，我想叫你同我一道去重慶，到那裡我可以繼續教你學文化。」

小任高興地回答：「我也想去，等我請示一下警衛團的首長。」結果警衛團的領導沒有同意小任的要求，他只好兩眼含著淚花跟茅盾夫婦告別。

孔德沚拿出剛縫製好的兩雙藍色花格布涼鞋，遞到他手裏：「做的不好，你拿去穿吧。」

過了幾天，茅盾辭別了周揚和魯藝的一些朋友，搬到南門外交際處去了。他託張琴秋和張仲實照顧兩個孩子，又再三叮囑沈霞、沈霜應注意的事情。沈霞、沈霜在四個月裏已過慣了集體生活，對即將離去的父母並不怎麼留戀。茅盾的妻子卻一手拉著女兒，一手抱著兒子啜泣起來。

張聞天來到交際處，告訴茅盾：「中央書記處認真研究了你的要求，認為你目前留在黨外，對今後的工作，對人民的事業，更為有利，希望你能理解。」

對於黨中央作出的決定，茅盾當然是理解的。

臨行前，他和妻子到楊家嶺向毛澤東辭行。茅盾說：「我把兩個孩子交給

了黨，請黨來教育他們吧。」

「這很好嘛。你現在把兩個包袱扔在這裡，可以輕裝上陣了。」

10月10日，茅盾和夫人由周揚等人陪同，從交際處步行出來，身後是一頭毛驢，馱著他們簡單的行李：一口書箱，一捲鋪蓋。他們緩步來到列隊歡送的魯藝學員們前面。熱烈的口號響起來了：「歡迎茅盾同志再來魯藝！」

「歡迎茅盾同志再來延安！」

茅盾和妻子沒有演講，沒有說話，只是一邊揮手，一邊擦淚，頻頻點頭告別，向前走去，踏上了新的征程。

兩年後，茅盾在一首詩中寫道：

> 魚龍曼衍誇韜略，
>
> 吞火跳丸壽總戎。
>
> 卻憶清涼山下路，
>
> 千紅萬紫鬥春風。

三九　霧都來去

茅盾夫婦於 1940 年 11 月下旬來到山城重慶。這時，霧季已經來臨，到處是濕漉漉的，許多天見不到一線陽光。

日本飛機大轟炸後留下的一個個炸彈坑，成了一汪汪的水潭。霧濛濛中的一處處房屋，大都被彈片震得斑斑駁駁。然而這個戰時陪都，比茅盾預料的更活躍，也更烏煙瘴氣。

他們先是住在郊外紅岩山上的八路軍駐渝辦事處，兩天後搬到城內棗子嵐埡良莊，與沈鈞儒、王炳南兩家合住一幢小樓。他們夫婦住的是三樓。

在紅岩的八路軍辦事處裏，周恩來對茅盾說：「請你來擔任文化工作委員會的常務委員，是給你穿上一件『官方』的外衣，委員會的實際工作自有別人在做，不會麻煩你的。你還是發揮作家的作用，用筆來戰鬥。聽說生活書店打算把《文藝陣地》遷到重慶出版，想請你繼續擔任主編，你可以考慮，大概徐伯昕會找你談的。編刊物，擴大進步文藝的影響，團結和教育群眾，這是十分重要的工作。壓迫愈嚴重，我們愈加要針鋒相對地鬥爭，同時也愈加要講究鬥爭藝術。有一些情況，徐冰同志會向你介紹的。」

徐冰是中共南方局文化工作組組長。他向茅盾詳細介紹了重慶和整個大

後方文化界鬥爭的情況，並給了茅盾一些《新華日報》及其他材料。

郭沫若、田漢、鄒韜奮、徐伯昕、老舍、沙汀、葉以群等朋友先後爬上小閣樓，看望了他們夫婦。

軍委會政治部長張治中將軍派人約茅盾見面。張治中是他這個文化工作委員會常務委員的頂頭上司，因此他想，約見無非是官樣文章，但又不能不去應酬一下。茅盾來到張治中官邸，張治中卻和他拉家常。最使他料想不到的是張治中居然談起了茅盾的母親，說她是一位偉大的母親，也是中國的一位了不起的女性，並對她的去世表示哀悼，表示敬佩。茅盾心想，不知他怎麼會瞭解我母親的？後來，他才弄清是張治中讀了孔另境六月份在報上發表的《一位作家的母親——記沈老太太》。茅盾對張治中的看法改變了：如此看來，這位國民黨大員不是庸碌之輩，而是個有頭腦有識見的人。

幾天後，從新疆傳來盛世才誣陷杜重遠「與汪逆精衛勾通」的消息。茅盾不勝驚異，他立即找沈鈞儒、鄒韜奮等人，商量營救杜重遠的辦法。在向周恩來徵詢了意見後，茅盾起草了由他和沈鈞儒、鄒韜奮、郭沫若等七人署名的一份千字電報，向盛世才婉轉而又嚴正地申辯杜重遠絕對不可能「通汪精衛」，他列舉了杜重遠抗日愛國的言行以及為人耿直磊落等事實，同時電文又給盛世才留下退路，說新疆地處邊陲，許多證人證據不易查找核實，難免發生錯誤判斷，希望能將杜案移來重慶複審，他們願為杜重遠作保。一個星期後，盛世才給他們一個一句話的覆電：「在新疆六大政策下沒有冤獄。」茅盾拿著電報，氣得兩手打顫，滿臉青紫，憤怒地吐出了兩個字：「魔鬼！」

他常去參加全國文協組織的創作座談會、討論會，在會上發言。會後回到家裏，他就坐在靠椅上閉目默想自己在會上的講話，對演說稿、講話提綱細細推敲、修改，然後伏案寫成文章。長期以來他已養成了習慣，每一篇稿子都是自己抄寫，凡在兩頁以上的，他都親手用白線訂起，以免遺失。

一天，徐伯昕通過各種辦法，弄來了《文藝陣地》在重慶出版的「審查證」。他交給茅盾說：「現在就看你這個主編的了！」在茅盾提議下，組成了《文藝陣地》的七人編委會。葉以群是實際負責人，茅盾是他的「後臺」。這樣，葉以群就成了茅盾家的常客。時間一長，茅盾發現葉以群還是周恩來派來的聯絡員，專門照顧他這個「黨外人士」的。凡是共產黨內有什麼重要活動或會議，需要茅盾參加的，常由他來通知。而黨內的文件、指示和周恩來的講話，也由他向茅盾傳達。

　　一天，茅盾和葉以群商量復刊後的《文藝陣地》怎樣「創新」。他提出，《文藝陣地》一定要發揚現實主義的傳統，在惡劣的政治環境下，應該重視雜文這把銳利的匕首，使它發揮突擊隊的作用。葉以群完全贊同他這個主張。兩人商量後決定向編委會提出，刊物增加「雜感」一欄，專登雜文。

　　1 月 17 日晚飯後，沈鈞儒從二樓走上三樓，神色緊張地告訴茅盾：「剛剛得到的消息，國共兩黨在皖南地區發生了衝突，顧祝同的七萬軍隊把新四軍一萬多人包圍並消滅了。聽說新四軍軍長葉挺受傷被捕。今天蔣介石發佈命令，宣布新四軍『叛變』，取消新四軍番號，葉挺交軍法審判。唉，看來這次共產黨吃了大虧。」茅盾驚愕得半張著口，一時說不出話來。待定了定神，他才說：「老蔣這種做法是不打算抗日了，他連一點退路也不給自己留下。」「是呀，擺在我們面前的是一個內戰的局面，共產黨不會善罷甘休的，現在就看他們怎麼對付了。」

　　第二天，茅盾讀到《新華日報》上周恩來「為江南死國難者誌哀」的悼詞：

　　　　千古奇冤，

　　　　江南一葉，

　　　　同室操戈，

　　　　相煎何急！？

　　兩天後，徐冰告訴他：中國共產黨中央軍委已任命陳毅為新四軍代理軍長，劉少奇為政治委員，張雲逸為副軍長，鄧子恢為政治部主任。茅盾心想：他們下令解散，我們又下令任命，真是針鋒相對的鬥爭呵！

　　1 月 20 日上午，他應約匆匆乘車來到沙坪壩，然後步行到紅岩，攀上八十八級石梯，經過黃桷樹，沿右側小路到達八路軍駐重慶辦事處。在一樓的會議室裏，周恩來向與會的民主黨派和無黨派人士介紹了這次事變的前因後果，以及中共中央的嚴正立場。茅盾和大家的心裏更亮了。

　　那天晚上，徐冰又來到茅盾的家裏，對他說：「蔣介石發動的這次反共高潮，有兩種前途，一是內戰，一是我們打退了反共高潮，繼續維持抗日統一戰線的局面。我們力爭第二種前途……，不過，恩來同志認為，即使爭取到第二種前途，今後重慶的環境也會更加險惡，鬥爭將會更複雜。」

　　「那我們就要更加警惕地從事鬥爭了。」茅盾說。

　　徐冰點了點頭，繼續說：「恩來同志指示，目前重慶的進步文化人士太集

中，爲防意外的變故，需要作適當的疏散，一部分留下堅持工作，一部分去延安，一部分去香港。我們初步研究。郭先生留下，您剛從延安來，目標太大，想讓您暫時躲避一下。什麼時候走，去什麼地方，還沒有定，我來是想聽聽您的意見的。」

茅盾立即表示：「我服從工作的需要。兒女都留在延安了，現在只我和老伴兩人，行動方便，去那裡都一樣，請你們決定罷。」

2 月下旬的一天，徐冰約茅盾去見周恩來副主席。他們驅車來到曾家岩50 號。周恩來請他們在小客廳坐下，然後對茅盾說：「雁冰，我把你從延安請到重慶，沒想到政局發生這樣大的變化，現在又要請你離開重慶了。這次我們建議你到香港去。三八年你在香港編過《文藝陣地》，對那裡比較熟悉。現在香港有很大變化，所處的地位十分重要，是我們向資本主義國家和海外華僑宣傳中國共產黨的政策、爭取國際輿論的同情和愛國僑胞支持的窗口，又是內地與上海孤島聯繫的橋梁。萬一國內政局發生劇變，香港將成爲我們重要的戰鬥堡壘。因此，我們要加強香港的力量，在那裡開闢一個新陣線。」

茅盾神情專注地聽著，默默記在心中。周恩來又說：「已經從重慶和桂林等地抽調一些人去了，其中有夏衍和范長江，韜奮先生也要去，他在這裡不安全。也打算讓葉以群去，所以《文藝陣地》恐怕辦不下去了。孔大姐是不是去延安？這樣可以同兩個孩子在一起，也免得惦記。不久我們有一些人要撤回延安，還組織車隊，安全是有保證的，孔大姐可以和他們一起走。」

茅盾說：「對於我的安排，我沒有意見。德沚的事，等我回去問問她，讓她自己拿主意。」

徐冰對茅盾說：「你恐怕幾天之內就要離開家，先搬到郊區一個地方去。戴笠手下的人對你的行蹤很注意，爲防你突然『自行失蹤』，我們還是早點行動。你在郊區隱藏一段時間，再離開重慶。這段時間內，沈太太仍舊住在棗子嵐埡，照常活動，以迷惑特務們。所有這一切，都由我們來安排，這兩天你就在家中等通知罷。」

茅盾回到家裏，妻子不安地問：「恩來找你有什麼事？」

「他建議我們去香港。他讓我問你，是去延安還是去香港？」

「我不去延安，我跟你去香港。亞男、阿桑在延安很安全，又有琴秋、仲實照顧，我去了反而沒有事情可做。你在香港單身一人，生活上沒有人料理，我怎麼能放心？再說，如果我要守著兩個孩子，去年就不到重慶來了。」

徐冰贊同他們夫婦都去香港。但是提出兩人不能一道走，要茅盾先走，到了香港以後，他妻子再走。

隨後，茅盾隱居到重慶郊外二十公里處的南溫泉，住在黃炎培辦的職業教育社房子裏。這裡山青水秀，環境幽靜。他想到二十天後才能走，如今無事可做，就又拿起筆來，一口氣寫出六篇「見聞錄」：《蘭州雜碎》、《風雪華家嶺》、《白楊禮贊》、《西京插曲》、《市場》和《「重慶霧」拾零》。

3月中旬以後，茅盾接到動身的通知：坐長途汽車赴桂林，再轉乘飛機去香港。經過一個星期的畫行夜宿，在生活書店和新知書店的兩個職員的護送下抵達桂林。

在旅館中，茅盾眺望城市明亮的燈火，詩緒縈繞胸懷，寫成一首七絕：

存亡關頭逆流多，

森嚴文網欲如何？

驅車我走天南道，

萬里江山一放歌。

四〇 《腐蝕》轟動香港

初到香港，茅盾一時找不到住房，暫住在一家旅館裏。兩星期後，孔德沚也來了，看見丈夫還住在旅館裏，便抱怨說：「靠你這點稿費，沒有資格長期住旅館！」茅盾說，來到香港後天天忙得不可開交，要給范長江、夏衍辦的《華商報》寫文章，要接待朋友的來訪，要準備籌辦一文藝刊物……沒有時間去找房子。

孔德沚能體諒丈夫的難處，第二天就到處奔波，傍晚時終於在堅尼地道找到一處房子。那是一幢兩層的花園洋房。已有兩家房客，一家是沈茲九和她的女兒，住在廂房；另一家是《世界知識》的編輯張鐵生，住在正房裏。他們租住的是「騎樓」——裝上玻璃窗的陽臺。

茅盾看到房間很小，只能放一床一桌，又要經過張鐵生的房間，覺得很不方便。但是他聽沈茲九說，她不久即去新加坡，廂房可以給他們住，而且這裡環境幽靜，也有利於寫作，就同意搬來這裡。

5月初，鄒韜奮來請茅盾為即將復刊的《大眾生活》寫連載小說：「雁冰，你是編委，你的名氣大，下筆又快，承擔這個任務是不成問題的。請你作為緊急任務寫一部吧。」

「長篇小說哪裏能說寫就寫得出來的。」茅盾感到為難。

「這也是萬不得已，你就把平時積累的素材拿出來編個故事吧。你可以一邊寫一邊登，大約每星期只占四個頁碼，八千字左右。三年前你在《立報》的《言林》上，不就邊寫邊登過一個連載小說嗎？」

「你是說《你往哪裏跑》呀，正因為邊寫邊登，所以小說寫失敗了。」

「我不這樣認為，那是第一部寫抗戰的長篇小說，在幫助當時的青年認清抗戰的持久性，是起了很好作用的。」

茅盾沉吟片刻，咬了咬牙說：「好罷，我來寫！你什麼時候要第一批稿？」鄒韜奮扳了扳手指，答道：「給你一個星期，十三號交稿。我給你留四個頁碼，你給我四天的印刷時間。」

送走了客人，茅盾就坐在書桌前考慮起來：寫什麼好呢？香港以及南洋一帶的讀者喜歡看武俠、驚險小說，可是我不會寫這種小說。不過國民黨特務抓人殺人的故事，特務機關的內幕，倒也有一種神秘的色彩。抗戰初期有不少熱血青年，被國民黨特務機關用戰地服務團等假招牌招募了去，加以訓練後強迫他們當特務，如果不幹，就被投入監獄甚至殺害。特別是一些愛國少女，落進特務組織後，先被特務強姦，然後再叫她們以進步的面貌出現，去搞「美人計」。她們是不允許結婚的；特務頭子甚至無恥地告訴她們：「你們的戰線就在床上。」這些少女的良心還沒有泯滅，她們不願做特務，但又擺脫不了特務組織，內心受著痛苦的熬煎。有一少女曾找到重慶《新華日報》，訴說她經歷的坎坷不平的道路，希望共產黨向她伸出援助的手，把她從苦海中救出來。也有一些陷進去的青年偷偷與進步人士聯繫，希望得到幫助，使他們跳出火坑。韜奮就接待過這樣的青年。

茅盾決定寫這個題材。但他感到時間太緊迫了。要寫長篇，須得事前做好準備，編寫情節提要，列出人物表……，這樣，一周時間無論如何是不夠的。於是他「決定採用日記體，因為日記體不需要嚴謹的結構，容易應付邊寫邊發表的要求。」雖然他過去從未寫過日記，而且如他所說，「我一向不喜歡用第一人稱的寫法，這時也不得不採用了。小說主人公即日記的主人，決定選一女性，因為女子的感情一般較男子豐富，便於在日記中作細膩的心理描寫。我給這部小說取名《腐蝕》，以概括日記主人的遭遇。」

為了吸引讀者，他在書前加了一段小序，說這本日記「發現於陪都某公共防空洞；日記的主人公不知為誰氏，存亡亦未卜。該防空洞最深處岩壁上，

有一縱深尺許的小洞，日記即藏在這裡。」

日記的女主人趙惠明原是一個封建官僚家庭的女兒，在學校學習時，她曾追求光明和正義，參加過愛國學生活動，後來還曾奔赴抗日前線服務過。但後來由於受了國民黨的誘騙，剛二十四的她，就陷入了一個特務組織，心靈受到腐蝕，過著罪惡的生活。但她的靈魂還沒有完全腐爛，她痛苦，她掙扎，渴望做一個好人，跳出人間地獄。雖然她的出發點是個人主義的，沒有一個明確的思想基礎。但是，殘酷無情的現實教育了她，促使她悔改，尋找出路。

5 月 17 日《大眾生活》第一期出版了。茅盾的《腐蝕》立即吸引了香港成千上萬的讀者，都紛紛致函《大眾生活》社，詢問：《腐蝕》的作者怎樣得到這一本日記？趙惠明現在哪裏？她做什麼職業？……

收到鄒韜奮轉來的許多讀者來信，茅盾很愉快。也增添了他寫下去的信心。差不多每天一吃好晚飯，他就動手，一直寫到夜深。白天有暇，也抓緊寫幾頁。

這部以一個被腐蝕的女性——趙惠明日記形式寫成的小說，雖然有著濃厚的政治色彩，卻吸引了香港、南洋一帶眾多喜愛驚險、武打小說的讀者，這是茅盾始料未及的。

《腐蝕》原來計劃寫到女主人公的愛人小昭犧牲就結束全書。可是，當小說連載到第十四期，即將結束時，鄒韜奮來找茅盾，說他已看完結尾。他請茅盾考慮，能否再續寫幾節，給主人公一個光明前途？又說，《大眾生活》每十期成一合訂本，連載小說起訖最好能與合訂本一致，免得給購買合訂本的讀者帶來不便，希望《腐蝕》連載到第二十期。

茅盾對鄒韜奮說：「我已在籌備文藝期刊《筆談》的出版，原想結束《腐蝕》後將大部精力投入《筆談》的創刊，被你一番游說，我只得續寫下去啦。」

於是，茅盾在原來的結尾後面，續寫了女主人公被派到某大學區的郵局裏當郵檢員的故事。在那裡，她結識了一個剛剛陷進特務羅網的女學生 N，並且幫助她從火坑裏逃了出去。趙惠明自己呢？茅盾在書中寫了革命者對她期望：「生活不像我們意想的那樣好，也不那麼壞。只是自己去創造環境。……她一定能夠創新的生活。有無數友誼的手向她指引。……」

茅盾塑造的這個趙惠明，是一個有著深刻的社會意義和美學價值的典型形象。《腐蝕》這部革命現實主義傑作，使茅盾贏得了新的聲譽。

四一　戰時「大家庭」

1941 年 12 月 8 日清晨，日本飛機轟炸香港啓德機場，日軍沿廣九鐵路進攻九龍新界，激烈的炸彈和槍炮聲震顫著香港、九龍居民的心：戰爭爆發了，今後的生活怎麼辦？

三天前，茅盾出席了中共香港負責人廖承志召集的時局座談會。他剛回到家，葉以群便跟踵來到。他對茅盾說：「廖承志認爲一旦戰爭爆發，香港守不長，我們必須作撤離香港的準備，第一步先要隱藏起來，躲開敵人的耳目。你們現在的住所，敵人的情報機關恐怕早已知道，戰爭一起就不能再住。我已爲你們準備了一個臨時避難的地方，到時候萬一我們失去聯繫，你們就搬到那裡去。」茅盾問在什麼地方。葉以群說：「在山下軒尼詩道，那兒原來是一所舞蹈學校，在三層樓上。你現在如果有空，我領你去看看。」兩人來到軒尼詩道，葉尼群找到一位姓應的舞校老師，爲二人作了介紹。

日機開始轟炸香港後，茅盾和妻子作了分工，他去找朋友聯絡和打聽消息；妻子去銀行取錢，採購生活用品。傍晚，兩人拖著乏累的身子回到家裏。他看到妻子已採購了足夠兩個月吃、用的物品，便把他聽到的消息告訴妻子：日本海空軍襲擊了珍珠港，美英已向日本宣戰；香港與九龍之間的交通實行了嚴格控制，不讓九龍的難民湧入香港。他見到的朋友都在整理行裝，勸他們也早點轉移。妻子問他見到葉以群沒有。「沒有找到。他住在九龍，恐怕被困在那裡了。」茅盾回答。

清晨，茅盾又被日機的轟炸聲驚醒了。他想起存放在地下室裏的那兩藤籃書籍、信件和手稿。誰知到那裡一看，竟不翼而飛。哪兒去了呢？他去問房東。房東二太太的侄女操著上海口音說：「你那藤籃裏全是抗日的東西，日本人看見會連累別人的，我們把它燒掉了！」茅盾想，這雖然可惜，但眼前這個打扮時髦的女郎，不知是什麼身份，跟她多說，徒費口舌。正欲上樓，忽聽這個女郎說：「你用的是假名！」茅盾想，她怎麼知道我租房用的是假名？立即怒聲反問：「那麼，你大概知道我的眞名了？」

「你是郁達夫！」她得意洋洋地說。

「哈哈哈……」茅盾忍不住大笑。

「日本兵已經到了彌敦道，馬上就會過海來，這邊馬上要扯白旗了。九龍方向殺了許多抗日分子呢。我看你們還是早點搬走。」房東二太太大概聽了她侄女的警告，知道茅盾是抗日分子，害怕得很，急得催促他搬家，免得自

己受牽累。茅盾解釋說等一個朋友來了就搬走。

中午，他們夫婦剛收拾了飯碗，鄒韜奮就來了。聽說他還沒有吃中飯，孔德沚連忙爲他拿雞蛋炒飯。鄒韜奮邊吃邊告訴茅盾，他全家剛從九龍逃到香港，朋友們已爲他找到兩間空蕩蕩的大屋子，作爲臨時避難所。談起這次突然發生的戰爭，他對茅盾說：「這樣的事，我還是頭一遭，一點經驗也沒有，現在全聽別人的安排。」茅盾知道，這「別人」是指香港的中共組織。於是安慰老朋友說：「你就相信他們的安排吧，我也是聽從他們的安排。」

鄒韜奮走了以後，房東二太太來到了茅盾的房間，指著張鐵生的房間問：「張先生到哪裏去了？他房中那兩架子的書怎麼辦？」茅盾告訴她，張鐵生到九龍去看病了，那些書他自己會來處理的。房東卻逼著他們立即搬走張鐵生的書，聲稱如不搬走，就不讓他們離開。

茅盾夫婦費了許多口舌，二太太才同意他去把張鐵生找回來。夫婦倆當即提上一隻裝有細軟和替換衣服的小皮箱，在暮色蒼茫中離開家。茅盾對妻子說：「能找到張鐵生，就一起回來搬東西，萬一找不到，我們就不回去了。」他們來到軒尼詩道那所歇業的舞蹈學校，應老師指著茅盾給女房東介紹：「我這位朋友是九龍裕大紙張文具店的老闆，他們剛從九龍逃難到這裡。」由應老師作保，他們向女房東租下當作客房的舞廳。於是，這座四壁漆得花花綠綠、懸掛著不少紙做的葡萄枝藤的舞廳，就暫時成了他們的避難所。

晚上九點多，葉以群和戈寶權找來了。第二天，宋之的夫婦和他們的小女兒，還有文藝通訊社的高汾也住了進來。八個人臨時組成了一個「家」。他們把騎樓（陽臺）作廚房，茅盾的妻子自告奮勇擔任廚師。但是，這八個人全是空著手跑到這裡來的，什麼吃的都沒有帶。「巧婦難爲無米之炊」，怎麼辦呢？孔德沚決定回堅尼地道家裏去拿。

看到妻子如此勇毅，茅盾很感動。在妻子走後不久，他擔心二太太和那時時髦女郎會刁難她，就請葉以群前去接應。

中午了，兩人還沒有回來，茅盾的心提到了半空中，會不會出什麼事？炮聲時響時停，也使他替兩人捏著一把汗。傍晚，他妻子安全回來了。幾個人連忙圍上去，幫她搬拿來的米、炭和罐頭等東西。孔德沚對丈夫說：「德鴻，虧得你叫以群來，要不我就回不來了。」

原來她到了堅尼地道，二太太一見就吵著要她先搬走張鐵生的兩書架書籍，可是她根本不知道這些書應該搬到哪裏去，當然不能答應。她一再解釋，

二太太卻不聽，叫僕人鎖上鐵柵大門，派人守著，防備茅盾妻子溜走。恰在這時，葉以群趕到了。二人分工，由他去找挑夫來搬書，孔德沚去取米、炭等物品。葉以群雇來了三個挑夫，搬走了張鐵生的書籍。茅盾的妻子也理好了應取的東西，跟自己的女僕算清了工錢，又將一些不帶走的東西都給了她。正要去雇挑夫，二太太已叫來了兩個挑夫。她的侄女用上海話要孔德沚留下地址，說是日本人來查問，她們好回話。孔德沚想了一下說一個地址。二太太和侄女還把挑夫拉到一旁嘰咕了好一陣。孔德沚看在眼裏，不動聲色，心中卻想好了對策。她帶領挑夫下了山，直奔已經搬走的金仲華家。那是一所大廈，他們爬上四樓，見金仲華家的大門敞開著，門內人聲嘈雜，她也不管，叫挑夫把東西挑進大門放下，立即付了工錢。兩個挑夫滿意而去。這時有人走來問她是住哪一間房的。她故作驚訝地說是找錯了門牌，並且請那人代為照看一下東西，轉身下樓另找了挑夫，就這樣平安地取回了東西。

大家都稱讚她隨機應變，真有本領。茅盾也笑著對妻子說：「你把『二太太』的妙計全給破壞了！哈哈哈，有趣！妙極！」

孔德沚這次「冒險」的收穫很大，她不僅「搶救」出了丈夫和她的衣物，取來了她早些天採購的大米和食品，還給茅盾拿來了一本《元曲選》。她給大家安排了每天的食譜：早點，紅茶牛奶、餅乾、麵包；午飯、晚飯，大米飯、香腸、鹹魚、罐頭牛肉。茅盾滿意地說：「真不錯！只是少了新鮮蔬菜。」「你這個敵人炮火下的難民，別不知足啦！」妻子用嘲諷的口吻說。

從這以後，他們就吃、睡在這座舞廳光滑的地板上，茅盾一邊讀《元曲選》，一邊提防著日本兵的炮彈。

12月24日下午3時，一顆炮彈在相隔他們住處不遠的「廣生行」爆炸，燃起了大火。

茅盾為了弄清情況，不怕炮聲隆隆作響，不顧妻子的阻攔，大膽地跑上屋頂的平臺。他終於看清了「廣生行」和他們住的大廈中間隔著一小塊空地，大火不會延燒過來。還發現日炮兵的目標不是這一條街，而是山腰的「高等華人」住宅區，就是他們原來住的那一帶。擊中「廣生行」的炮彈可能是流彈。他把觀察到的情況告訴了妻子，安慰她不必害怕。接著把箱子搬到妻子的頭前，靠著她躺下，輕聲說：「要是有一個炮彈穿窗進來，那就無話可說，但這種『頭獎』到底是可有而不一定有的。要預防的還是彈片，我們這隻箱子擋擋彈片是不成問題的。」

一天茅盾正說話，忽然眼前一亮，頓時滿屋紅光。他本能地跳了起來，一聲「糟糕」還沒喊出口，響起轟然的爆炸聲。他拉著妻子跳出門外，下意識地擠進樓梯上的人堆裏。第二天一早，他和葉以群一起爬上屋頂平臺，看到昨晚那顆炮彈落在屋頂，把三四寸厚的鋼筋水泥屋頂炸開了個小天窗。他們和大家商量決定：立即離開這裡，搬到市中心的中環去。

四二　與日兵周旋

在高汾的同事阿陳和小林的幫助下，茅盾一行八人離開了舞校，將他們的戰時「大家庭」搬進香港中環德輔道的大中華旅社。旅館裏的房客很少，顯得空洞洞的。他們都挑選了二樓的房間，認為上面還有四層鋼筋水泥的樓板，而且背向九龍，不必害怕日本軍的炸彈和炮彈。

「虧得昨晚上有那個小炮彈掉在屋頂上，倒把我們轟到這好地方來了。」茅盾幽默地說。戈寶權則擔憂地問：「可這以後的日子怎麼消遣呵？」茅盾惋惜地說：「我把那本《元曲選》丟在跳舞學校了，要不然還好解解悶。」

葉以群建議小高去租一副麻將牌給大家玩玩。

這一晚，茅盾他們在席夢思上睡了個好覺。清晨醒來，四周異常寂靜。一會兒，從街上傳來清脆的木屐聲。接著又聽到幾聲吆喝聲。

葉以群扣著衣扣走到茅盾身邊，輕聲說：「剛才在馬路上吆喝人的，好像是日本人！」

「哦——」茅盾一怔：難道不知不覺中，香港就換了主人麼？

茅盾和葉以群趨到「騎樓」外往下窺看，果然一個日本兵正持槍站在「騎樓」下面。他想，昨晚阿陳說海軍碼頭的英軍和印軍已經放下武器，但是香港政府投降的談判還在繼續，想不到只一夜日軍就佔領了香港！這實在太突然了。他又哪裏想得到，香港政府在 12 月 25 日這個歐美人的盛大節日聖誕節，會在扯旗山上扯起了白旗，僅僅經過十八天，就投降了。

早飯後，阿陳來關照他們：「靜坐房中，少拋頭露面。我會說日本話，有什麼事我來對付。」茅盾等人都認為這話有理，可是要他們像寺廟裏的和尚那樣「靜坐」，卻感到為難。於是，他們推起了麻將。又因為旅館裏不供應水，大家就輪流著到街上旋開的消防龍頭處「搶水」。

兩天來，茅盾從樓窗裏看見日本人和漢奸開著「宣傳列車」，吹吹打打在

街上遊行，一些「市民」拿著小紙旗，零零落落地喊著什麼「歡迎皇軍」的口號。還看見漢奸們在對街的大同酒家開「慶祝會」，一些濃妝豔抹的女人進進出出。他想，這大概是準備招待「皇軍」的。唉，無恥呵！

葉以群從外面探聽消息回來說，灣仔一帶十分混亂，日本兵和偽軍污辱了不少良家婦女。而最使人們害怕的謠傳是：日本侵略軍將於元旦舉行戰勝儀式，從元旦起，「放假」三天，准許官兵自由行動。

「哎呀，這可怎麼好呀？」茅盾妻子說，「你們快想辦法，先把小高藏起來。」

這時，阿陳走來，對高汾說：「小高，你不用擔心，我給你找安全的地方。」他通知大家，日軍要徵用旅館，但他正設法免徵；如果不成功，全部旅客就得搬走。不過他又答應茅盾等人，若是找不到地方住，就作為他們旅館的職員和職員家屬，混過一兩天再說。他去拿來幾套旅館職員的制服，讓他們在必要時換上。

經過阿陳與日軍交涉，日軍徵用了旅館的一半房間。茅盾等人住的房間恰恰在外。但他們怕日兵來找麻煩，就在大房間的客廳裏擺開一桌麻將牌，戈寶權穿上旅館職員的制服，葉以群在旁觀戰，茅盾夫婦和宋之的夫婦四人成為一局。

在嘩嘩的麻將聲中，茅盾說：「要是日本兵闖進來，大家要鎮定，我們不妨『歡迎』他們加入『戰團』。日本人見了麻將就捨不得走開，麻將俱樂部在日本到處都有的。」宋之的點頭贊成。茅盾又指著葉以群向大家建議：「以群的日本話很好，我們推他做『對敵工作者』，授以全權，相機應付，你們看怎麼樣？」

大家都同意，葉以群也笑著接受了這個任務。於是他們就玩起了麻將牌。

果然不出所料，才打了三圈多，一高一矮的兩個日本兵闖了進來，站在麻將桌旁嘰嘰咕咕，不肯走開。

茅盾看這兩個日本兵滿口酒氣噴人，都有六七分酒意，究竟會不會依仗酒興來一次「宣揚王道」呢？他實在有點擔心。但他仍然按照事先所約定的，和另三位牌友自顧自地認真打牌。

葉以群也用安閒的口氣向他倆招呼：「懂得麼？也很喜歡嗎？」

兩個日本兵聽見葉以群會說日語，頓時笑逐顏開，說他們喜歡，可是在本國時沒有玩過；他們是鄉下人，鄉村地方還不大通行這種玩藝兒。

葉以群翻譯給茅盾、宋之的等人聽。茅盾也和他倆開玩笑道：「我們來做

老師吧，這玩藝學起來不太難。」他讓葉以群翻譯給日本兵。這兩個日本兵聽了傻乎乎地笑著，坐在牌桌旁看起來。其實這兩個日本兵是懂得麻將牌的。他們一邊看一邊問葉以群牌是哪裏來的，還問了其他的一些話。葉以群有時回答，有時裝作聽不懂，支吾其詞應付著。

坐在宋之的妻子斜對面的那個高個子日本兵，老拿醉眼朝她看，她感到如坐針氈，待一圈牌打完，便藉口照顧小孩，起身走開。牌局暫停。高個子日本兵問：「爲什麼不玩了？」葉以群說她不會打。兩個日本兵嘰咕了幾句，終於走出去了。

「好危險哪！」茅盾妻子輕聲喊道。

「剛才那個不肯走的日本兵不得不走，是因爲另一個警告他，點名的時間快到了，要看打牌回頭再來。」葉以群說。

茅盾感到打不下去吧，可能招來更多的日本兵，會出麻煩；不打下去，要是兩人再來，他們會藉故生事，也要弄出麻煩。一時不知如何是好。宋之的妻子說：「和豺狼同居，終究不能夠安逸的，最好趁早搬家。」宋之的也說：「對，這是一了百了。」

大家計議了一番，決定化整爲零，分頭出發，各找地方，誰先找到誰先搬，分散後仍要保持聯繫。

1941 年除夕那天，他們都搬出去了。茅盾在葉以群的照料下，移住到一家掛著「大同旅館」招牌的三等小旅館裏。雖然這裡的設備差，但卻因其小而不爲日軍注意。他們的房間外面是「騎樓」。茅盾挑起遮陽的帆布往外看：月明如晝，海水猶如白銀閃爍，沒有輪渡，沒有舢板，沒有……；遠處有兩三個油池燃起衝天的煙柱，純黑色，有時轉爲殷紅，卻看不見火焰；「騎樓」下面是干諾道，平時很熱鬧，現在卻冷冷清清，沒有人影。一排短的鐵絲網在地上描出淡淡的黑影。

「香港完了——」忽然有人在他身後歎息著說了這麼一句話。聽聲音，茅盾知道他是旅館中那個來自上海虹口的茶房。他轉過臉，看見一雙陰淒淒的眼睛，呆呆地望著那遮陽的灰色帆布。

「幾時可以回上海？」

那茶房自言自語的聲音，卻使茅盾聽了毛骨悚然。

「你想回上海麼？上海也不會比香港好些。」

茶房訥訥地說：「唉，先生，全是戰爭敲破了我的飯碗。我在虹口有多好！到了香港，失業一年多，才託人介紹到這家旅館做茶房，哪知道又碰上觸霉頭個打仗。前幾天老闆已經不管我們飯了，幸好今天你們來了，我們懇求，老闆才答應把你們預付的二十元房錢讓我們買米。可是二十元錢能吃幾天呢？我們同伴有五個哪，只好一天兩頓粥。」

「過一個時期旅館還是要開的。」茅盾想不出安慰他的話，只能這樣說。

「香港死了，活不轉來了。」茶房頹喪地喃喃自語，搖著頭，跂著木屐走出「騎樓」。

看著他的身影，茅盾心裏很難過。想不到戰爭才二十多天，這家旅館老闆連茶房的伙食也不管了！不過他又回過來想：那旅館老闆或許也是可憐的吧？在戰爭前，這樣的旅館本來就靠著一些熟客維持開銷，老闆未必有多大的資本。停業三個星期，他自然要叫苦連天了。

茅盾夫婦在這個「大同旅館」住到第四天，葉以群便為他們在西環找到了一處安全的住房。那個上海茶房在算帳時可憐地說：「先生，你們怎麼要走呢？可是我們招呼不周到？我們不敢怠慢你們，只是日本人把香港弄死了。先生和太太還是住在我們這裡吧，別的旅館也一樣，換來換去還是半斤八兩？」

面對這位熱心的茶房，茅盾很感動，但是愛莫能助。他們預付了二十元房錢，只住了四天，照講還結餘很多，應找還。但是，當他看見那茶房遞上帳單的手在發抖時，他想起這幾天看到茶房們每天吃兩餐粥，下飯的只是一小碗鹹菜。於是他拿起帳單看了一眼，又從錢夾裏取出一張五元票，連同帳單一起交給那個茶房。「都給你們做小賬吧。」茅盾說過，轉身就往大門外走，他感到一陣酸楚正湧上鼻子。

「謝謝先生，太太！」那茶房感激地說。

茅盾似乎覺得對不住這旅館中正忍受飢餓威脅的茶房。他對妻子說：「我覺得很抱歉，我們不能在大同旅館多住幾天。這次以群為我們租的房子，二十五元一月，但是恐怕也不會住滿，說不定也只住四五天，我們就要離開香港。」

四三　千里跋涉脫險

還是住在「大同旅館」的時候，葉以群就告訴茅盾：黨組織正在為文化

人布置三條撤離香港的路線，其中一條最安全卻花時間較多的，是九龍取道東江轉內地，不過先得偷渡到九龍。

1月8日下午，葉以群來悄悄通知他們：明天可以過九龍去了，行李不能多帶，還得換裝，打扮成小商人模樣。於是，茅盾讓妻子上街買了兩套香港人稱為「唐裝」的黑布短衫褲。他們把多餘的五大件行李放在大中華旅社的阿陳那裡，只帶了兩個小包袱和一隻小藤籃，裏面是一床毯子，幾件內衣、一個熱水瓶和電筒等零星用品，還是一本偽裝用的《新舊約全書》。

次日上午，戈寶權帶他們到東環貧民區的一棟房子裏。下午五時，他們換上了「唐裝」，拿著包袱，夾在難民當中，沿著皇后大道來到銅鑼灣，在暮色蒼茫中登上一艘畫舫似的大船。在中艙裏，他們遇見了許多熟人，其中有鄒韜奮、胡繩、于伶等。茅盾見鄒韜奮摘掉了眼鏡，換了一身淺色法蘭絨「唐裝」。

鄒韜奮見到孔德沚也來了，驚異地說：「沈太太，你真勇敢！」

「全靠了雁冰，不然我還來不成呢。」

茅盾頷首微笑。三天前，當有人來通知他，讓他先撤離而他妻子隨後再走時，他堅持要和妻子一同走。他認為自己遲走早走沒有關係，但是把妻子一人留在香港，他一定不能安心；妻子將因等待他平安脫險的消息而寢食不寧。黨組織後來同意了他的意見。

鄒韜奮於是想起自己的妻子粹真和孩子，低聲對茅盾說：「粹真他們還是隨後再走吧，孩子恐怕吃不消；我是一切聽從朋友們的意見。對於這種事，我毫無經驗呀。我這褲管，你看得出麼？——一支自來水筆，一隻手錶，在這邊；那邊是鈔票，都是粹真縫的。」

晚飯後，負責組織文化人從香港脫險的連貫走進中艙，對大家說：「今夜就在船上休息，明天一早過海到九龍，那邊自有人招呼。沿路都有布置，可以保證大家的平安。」

黎明前，天色黑黝黝。茅盾夫婦挽著包袱、提著小藤籃，隨著其他人摸黑從大船移到三四隻小艇中的一隻上。東方泛白，大霧籠罩海面。幾隻小艇首尾相銜，輕輕划向九龍。曉風忽忽，從船頭灌進艙中。他倆緊偎在一起，仍然不免瑟縮。

不久，抵達九龍紅勘。他們每人向守在渡口的「爛仔」（流氓）交了一元「保護費」，提著包袱跟了「嚮導」走進市區。他倆和鄒韜奮、葉以群、戈寶

權等七八人被領進一棟很講究的房子住下。茅盾和妻子商議，今天好好休息，養精蓄銳，準備明天的「長征」。

睡夢中，茅盾聽見一片雜亂的人聲，睜眼一看，人們在昏黃的煤油燈光裏走來走去。看看錶，才四點鐘。咦，妻子呢？問葉以群，聽說在廚房裏幫忙弄早飯，他才放心地整理行裝，不到五分鐘，就整理好了。他的打扮很簡單，只是把新買的黑布短衫往身上一套就行了。他的臥具只有一條毛毯。吃早飯時，妻子對他說：「你吃得飽一點，還不知道啥時候才能吃午飯呢。」臨出發時，「嚮導」為他倆找來了挑夫，幫他們挑行李。

出發了，他們一行幾十個「難民」穿過市區街道，匯入沿著青山道向深圳方向流去的難民大隊。使茅盾感到驚異的是，這萬把人的洪流竟那麼肅靜，幾乎連腳步聲也不大聽見。好像曾有誰下了命令，一律穿的是橡膠底跑鞋；而且又好像是誰下的命令，不分男女，一律都是短衫褲的「唐裝」。

大約十點鐘，人流來到荃灣。茅盾他們卻在「嚮導」帶領下，離開了人流，走上通往元朗的小路。敵人指定的難民疏散路線是經深圳去廣州。而他們則要先到寶安，再經東江游擊區去內地。

爬上山坡，又翻過一座小山，眼前出現了一簇木寮，住著五六戶人家。「嚮導」領他們走進一間寬敞的平屋。一行人才坐下，就有四五個婦女送進來一大桶茶水和十來隻大粗碗。

茅盾想，這顯然是預先準備好的。在這裡，茅盾生平第一次吃到了紅米飯。他感到很新鮮，加上饑腸轆轆，比平時多吃了一大碗。

午飯後，他們汗流浹背地爬過一座高山。傍晚進入「綠林好漢」「江大哥」的勢力範圍，晚上則宿在「山大王」「王大哥」防區的村子裏。當時，東江游擊縱隊和曾生司令員在那一帶有巨大的威望；聽到游擊縱隊司令部要求他們在文化人隊伍通過他們轄區時予以保護，這些草莽英雄都樂於從命，派人帶路、護送和接待吃、住。

在「王大哥」大廳中休息的時候，茅盾妻子拿出萬金油，給扭傷了腳筋的鄒韜奮揉塗，一邊問：「今天我們走了多少路？」

「大概四五十里吧，」茅盾隨口回答。

「不，足有七十里呢！」葉以群糾正道。

「呀，有七十里麼？」茅盾的妻子喊了一聲。

茅盾的眼睛也因驚訝而發亮了：妻子居然邁著一雙解放腳，走了七十里，

而且又是翻過了兩座山！而自己也是頭一次步行這麼長的路。他的腳底還沒有打泡，只是小腿肚在隱隱地脹痛。坐的時間一長，腿腳發麻，他想站起來活動一下，不料兩腿竟不聽使喚，禁不住喚了一聲。心想，我到底是不中用的，如果今天再要走，怕是一定要掉隊。明天還要走多少路，此刻也不知道。但他終於掙扎著起來，慢慢地踱著。晚飯雖有白米飯，菜卻只有淡而無味的蘿蔔湯。茅盾和妻子等人胡亂地裝飽了肚子，就睡在大廳右廂走廊的地上。身下鋪的是稻草，但泥地上透著冷氣，他倆一夜都沒睡好。

這支近百人的文化人隊伍，在「王大哥」的保護下穿過元朗鎮，又乘平底大船渡到寶安縣。這裡是淪陷區，三個日本兵站在岸上檢查他們的護照。因為是「王大哥」與元朗鎮偽組織打交道辦來的，護照沒有問題。

茅盾幾個人經過這「鬼門關」時，看見前面的人已經走遠，想停下來等一等後來的人。

「快走！看什麼？快走——」帶隊的「嚮導」催促他們。

三個日本兵大聲咆哮著，茅盾他們猜想大概是罵他們為什麼不走。這時，後面的幾個人神色倉皇地逃奔過來：「快走呵，日本小鬼子要打人了！」

茅盾急忙拉上妻子快跑。收割過的稻田裏滿是稻茬，時時絆腳，他們跌倒了，爬起來再跑。這一陣跑，可把他們考驗倒了，一步一步落後，幾乎看不見前面的隊伍。穿過稻田，轉進村中的石板路，兩人不管三七二十一，就在路旁一間破屋門口的石階上坐下，大口喘著氣。昨天他們空著手，走走歇歇，一天走下來並不感到太累。今天拿了衣包，又是一口氣跑步，不過十里路，他們就吃不消了。

一個「押陣」的游擊隊員過來催他們快動身。茅盾和妻子各自去提一個衣包，感到異常沉重。妻子對他說：「以後不知還有多少困難的路程呢，反正是要丟的，不如今天丟了罷。」「好吧。」他也下了決心，只拿起那個裝有毛毯和替換衣服的輕包袱，把那隻重的丟了。他妻子提著那個裝日用零星物品的小藤籃，兩人頭也不回地向前走去。

「押陣」的游擊隊員在後面喚他們，指著地上的衣包喊著什麼。茅盾說：「不要了，我們拿不動。」那人又哇啦哇啦嚷著，但他倆聽不懂，只顧去追前面的人。可是等他倆趕到住宿地時，卻發現了他們丟掉的那隻重包袱。他們萬萬想不到，那個「押陣」的游擊隊員會不辭勞苦替他們拿回來。

天亮以後，偽鄉長帶來四個日本兵，要他們排好隊，由日本兵點驗了人

數，押著他們快步走了七里路。來到一個小山腳下，押解的日本兵向山頭眺望哨中的日本兵喊了一陣話，才放他們自由地前進。

茅盾夫婦跟著葉以群、戈寶權，隨著大隊急匆匆通過一片稻田，爬上林木茂密的山坡。在一平坦的地方，前面傳來「命令」：就地休息。「嚮導」告訴他們：「爬過梅林坳，就到目的地了。」他們都鬆了一口氣，個個笑逐顏開，剛才「急行軍」的緊張、疲倦全消失了。

黃昏後，他們的隊伍終於來到東江游擊縱隊司令部的駐地白石龍鎮。司令員曾生和政委林平把茅盾夫婦、鄒韜奮、胡繩、于伶、戈寶權、葉以群等十多人請到司令部裏。曾生司令員說：「實在抱歉，弄不到好菜，只有用狗肉來為諸位接風了！」

一大碗一大碗熱氣氣騰騰的紅燒狗肉端上來了。大家捧起碗大口嚼了起來。

「哈，這狗肉比山珍海味還要香哩！你們要是不說明，我會當成羊肉呢。」茅盾對曾生、林平兩位游擊隊首長說。

在白石龍，他們休整了一個多星期。茅盾洗了澡，刮了臉，但為了增強化裝的效果，他沒有把鬍子剃光，留下了唇疵，以後就一直保留了下來。他穿上游擊隊送的新棉襖，心身都感到回到親人中的溫暖。

他們的目的地是惠陽，必須繼續前進。休整了幾天，茅盾就向曾生司令員、林平政委提出了「繼續趕路」的要求。於是，1 月 20 日下午三時，他們又出發了。這是一個五人小組：除茅盾夫婦外，還有葉以群、胡仲持、廖沫沙。加上兩名帶槍護送的游擊隊員、兩個挑夫，一行共九人。

他們越過廣九鐵路，天色漸漸黑了下來。茅盾第一次黑夜走山路，只覺得腳下忽高忽低，彷彿在上坡下坡。有一段下坡路，他聽到腳下悉悉喇喇，全是細沙子，滑得很。這使他想起鄒韜奮扭傷腳筋的情形，便和妻子前後拉著不敢放開步子走。

「慢一點就慢一點吧，反正還不是『後有追兵』；走急了扭傷腳筋或者跌傷，那就簡直不能動彈，不是更糟麼？」他輕聲對妻子說。

走了不知多少時候，忽聽走在前面的胡仲持說：「有一條河，小心呀！」

護送的游擊隊員說這是石馬河，河水很淺。他們穿著鞋或襪子涉水到了對岸。半夜時，抵達了宿營地。吃過煮番薯，負責接應的人領他們到了山上的「寮」裏。對他們說：「睡在山上比較安全。」

但是兩名護送的游擊隊員卻不肯睡在「寮」裏，其中的矮個子指著「寮」外大樹底下說：「我們就睡在那裡！」

茅盾想這是要給我們放哨呵！忙叫妻子拿出毛毯，可是兩個游擊隊員卻不肯接受，矮個子說：「用不著，我們是慣了的。大雨底下，我們也照樣睡覺做夢呢！」

第二天黃昏時，九人小隊又上路了。走了五六十里，他們接近了預定住宿的村子，卻發現這裡有敵情，不能住宿。於是匆匆向十里外的另一個村子轉移。不料到了那裡，敵人忽然逼近過來。他們只好再回到原來的村子，但是不敢進村。兩位游擊隊員把他們帶到附近的山上，指著稀稀落落的幾棵大松樹說：「就在這裡睡覺罷！」

「在露天麼？」茅盾吃驚地問。

回答是肯定的。他們五個人來到一棵大松樹下，背靠背坐成一堆。茅盾讓妻子拿毛毯來蒙在頭上，偷偷擦了一根火柴，吸起手捲的土煙。

天亮後，他們才進村見到了當地的游擊隊長——一個三十多歲的青年。他向茅盾等人表示歉意，並且說：昨天下午，淡水、龍崗的敵人突然沿公路兩側蠢動，目的不明，而他們的村子離淡水——龍崗公路只十來里，不得不警惕。

「今晚上你們要通過敵人的封鎖線，」游擊隊長說，「可是不用害怕，敵人照例是龜縮在據點內，不敢出來的。原來護送你們的人和挑夫已回去了，我派一個小隊長帶領六個隊員護送你們過封鎖線。你們吃過飯，好好睡一覺。」

這天晚上，茅盾夫婦等五人在六支長槍、一支手槍的護送下，和兩個挑夫一起順利地通過了敵人的兩道封鎖線，來到東江游擊縱隊控制的一個小鎮。第二天，他買了二十斤豬肉，慰勞完成護送任務的七位戰士和兩位挑夫。

在這個小鎮上，他們遇見了張友漁夫婦。三天後再次出發時，張友漁夫婦就成了他們的新夥伴。

游擊隊派了三個掛盒子槍的戰士和四個挑夫，把他們護送到一個叫洲田的大村子。在一幢城堡式的大房子裏，東江縱隊的一位大隊長告訴他們：剛剛得到消息，敵人攻陷博羅，有進攻惠陽的樣子，他們得住在村裏，看情況再決定行止。臨走又叮囑說：「這裡距惠陽雖然還有七里，離國民黨控制的地區卻很近，村裏的情形也比較複雜，你們不要隨便走動。」

誰知他們這一等，竟等了半個月。因為五天後，敵人佔領了惠陽，掠奪了物資後再撤出，已是舊曆年底。

最後一天的行軍，是在白天。由於後半段路程要進入國民黨的控制區，武裝的護衛改成了不帶武器的嚮導，茅盾等人也喬裝成逃難的商人。

天色陰沉，冷風颯颯。下千三點多鐘飄起了毛毛細雨；黃昏時分，雨下大了。一陣陣寒風苦雨又一次考驗茅盾等幾個急行軍的文人。葉以群抹一把臉上的雨水，對茅盾打趣說：「茅公，這風雨奏樂伴君行，趣味如何？」

「別有風味呵！」茅盾揚起挑著雨珠的濃眉也笑著說，「這叫做：天將降大任於斯人也，必先苦其心志，勞其筋骨，餓其體膚，空乏其身……」

「這是什麼地方，還有心思背古董！真是苦中行樂。」孔德沚低聲打斷了丈夫的話。

雨越下越大，嚮導帶領他們跑步前進，不久，來到一個小鎮——三棟，走進一家雜貨鋪裏歇腳。茅盾看到自己和朋友們身上的棉襖都已淋濕，就與嚮導商量：「是否就在這裡宿夜？」

嚮導不同意。他說：「事先沒有布置，這鎮上駐紮著保安隊，怕不安全。可是繼續趕路也危險，下一段有三十里，要通過敵人剛剛撤出的地區，安全沒有保障，不帶武器在夜間趕路，太危險了。」

這時，雜貨鋪老闆替他們出了個主意：花錢請駐軍連長派幾個保安隊員當「保鏢」。並說他願意幫他們去辦交涉。茅盾和幾個人商量後同意了。雜貨鋪老闆去那裡一談就成。於是他們湊了一百五十元雇了兩個國民黨保安隊員，「保護」他們向惠陽奔去。

飯後，他們原想買幾盞燈籠，可是商店早已打烊，未能買到。但茅盾和張友漁的妻子還各帶著一支電筒，他們就靠著這兩支電筒，冒著風雨在黑夜裏趕路。

三小時後，雨漸漸小了。妻子從後面問茅盾：「離惠陽不遠了吧？」

「估摸著快到了。」

茅盾眼睛近視，又有眼病，這時當然看不清路，只能一腳高、一腳低地走著，憑感覺他知道軟的是爛泥，硬的是石塊。有時一腳踏進水潭，「砰」的一聲，大腿上全是水，他也不管，馬上拔出腳再走。

這樣摸黑走著，當他正覺得似乎走在石橋上時，猛然聽到後面「撲通」一聲，回頭一看，身後的妻子不見了。他連忙大叫：「不好了，不好了！德沚掉下河裏去了！」急忙用電筒往橋下照，卻深不見底，只聽得嘩嘩的水聲。

他嚇呆了……

聞聲奔來的人也都慌了，不知怎麼辦。張友漁的妻子甚至哭了起來。

這時，橋下卻傳來孔德沚的聲音：「我還沒有死呢！可是怎樣上去呀？」

兩支電筒循聲照去，看見了！她正站在橋下靠近河岸的水草和爛泥裏。

「受傷沒有？」茅盾著急地問。

「沒有，沒有。趕快設法拉我上去呀！」

靠了兩位「保鏢」的幫忙，終於把她救了上來。

在惠陽城內一家大旅館裏，孔德沚換去濕衣，借到一隻小泥爐，生上火，一邊烘烤衣服，一邊敘述她「失足」的經過：「我腳下踏一個空，身體就掉下去了。心裏想，不好了，這是河呢，可是老不到水裏，像騰雲似的。後來，撲通一聲，到了水裏了，眞運氣，可巧全是水草和爛泥，沒有石塊。我趕快爬起來，就聽到你們在岸上喊。你們以爲我死了，我就喊：沒有死，沒有死……」

在床上發燒的胡仲持說：「眞是奇蹟，竟沒有一點傷，還堅持走到了惠陽！」

「那時我們都嚇慌了。要是傷了，怎麼辦呢？」廖沫沙說。

「幸而多天水淺，不然，兩丈深的水……」葉以群心有餘悸地說。

「如果死了，或傷了，那你們就麻煩了。」孔德沚笑著說。

大家也都笑了。

茅盾對妻子的勇毅深爲欽佩，他鬆了一口氣說：「三棟出發前，我要買燈籠，好像是有預感似的。不過，總算是不幸中的大幸。」

「茅公，我們這些天來的經歷，既驚險又富有傳奇色彩，你要是寫在小說裏，那有多精彩！」葉以群冒出這麼一句。

茅盾微笑不語，心裏說：「我一生中這段難忘的經歷，總是要寫的，要寫的……」

四四　筆耕桂林

1942 年 3 月 9 日，從桂林的一家旅館門外走進兩個客人，身上都穿著既骯髒又肥大的藍布棉襖，男的左手提著個包袱，右手拎著一隻熱水瓶；女的一手挽著個包袱，另一手提著隻小藤籃。兩人在旅館的登記簿上寫的姓名是：男，孫家祿；女，孫陳氏。

　　茶房看著這兩個落魄的客人，露出鄙夷的目光。他怎麼會知道：這兩位旅客是大名鼎鼎的作家茅盾和夫人呢。

　　那時，他倆的全部家當是：一條俄國毛毯，幾件替換的內衣，一些梳洗用品，一本《新舊約全書》，一支自來水筆。經過三個月的難民生活，他們的錢袋裏，所剩已廖廖無幾。

　　「錢袋快掏空了，怎麼辦？」妻子問丈夫。

　　「我是手無縛雞之力，唯有重做馮婦，賣文為生。」茅盾無可奈何地說。

　　「這旅館住不起，你快找人幫忙租一間房吧。」妻子提出了當務之急。

　　過了一天，葉以群介紹茅盾和邵荃麟認識，邵荃麟就把自己的一間廚房讓給了他們。葉以群說，他接到黨的指示，要去重慶，並告訴他邵荃麟是中共在桂林的文化工作負責人。

　　於是茅盾夫婦來到桂林市郊麗澤門外麗君路南一巷，搬進邵荃麟騰出的那間廚房。這間房很小，八九個平方米，只能放一隻雙人床和一張桌子。

　　田漢、歐陽予倩、王魯彥、孟超、宋雲彬、艾蕪、司馬文森以及從香港脫險的夏衍、金仲華等朋友聞訊都來看望茅盾。夏衍問他今後有何打算，他回答：「我想好好休整一下。首先要解決填飽肚子的問題，所以打算寫點東西。」

　　茅盾發現桂林並不大，然而「文化市場」特別大。短短的一條桂西路，就有幾十家書店。

　　邵荃麟對他說，加入書業公會的書店、出版社，就有近七十家，雖然有一些是「皮包書店」。

　　「皮包書店，怎樣講？」茅盾不理解地問。

　　「這樣的書店大半是販賣文具起家，他們除了囤積販運紙張文具和上海出版的書籍，也做翻版盜版的生意，其中少數也出版了一些進步書籍，獲利比大書店還多呢。」邵荃麟答道。

　　不久，許多出版商打聽到茅盾的住址，紛紛找上門拉稿。一些人瞭解到他手頭拮据，主動提出可以預支稿費，而且書在出版之前，某些章節還可以先在刊物上發表。這些條件使他動心了，可是他只答應了可靠的書店，並未一概同意。

　　以往，茅盾每到一地，總是先為報刊趕寫短論和雜文。這次他卻一反往常，婉辭了各家報刊的約稿，先寫長篇。他是這樣考慮的：寫短論的雜文，

是向敵人擲投槍，但目前的桂林不同於過去，更不同香港，國民黨的圖書檢查十分嚴厲，人身自由又無保障，如果匆匆忙忙上陣，既不能使「投槍」通過圖書檢查老爺的關口，反倒授人以口實。還是先不要急於發表文章，看清局勢再寫不遲。可是德沚在等米下鍋，那就先寫長的吧。香港戰爭和東江脫險都是很好的題材，都可以寫成幾萬字的中篇。

茅盾有眼病，晚上無法執筆，只能利用白天。房中只有一張方桌，夫妻在房門口做飯，半張桌子放油鹽醬醋，瓶瓶罐罐。他用另一半桌子，歪坐在竹椅上進行創作。

5月1日，描寫香港淪陷前後市民生活和艱難遭遇的《劫後拾遺》脫稿了。這部中篇小說寫法別致，近乎特寫，紀實性很強，由桂林學藝出版社出版，被稱為是有「文獻價值」的作品。

在抗戰前夕，茅盾就打算寫一部從辛亥革命到「五四」前後的長篇小說，因為抗戰爆發而作罷。如今他又開始醞釀、構思，決定寫一部新的長篇小說，表現「五四」運動前到大革命失敗後這一時期的政治、社會和思想的大變動。

他設計中的主要人物是一些出身剝削家庭的青年知識分子，他們有革故鼎新的志向，但是認不清方向。當革命浪濤襲來時，這些人投身風浪之中，然而一旦革命退潮，他們又陷於迷惘，或走向了個人復仇，或消極沉淪。

寫作進行得很順利。由於他在桂林是客人，許多社會活動可以不參加，能把時間和精力都集中於寫作。寫作的條件很差，不得不在他稱之為「兩部鼓吹」的特殊環境中爬格子。

什麼是「兩部鼓吹」？茅盾曾作過這樣的說明：「我的小房外邊就是頗大的一個天井（院子）。每天在一定的時候，天井裏非常熱鬧。樓上經常是兩三位太太，有時亦夾著個把先生，倚欄而縱談賭經，樓下則是三四位女傭在洗衣弄菜的同時，交換著各家的新聞，雜以詬誶，樓上樓下，交相應和；因為樓上的是站著發議論，而樓下的是坐著罵山門，這就叫我想起了唐朝的坐部伎和立部伎，而戲稱之為『兩部鼓吹』。」

他住的小房裏沒有電燈，點了一盞桐油燈照明。夜晚，妻子在昏黃如豆的燈光下縫補衣裳，他唯有臥床閉目構思，打腹稿、推敲字句。白天的八九個鐘點，對他來說是太寶貴了。然而，「兩部鼓吹」卻常干擾他的運思作文。有一天，他正寫著，「兩部鼓吹」又開場了，嘻笑謾罵，撕打哭鬧，擾得他實在忍無可忍，便把筆一扔，衝到天井裏，對「立部伎」中的宋雲彬大聲吼道：

「老宋，你一天到晚可以打麻將、講賭經，我可是要靠做文章吃飯的！你要講，好不好回到房……房裏去……去講！」

看他氣得說話有點結結巴巴，宋雲彬知道茅盾是真的發火了，連忙說：「好，好，不講了，不講了！」

「坐部伎」的幾個女傭也嚇得互相吐舌眨眼，不再高聲罵街。

孔德沚低聲對丈夫說：「你平時忍著性子不聲響，一發火，倒蠻靈光哩！」

這以後有六七天，「兩部鼓吹」停止「演出」，使茅盾得以安心致志地寫一百多頁原稿紙。不久，就完成了這部後來題為《霜葉紅似二月花》的長篇小說。

8月的一天，他從外面回來，妻子問他：「熊佛西先生找你去做什麼呀？」

「嗨，他胃口大得很，雄心勃勃要創辦一個大型文學期刊，叫《文學創作》。要柳亞子、田漢和我幫忙，給他寫文章，還派定我每期至少寫一篇小說。」

「你答應他了？」

「答應了。他有那麼大的勁頭，應該支持他。」

茅盾認為，支持熊佛西創辦大型文學期刊，要比自己上陣更為有利，也更有效。而且，這本刊物有可能在西南部站住腳跟。於是，他改變原來的打算，提筆再寫短篇小說。

可是，現實性很強的題材無法寫，於是他想了個主意：選擇聖經中的一則故事來寫，用它來隱射現實。他就寫了《耶穌之死》。寫到叛徒猶大出賣了耶穌，要來捉拿耶穌時，耶穌說：「你們帶著刀捧出來捉拿我，如同拿強盜嗎？我天天同你們在殿裏，你們不下手拿我，倒這樣鬼鬼祟祟來幹？現在是你們的時候，黑暗掌權了！」

這「黑暗掌權了！」影射的便是國民黨反動派掌了權。茅盾正是要借喻聖經中耶穌與法利賽人的鬥爭，詛咒國民黨的法西斯統治。

熊佛西讀了這篇《耶穌之死》，看出了茅盾的創作意圖，擔心通不過國民黨圖書期刊檢查官的審查。豈料它竟順利逃過了「關卡」。

在熊佛西的慫恿下，茅盾又用聖經中的另一個故事寫了《參孫和復仇》，預言國民黨法西斯統治的沒落。

對這兩篇借用聖經故事改寫的作品，茅盾自己很喜歡。他後來說：

「因為只有用這樣的借喻，方能逃過國民黨那時的文字檢查。蔣介石自己

是基督教徒，他的爪牙萬萬想不到人家會用《聖經》來罵蔣的。」

茅盾在桂林寫的另一個短篇小說是《列那和吉地》。他在這期間還寫了大量的創作藝術技巧短論、書評及雜文。九個月「筆耕」的收穫竟有五十多萬字，真是驚人！

他還和柳亞子、陳此生等人論史作詩。這些詩真實地反映了他當時的鬱悶心情和對延安親人、同志的思念。其中一首七律《無題》寫道：

> 偶遣吟興到三秋，未許閒情賦遠遊。
>
> 羅帶水枯仍繫恨，劍芒山老豈剗愁。
>
> 搏天鷹隼困藩溷，拜日狐狸戴冕旒。
>
> 落落人間啼笑寂，側身北望思悠悠。

四五 蔣介石發出邀請之後

茅盾從香港來到桂林不久，聽說重慶的國民黨政府給廣西當局下了一道電令：中央對由港歸來之文化人將有所借重，廣西不得為他們安排工作。他冷笑道：「這一手分明是想扼斷我們的生機，逼我們就範！但它對我不起作用，我是靠賣文為生的，並不需要別人安排什麼工作。說什麼『將有所借重』，我倒要看看它是什麼貨色！」

不久，這所謂的「將有所借重」便真相大白。1942 年 5 月初，公開身份是文化服務社社長、實際是 CC 系文化特務的劉百閔由重慶抵達桂林。一天，他邀茅盾到樂群社共進午餐，客氣地說：「沈先生此次從香港脫險，回國效力，忠誠可嘉。我代表中央向您表示慰問。請允許我敬您一杯！」

茅盾雖不知他葫蘆裏賣的什麼藥，但也以實相告：「我素來不會飲酒，請原諒。」

劉百閔又客氣一番，便自斟自飲地轉入正題：「近兩年來，文化工作委員會的委員散居各地，使得重慶總部的工作難以開展，所以，蔣委員長特意要我來請沈先生以及其他原來在重慶的委員回去。至於工作問題、生活安排，這些都好說。」

茅盾心想，蔣介石此時向我發出邀請，不知要幹什麼？但有一點可以肯定，他是想把我置於中統和軍統的嚴密監視之下。於是對劉百閔說：「我剛到桂林，需要歇一口氣，會會老朋友，手頭又正寫一部小說，不好打斷，去重慶的事以後再說吧。」

談話之後，他瞭解到劉百閔在代表蔣介石「邀請」他的前後，還找了張友漁、沈志遠、千家駒、金仲華、梁漱溟等人。但大家都在觀望，沒有一個人願意冒風險。

劉百閔游說沒有結果，不敢回重慶，每隔一段時間就上知名的文化人家裏繼續游說。茅盾自然是他經常「光顧」的對象。

7 月間，劉百閔還託剛到桂林的葉聖陶來勸茅盾。他推託正在寫一部長篇小說，無法離開。

10 月底，茅盾完成了《霜葉紅似二月花》第一部，以及《耶穌之死》等幾個短篇小說。經過反覆權衡利弊，他下了決心：離開桂林去重慶。為什麼呢？

對於蔣介石，他雖然只見過幾次面，卻深知其人。1925 年初，他由上海去廣州出席國民黨「二大」。大會期間，蔣介石在黃埔軍官學校招待全體代表，並當場演說。茅盾實在不很懂這位「大同鄉」的寧波官話，但卻聽懂並且記得他曾厲聲怒色地說：「我不但有子彈打我的敵人，也有子彈打我的不敢衝鋒的學生！」

「四・一二」政變發生，蔣介石叛變革命，大肆屠殺共產黨人，激起了茅盾極大的義憤。他以總主筆的身份在《漢口民國日報》撰寫社論，揭露和抨擊蔣介石的反革命嘴臉及本質，怒斥蔣介石是「一個具體而微的袁世凱第二」，是「帝國主義、新舊軍閥、大地主、資產階級的代表」。他轉入地下之前寫的最後一篇社論就是《討蔣與團結革命勢力》。蔣介石因此對他恨之入骨，密令通緝茅盾。

抗日戰爭爆發的第二年，蔣介石舉辦盧山談話會，邀請全國各黨派暨各界知名人士「共商國是」。茅盾也接到了國民黨中央政治委員會秘書處的請柬，邀他參加第三期盧山座談會。當時，他曾對轉送此信的鄭振鐸說：「發這封信的人大概忘記了十年前他們對我的通緝令還沒有撤消呢！我看應該去封信問問清楚，免得上了盧山他們卻拿出了那個通緝令。」

「不要開玩笑了，你打算去不去呢？」鄭振鐸問。

茅盾表示要想一想。

鄭振鐸勸他去：「你可以聽聽老蔣說些什麼，這比報紙上的新聞可靠。」

「好吧，那就去聽聽他談些什麼。」茅盾答道。

然而，過了二十多天，鄭振鐸卻轉給他一份國民黨中央政治委員會秘書

處廬山辦事處的電報：「鑑三期談話會因時局關係暫緩舉行特此奉聞。」

「蔣介石是何許人，我沈某清楚得很！」茅盾想。近幾個月來，爲什麼劉百閔三番五次上門轉達蔣介石的「邀請」呢？他幾次和妻子商量。

從政治環境講，桂林比重慶較爲開放，國民黨特務組織考慮到廣西派的實力，還不敢在桂林橫行。但是桂林畢竟不是香港，它和重慶是五十步與一百步，並無本質上的區別。

「再從蔣介石再三派劉百閔到桂林請我去重慶這件事分析，」茅盾說，「老蔣是想把我控制起來，置於特務組織的監視之下，目前尚無意向我揮動屠刀。重慶又是陪都，駐有各國外交使節和新聞機構，蔣介石礙於國際輿論，也不會輕率地對我這位被『請』去的『無黨派人士』下毒手」。

孔德沚覺得他講的在理，便說：「我想老蔣也不大敢。」

「到了重慶，我可以憑國民黨軍委會政治部文化工作委員會常委的身份進行活動，中共辦事處和恩來同志又近在咫尺，還有郭沫若、老舍、陽翰笙等一大批朋友在那裡堅持工作，我可以配合他們。只要注意鬥爭策略，特務的監視並不能妨礙我的工作。相反，留在桂林，他們倒可以採取秘密綁架的手段，把我投入監牢，甚至『就地處置』，然後對外謊稱我不聽『蔣委員長的勸告』以致中央無法保護而遭此厄運。」

他妻子「唉」了一聲說：「只不過到了重慶，我們將會喪失行動自由，不可能再像上回那樣化裝潛逃了。在桂林，我們還能想法轉移到敵後根據地。再說，到了重慶，再去延安更難了。老蔣知道我們把孩子留在延安，怎會讓我們再去延安呵！」

自從來到桂林，困居斗室之中，夫妻倆常思念留在延安的兩個孩子。茅盾對妻子說：「德沚，幾十年的經歷使我明白，我們個人的幸福已牢牢地和民族的命運捆在一起了，只有爭得了民族的自由與解放，我們闔家才有團圓的可能。」

他們最終還是決定去重慶。

葉以群又來信催茅盾去重慶主編《文藝陣地》，這正好給了他一個藉口。於是當劉百閔再來游說時，茅盾便通知他：「我的長篇小說已告一段落，朋友來信要我編雜誌，我準備不日起程去重慶。」

劉百閔一聽，喜出望外，連忙討好地問：「那您有什麼困難？盤纏夠不夠？如果有困難，政府可以給您解決。」

「一切我都能自理，不用政府爲我操心。」茅盾冷冷地說。

其實，他們除了一日三餐買米的錢，身上並無餘款。幸虧接受出版《霜葉紅似二月花》的華華書店老闆孫懷琮拿出三四千元預付了這部長篇小說的稿費，幫了茅盾的大忙。

柳亞子和田漢夫婦聽說茅盾夫婦要離開桂林，便請他們夫婦來到月牙山素菜館，品嘗被譽爲桂林三寶之一的煮豆腐，替他們餞行。

柳老詩興大發，即興賦詩一首贈給茅盾：

> 遠道馳驅入蜀京，
>
> 月牙山下送君行。
>
> 離情別緒渾難說，
>
> 惜少當延醉巨觥。

田漢對茅盾說：「我的大孩子海男也要去重慶，他願意和你們一起走，一路上也可以保護你們。」

「那好呀！海男是正規軍人，有他帶著槍陪伴我們，就不用找保鏢啦！」茅盾欣喜地說。

12月3日，他們夫婦和田海男乘上了開往柳州的汽車。預定的路線是：桂林——柳州——金城江——貴陽——重慶。

來到柳州，茅盾夫婦住進一家旅館之後，妻子上街去買東西，茅盾靠在床頭歇息，忽然有人敲門。他走去開了門。來人是一個獐頭鼠目的青年。

「沈先生，我在桂林拜訪過您，您不記得了？」

聽茅盾說不記得他，又自稱：「我去過蘇聯，懂俄語……」

「請問你有什麼事？」茅盾打斷他的話問。

「我也住在這旅館裏，是要同你一路去重慶的。」

茅盾心中一驚，他是什麼人？

「我來給您看兩樣東西。」那人從懷裏掏出兩張紙。

茅盾接過一看，一張上面寫著：「查沈雁冰（茅盾）、鄒韜奮係異黨分子，有不軌行爲，著各地分處、分局留心稽查該二人行徑上報。」另一張上面寫著同樣的內容，只是名字爲「沈雁冰（茅盾）、陳培生」。兩張紙上都蓋有國民黨中統局的大印。

這兩份東西看樣子是眞的，茅盾心中思忖道，他們大概是在對我進行神經攻勢。只是爲什麼把陳培生和我連在一起？他遠在新疆嘛。

茅盾笑了一笑，將兩張紙還給來人。

那人看他一副無所謂的樣子，就嚴肅地說：「沈先生，您不要以為這是開玩笑，這是真的，我吃的就是這碗飯。因為我向來敬佩先生，所以來向您透個風。明天火車上就有一個人和您同行，這人是我的上司，我們奉命陪送您到重慶。」

哦，這傢夥原來是中統局的特務，不知他的上司是怎樣一個人？

等妻子和田海男回來，他便告訴了二人。田海男說：「怪不得我在旅館飯廳裏看見了那個人。」

「你說的是誰？」茅盾問。

「一個中統特務，姓陸，公開的身份是西南公路局稽查，常在這條路上跑，在桂林和柳州都有他的辦事處。」田海男答道。

「你在桂林隨便接見客人，混進了特務也不知道！」妻子埋怨他。

第二天他們乘火車去金城江，茅盾果然看到一個中年胖子跟昨天來找他的小特務坐在一起。

下了火車，茅盾和田海男趕到汽車站排隊買去貴陽的車票。他買到了兩張，而田海男卻未買到，說是賣完了，讓他搭後天的車走。這時，田海男從售票窗口看到姓陸的胖特務正在裏面和一個人嘀咕什麼。

「顯然他們是想把你和我們拆開。」茅盾聽了田海男的話，分析道。

「那我們也遲走一天吧，我擔心他們要搞什麼鬼……」孔德沚擔憂地說。

茅盾想了想，告訴田海男：「我看他們的陰謀只是要把你和我們分開，由他們來『護送』到重慶。既然他們硬要代替你當我們的『保鏢』，我們也不便推託，明天還是上路，發生什麼情況再隨機應變。海男，你也不必為我們擔心，我雖不會打仗，對付特務還多少有點經驗。我們到重慶再見吧。」

夜晚，他看到妻子憂心忡忡，就又分析給她聽：「老蔣派劉百閔專程到桂林來請我們去重慶，而且耐心地等了半年，這表示他的『誠心』和『寬宏大量』。再說，我是第一批被他『邀請』去重慶，假如他在半路上對我做什麼手腳，那就等於撕破他戴了半年的面具，而且會驚動其他還在桂林的文化人。老蔣還不至於蠢到這步田地的。我估計，那姓陸的任務就是把我們團團地送到重慶，防備我在途中逃走。他們派這樣一個大角色來護送，算是看得起我了。」

在赴貴陽的汽車上，姓陸的胖特務帶著一個三十多歲的女人，坐在他們

夫婦的後面。他主動地同茅盾打招呼：「沈先生，您好！」

「哦，您貴姓？您怎麼認識我的？」茅盾問。

「鄙姓陸。抗戰那年，沈先生在長沙講演，我就在下面聽講，所以我認識您，您不認識我。」

「請問陸先生現在官居何職？」

「不敢，鄙人現在是西南公路局稽查，常在這條路上跑。」

「我可是頭一次呢。」

「那我給您當嚮導好了。」胖特務假裝熱情地說，「今夜要在獨山住宿，那裡只有一家旅館，總是客滿，住不上店的客人，只好住民房。不過只要沈先生願意，我可以幫您訂到房間。」

「好哇，那就拜託你了。」茅盾順水推舟地說。

到了獨山，胖特務讓小特務陪他們夫婦慢慢走，自己和那個女人先去房間。他開的房間是裏外兩間，客氣地讓茅盾夫婦住裏面，他們住外面。

「那位小兄弟呢？」茅盾意指小特務。

「他另外有地方住。」

晚飯後，胖特務找茅盾談。茅盾就問他那位女的是不是他太太，他支吾其詞地說是朋友的夫人。

哼，假話！還不是專門派來盯我妻子梢的。茅盾心裏說，至於你把我們的房間安排在裏面，顯然也是為了便於監視。

「沈先生為什麼不想做一番事業呢？」胖特務問。

「事業？寫作就是我的事業。」

話不投機，兩人也就未談下去。等姓陸的走後，他對妻子說：「我看，明天乾脆把住旅館、買車票的事託付給姓陸的，這在他是求之不得的，在我則樂得輕鬆。」

「你倒會利用人。」

「嘿嘿」，茅盾輕聲笑了，雙眼閃著狡黠的亮光。

他們來到貴陽，準備換車。哪知道汽車站裏人山人海，要去重慶的客商有上千人。姓陸的胖特務雖有「本事」，也只買到了五張三天後的汽車票。但他卻憑關係，安排茅盾夫婦住進了貴陽最高級的旅館——貴陽招待所。這裡住有國民黨的「黨國委員」，大門口站著憲兵，茅盾夫婦也享受到了「保護」。

在貴陽，茅盾去拜訪了多年不見的老朋友謝六逸，還有他的親戚、李達

的夫人王會悟，又給重慶的劉盛亞去了封信，告訴他預定到達的時間。

第四天早上，茅盾因風寒發起燒來，咽喉紅腫，說話嘶啞。王會悟得知後，去請來一位教會的醫生，給他打了退燒針，讓他服了藥。陸胖子聞訊也來看望，並且對他說：「車票是明天的，不過您明天恐怕不能走了。」

「等到明天再看吧，車票太難買了，實在走不了也只好退票。」茅盾臥在床上道。

「換幾張票還是容易的，您放心治病吧。」陸胖子安慰他。

過了一夜，茅盾的熱度退了，喉痛也已痊愈。他和妻子決定仍然上路。看看姓陸的，正和那女人睡得呼呼打鼾。他們不管他，打好行李，掏出汽車票看了看，叫了兩輛人力車，準備去汽車站。剛走到招待所門口，被那個小特務看見了，驚慌地問：「沈先生，你怎麼今天又走了？」

「昨夜出了一身汗，燒退了，今天能走了。」茅盾邊走邊說。

「您身體虛弱，還是明天再走吧。」小特務勸阻道。

「不！車票太難買了，我們還是今天走。」

小特務看茅盾走意堅決，急忙轉身跑進招待所。等他和姓陸的胖特務趕到汽車站，茅盾夫婦已坐在汽車上，離開車只有幾分鐘了。

「昨晚多喝了幾口，今早睡過了頭，差點誤了事。沒想到沈先生的病這麼快就好了，還先上了車！」胖特務自我解嘲地說著，擠進了座位。

茅盾心想：瞧這個傢夥，何等樣狼狽！萬一他趕不上這趟車，到了重慶怎麼交差呢？他旁邊的座位空著，顯然是那個女人來不及，倉促間被他甩在貴陽了。

一路上，由於姓陸的胖特務和那個小特務的「保護」，茅盾夫婦不必操心吃飯、住宿，他的身體完全復原了。第三天中午，汽車抵達重慶海棠溪車站。姓陸的胖特務向茅盾說了聲「再見」，匆匆下車先走了。

來到出口處，茅盾見姓陸的特務在向一個人交代什麼。他想，這是把我交給了別人繼續進行監視了。

「劉先生！」茅盾發現了來接他們的劉盛亞，便喚道。

劉盛亞擠了過來，幫他提起皮箱、包裹。茅盾低聲說：「有兩個人跟我從貴陽來。」他們便不再說什麼。走到檢查處，劉盛亞指著茅盾夫婦的行李同憲兵打招呼說：「這是我們的行李，要看嗎？」

「看一樣吧，」一個憲兵回答。

這時，另一個憲兵被人請了過去，立刻又轉回來，對他們說：「行李統統

要看！」於是，皮箱、鋪蓋捲、小藤籃……一件一件地被檢查，連一條魚乾的肚子也被搜查到了。茅盾妻子在綦江買的那筐橙子，卻幸運地未被一隻一隻剖開檢查。一個憲兵從皮箱裏拿出一個層層密包緊裹的紙包。

「小心，這個很重要！」茅盾鄭重地說。

憲兵一層一層地解開紙包。「一個墨盒。」他十分失望地說。

「我們寫文章的人，墨盒當然重要啦！」茅盾不出聲地笑著，眼睛一眨一眨地閃著開心的光亮。

然而，生活的道路充滿荊棘。自茅盾重新來霧都這一天起，他就處於特務的監視之下了，活動的困難和鬥爭的艱苦是可想而知。

新中國誕生後，有一天，薩空了來拜訪茅盾，對他說起一件往事：「我被中統特務秘密綁架囚禁了兩年零一個多月，一九四五年六月，即將恢復自由的時候，中統局長徐恩曾託人傳話給我說：『人有幸有不幸，最不幸的是杜重遠，他已在迪化被盛世才殺掉了。最幸的是茅盾，因為他應蔣委員長之召到了重慶，所以不好意思再把他關起來。』哈哈，雁冰，被你逃過了鬼門關！」

茅盾也笑了起來，對這位老朋友說：「特務頭子的幸福觀不值得一駁，不過他這話也證明了我當時對形勢的估計沒有錯，我在桂林所下的決心是正確的。它使我贏得了三年寶貴的時間，得以盡我所能，為中國人民解放事業多做一些工作。」

四六　教胡子嬰寫小說

重慶唐家沱天津路一號，是一棟精巧的小樓，樓上住著國訊書店的兩個青年店員，樓下一層住的是茅盾夫婦。

1944 年初春的一天下午，茅盾正在修改「突兀文藝社」一個青年作者的小說習作。她妻子聽到「篤篤」的叩門聲，放下手中的針線去開門。

「哦，是你呀！」她一邊請來客進屋，一邊歡聲向丈夫喊道，「雁冰，你看誰來了！」

「沈先生，你還認得我嗎？」來客是一位清秀端麗的中年婦女，熱情地向茅盾打招呼。

「啊呀，胡子嬰！認識，認識，老朋友了。」他忙起身讓座，叫妻子沏茶，拿糖果、糕點，招待客人。

　　茅盾和妻子在「五卅」運動前一年就認識胡子嬰了。那時，她才十六七歲，不認識字，在一個工廠做工。徐梅坤帶她來到茅盾家裏，她很拘束，但是茅盾從她那雙閃閃發亮的大眼睛中，發現了聰慧和機敏。這以後，她就成了茅盾家的常客。茅盾知道她除了參加工人運動，也勤奮地補習文化。大革命失敗以後，徐梅坤被捕入獄，他們就失去了聯繫。

　　後來，茅盾從日本回國，再與她見面時，胡子嬰已經是章乃器的夫人。她談吐舉止雍容大方，對中國的經濟問題表現出濃厚的興趣。抗戰初期，她以章乃器夫人的身份參加救亡運動，和宋慶齡的關係密切。前兩年，茅盾聽說她和章乃器分手了，自己獨立地從事經濟活動，並且取得了成功。

　　「是什麼風把你吹到這鄉間小屋來的呢？」茅盾問胡子嬰。

　　「春風嘛。我是無事不登三寶殿，今天專程來找您幫忙的。」

　　「我這個墨水匠，能幫你這個女能人的什麼忙喲！」

　　胡子嬰說她住在重慶，和朋友們聚在一起，經常談論抗戰形勢和祖國前途。在談到國家的經濟狀況時，他們深深感到在官僚資本和封建勢力的壓迫下，民族工商業只有萎縮，很難生存。要使民族工商業發展，必須先有政治上的民主和經濟上的自由。許多朋友為了爭取民主自由，已經寫了不少文章，作了不少報告。

　　「我卻有一個想法，就是用文藝武器來進行爭取民主自由的鬥爭。由於我對民族工商業的情況有一定的瞭解，我很想寫一部小說，表現民族工商業者在重重高壓下掙扎的苦難經歷。您是寫過《子夜》的大作家，可得幫幫我啊！」胡子嬰懇摯地向茅盾提出要求，眼裏流露出殷切期望的神色。

　　「噢喲，原來您是想跟我們作家爭奪飯碗呀！」茅盾開玩笑說，「不過，我是非常歡迎你來『奪』這個飯碗的。現在，文藝戰線的兵士不是太多，而是太少了。我們是老朋友，你這個忙，我幫定了。」

　　「這可太好了，你肯收我這個徒弟，我先謝謝您！」胡子嬰站起身，向茅盾恭恭敬敬地鞠了一躬。

　　「天不早了，吃過飯你們再慢慢談好不好？」孔德沚對二人說。

　　「好，好。子嬰，我們這裡就一間房，雖說已搭了兩張床，還好再搭一張，你就住下來，我們從長計議吧。」

　　晚飯後，茅盾替她搭好床，又和妻子一起為她鋪好被褥，還拿出蘋果，削好遞給她吃。胡子嬰被感動了，她想不到一個聞名中外的大作家對朋友不

但沒有一點架子，而且這樣真誠熱情地招待，於是也就毫無拘束地打開了話匣子：「寫小說，在我頭腦中已醞釀很久了，常常感到一股衝動，使我躍躍欲試。但是，我雖看過不少小說，卻從未寫過，你說我到底該怎麼寫呢？」

茅盾燃著一支香煙，熱情地說：「你想借這個題材揭露國民黨政府對民族工商業的壓迫和摧殘，創作意圖很好。你又有這方面的真切感受和第一手素材，這部小說，你一定能寫成功！」

「哎呀，你先別給我打保票了，還是教我這個徒弟怎麼寫吧。」胡子嬰急切地說。

「別急，別急，我說給你聽。」

茅盾一向反對初學寫作者從各種《小說做法》中尋找創作的捷徑，然而他現在卻不厭其煩地向她講解「小說做法 ABC」，想把創作的基本方法一下子灌輸給胡子嬰。這天晚上，他們一直談到半夜。第二天，茅盾又和她談了整整一天一晚。

茅盾說，中篇和長篇小說必須在開頭把布局搞好，一般有兩種不同的處理方法。一種是小說中的人物一開始就基本全部上場，在讀者眼前出現許多陌生人物和彼此間錯綜複雜的關係，造成懸念，使讀者在一章一章地看下去時，才逐步弄清楚每個人物的面目、性格和他們的相互關係。

「你的《子夜》就是這樣寫的吧？」胡子嬰問。

「《子夜》還不是好的例子。」茅盾繼續說：「以托爾斯泰的小說為例，他的《戰爭與和平》就是用這種方法開場的。書中上百名的人物，開篇時使讀者眼花繚亂，逐章看下去，漸漸明朗，進入勝景。」

他又把另一種方法告訴胡子嬰：一開始只是把一、二個主角介紹給讀者，用簡單的事件開始，逐步開展，引出一個人數眾多、情節複雜的宏大場面。譬如，《安娜·卡列尼娜》這部巨著就是一例。小說一開始只是寫安娜在鐵路上的遭遇，由此引伸開來，出現了情節複雜、場面壯麗的故事。

第三天早上，胡子嬰懷著充實和高漲的創作激情，返回重慶市區。

茅盾對妻子說：「我不知道她究竟理解了多少，我講的那些對她有沒有用，也不清楚。」

「我看有用！」妻子說，「不管怎樣，子嬰的創作勇氣，是被你鼓動起來了。」隔了兩個多月，胡子嬰又一次來到唐家沱，小心翼翼地交給茅盾一厚疊稿子。

茅盾笑著接過來，在手中掂了掂說：「好重，多少萬字？」

「五萬多。這是我的第一次作業，您要多批評呀！」胡子嬰愉快地說，她想，自己終於把小說寫了出來，經過茅盾的指教，再作局部的修改就可以了。

茅盾讓妻子陪她聊天，自己坐到桌子前閱讀稿子。他覺得作者確實費了一番心血，作品主題明確，故事也有頭有尾。然而，這小說的最大毛病是人物蒼白，缺乏個性，只是一種政治觀點的傳聲筒，這正是寫小說的大忌。看來，這小說必須推倒重寫。但她受得了嗎？又想：相信她經受得住，她是一個堅強的女人。

「沈先生，您看完了嗎？」胡子嬰微笑著問，流露出期望得到贊許的眼光。然而，她卻聽到茅盾說：「這不是小說，這只是政治口號加上些藝術的形容。」

茅盾看到這位女作者臉上閃過驚愕而又失望的神色，便誠懇地向她指出這部稿子所以不能為小說的原因。而且決斷地說：「必須重新寫過。我相信你一定能寫好。因為從這初稿看，你有生活，你有激情，你也有駕馭文字的能力，只是你還不善於用藝術的手法形象地表現主題，還不理解小說主要在於塑造典型人物。」他詳細地談了修改意見，並且特別提醒她：「不要企圖在初稿上修修補補，而要重新寫過，這樣可以放開來寫，把環境寫真，把人物寫活。子嬰，拿出你創辦企業的那種勇毅精神，這部小說必定能寫好！」

胡子嬰辭別茅盾，又去拜訪了曹禺，也得到了同樣的幫助和鼓勵。

從頭寫起，寫了改，改了又寫，終於寫出了一部十多萬字的中篇小說。

茅盾熱情地接待了這位三上唐家沱的女作家、老朋友。他把全稿瀏覽了一遍，看出這是以章乃器為模特兒的。書中也可以見到胡子嬰自己的影子。他對胡子嬰說：「很好，這一稿基本上可以了，只要再作些修改就成了。」

孔德沚對丈夫說：「你就幫子嬰改改吧。」

茅盾對胡子嬰說：「還是你自己來改，你能改好。我給你提一些具體的意見，供你參考。你把書稿留下，我再仔細看看。」

胡子嬰走後，他放下手頭正在寫的自己的小說，對這部稿子逐字逐句地考慮起來。為了尊重作者他沒有直接在原稿上改動，而是另用稿紙寫上詳細的意見，指出哪些地方應該增加，應改寫，應刪節，應調整。

茅盾覺得小說主人公憑銀行家的賞識而發家辦起企業，與一般民族資本家的創業史相比較，缺乏典型意義。主人公的性格剛愎自用，這在當時的民

族資產階級中也不典型。那時民族資產階級中更多的是容易動搖，習於苟安。但是，他考慮到胡子嬰是以章乃器作為模特兒的，而這些特點正是章乃器所有的，因此就沒有提出要作者進行傷筋動骨的大改。

一個星期後，茅盾進城去，把書稿和修改意見交給了胡子嬰。

她沒有想到茅盾寫的修改意見竟有幾十張稿紙，像是一本小書。老作家對她的書稿看得這樣仔細，所提的意見又是如此的深刻、詳盡，使她除了發自內心的欽佩和感激外，說不出一句適當的表示謝意的話。

胡子嬰參照茅盾的意見，對書稿作了很大的修改。

茅盾看了第三稿，對胡子嬰說：「現在這一稿只需要再作些文字上的加工了，假如你同意，就由我來作這最後的潤色吧。」

「這可是我求之不得的，太謝謝您了！」

茅盾花了三天時間，在胡子嬰的原稿上作了細密的文字修飾。妻子說他「就像批改學生的作文卷子似的」。

小說定稿以後，茅盾將它推薦給開明書店。一年後，在抗戰勝利的歡呼聲中，胡子嬰這部以「宋霖」為筆名的中篇小說《灘》終於出版了。

在重慶《大公報》的文藝副刊上，茅盾特地發表了一篇書評：《讀宋霖的小說〈灘〉》。

胡子嬰在解放後擔任了中華人民共和國商業部副部長。每逢春節，總要登門向茅盾拜年、祝福，行「弟子之禮」。

四七　第一次做生日

在這個世界上，一個知名度很高的人而說不出自己出生的準確日期，恐怕是不大有的吧。然而，茅盾卻是這樣一個人。

從他記事的時候起，他家裏就有一條規矩：全家人概不做生日。這條規矩，也不知道是他那主張「兒孫自有兒孫福，不為兒孫做牛馬」的祖父訂的，還是他的「維新派」父親「變法」、「革命」的結果。總之，久而久之，茅盾既沒有過生日的概念，就連自己出生於何月何日也弄不清楚了，他只記得是在「尚未入伏的某月二十四日」。

其實，這個「某月二十四日」是錯誤的。直到 1960 年，在一些研究者的幫助下，才從他二叔那裡徹底弄清他出生的準確日期：清朝光緒二十二年（農曆丙申年）五月二十五日，即公元 1896 年 7 月 4 日。

有趣的是在 1945 年 6 月 24 日中午，茅盾和他夫人一起，離開唐家沱的家，匆匆趕往重慶市區，去參加他的五十歲大壽的慶祝活動。這是茅盾有生以來第一次「做生日」。雖然今天並非他的真正生日，今年也不是他的五十周歲，但是他對這些生活細節一向不放在心上，也就聽之任之，讓熱心的朋友們為他操辦起來。

早在春初，中以群就對茅盾說，已打聽到他五十歲了，朋友們提議要在他五十歲生日那天給他祝壽。並問他生日是哪一天。

茅盾誠懇地對葉以群說：「朋友們的好意我心領了。你代我謝謝大家。還要請你轉達告他們，我不想做壽，一則過去從來不過生日，二則大家工作都很繁忙，沒有必要為我的生日驚動大家。」

誰知到了 6 月初，徐冰和廖沫沙到唐家沱看望茅盾，說他倆是專程來談為他祝壽的事。徐冰還說：「這是恩來同志的意見。」

茅盾聽徐冰說祝壽是為了通過這一活動擴大民主力量的影響，宣揚正氣，打擊反民主的勢力，又是恩來同志的意見，於是同意了。他說：「既然是這樣，那就照你們的意見辦。我的生日自己也弄不清楚，我想，初夏只有六月份合適，就算作六月二十四日吧！」

6 月 6 日的《新華日報》登了一則消息：「本年六月是名作家茅盾先生的五十初度，文藝界由郭沫若、葉聖陶、老舍發起，正積極籌備慶祝他的五十誕辰和創作生活二十五年紀念。」

6 月 20 日，又登載了籌備會發的「通啟」，其中寫道：「今年沈雁冰先生五十歲了，……二十七八年以來，他倡導新文藝，始終沒有懈怠過，而且越來越精健；對於他的勞績，我們永遠忘不了。他有所為，有所不為；他經歷了好些艱難困苦，只因中有所主，常能適然自得；對於他的操守，我們永遠忘不了。……」

茅盾讀了很感動。他寫了一篇題為《回顧》的文章，寄給《新華日報》。假座白象街西南實業大廈舉行慶祝茶話會的「壽堂」裏，樓上樓下，廳內廳外，已經到處是來「祝壽」的作家、藝術家，和各界知名人士，其中有剛從新疆監獄死裏逃生的趙丹等人。

會場裏張掛著賀幛、賀聯，還有許多「祝壽」的詩、畫、賀詞、賀信。馮玉祥贈的卷軸上繪著一隻壽桃，題詩：「黑桃、白桃和紅桃，各桃皆可作壽桃，文化戰士當大衍，祝君壽過期頤高。」郭沫若的賀詞是：「人民將以夫子

爲木鐸，茅盾尊兄五十壽慶」。老舍贈的賀聯爲：「雞鳴茅屋聽風雨，戈盾文章起鬥爭。」巴金的賀信寫道：「我喜歡你的文章，我佩服你的態度，我覺得你並沒有老，而且我相信你永遠不會老。你是我們大家敬愛的先生。」葉聖陶送來一首賀詩：「二十五年交不淺，論才衡操我心傾。力排世俗暖姝者，夙享文壇祭酒名。待旦何時嗟子夜，駐春有願惜清明。托翁易老豈難致，五十方如初日明。」

客人們三三兩兩交談著，談得最多的是對茅盾的印象。

葉以群說：「不認識雁冰先生的人想像著他的生活，總以爲他整日坐在窗明几淨的書房裏，凝神寫作，茶水、飯食都由人服侍上手……事實上，他的生活卻是最樸素的，他們不慣用人，日常家務都由他夫人處理，而他也就常常自動地幫起忙來，端茶、打水、抹桌、點燈……他都做得非常有趣味。他常常笑著說：『那些鄰舍總覺得我們這家人非常奇怪，老爺也不像個老爺……』那些人們是不會懂得：他根本不要當『老爺』的。他愛勞動，愛簡樸生活，這差不多已成了他的天性。你們說，他這種性格，是由他那二十幾年來的不怕貧窮、不怕困苦、對於革命文藝事業的堅持養成的呢，還是由這種愛簡樸的性格助成了他二十多年如一日的操守？」

吳組緗則說：「他的談鋒很健，是一種抽絲似的，『娓娓』的談法，不是那種高談闊論；聲音文靜柔和，不是那種慷慨激昂的，他老是眼睛含著仁慈柔軟的光，親切的笑著，只是一點似有若無的笑，從沒笑出聲來過。他是這樣的隨和，任你談到什麼問題，他都流露出濃厚的興趣，京戲，相聲，黑幕小說，托爾斯泰，醫藥，吃食，等等，都是接過話頭，隨口說出來，沒有一點套頭，沒有一點成見。他沒有一點架子，也毫無什麼鋒芒和尊嚴。你和他在一起，只覺得自由自在，你想說什麼，就說什麼，你要怎麼說，就怎麼說。你要躺下來儘管躺下來，要把腳架到桌上去就架上去。總之，你無須一點矜持，一點戒備，他不會給你心裏添一點負擔的。」

《新華日報》的記者把當天的報紙分發給大家。第二版上有王若飛同志寫的代論《中國文藝界的光榮，知識分子的光榮——祝賀茅盾先生五十壽日》，第三版上方是社論《中國文藝工作者的道路》，《新華副刊》以整版篇幅登載了「祝壽」的詩詞和文章。

人們最感興趣的是茅盾的那篇《回顧》，有個青年作家竟忘情地朗誦起來。

驀然，門外有人歡呼道：「茅公來了！壽星佬來了！」

人們把目光轉向大門口。只見茅盾正偕夫人走進來。他身穿灰呢長袍，滿面春風地跟朋友們握手、問好。

王若飛是代表共產黨來出席的。各界知名人士到會的有：沈鈞儒、柳亞子、馬寅初、章伯鈞、鄧初民、劉清揚（女）、胡子嬰（女）等；國民黨前中宣部長、現任文化運動委員會主任的張道藩也來了。到會的還有蘇聯大使館一等秘書費德林，美國新聞處的寶愛士，以及其他十多位蘇、美、英等國的代表和記者。

茅盾和夫人在熱烈的掌聲中被請到首席的正中就座。他的左邊是慶祝會的主席沈鈞儒，他夫人的右邊是柳亞子。

孔德沚感到很不自在，想躲到旁邊去，被于立群、白楊、白薇、胡子嬰等女賓等強按在座位上。她們說：「今天沈先生是壽翁，孔大姐就是壽婆了！」

過了一會，邵力子蒞臨，孔德沚便趁機把座位讓給了他。

主席沈鈞儒在致詞中說，「將茅盾與自己一比，今天的壽翁還是青年作家呢。」說得大伙哈哈大笑。他又說：「茅盾在他今天的文章裡寫到著作中尚少描寫平凡偉大的老百姓，我祝福他日後補足這個願望。」

張道藩說：「我九歲半的女兒問我：『茅盾是不是充滿了矛盾？』我說：『不，茅盾一點兒也不矛盾。』」

白薇代表女賓向孔德沚鞠躬致意，稱讚她是茅盾得力的「內務部長」。

在人們講話之後，于立群向「壽翁」朗誦中華全國文藝界抗敵協會的祝詞；白楊、趙蘊如、臧雲遠和育才學校的女學生朗誦了賀電、賀詩。

趙丹與張瑞芳、金山朗誦《子夜》中吳蓀甫和趙伯韜在酒吧間談判的一節。三個人沒有化裝，然而眉目、音調則像是化了裝，生龍活虎地從《子夜》裏跳了出來。

他們精彩的表演，使茅盾笑個不止。此時他才發現，他的小說是能夠上口朗讀的。

壽翁微笑著起身致答辭：「不安得很，為了我的生日，驚動了大家。幾十年來貢獻太少，自己覺得對真理的認識不充分，承蒙大家給我面子，給我光榮，給我做壽，我十分慚愧。剛才鄧初民先生說這不是做壽，這是向我加鞭，我便又放心了一點；不過又增添了惶恐……」

「張道藩先生說我沒有矛盾，事實上不可能的，因為我們小市民階層，脊背上不可避免的有歷史的負擔。譬如今天，我的新矛盾又來了。我自幼體

弱，家裏向來以爲我不會長命，我的父親只活了三十多歲，我已經超過了許多。我自以爲要作的事已作的差不多了，所以一向對於疾病少找醫生，恐怕徒增憂慮，對於死，我也是一點兒不怕的。蕭伯納曾說：四十歲以前如果寫不出什麼偉大作品來的作家，將來也無多大希望了。我是相信他這話的。然而，今天老前輩、友邦貴賓、好朋友們的鼓勵和鞭策，使我產生了再寫幾部作品的勇氣，我想再活二十年，至少像沈衡老一樣。五十年來，我看到過多少中國青年，多少中華民族最優秀的兒女犧牲了。我自己也是從血泊中走過來的，而現在，新一代的青年又擔負了比我們這一代更重的擔子，他們經歷著許多不是他們那樣年齡所需經歷的事，看到這一切又想到這一切，我覺得更有責任繼續活下去，繼續寫下去。」

「抗戰的勝利已經在望了，」他更加提高聲音說，「然而一個民主的中國還有待我們去爭取，道路還很艱險。我準備再活二十年，爲神聖的解放事業做一點貢獻。我一定要看見民主的中國的實現，倘若我看不見，那我死也不瞑目的！」

狂濤一般的掌聲在壽堂裏響起。慶祝茶會在熱烈的氣氛中結束時，已是五點多鐘。

在 6 月 24 日這一天，成都文藝界也爲他舉行了祝壽的活動。葉聖陶在會上激動地說：「茅盾先生二十五年的工作，就好比是舉著一盞燈籠，在黑夜裏努力地走。我們祝賀他五十壽辰，就要像他那樣也拿起一盞燈籠向前走。儘管現在還是黑夜，但光明終將把黑夜照明！」

昆明文藝界是在 25 日舉行了慶祝活動的。幾天後，茅盾收到詩人光未然的一封信，向他描述了慶祝活動的情形。信裏還說他向大家報告了兩件事，其二是「報告了我在曼德里時，忽然聽到您和鄒韜奮先生一同殉難的消息，我們曾多麼悲痛地舉行了追悼會，我還寫了一首《我的哀辭》在當晚的會上朗誦。而沈先生，您居然違背了某些人心願，沒有死，而且繼續寫了更好的東西，而且讓我們替您祝壽，而且您還會更紮實、更堅強地活下去和寫下去。昨晚我們吃了您的壽麵，吃得很有味。如今可惜的倒是我那首哀辭，它將永遠沒有發表的機會了，但我也不願我的真摯的悲憤的語言，從此淪滅於人間，趁著祝壽的機會，我把它抄給您，您該不以爲我是太惡作劇了嗎？」

光未然作的《黃河大合唱》歌詞，給茅盾以深刻的印象。他很感興趣地展讀起這首《我的哀辭》：「我以暴怒的語言／告訴你——／法西斯／我永遠

把對你的深仇大恨／記在心底／你又一次／摧折了／我們苦難人民的一面大旗……」

詩的後面有一行小字：「寫於一九四二・一・十二，緬京，茅盾追悼會上」。

他覆信：「你的哀辭，我讀了。我並不認為這是惡作劇，相反感覺十分親切。我感謝為我『做生日』的所有朋友，其中也有你。你的這首好詩，我將珍藏在身邊，它不會淪滅於人間的，總有一天，它會和人們見面！」

四八　清明前後

1945 年 1 月，周恩來由延安飛抵重慶，代表中國共產黨與國民黨再度進行談判。他給茅盾帶來一封毛澤東的親筆信：

> 雁冰兄：
>
> 別去忽又好幾年了，聽說近來多病，不知好一些否？回想在延時，暢談時間不多，未能多獲教益，時以為憾。很想和你見面，不知有此機會否？
>
> 敬祝
>
> 健康！
>
> 毛澤東
>
> 一九四四年十一月二十一日

捧著這封信，茅盾的眼眶濕潤了：黨像慈母般地關懷著我，而我卻是工作得太少、太少了。

下旬，茅盾簽名的《文藝界時局進言》在《新華日報》發表，要求結束國民黨獨裁統治，實行民主，團結抗日。

3 月初，國民黨反動政府悍然下令解散文化工作委員會，進一步迫害民主人士，強化獨裁統治。

接著，國民黨財政部宣佈黃金自每兩二萬元提價至三萬五千元。事先獲得消息的主管人員及官僚政客乘機搶購以獲暴利。案發後全國輿論譁然。國民黨為了搪塞輿論，只得由監察院出面查帳，結果是那些搶購了幾千兩黃金的大戶，草草退款了事；卻把幾個挪用存款合夥買了幾十兩黃金的銀行小職員抓了起來，作為替罪羊。

這件黃金提價舞弊案發生在「清明」前不久。

茅盾讀了報上的新聞非常氣憤。他向妻子要了把剪刀，把這天報紙上的新聞剪了下來，又一篇一篇地看著，想著：「這是個好材料，要以寫！」他想到有些朋友曾向他建議：「你使槍使了這麼多年，何不換把刀來試試呢？」

於是他決定寫劇本。

茅盾認認眞眞地寫起大綱來。抗戰以來，他寫了四部長篇小說，都沒有詳細的大綱，而爲了寫這個劇本，他卻寫了篇兩萬七千字的大綱，相當於劇本字數的三分之一。因爲他覺得自己寫劇本是外行。他帶著這個「大綱」，去拜訪著名劇作家曹禺、吳祖光，虛心向他們請教。兩位劇作家都給了茅盾熱情的鼓勵，又提出許多中肯的意見。吳祖光還把他的大綱拿回家，讓他的弟弟吳祖強幫茅盾謄抄清楚。茅盾懷疑自己的劇本是否適合演出。曹禺鼓勵他：「西洋戲劇史上不乏不適宜演出的好劇本，譬如蕭伯納的有些劇本就是。茅公，您寫小說是大手筆，寫劇本也會成功的！」

過了兩個星期，話劇《清明前後》開始由重慶《大公晚報》的副刊《小公園》連載。當茅盾剛把第二幕寫完，8月14日日本宣佈無條件投降。這個消息使他異常興奮。但是他並未停筆。他知道戰勝日本侵略者以後，經濟界將有大變，他的題材會顯得有點過時，而且自己的編劇能力不行，然而他又轉念：公然賣國殃民的事還在大量產生，我又何不在這烏煙瘴氣中喊幾聲？

他終於在抗戰的勝利聲中寫完了《清明前後》。

茅盾這次創作，是在「使槍使了許多年」之後第一次學著「使一回刀」。劇本以國民黨的「黃金案」醜聞爲背景，寫民族資本家林永清在官僚資本的壓迫下掙扎、覺醒的過程，以及小職員李維勤購買黃金受害的遭遇，深刻尖銳地揭露了抗戰勝利前後國民黨統治的腐敗和黑暗。如此一本話劇，誰來演出呢？沒有一個導演敢接受。他們一怕國民黨反動當局禁演，二怕萬一演砸了，不好向茅盾這位大作家交代。

「莫非我這第一個劇本眞的要步蕭伯納的後塵？」茅盾的確很憂慮。

「茅公，您的《清明前後》交給我們演吧！」4月初，趙丹登門拜訪，一見面便對他說，「我和徐韜、王爲一、朱今明等從新疆監獄中逃出的難友，剛剛組成了中國藝術劇社，決定第一個戲就上演您的《清明前後》，並且由我擔任導演。」

「啊，那可太好了！」茅盾深爲感動，但他考慮到該劇社初創，萬一演出失敗，將會影響劇社的前途和幾十個人的生活，就勸趙丹說，「這件事對你們

非同小可，你可要慎重呀！」

「我們考慮過了，願意冒這個風險，相信這個戲會取得成功。沈先生的腳本我已讀了三遍，從內容講，這劇本具有尖銳的、豐富的現實意義，正是當前最需要的。只是從演出的角度看，怎樣使它能夠更加……」

看到趙丹欲言又止，茅盾笑道：「請只管大膽說，是不是有些地方不合話劇的規律？」

「不是這個意思，」趙丹接著說，「我是說如何加強戲劇效果，怎樣更能出戲，說乾脆點，沈先生能不能允許我這個導演對腳本作一些技術性的變動，譬如把太長的對話改得短些，把某些情節改得更富於戲劇性些？……」

「可以，完全可以！有什麼不可以呢？只要能加強演出的效果，你儘管全權處理。」

「沈先生這樣信賴我，使我信心倍增。等我把腳本改好，就送來請您過目。」趙丹說。

「不必了，」茅盾說，「你們要抓緊時間排練，爭取早日公演，要趁現在毛澤東主席在重慶和國民黨談判的機會，把戲推出去。我想，老蔣囿於目前國共談判的形勢，大概不好意思下令禁演。你既看過腳本，總有一個修改的想法，你現在就可以談一談，大的改動有嗎？」趙丹說：「大的改動只有一處，就是把全劇的高潮移到最後一幕，現在的高潮在第四幕，第五幕又低落下來了，所以想把四、五兩幕顛倒一下，或者把兩幕合併為一幕。另外一點比較大的改動是金澹庵，他是官僚資本的化身，我打算一直不讓他出場，卻又隨處使觀眾感到有他在幕後，直到最後一幕全劇達到高潮時，才讓他出場亮相。您看行不行？」

茅盾感到趙丹所提兩點大的改動，都很有理，便欣然同意了。

9月23日，《新華日報》刊出一則廣告：「中國藝術劇社不日公演茅盾第一部劇作《清明前後》，導演趙丹，舞臺監督朱今明，演員王為一、顧而已、秦怡、趙蘊如、孫堅白等。」

這天晚上，茅盾偕夫人進城看了彩排，發現趙丹扮演了那個只露一面的金澹庵。

9月26日，《清明前後》正式公演了。第一天的上座率只有六、七成。茅盾心裏很擔心，怕演出成了兔子尾巴。第四天，他不放心，戴了一副墨鏡，悄悄去察看售票情況。他大吃一驚：噢，售票處排起了雙行長隊！

後來他聽說，從第二天起，上座率就逐日增加了。由於場場爆滿，星期日還要加演一場。

演出氣氛熱烈，劇場內掌聲不絕。記者在報導中稱之爲「罕見的現象」，「盛況空前」。

10 月 11 日毛澤東離開重慶返回延安。當時《清明前後》已連續演到第三個星期，12 日茅盾就聽到消息：當局要停演《清明前後》。他想，趙丹他們的劇團已打響了第一炮，我的劇本也走到了大眾中間，停就停吧。

然而停演並未成爲事實，不僅如此，國民黨的中央電臺還在 10 月 16 日設立了一個特別節目，介紹《清明前後》。但他們的「介紹」卻是：這個話劇內容有毒素，觀看過此劇的人應該自己反省一下，不要受愚弄，沒有看過的，切切不要去看。

豈料他們這麼一廣播，反而幫茅盾和趙丹的中國藝術劇社做了義務廣告，觀眾更加踴躍。不少工廠的老闆看了《清明前後》的演出，大爲感動，居然慷慨解囊，包場招待他們的職員、工人看白戲。

有一天，茅盾收到永利化學工業公司四川廠的一封信，希望他能允許該廠排演《清明前後》。茅盾在信中表示，歡迎他們排演《清明前後》，他將不收取演出稅。這個工廠公演了好幾場。他們給茅盾寄來了鉛印的說明書。

10 月 8 日，工業家吳梅羹、胡西園、胡光麈等六人，特地設宴招待茅盾和演出人員。吳梅羹說：「我們工業界的人看過《清明前後》的，很多人被感動得流淚。這是因爲我們工業界的困難痛苦，自己不敢講，不能講的，都在戲裏講了出來，全都是眞實的。」還有人希望茅盾再寫一個《中秋前後》。

這樣一部深受歡迎的好戲，刺痛了國民黨反動當局的中樞神經，成了他們的心頭病，雖然不敢公開明令查禁，卻在 11 月由國民黨中央宣傳部向各地發出一份密電：「準中央文化運動委員會張主任道藩 10 月 30 日函，『爲茅盾（即沈雁冰）所著之《清明前後》劇本，內容多係指責政府，暴露黑暗，而歸結於中國急需變革，以暗示煽惑人民之變亂，種種影射既極明顯，而誣衊又無所不至，請特加注意』等語。查此類書刊發行例應禁止，惟出版檢查制度業經廢止，對該劇本出版不易限制；固特電達，倘遇該劇上演及劇本流行市上時，希即密飭部屬暗中設法制止，免流傳播毒爲荷。」

茅盾當然無法知道此事。到 1946 年 4 月 9 日，他才從《新華日報》上讀到一則報導：茅盾名著《清明前後》，國民黨當局密令禁止，電飭各地暗中制

止上演出售。

茅盾指出「張道藩」的名字對妻子說：「哼！這位當面對我十分恭維，在我五十壽辰時又稱我『沒有矛盾』的國民黨『黨國大員』，終於在我背後露出了猙獰的面目。真是個人面獸心的東西！」

四九 哭愛女

從 1940 年秋天離開延安，茅盾和妻子已有五年沒有見到女兒、兒子了。

「哎，把亞男、阿桑丟在延安吃苦，這全是我的過錯啊！」孔德沚常常對丈夫絮叨。

茅盾也不時想念一雙可愛的兒女。他在《感懷》一首詩裏寫到他對兒女的思念之情，說自己雖然離開了延安卻時時引頸向北國。「雙雙小兒女，馳書訴契闊。夢晤如生平，歡笑復嗚咽。感此倍愴神，但祝健且碩。中夜起徘徊，寒螿何淒切！」

幾年來，他們給兒女寄過不少信，也接到過孩子的一些回信。兒子來信很少，因而讀女兒的信，就成了茅盾和妻子這幾年生活中最大的樂趣。亞男的每封信都給他倆帶來無限的慰藉，每封信都充滿了對父母的愛。有一次，亞男在信裏寫道：

> 爸爸胖了，這倒是令我們高興的，爸爸不是從來都是瘦的嗎？
> 現在怎麼會胖的？我有點想不通，因為照理說近年來只有更辛苦。
> 媽呢？胖瘦？我希望她結實些，不要再虛胖，到重慶逃警報也不方
> 便。甲狀腺現在是否完全好了？念念。

兩人一遍又一遍地讀著，彷彿女兒就在眼前。

1945 年 8 月 15 日，日本無條件投降了！喜訊傳來，舉國歡騰。過了幾天，茅盾夫婦接到了女兒的來信：

> 爸、媽，我很高興，敵人投降了，我們勝利了，等得十分心焦
> 的見面日子等到了，我們一定不久就可以見面。

「德鴻，你快設法把亞男、阿桑接到重慶來，即使讓我見上一面也好啊！」妻子急切地說。

茅盾深知妻子思念兒女的感情，答道：「我懂。這幾年你跟著我到處奔波，形影不離，然而你的心有一大半在孩子那裡，這我知道。你放心，一有機會，我就向恩來同志提出，想法把他倆接來。」

近一個月來，茅盾曾幾次進城去郭沫若家裏參加民主黨派負責人的時局討論會，也幾次出席周公館的文藝界集會，見到過周恩來副主席。但都因人多和匆忙，沒有找到機會。

在約 9 月 20 日，茅盾因腹瀉躺在全國文協的宿舍裏休息，等妻子進城接他回唐家沱。以群坐在他對面的床上，正跟他談報上的一篇雜文，這時，剛從延安調到《新華日報》工作的劉峴夫婦走了進來，還帶著他們五歲的小女兒。

「沈先生，您好！」

「啊，劉峴！」茅盾見到這位曾為《子夜》刻過插圖的青年版畫家，顯得十分高興，連忙問，「你們哪天到的重慶？」

看到茅盾要穿鞋下床，劉峴急忙伸手勸阻。

他只好依靠在床欄上，眼睛閃著光，向劉峴詢問延安文藝界的情形，還問了解放區的各方面情況，……他是什麼都想知道呵。

劉峴一一地回答了他的詢問，並說：「沈先生，我認識你的孩子，和沈霜很熟悉，只是沈霞同志犧牲得太可惜了！」

「你說什麼？！」茅盾大吃一驚，忙問。

看到他神色異常，劉峴不知所措，訥訥地問：「沈先生，你還不知道？」

「我不知道，你快說，我女兒，她究竟出了什麼事？」茅盾從床上坐了起來，緊張地問。

劉峴像是做錯了事似的，顯出一副尷尬的樣子，想開口又不敢開口，眼睛覷著葉以群。

茅盾意識到女兒出事了，心想：難道會是真的？怎麼可能呢？前幾天還收到她的信啊！……胸中一陣憋悶湧起，使他幾乎喘不過氣。

這時，葉以群告訴他：「沈先生，這是真的，沈霞同志犧牲了。恩來同志叮囑我們暫時不要告訴您，怕你們過分傷心，弄壞了身體。前一陣您正好又在趕寫《清明前後》……」

「她怎麼會死的？出了什麼事？劉峴，你，你對我說啊！」茅盾帶著哭聲說。

劉峴看到葉以群點了點頭，就說：「據說因為人工流產，手術不慎，出了事故。詳細情形我也不清楚。」

茅盾的淚水從眼眶溢了出來，痛哭失聲道：「我的亞男呀！你怎麼就這樣死去了，莫明其妙地死去了！嗚……嗚……，死於人工流產！啊，這，這不

是太不值得了嗎？！你才二十四歲，你的人生道路才剛剛開始呀！你怎麼就……就死了呢？

他邊哭邊問劉峴：「這事發生在什麼時候？」

「8月20日。」

8月20日？都已經一個月了！茅盾心想，為什麼琴秋、仲實他們不來一封信，難道能永遠瞞著我們？醫療事故，隨隨便便害死一個人！難道不負法律責任？！

葉以群拿出一封信，遞給他：「這是張仲實託人帶來的，出於同樣的原因，我沒有及時交給您。」

茅盾接過信，正要看，忽聽樓下傳來了妻子的聲音，急忙塞到褥子底下，並向葉以群、劉峴夫婦做了個手勢。他妻子走進門，見他坐在床沿上，就關心地問：「病好了嗎？」看到劉峴夫婦，又說，「原來還有客人。」

「他們是新從延安來的，這是劉峴，這是他妻子、女兒。」茅盾介紹道。

「看，這小姑娘多麼像我們亞男小時候，圓圓的臉，大大的眼睛，真可愛！」

劉峴一聽茅盾的妻子這麼說，感到不妙，連忙把話岔開，與她寒暄了幾句，起身告辭走了。

女兒驟然去世的噩耗，對茅盾的打擊太大了。他跟妻子回到唐家沱家裏，像是害了一場大病，渾身軟綿綿的；躺在床上一直昏昏沉沉，縷縷哀思縈繞胸懷。

茅盾只有兩個孩子，相比起來，女兒更使他疼愛。在他看來，女兒聰明、刻苦、懂事、有志氣，比兒子成熟很多。女兒又從小愛好文學，高中時候就能寫出情文並茂的散文，常常得到老師的讚揚和獎勵。妻子常對茅盾說：「你的文學細胞，遺傳給亞男了。」在延安時，沈霞的英語已達到了一般的水平。茅盾把她送進「抗大」，後來聽人說她已是俄語班的高材生。從女兒的來信裏，他逐漸瞭解到：女兒入了黨，有了愛人，叫蕭逸，是個文學工作者。一九四二年秋，兩人訂了婚，今年春天結了婚。當時，蕭逸在延安郊區農村體驗生活。一個周末，女兒背上垮包，帶上幾件衣服、幾本書，唱著「信天遊」，走了幾十里山路，到了蕭逸那裡。對著清冷的月光，這兩個穿八路軍灰布軍裝的男女戰士結合了，沒有一杯水酒，也沒有一響鞭炮，有的只是兩顆火熱的心。

這樣簡樸的婚禮，使茅盾和妻子感到心疼。他自己結婚時，他的父親已去世十多年，家中沒有收入，而他母親還為他花了一千元！現在女兒結婚，雖說是戰爭年代，但婚禮畢竟是太簡樸了。這使他們夫婦覺得欠了女兒一筆債。

茅盾怎能不悲痛萬分呵！他想，女兒只有活了二十四個春秋啊！她還沒有嘗到人生的歡樂，就這樣驟然離開了父母，而且死得又如此不值得，她怎能瞑目於九泉呀！

張仲實的信是 8 月 20 日寫的，信中說，他女兒的死是因為手術前一星期服了許多奎寧而沒有告訴醫生。讀完信，他想道：究竟是誰騙了我？或者說是醫生騙了仲實？……看來劉峴的話是可信的，因為人工流產這樣的小手術而出人命，只能是手術不慎引起其他病變所致。我明天去找徐冰，向他問個明白！

夜晚，茅盾在單人床上輾轉反側，難以入睡，苦苦地思索著：這個噩耗怎樣告訴妻子呢？

亞男是她的心頭肉，現在這樣一個活蹦亂跳的寶貝女兒忽然沒有了，她怎麼受得了呀？

天亮了，妻子問他：「昨晚你做了什麼夢？」

「怎麼啦？」他詫異地反問。

「我像是聽見你在哭。」

「哦，是做了個夢，夢見小時候，夢裏見了媽媽。」他順口說。

茅盾想，雖然妻子從不懷疑我，可是我怎能長久隱瞞亞男的死訊？一旦她知道我騙了她，甚至會懷疑阿桑也出了事，那她會急瘋的！

他又想：亞男沒有了，我們還有個兒子，如果能把兒子召到她身邊，再對她說出亞男的不幸，也許能減輕她的痛苦。對，今天非得進城不可！

「你病還沒好，又要到哪裏去？」妻子見他匆匆吃了碗泡飯，穿了長袍正要出門，便問道。

「病全好了，城裏有急事非去不可。」

「我陪你去吧？」

「不用了，我能走了。」

「那你早去早回，路上當心。」

茅盾匆匆來到曾家岩 50 號「周公館」，找到了徐冰。徐冰已接到葉以群

的報告，於是連忙請他坐下，為他沏上一杯茉莉花茶，不待他開口，就說：「這件事發生得太意外了，責任完全在我們，是那醫生玩忽職守。洛甫同志來電說，已給那醫生處分。」

「可是，我們的亞男沒有了呀！」茅盾的眼裏淚光閃閃。

「沈先生，你要節哀，」徐冰又說，「這件事遲遲沒有告訴你，除了怕你們打擊太大，影響你們的健康，還因為恩來同志想親自將這不幸的事件告訴你們，向你們道歉。你們把孩子託付給我們，我們卻沒有照管好。可是恩來同志最近實在太忙了。」

自從 8 月 28 日中共中央主席毛澤東飛抵重慶以來，周恩來就忙於和國民黨談判。半個月前，他還安排茅盾夫婦到「紅岩」的八路軍駐重慶辦事處，拜見了毛澤東主席；以後，毛澤東主席又約見了茅盾和馬寅初。這幾天，國共談判正處在艱難的僵持狀態，國民黨頑固派通過外國通訊社傳出談判將要破裂、內戰不可避免的消息，弄得人心惶惶。

茅盾聽了徐冰的話，趕忙說：「這我知道，他很忙。請轉告恩來同志，我完全能料理好這件事，倘若為了我私人的事而分了他的心，那就使我不安了。」

「沈太太知道了嗎？」徐冰問道。

「還沒有，我不敢告訴她。今天我就是為這事來找您商量的。我想先把兒子接到重慶，再對妻子談女兒不幸的事，您看——」茅盾徵詢地說。

「這好辦，等我報告恩來同志後，儘快把您的兒子接到重慶來。」徐冰爽快地表示。

幾天後，徐冰告訴茅盾，國共會談即將結束，準備讓他的獨生子乘毛主席返延安的回程飛機來重慶。

10 月 12 日傍晚，八路軍駐重慶辦事處主任錢之光夫婦開車來接茅盾夫婦，並說他們的孩子已來到重慶，住在「紅岩」。

到了「紅岩」，爬上八十八級的石梯，繞過黃桷樹，走進八路軍辦事處。在一間小客房裏，和衣躺在床上的沈霜看見他們進來，急忙跳起身喊叫「爸爸、媽媽」。

「長高了，也長壯了。」茅盾的妻子奔過去，抱著兒子喜孜孜地端詳著說，又回頭看看四周，問道，「亞男呢？亞男呢？你阿姐在哪兒？」

沈霜沒有料到母親還不知道姐姐去世的消息，一時不知怎麼回答。看到

兒子的窘態，又見到茅盾、錢之光等人一個個陰沉著臉，她慌了，叫道：「出了什麼事？你們不要瞞我！」

「姐姐已經死了。」沈霜說。

兒子的聲音很低，而她聽起來卻像是一顆炮彈的爆炸聲，頓時突出眼球問道：「死了！怎麼會死的！這不可能！」

「這是真的，媽媽，姐姐真的死了，所以讓我來重慶。」

她一下子跌坐在椅子上，呆楞楞地，過了幾秒鐘，才「哇」的一聲號啕慟哭起來。

茅盾的眼淚也禁不住流了下來，然而他還得安慰妻子：「亞男沒有了，還有阿桑，他就在你身邊呢。你看看——」

妻子猛然攞起來，淚眼汪汪地盯著他：「怪不得好幾次夜裏發現你在哭，原來你早知道了，為什麼你要瞞著我呀！我的亞男啊，你怎麼會死了呀！……」

錢之光夫婦好言安慰了茅盾妻子一番，便離開了他們。

沈霜等媽媽哭過了一陣，便向父母報告姐姐死亡的經過，他說：「日本投降後，延安的幹部紛紛奔赴新解放區開闢工作。我聽說，組織上決定派姐姐去東北。姐姐發現自己已經懷孕一個多月，為了不影響行軍和今後工作，就去找琴秋嬸嬸聯繫，到和平醫院做人工流產。這不是什麼大手術，誰也不會想到會有危險。手術是下午做的，第二天姐姐就覺得呼吸困難，腹痛難忍，告訴姓魯的主治醫生，魯醫生卻說這是手術後的正常現象，還說『這點痛都不能忍耐，太嬌氣了』，只給了一點止痛藥。到第三天早上五點，姐姐四肢突然發青，出現休克，經過搶救，有所好轉，可是主持手術的魯醫生卻不來。姐姐就要求護士打電話請琴秋嬸嬸快來。琴秋嬸嬸後來對我說，她急忙找了醫生去會診，不巧延河正發大水，騎了馬也過不去，而和平醫院又在河對岸。不久姐姐又第二次休克，再次搶救，已經晚了，中午十一點多，她心臟停止了跳動。琴秋嬸嬸告訴我，事後解剖，才發現死亡的原因是手術消毒不嚴，傷口感染了大腸桿菌，又轉成腹膜炎，也沒有及時治療。」

「唉，那個醫生真是太沒有責任心了！如果他第二天仔細檢查一下，不是就能發覺，進行緊急治療嗎？」茅盾憤憤地說。

「那個『白花郎中』，他在忙些啥嘞？」他妻子氣得用土話問。

「他要去東北，在忙著整理自己的東西。」沈霜回答母親。

「出事時，你姐夫呢？」茅盾問兒子。

「姐夫和我被洪水阻在對岸，沒有人通知我們。後來，我們才知道。那天，姐夫悲痛得哭暈了過去。」沈霜拿出兩張照片交給父親，「這是姐姐下葬時照的。」

茅盾看到一張照片是下葬時的情景，有一個八路軍音樂工作者在用小提琴奏哀樂。另一張照片是女兒的墳墓，墓碑上刻著「沈霞之墓」，下署「編譯局教職學員全體、琴秋、蕭逸、沈霜同立」。

孔德沚捧著這兩張照片，又悲傷地痛哭起來。

茅盾心似刀絞：女兒就這樣平白無故地死去了！彌留之際身邊甚至沒有一個親人！出乎他意料的是，他妻子居然支持他們的兒子沈霜回解放區工作。她說：「兒子大了，應該有自己的事業，不可能永久留在身邊，只要他健康、平安，我就滿足了。要說安全，還是解放區呀！」

茅盾安頓好兒子的工作之後，已是 1946 年 1 月初。周恩來約他見面，熱情地對他說：「這幾個月忙得不可開交，現在停戰協定剛剛簽字，政協會議又開幕了。所以您的女兒不幸逝世，我一直沒顧得上向你們致哀。」

「為了孩子的事，已經多次打擾您了，我和德沚都深感不安。」茅盾誠懇地說。

「發生這樣的事，我們有責任，是我們平時對那個醫生教育不夠。孔大姐心情好些了嗎？」周恩來問。

「好多了，兒子回來，分散了她的注意力。」

「那麼現在兒子又走了，她能放心麼？」

「這次兒子回解放區，是得到她贊同的，她認為兒子在解放區比在重慶更使她放心。」

「好，這樣就好。」周恩來笑著說。

但是，茅盾總是忘不了不幸而死的女兒。他和妻子翻檢女兒的遺物，在女兒的一封信裏發現了過去所疏忽的一段話：「《劫後拾遺》我們已經讀到。我自己覺得遺憾的是，這裡面竟沒有寫到我所最關心的學生與文化人的情況，在這中間我也找不出什麼你們在那時究竟是怎樣的一點影子來。」

於是，茅盾埋頭燈下，花了一周的時間，寫了一篇三萬多字的報告文學《生活之一頁》，在重慶《新民報晚刊》連載。他把每期報紙都剪下保存好，因為這是他專為紀念愛女亞男而作的。

這年 8 月，是沈霞逝世的一週年，茅盾在寫《蕭紅的小說——〈呼蘭河

傳》時，借題發揮，寫下了一段文字，表達懷念女兒的深情。他說，女兒是「爲了追求眞理而犧牲了童年的歡樂，爲了要把自己造成一個對民族對社會有用的人而甘願苦苦地學習，可是正當學習完成的時候卻忽然死了，像一顆未出膛的槍彈，這比在戰鬥中倒下，給人以不知如何的感慨，似乎不是單純的悲痛或惋惜所可形容的。」

五〇　喜晤瑪婭訪同行

抗日戰爭勝利後，茅盾經香港回到上海，住進大陸新村 6 號。

8 月初，蘇聯駐華大使館一等秘書費德林從南京來到上海，交給茅盾一封邀請他和夫人去蘇聯觀光的請帖。這請貼是由蘇聯對外文化協會（VOKS）發出的。

經過一番周折，10 月下旬，他從南京外交部拿到了出國護照。於是，他和夫人便忙著打點行裝，購買準備送人的禮品，又連著出席各種餞行的宴會。

1946 年 12 月 5 日清晨，茅盾夫婦在戈寶權、蘇聯大使館隨員克留可夫等人陪同下，坐車來到江海關第三碼頭。郭沫若夫婦、葉聖陶、傅彬然、葉以群、臧克家、葛一虹、任鈞等送行的人，把他倆送上蘇聯的「斯摩爾納號」輪船。朗誦臨別贈言、題詩留念、拍照、話別，茅盾夫婦和送行的朋友依依難捨。中午過後，輪船鳴笛起碇了。

「斯摩爾納號」經過五天的海上顛簸，於 12 月 10 日下午進入海參威港。

三天後，茅盾夫婦乘上國際列車，前往莫斯科。他寫道：「這是我有生以來第一次連續十二天乘坐火車，因而使我得以飽覽西伯利亞冬季披著銀裝的無窮無盡的平原和森林的景色。」

25 日清晨，他倆抵達莫斯科。邀請他們訪問、觀光的蘇聯對外文化協會，派了副會長卡拉介諾夫、東方部主任葉洛菲也夫到車站迎接。葉洛菲也夫通曉英語和漢語，專門陪同他們到各處參觀、訪問。

第三天下午，中國大使館女秘書胡濟邦來看茅盾，交給他一張請束說：「傅秉常大使請您和夫人在 1 月 3 日晚上去大使館便宴。」這使得茅盾夫婦改變了次日的安排，前往拜會了傅秉常。

在返回旅館的汽車上，胡濟邦對茅盾說：「蘇聯方面對您這次訪問很重視，你們到達的當天晚上，莫斯科電臺就作了廣播，第二天《眞理報》又發

了消息，並且派出葉洛菲也夫這樣的高級官員來陪同，這是很少見的。」他心想，也許這就是傅秉常要宴請我的原因。

除夕下午 2 時，蘇聯對外文化協會在他們下榻的旅館設宴，介紹茅盾和莫斯科的蘇聯作家見面。在宴會上，他見到了吉洪諾夫、列昂諾夫、戈爾巴托夫、蘇爾科夫等人。西蒙諾夫在外地，沒有來。蘇聯作家協會主席法捷耶夫派來了代表，他告訴茅盾：法捷耶夫在郊外休養，邀請您和夫人出席 1 月 2 日蘇聯作家協會為您舉行的茶會。

在席上，坐在他旁邊的吉洪諾夫說，他還記得茅盾在 1936 年翻譯了他的長篇小說《戰爭》。列昂諾夫為他們表演了三十年前學的一套中國戲法：「仙人搬豆」。

元旦中午，葉洛菲也夫來拜年，又對茅盾說：「我還要送您一件禮物。」

茅盾正想說「何必客氣」，卻見他向外招招手，說了幾句俄語。一個矮小的中國姑娘進來了，原來她是瑪婭——弟弟澤民的獨生女兒！自己的親姪女！頭一次見面，怎不令他感慨呢。

孔德沚一見到瑪婭，想起了去世的澤民和女兒亞男，頓時哭了起來。

葉洛菲也夫見這情景，便向茅盾告辭，走了出去。

這時，茅盾見妻子抱住瑪婭細細端詳，問著一連串的問題。可是瑪婭聽不懂，因為她不通中國話。他便問瑪婭懂不懂英語，她也搖搖頭。忽然他想起來時準備了一本俄英、英俄兩用字典，還沒有用過，急忙從箱子裏翻了出來。他先從英文找出一個字，叫瑪婭看俄文解釋，再由她找出一個俄文的字回答，他看英文的解釋。

通過這樣艱難的「交談」，茅盾夫婦弄清了幾個最簡的問題：瑪婭今年二十歲，在上大學，學的是無線電，還沒有男朋友。

瑪婭也瞭解了他們的一些情況，知道了祖母已去世，用俄文給她寫過信的姐姐亞男也去世了，哥哥阿桑在解放區工作。

她說，她母親（張琴秋）從東北給她來過信。

中午了，茅盾夫婦留她吃午飯。瑪婭不肯，他感到可能學校有什麼規定，但是茅盾和妻子還是硬拉她去餐廳，請姪女吃了一頓法國大菜。看著姪女吃得那麼有滋味，兩人眯著笑眼，打心底裏高興。茅盾想，看得出，這樣豐盛的法國大菜，她有生以來還從未享受過。

臨走時，瑪婭通過兩用字典對他們說，明天帶個翻譯再來。

　　第二天下午，她帶來了兩個男青年，一個是張太雷的兒子，另一個是劉少奇的兒子。靠了這兩個翻譯，茅盾夫婦和她的談話方便多了。他對侄女談到他們的家族，他們這些年的經歷，沈澤民的一生，還談到了國內的形勢，又問了她和中國留學生的學習和生活。

　　在莫斯科期間，他們又叫瑪婭來玩了幾次。對他這個唯一的侄女，茅盾懷有很深的感情。他說：「瑪婭是很可憐的，她剛出世，父母因要回國搞革命，不能帶著她，就把她一人留在蘇聯，送進國際兒童院，等於是孤兒。現在看到她長得很結實，——她愛好運動，又上了大學，我們總算放心了。」

　　下午，他和妻子出席了蘇聯作家協會的茶會。葉洛菲也夫向他介紹說，《戰爭與和平》中的女主角娜塔霞，從前就住在這幢房子裏。

　　從 1 月 3 日起，緊張的參觀活動開始了：去紅軍博物館、列寧圖書館，上高爾基世界文學研究所，訪《兒童眞理報》編輯部、紅十月工廠……。

　　晚上，經常是觀看文藝演出。5 日晚上，主人安排他倆去欣賞蘇聯大劇院上演的芭蕾舞劇《天鵝湖》。這是茅盾第一次看芭蕾舞，也是第一次欣賞柴可夫斯基的《天鵝湖》。他說，「我被那美妙的音樂、迷人的舞姿和瑰麗的場面所征服，眞是大開眼界，大飽眼福。」在日記裏又寫道：「《天鵝湖》第一次在『大戲院』上演，爲一八七七年。那時的觀眾不用說都是貴族和富人，可是今天同在大戲院上演，觀眾卻是工農子弟了。這些人，在當年恐怕連遠遠站著望一望大戲劇的都是不許的。」

　　後來，他們還去「莫斯科列寧勳章馬戲院」觀看了馬戲。

　　莫斯科氣候寒冷，主人見孔德沚幾次患感冒，就派人陪同他們先去南方的格魯吉亞和亞美尼亞兩個加盟共和國訪問，參觀當地的革命遺迹，觀看民族歌舞和話劇。

　　一個月後，回到莫斯科，茅盾急於訪問幾位蘇聯作家，這是他「訪蘇的一個重要目的」。

　　葉洛菲也夫對他說，已經爲他作了安排，卡達耶夫、馬爾夏克、西蒙諾夫、吉洪諾夫都在莫斯科。

　　2 月 15 日，大雪紛飛。中午，葉洛菲也夫和翻譯史班諾隨車來接他和夫人前往卡達耶夫住的公寓。茅盾對這位作家比較熟悉，是他的小說《團的兒子》的中文譯者。

　　兩人一見如故。茅盾帶了一部中譯本《團的兒子》——上面有簽名和圖

章，送給主人。卡達耶對中國的圖章很感興趣。他也拿出一本最新版的《團的兒子》，題上字簽了名，回贈給茅盾。於是兩人從這部小說的創作開始了交談。

「你在《團的兒子》裏寫了炮隊軍官——葉拉吉耶夫上尉，這一位炮隊軍官太可愛了，跟凡尼亞一樣的可愛。你挑中一個炮隊軍官作為這部小說的重要角色，是不是跟您青年時代曾在炮隊服務過有點關係呢？」茅盾問。

卡達耶夫回答：「我倒沒有想起過。」可是他承認，一個人往昔的生活經驗的印象，「常常會在寫作時忽然來了，——並不是你特地召它來，而且在它忽然來了以後你也還不覺得呢。」他說自己在《我是勞動人民的兒子》這篇小說裏，用玉蜀黍來比擬一個女子的牙齒，為什麼會用到這樣一個比喻呢？「當時自己也不知道。可是後來記起，這是我幼年時的一個印象。」

對於他的構思、搜集材料，茅盾也發生了興趣。得知這位作家平時像契訶夫一樣也寫筆記，已積有二十多冊。

卡達耶夫問茅盾是否寫筆記。

「平常我是差不多不寫筆記的，只在構思一篇作品的時候，這才做起筆記來，——這實在就是那作品的大綱了。時時修改，最後的形式也許和最初的完全兩樣。」

他們還談到了方言和文學的大眾化、民族性。

第二天，茅盾夫婦去訪問兒童文學作家馬爾夏克。他看到這位六十歲的老作家已有孫子，家裏的客廳很大，擺滿了書架、鋼琴等物，和卡達耶夫一樣，有著專用的書房。想起自己在上海的家，臥室兼書房，只有他們的一間書房那麼大，不禁感慨得很。

對於馬爾夏克的兒童文學作品，茅盾極為稱讚，說是寫出了「全新的兒童文學」。

過了一日，他和妻子冒著嚴寒到西蒙諾夫家訪問。會客室的方桌上已擺好了各種點心和瓶酒。好客的主人邀他們舉杯，為中蘇友誼和中國進步作家們的勝利乾杯。

酒是甜的，茅盾卻只能抿一口，便放下了酒杯。

西蒙諾夫見了，笑著說起他遊歷捷克時的一則「見聞」：在布拉格一家酒店的牆上，有這樣的銘辭——「喝了呢，醉死；不喝呢，又要渴死。喝吧！」說著又對他舉起酒杯。

「這個銘辭應該還有後半段，醉死常有而渴死不常有，也應當試一試如何而渴死。」茅盾也笑著舉起杯。茅盾知道西蒙諾夫這時年方三十一歲，已得過四次斯大林文學獎金，是最高蘇維埃代表。對於他談話如此直爽、風趣，感到很親切。

在臨告別時，茅盾又向主人提了一個問題：「你的處女作是什麼？怎樣走上文學道路的？」

西蒙諾夫說他少年時在飛機廠工作，父親希望他將來成為工程師，而他弔兒郎當，使得父親很生氣。至於處女作，他說：「十幾歲的時候就已經寫了，那是用詩體給一個女子寫的一封情書。自己以為是很用心寫的，可是沒有結果。所以這『處女作』是失敗了！多年以後，才用詩體來寫作。這回不是情書，而是歷史，對象也不是女人了，而是民族英雄亞歷山大·尼夫斯基。」

兩人都哈哈大笑。茅盾想，下次寫訪問記，這可是個生動的材料。

吉洪諾夫，是茅盾在蘇聯訪問的最後一個作家。這位年逾花甲的老作家殷勤接待了他和妻子。他看到吉洪諾夫的書桌上擺滿了形形色色的小玩意：木、石、牙、雕刻、泥塑、人像、飛禽、走獸、花瓶，什麼都有，而人像尤其多。其中的一個青田石雕的山水形筆架，把他吸引住了。

「這是中國的，」吉洪諾夫說。

「而且還是浙江的，所以我特別感到親切。」主人從書架上取下一尊泥塑彌陀佛，讚歎道：「你看，多麼精緻的藝術品！這也是中國民間藝術家的作品吧？」

茅盾微笑著點了一下頭，聽老作家接著說：「中國人民是偉大的，我很羨慕葉洛菲也夫，他到過你們偉大的國家。」

主人深情的話語使茅盾感動。他說：「我希望不久的將來，吉洪諾夫先生能夠到中國遊歷。」又指著青田石筆架和泥塑彌陀佛說：「並且，能親眼看到這些小小美術品的小小的作坊，以及作坊裏世世代代相傳的手工藝人。」

「好的，盼望能有這一天，」吉洪諾夫笑道，「中國人民為了自由解放而英勇鬥爭，最後的勝利現在是不遠了。」

他們交談起兩國文壇的情況。主人說，1934 年蘇聯作家代表大會開會時，有一個中國女作家從德國來，在大會上報告她在德國被捕的經過。

「這位女作家的名字是不是叫胡蘭畦？」茅盾插嘴問。他在寫《虹》時把胡蘭畦作為女主角模特兒，但他和胡蘭畦從未見過面，只聽說過有關她的情

況。

吉洪諾夫答道：「是的。是叫做胡——胡一邊報告，一邊就哭起來了。那一次大會，高爾基也在場，高爾基也哭了。」

茅盾還參觀了托爾斯泰博物館、奧斯特洛夫斯基博物館、涅克拉索夫博物館、普希金博物館等。他在和國內的朋友通信時，感歎地寫道：「在蘇聯，每個故世的著名作家，國家都為他成立博物館。可我們現在連魯迅博物館還沒有呢！」

他明白，在國民黨反動政府統治下，對魯迅、郭沫若等名作家的作品禁都怕禁不了，哪裏還會設立博物館呢！這只能盼望新中國建立後去實現。

4月5日晚上10點50分，茅盾和孔德沚乘坐的「莫斯科——海參威」國際列車開了。他們含著熱淚，揮手向送行的侄女瑪婭、葉洛菲也夫和其他蘇聯朋友告別：「再見了，瑪婭！再見了，朋友們！」

五一　迎接解放

茅盾於 1947 年 4 月 25 日傍晚，走下「斯摩爾納號」的舷梯，被朋友們簇擁著回到大陸新村的家裏。

從去年 12 月 5 日登上「斯摩爾納號」到這一天，一共四個月零二十天。當他們重踏上祖國國土的時候，國內的局勢已十分嚴峻：蔣介石發動的全面內戰在擴大，這年 3 月 9 日中共駐南京、上海、重慶的代表和工作人員被迫全部撤回延安。胡宗南奉蔣介石之命以二十三萬兵力向延安進攻，19 日佔領延安。

茅盾分析：我剛剛訪蘇歸來，這是其他作家沒有的有利條件，可以把主要精力放在宣傳蘇聯上。蔣介石雖然利用蘇軍在東北的某些行動煽動了一次反蘇浪潮，但他還不敢明目張膽地禁止介紹和宣傳蘇聯。

在幾個月裏，他出席朋友們的小型集會，接受報刊記者的採訪，應邀到一些大學和文化團體作訪蘇的講演。他發現人們對蘇聯的一切都感興趣。有人還向他打聽「蘇聯有沒有乞丐」？他回答：「我見到戰爭中的孤兒，卻沒有見到乞丐。」

5月上旬的一天，金仲華來找茅盾，看到他帶回了一本英文版的《俄羅斯問題》，又聽他說在蘇聯時訪問過西蒙諾夫，還觀看了《俄羅斯問題》的演出，便約茅盾趕快翻譯出來，交給他主編的《世界知識》周刊連載。

不久，《俄羅斯問題》陸續發表了。他的《遊蘇日記》也在《時代日報》上開始連載。他還陸陸續續地寫了二十二篇介紹和宣傳蘇聯的文章，其中的大部分收入後來出版的《蘇聯見聞錄》裏。所以他說：「在 1947 年，我成了蘇聯問題專家。」

這年 10 月下旬，國民黨政府以「民盟參加匪方叛亂組織」的罪名，悍然宣佈中國民主同盟為「非法團體」，下令解散。民盟總部被迫發表「辭職」和「解散總部」的聲明，以及「停止盟員活動」的命令。沈鈞儒等民盟中的左派代表，決定出走香港，繼續進行鬥爭。

上海的中共黨組織奉中央之命，派人通知茅盾等無黨派民主人士：「陸續轉移到解放區去。作為過渡，第一步先到香港。」

12 月 14 日清晨，茅盾悄悄地離開了大陸新村寓所，由葉以群陪同，乘船去香港。

孔德沚留在上海，替他放煙幕，對外界說他「回烏鎮去了」。在茅盾抵達香港兩個星期之後，她才和郭沫若夫人于立群結伴，同船到達香港。

茅盾是第三次來香港了。他看到這時的香港熱鬧非凡，熙熙攘攘。經歷了第二次世界大戰的大英帝國，元氣大傷，自顧不暇，這時對中國的內戰採取中立、不介入的態度。

在報刊上，只要不反對港英當局，不干涉香港事務，什麼文章都可以發表。因此，茅盾等都覺得來到了一個小小的自由天地。他們在《華商報》、《文匯報》上大登新華社電訊，大張旗鼓地報導解放軍在各個戰場上的勝利。

「這樣便利的條件，對於我們這些握了半輩子筆桿，卻始終不能想寫什麼就寫什麼的人來說，真像升入了天堂呵！」他興奮地對葉以群說。

那幾天，茅盾和朋友們碰在一起，常常談到戰局，談到各戰場上各路解放軍的勝利，議論毛澤東在 12 月 25 日在中共中央全會上作的重要報告《目前形勢和我們的任務》。

毛澤東在這篇報告中提出的種種重大問題，使他眼界開闊，心潮澎湃。在為 1948 年元旦寫的迎新獻詞中，他懷著激情寫道：「新年見面，例應祝福。我祝福所有站在人民這一邊的人士：更堅決，更團結，把反帝反封建的革命事業進行到底，讓我們的兒孫輩不再流血，而只是流汗來從事新中華民國的偉大建設！」

戰後香港的房子比以前緊張，而從內地大城市及海外匯集到這裡來的各

界民主人士和文化工作者，總數有一千多人，一時間形成了房荒。茅盾夫婦在公寓中住了一個半月，才靠青年作家周鋼鳴的幫助，在九龍彌敦道租到了一位華僑的房子，和歷史學家翦伯贊分住二、三樓。

不久，茅盾擔任了文協香港分會的常務理事。7月，他和巴人、周而復、葉以群等人發動、創辦了《小說》月刊。

孔德沚見他連日來既要參加政治活動，出席文藝集會，又要編刊物、寫評論、作雜文，更要埋頭創作小說，胃病、眼疾、失眠等病相繼發作，心疼地說：「你五十多歲了，可不能跟小夥子比呵！現在就這樣忙，要是新中國建立了，不是會把你累垮嗎？」

「是呀，是呀！正因為黑暗即將被光明代替，新中國快要建立了，我才需要更多地工作，更多地鍛鍊。不然，我會成為一個落伍者呢。」茅盾眨著眼睛，微笑著說。

「我說不過你，你總是有理的。不過，身體總要注意吧？你自己感到累了，就休息。」妻子關切地叮囑著。

「好吧，我遵命就是。」他又把頭埋進稿紙堆中，唰唰地揮寫起來。

5月初，他與郭沫若等六十多位文化界知名人士聯名發表了《紀念「五四」致國內文化界同人書》，響應中共中央關於迅速召開新政治協商會議、成立民主聯合政府的號召，呼籲廣大知識分子團結起來，為建設新中國而奮鬥。

9月9日，在上海被查封的《文匯報》遷到香港復刊了。報社負責人邀請茅盾擔任該報副刊《文藝週刊》的主編，並且要他提供一個長篇小說連載。

前兩次他來香港，曾應報紙之邀寫過兩個長篇連載小說：《你往哪裏跑》和《腐蝕》。這一次，他要寫的是《鍛鍊》。

茅盾對這部小說，計劃寫連貫五卷的長篇，各卷的人物大致相同，稍有增添。第一卷《鍛鍊》，寫上海戰爭至大軍西撤，包括工業遷移之第一期，抗戰初期對民主運動的壓迫……等等。在這一卷中，主要人物都露了面。第二卷擬題為《敵乎？友乎？》，寫保衛大武漢至皖南事變發生。第三卷為皖南事變後至太平洋戰爭爆發，直至中原戰爭，湘桂戰爭。第四卷寫湘桂戰後至「慘勝」。第五卷為「慘勝」後至聞一多、李公樸被暗殺。他設想，在這五卷的系列小說裏，要把從抗戰開始至「慘勝」前後八年中的重大政治、經濟、民主與反民主、特務活動與反特鬥爭等等，作個全面的描寫。這可是一部規模宏大的巨著呵！他預計全書五卷要寫一百五十萬字，如果時間有保證，大約三

年能完成。

　　從 9 月開始，茅盾便投入了《鍛鍊》的創作，由於報社催得急，他沒有來得及寫出詳細的大綱，只是根據已勾勒出的整部作品的輪廓，寫了一個簡單的大綱，又陸續寫了一些筆記，為書中的主要人物立了小傳，便匆匆地趕寫出來。

　　《鍛鍊》全書二十多萬字，在《文匯報》的《文藝週刊》上連載了一百一十天。全部登完以後，書店與茅盾聯繫，要求出單行本。但他沒有同意，他想把後面幾卷完成以後再出版。

　　豈知由於形勢的迅速變化，茅盾不僅未能完成以後的四卷，而且出單行本的事，也不再有人向他提起。直至 1980 年底，《鍛鍊》的第一個單行本才由香港時代圖書有限公司出版；1981 年 5 月，北京文化藝術出版社出版了簡體字的橫排本。

　　1948 年除夕那天，茅盾和夫人與李濟深、章乃器、鄧初民等二十多人，秘密地乘上一條蘇聯輪船，直航大連。

　　在他們之前，已有沈鈞儒、郭沫若等兩批人秘密離開香港。他們都是接到了中共中央的通知，分批地秘密前往東北解放區，去參加新政治協商會議的籌備工作，為成立中華人民共和國臨時中央政府作準備的。

五二　首任文化部長

　　茅盾等一行抵達大連後，略事休息，以恢復海上航行的疲勞。然後坐車進入解放了的瀋陽。2 月初，北平解放。下旬，中共中央派專列「天津解放號」接他們三十五位知名人士來北平，下榻在北平飯店。

　　這是茅盾時隔三十多年後再來北平。他陪妻子去觀光了市容，重遊了頤和園。在《北京話舊》裏，他寫道：「我在一九一四年遊過頤和園，時隔三十五年，一九四九年春重遊頤和園時，雖已日月重光，而此園風物依然如故。此外，譯學館沒有了，整個北京幾乎不認識了。……舊的北京是歷史上的北京，它是皇親國戚、達官大賈、地主、買辦的北京；現在的北京，是人民的北京，將永遠是人民的。」

　　幾天後，蕭逸來看望茅盾夫婦。這是女婿和岳父母第一次見面，雙方都很高興，孔德沚像見了女兒似的，笑著哭了起來。

　　蕭逸對茅盾說，他是華北野戰軍第 26 兵團的前線記者，北京解放後，隨

軍入城的，想留下來從事寫作。

望著這個喜愛文學的女婿，茅盾是多麼希望他能留在北京，在自己和妻子身邊，既能就近給他指導，又能對他倆有所照顧。然而，他想到中國人民這場偉大的解放戰爭，應該有年輕人寫出作品來反映。蕭逸就是這樣一個人才，便鼓勵他說：「你最好能參加完解放戰爭的全過程，這個時間不會很長了；然後再進行個人創作，你的材料會更豐富，作品會寫得更有價值。」

女婿聽從了岳父的教導，愉快地奔赴太原前線。誰知這一別竟是永訣！在總攻太原之前，狡猾陰險的敵人偽稱投降。蕭逸站在新佔領的水泥碉堡裏用話筒喊話，從槍眼中向敵人宣講形勢和政策，要他們立即放下武器。這時，敵人射來罪惡的子彈，他犧牲了。他的戰友張帆把他的遺物和照片寄給茅盾，夫妻倆收到後大哭了一場。

5 月 2 日，茅盾在給張帆的信裏寫道：「……感謝你不怕麻煩，把蕭逸為我們拍的照片寄來。蕭逸此番在前線犧牲，太出意外，我們的悲痛是雙重的：為國家想，失一有為的青年；為他私人想，一番壯志，許多寫作計劃，都沒有實現。張帆（恕我這樣直呼大名），我想您也和我一樣，覺得蕭逸如果死後有知，一定也恨恨不已，因為他不死在總攻時的炮火下，而死在敵人假投降的詐謀中。正如昔年小女沈霞為魯莽之醫生所誤，同樣的死不瞑目罷？我已經多年來『學會』了把眼淚化成憤怒，但蕭逸之死卻使我幾次落淚。蕭逸的朋友在此間都來看我，這給我很大的感動和安慰。您的來信也同樣給我很大的感動和安慰。感動的心情您當然瞭解，至於安慰則是代蕭逸感到安慰。一個人死後，有他的戰友來悼念他，他在地下一定感到安慰的！我和您雖然不識面，但我覺得我們好像相知已久，朋友，為國珍重，為齎志而沒的您的戰友珍重！」

寫了這封信之後，茅盾就忙著籌備第一次全國文代會，成立全國性的文藝家組織。7 月 2 日至 19 日召開中華全國文學藝術工作者代表大會，他在會上作了題為《在反動派壓迫下鬥爭和發展的革命文藝》的報告，系統地總結了國統區的文藝運動。會議期間，成立了中華全國文學藝術界聯合會，他被選為副主席，還當選為中華全國文學工作者協會（後改稱中國作家協會）主席。

9 月中旬的一天，沈鈞儒陪著一位老人來到茅盾的房間。

「雁冰，你看誰來了？」

茅盾一看，喜出望外地連忙迎上去：「啊，張總經理！真是貴客呵。」

原來是上海商務印書館的總經理、著名出版家張元濟（菊生）先生。茅盾從北大預科畢業到上海找工作，就是他安排茅盾到商務印書館編譯所當編輯的。

張元濟告訴茅盾，他是來參加全國政協會議的。老人深有感慨地說：「十多年不到北京，這次重來，真是『王侯宅第皆新主』呵！」

沈鈞儒接過話，說道：「我們現在說『新』，就是『人民』。政治協商會議本來還叫『新政治協商會議』，現在改稱『人民政治協商會議』。所以『王侯宅第』現在是都歸人民，新主是人民。」

「對，您說得對！說得好！」張元濟答道。茅盾也呵呵地笑了起來。

茅盾參加了全國政協籌備會議，又出席了第一屆全體會議。在會上，他代表中華全國文學藝術界聯合會發言說：「中國人民政治協商揭開了中國歷史全新的一頁。帝國主義、封建主義和官僚資本主義長期的統治從此結束。獨立、民主、和平、統一的新民主主義的、實行人民民主專政的新中國，像初升的太陽照耀著亞洲，照耀著世界。」

在這次全體會議上，茅盾被推選為政協全國委員會常務委員。

在會議期間，茅盾收到一封信，是毛澤東對他幾天前的信的答覆。在那封信裏，他作為《人民文學》的主編，請求毛澤東主席為《人民文學》題詞和寫刊頭。

毛澤東的覆信如下：

　　雁冰兄：

　　　　示悉。寫了一句話，作為題詞，未知可用否？封面宜由兄寫，或請沫若兄寫，不宜要我寫。

　　　　　　　　　　　　　　　　　　　　　　　毛澤東
　　　　　　　　　　　　　　　　　　　　　　九月二十三日

展開信中附來的一張宣紙，上面寫著：

　　希望有更多的好作品出世

　　　　　　　　　　　　　　　　　　　　　　　毛澤東

茅盾給周揚看時說：「起應，主席這個題詞，語重心長，我們的擔子不輕呵！」

他沒有料到，更重的擔子將要放在他的肩上。當周恩來被選為政務院總理後，來找他：

「雁冰，我受命組織中央人民政府政務院，準備任命您為文化部長，特向

您徵求意見。」

茅盾跟周總理很熟悉，便坦率地表示：「我一向都是搞創作的，中華人民共和國成立以後，生活可以安定下來了，我不想當部長，只希望繼續從事創作。」

周總理認爲他說的合乎情理，答應再考慮一下。過了一天，周總理派人把茅盾接到中南海豐澤園的頤年堂。他看到毛澤東主席和周總理已在等候。坐下後，周總理對他說，在人事安排過程中遇到了一些困難，所以請他來商量。

毛澤東主席微笑著說：「我跟恩來商量過了，還是要請你出任文化部長。雁冰，你是中外知名的大作家，這第一任文化部長，非你莫屬啊！」

看到主席和總理如此鄭重地向他提出，想到既然革命工作這樣需要，他覺得不能再推託，便答應了。

毛澤東、周恩來一聽，都笑了。他們跟茅盾緊緊握手，送他步出頤年堂。

10 月 1 日，茅盾作爲中央人民政府委員會委員，登上天安門城樓，出席開國大典。20 日，中央人民政府委員會舉行第三次會議，正式任命他爲文化部部長、文化教育委員會副主任委員。

兩天後，他出席了政務院成立大會，又受任爲文教委員會召集人。

11 月 2 日，茅盾主持了文化部成立大會。從此，他挑起了新中國文化部門領導的重擔，爲開創和發展中國社會主義文化和文學藝術事業，篳路藍縷，殫精竭慮。

五三　吃悶棍

1950 年 1 月 27 日傍晚，電影劇作家柯靈和導演黃佐臨來拜訪茅盾。柯靈說他們打算把《腐蝕》改編成電影，想聽聽茅盾的意見。

提起這部小說，茅盾清楚地記得它在香港《大眾生活》連載後引起轟動的情形。當時一封封讀者來信由鄒韜奮轉到茅盾手中。許多讀者都很關心趙惠明的命運。鄒韜奮還對他提出：不少讀者來信，希望作者在小說中給趙惠明一條自新之路。能否再寫幾節，給主人一個光明的前途？茅盾爲滿足眾多讀者的請求，續寫了趙惠明走向自新的道路。後來他曾寫道：「《腐蝕》在《大眾生活》上連載之後，上海的華夏書店在十月份趕印了單行本。然而，由於當時環境所限，《腐蝕》引起的轟動，僅限於香港、南洋和孤島上海等幾個

城市，而且是短暫的，因為不久太平洋戰爭爆發，也就在戰火中湮沒了。《腐蝕》重新引起人們的注意，是在日本投降之後。那時，上海的知識出版社重新把《腐蝕》印了單行本，並且運到了重慶等地出售。不少報刊發表文章，稱讚它是『當前政治有力的諍言』，『是一部用血寫成的特務反動分子罪行的記錄』，『是勝利後一本最愛歡迎的書』等等。這就既引起了國民黨的注意，也受到了共產黨的歡迎。國民黨緊急下了命令，到各書店查禁。共產黨則在各解放區翻印，向廣大群眾推薦，有的單位甚至把它規定為學習材料。在我所寫的長篇小說中，《子夜》是國外版本最多的，而《腐蝕》則是國內版本最多的。想不到作為『緊急任務』趕寫出來的這部小說，竟發生了如此廣泛的影響！」當時《新華日報》發表了陳稻的《介紹茅盾先生的〈腐蝕〉》，指出：「惠明的發展是完全合理的，不僅惠明如此，過去、現在和將來許多被害的人們也要跟著這唯一的道路找到光明。」延安的《解放日報》也發表了李伯釗的《讀〈腐蝕〉》，稱讚《腐蝕》「是一篇對國民黨特務罪惡的有力的控訴書」。

現在，茅盾聽說柯靈要改編《腐蝕》，他表示同意，並對改編提出了幾點具體的意見。

這年下半年，柯靈編劇、佐臨導演的《腐蝕》，由香港文華公司拍攝成影片，在全國各地上映，觀眾踴躍，盛況空前。

然而，不久《腐蝕》忽然莫名其妙地停映了。柯靈感到很奇怪，就去打聽。答覆是：《腐蝕》有問題。是什麼問題呢？回答是：特務是應該憎恨的，而《腐蝕》的女主角卻使人同情。柯靈寫道：「這理由當然無可訾議，而且牽涉到危險的立場問題：同情特務，還得了嗎！」他說，「照我粗淺的想法，懲治特務，律有明文：『首惡必辦，脅從不問』。《腐蝕》的女主角是被拐騙走的，正是脅從分子，衡之以政策，不是很好的配合嗎？而且，觀眾如果同情失足者，自然會更引起對特務制度的憎恨。分化瓦解敵人，作用正在於此。但到了文藝作品中間，不知何以就變得如此『天網恢恢，疏而不漏』，對一個天良未泯的失足者（實質上也是被害者），連少許的同情也斬而不予？」

電影劇本的編寫是根據原著的。當影片《腐蝕》遭到停映的厄運時，身為文化部長的茅盾，猶如挨了一記悶棍。按照他的性格，如在過去，他必然撰文表明自己的立場和觀點，進行論爭。當《蝕》三部曲遭到創造社、太陽社的「左」的攻擊時，是如此；當「第三種人」誣衊魯迅和他寫的雜文時，是如此；在「兩個口號」的論爭中，也是如此。而如今，他卻默無一言。

　　對於茅盾的不置一詞，沒有表示態度，柯靈說：「我不信他心裏沒有任何想法。」是的，茅盾並非沒有想法，而是當時沒有形之於語言文字。那時，他不僅知道影片《腐蝕》被停映，是因為公安部門提出了意見，而且還聽到一位很有權力的人指責《腐蝕》「不該給趙惠明這樣一個滿手血污的特務以自新之路。」還批評原著：「這是一本對特務抱同情的書。」茅盾對於這種不符合實際的指責，當然不能接受。直到 1954 年。人民文學出版社決定重印《腐蝕》時，問他對原書有無修改，他經過慎重考慮，決定「不作任何修改」。並且在《腐蝕》新的《後記》中，對人們加給該書的那些莫須有的罪名，一一作了分析。他寫道：「《腐蝕》是採用日記體裁的，日記的主人就是書中的主角，日記中趙惠明的自訟，自解嘲，自己的辯護等等，如果太老實地從正面去理解，那就會對於趙惠明發生無條件的同情；反之，如果考慮到日記體裁的小說的特殊性，而對趙惠明的自訟，自解嘲，自己辯護等等，不作正面的理解，那麼，便能看到這些自訟，自解嘲，自己辯護等等，正是暴露了趙惠明的矛盾，個人主義，不明大義和缺乏節操了；在這一點上，我覺得一九四一年向作者提出要求給予趙惠明一條自新之路的大多數讀者，是看清了趙惠明的本質的。」「我想，如果我現在要把蔣匪幫特務在今天的罪惡活動作為題材而寫小說，我將不用日記體，將不寫趙惠明那樣的人，——當然書名也決不會是《腐蝕》一類的詞兒了；但《腐蝕》既是在當時的歷史條件下寫成的，那麼，如果我再按照今天的要求來修改，恐怕不但是大可不必，而且反而會弄成進退失據罷？」

　　在這件事發生後不久，茅盾又挨了一棍。那是 1951 年初的一天，一位部隊青年作家白刃來拜訪茅盾。他將一部長篇小說《戰鬥到明天》的校樣遞給茅盾，請求為這部作品寫一篇序。並且希望能早點交給他，他所在的中南軍區領導已經看過原稿，這個月就要出版。

　　茅盾一貫熱情扶掖青年作者，便答應讀過作品之後，盡可能滿足他的請求。

　　1 月 8 日，茅盾出席了中央文學研究所開學典禮後回到家裏。燈下，他伏案為《戰鬥到明天》作序。這篇序的開頭是：「讀了《戰鬥到明天》，我很受感動。這部小說對於知識分子，是有一定的教育意義的。」接著指出：「知識分子的小資產階級意識、優越感、自由主義，都是前進路上的絆腳石，作者是以這一點作為主眼來寫這部小說的，他獲了成功。」又具體分析了小說中幾個知識分子的性格，稱讚作者對孟家駒「處理得頗為細心」，「林俠、辛為

群、沙非，這三個人物，作者寫的比較多，也寫得有聲有色。」又指出，對焦思寧「寫的較少，而且形象也比較模糊。」還批評作者對「這幾個正面人物的思想改造的過程都表現得不夠多。」「形象性似嫌不足。」最後，他寫道：「儘管有上述的這些美中不足，這部小說對於知識分子還是具有一定的教育意義的。自五四以來，以知識分子作主角的文藝作品，為數最多，可是，像這部小說那樣描寫抗日戰爭時期敵後游擊環境中的知識分子，卻實在很少；我覺得這樣一種題材，實在也是我們的整個知識分子改造的歷史中頗為重要的一頁，因而是值得歡迎的。」

《戰鬥到明天》出版後不到一年，白刃受到了所在部隊粗暴的批判。他很痛苦。他後來寫道：「一個初生的嬰兒，被掐死在搖籃裏，還指責母親生的是怪胎。母親痛苦地分辯說，嬰兒長得不漂亮，生理上可能有缺陷，卻不是怪胎。然而族長專橫地講，不是怪胎也是毒瘤！權掌在族長手中，誰敢不服？母親只好打掉門牙連血咽，暗自飲恨傷心！」

為這部小說作序的茅盾也受到了牽連。1952 年 3 月上旬，《人民日報》編輯部轉給茅盾三封讀者來信，指名批評他為《戰鬥到明天》作序。

這是茅盾作序時未曾料到的。他把《戰鬥到明天》找出來，又讀了一遍，再看看自己寫的序，並沒有發現有什麼錯誤。《戰鬥到明天》是有缺點（他已在序中指出），但是對於讀者來信中指責的沒有以工農兵為主角，而是以知識分子為主角這種觀點，他不能同意。況且，毛澤東同志在「講話」中也主張「第四是為城市小資產階級勞動群眾和知識分子」。至於部隊中的知識分子則更不同，他們實際上也是「兵」。茅盾早年創作《幻滅》、《動搖》、《追求》之後，也曾受到過類似的粗暴批評，他曾在《從牯嶺到東京》中忿忿地說：「現在差不多有這麼一種傾向：你做一篇小說為勞苦群眾的工農訴苦，那就不問如何大家齊聲稱你是革命的作家；假如你為小資產階級訴苦，便幾乎罪同反革命。這是一種很不合理的事。」

茅盾陷入了深深的苦惱之中。置之不理嗎？顯然不行。回信答覆嗎？又怎麼寫才好呢？最後他給《人民日報》寫了覆信。在這封信裏，他承認自己為《戰鬥到明天》寫的序沒有寫好，是「匆匆翻看了一遍，就寫了一篇序。」「序文本身亦是空空洞洞，敷衍塞責的。這又是不負責的，不嚴肅的表現。」他還承認，這篇序寫的不好，「又與我之存著濃厚的小資產階級思想意識是不可分離的。」信的結尾，他是這樣寫的：「文藝工作者的思想改造過程是長期

的，艱苦的，要勇於接受教訓，勇於改正；我接受這次教訓，也希望白刃同志在接受這次教訓後，能以很大的勇氣將這本書來一個徹底的改寫。因為，這本書的主題（知識分子改造的過程）是有意義的，值得寫的。」

過了幾天，即 1952 年 3 月 13 日，《人民日報》以《茅盾關於為〈戰鬥到明天〉一書作序的檢討》這樣的標題登出了茅盾給編輯部的覆信。還加上了編者按。對於這種做法，儘管茅盾很有意見，但他也只能默然受之。

白刃從報上讀到《茅盾關於為〈戰鬥到明天〉一書作序的檢討》，反覆念著結尾那一段話，被感動得流下了眼淚。他從中得到了巨大的鼓舞，從痛苦的深淵中掙扎起來，克服了沮喪的情緒，振作起修改全書的勇氣。1958 年，經過徹底修改的《戰鬥到明天》又出版了。豈知十年浩劫中，白刃連同他的這部長篇小說又遭到了無情的批判。粉碎「四人幫」之後，才得到了反平。1982 年，《戰鬥到明天》的第三版由人民文學出版社出版，白刃特地在《前言》中寫進一段話：「十分抱歉！當《戰鬥到明天》第一次遭到圍攻之時，茅盾同志也受到了連累。（這件事至今想來，心中仍感到不安。）但是茅盾同志仍以長者之風鼓勵後進的精神，在報上公開指出這個題材有教育意義，要我鼓起百倍勇氣把小說改好。」

五四　培育文學新人

茅盾擔任了新中國第一任文化部部長之後，每天的日程表都排得滿滿的。文化藝術的各個部門正在陸續建立起來，各項事業都處於草創階段，需要他去幫助規劃和加強領導。他還要參加許多外事活動，或出國開會、訪問。

他在三十年代培育的新文學工作者，現今大都已是中年，成了文學各個部門的中堅力量：有的全國文聯、中國作協的幹部；有的是各省、市的文學藝術部門的負責人；有的擔任了出版社的社長、總編輯；有的在主編文學雜誌或報紙副刊。逢年過節，這些中國新文學的第二代作家，常去拜望茅盾。他們看到茅盾面容微黑而紅潤，精神旺盛，像年輕了十歲。茅盾見到老朋友，也滿面春風，抱歉而幽默地說：「做官了，想跟老朋友聊聊的時間也少了！」

雖然如此忙碌，茅盾卻時常考慮新文學的第三代、第四代新人如何培養。

有一天，《華北文藝》的編輯康濯來訪問茅盾。他說他寫得少，「上學連高中都沒畢業。」茅盾鼓勵他說：「你上了解放區的戰爭大學，這比什麼學校都寶貴啊！」當聽到康濯說「讀書太少，知識太少，古今中外文學名著沒學

過幾本；有點生活，往往苦於很難表現。」茅盾對他說：「今後條件不同了，讀書好辦些了。以後可以建議國家採取措施，對有的作家一時著重安排學習、讀書、提高，有些國統區缺乏生活的作家，就應該著重到工農兵當中去。」

這件事，又促使茅盾進一步思考如何儘快地培養文學的新生力量。經過籌備，1951 年初，經茅盾提議並領導創辦的中央文學講習所開學了。第一任所長是丁玲。隨後改名為中國作協文學講習所。文講所開辦以後，培養了一批又一批的青年作家，活躍在當代中國的文壇上。在第二次全國文代會上，茅盾作《新的現實和新的任務》報告，提出必須「以最大的努力培養青年作家，加強對於青年和初學寫作者的指導，傳播成熟的經驗。特別要注意從工農幹部中培養出新作家。」

茅盾作為兼職的《人民文學》的主編，此時當然不可能像他過去編《小說月報》、《文藝陣地》那樣，事必躬親。然而他仍然經常擠時間審讀稿件，並對一些作品提出修改意見。

有天晚上，他讀了馬烽的一篇一萬多字的小說，第二天上午對秦兆陽說：「這篇小說寫得不錯，我寫了幾點意見，你跟作者商量一下，是否作點修改。」又一再囑咐他，「不要勉強作者，改不改由作者定。」

馬烽聽後很感動，他沒有想到這樣一位大作家，對他這個當時還是普通青年作家的稿件會那樣尊重。他覺得茅盾的意見很中肯，對照著進行了修改。這篇小說經秦兆陽潤色後，以《村仇》為標題發表在《人民文學》上。

後來，馬烽發現茅盾不僅在繁忙的工作空隙裏讀了許多青年作家的作品，而且對不少作品加以分析，寫下中肯的評論。「其中也讀到了我的小說，給了我很大的鼓勵，也寄託著他殷切的希望。我看後感動得流淚了。很顯然，他關心的不是某一個認識的青年作家，而是文學創作的下一代；他關心的不是某一篇作品，而是整個新中國的文學事業。」

有一天，茅盾讀了一個中學生的詩稿之後，提出四點具體的意見，然後又寫道：「……我這樣說，也許你要灰心吧？不要灰心。文學創作本來是艱辛的精神勞動，不能設想一寫出來就好，而要千錘百鍊，慢慢地寫好起來。」

讀了一個青年農民的來信後，他在回信中說：「你在農村從事生產，愛好文藝但無人指導。你這種苦悶的心情我是體會得到的。……自己學習文學，千萬不能性急，要一步一步地來。」

有一個小學教師寫了一篇《蘇小小》寄給他，他讀後誠懇地告訴這個作

者：「一、你是完全『創造』了蘇小小的故事──就是說，你只借用了傳說中蘇小小的名兒，而完全照自己的意思編了蘇小小的故事。我們所說的『推陳出新』不是這樣辦的。二、當然，寫歷史小說，可以加上相當成份的想像，但主要情節不能『杜撰』。歷史小說如此，根據傳說寫的小說亦應當如此。三、從藝術看，你這稿本在結構上缺乏剪裁，在人物描寫上也不深刻。文字清順，但不生動──即，應濃鬱處不濃鬱，應悲壯處不夠悲壯；而對話亦不能做到『如聞其聲』。四、我以為歷史小說實在比寫現代生活的小說困難得多。你還是寫現代生活──你最熟悉的小學生生活吧。這也是十分需要而恰恰又是很少人去寫的。」

他寫了許多評論小說的文章，如《談最近的短篇小說》、《短篇小說的豐收和創作上的幾個問題》、《在部隊短篇小說創作座談會上的講話》、《一九六○年優秀短篇小說漫評》等等。對提高青年作者寫作能力，起了很重要的作用。

在《談最近的短篇小說》一文中，茅盾評介了《窪地青春》（申蔚）、《七根火柴》（王願堅）、《進山》（勤耕）、《憶》（綠崗）、《百合花》（茹志鵑）、《暴風雨之夜》（管樺）等作品。對於其中的《百合花》和《七根火柴》，尤為讚賞。

《百合花》的作者茹志鵑，當時還是「正向文學這條路上探頭探腦的一個小卒」。茅盾自然不會認識她，然而對於這樣一個無名作者的小說，他滿腔熱情地寫道：「我以為這是我最近讀過的幾十個短篇中間最使我滿意，也最使我感動的一篇。它是結構嚴謹、沒有閒筆的短篇小說，但同時它又富於抒情詩的風味。」

茹志鵑讀了茅盾的評論，激動地哭了起來。那時，正是她的丈夫遭到「開除軍籍、黨籍，戴上右派帽子的災難時刻」，她的身份「從此之後將是右派家屬」，對於生活和創作，她將喪失信心。而在這關鍵時刻，茅盾無意中給了她鼓勵、幫助。後來，茹志鵑寫道：「我得到的是一股什麼力量呵！……我第一次聽到『風格』這個詞與我的作品連在一起。已蔫倒頭的百合，重新滋潤生長，一個失去信心的疲憊的靈魂，又重新獲得了勇氣、希望。……我從丈夫頭上那頂帽子的陰影下面站立起來，從『危險的邊緣』站立起來，我從先生二千餘字的評論上站起來，勇氣百倍。站起來的還不僅是我一個人，還有我身邊的兒女，我明確意識到，他們的前途也繫在我的肩上。先生，您的力量支持了我的一家，一串人哪！您知道麼，先生……」

　　與此同時，《七根火柴》的作者王願堅也讀到了茅盾的這篇評論。那是六月的一個傍晚，王願堅正收拾行裝，準備去十三陵水庫參加勞動，接到了刊有茅盾評論的《人民文學》。他讀後感到十分驚奇：文章分析得那麼細緻，連他在構思時曾經打算用第一人稱、後來又把「我」改成了另一個人物都被看出來了。他數了一下，茅盾對他那篇不滿二千字的小說，竟用了四五百字詳加評論，給了他那麼熱情的稱道和鼓勵。他被深深地感動了。後來他在一篇文章裏寫道：「借著這親切激勵，我這支火柴燃燒起來，幾天以後，在十三陵工地勞動的空隙裏，在一棵苦楝的樹蔭下，我寫出了《普通勞動者》的初稿。現在我已不是青年了，可是，當今天的中學生在課本上讀到這兩篇習作的時候，可曾知道，這稚嫩的幼芽曾受到茅公的心血的灌溉？！」

　　1961 年初春，在中國作協的茶座裏，經楊沫介紹，茅盾和葉聖陶兩位老作家認識了王願堅，親切地和這位青年作家打招呼。王願堅剛開口向兩位長者問好，茅盾卻微笑著對他說：「你寫得好，寫得比我們好！」

　　王願堅楞住了。茅盾看出了他的惶惑，補說了一句：「比我們像你們這個年紀寫得好。」王願堅呆了，連茅盾、葉聖陶兩位老人跟同桌的其他青年作家說了些什麼也沒有聽清，直到兩位老人離開他們的桌旁，他才清醒過來。只見茅盾走了兩步，又返回到他身邊，輕聲說道：「多讀點兒書。」

　　幾年後，王願堅回憶道：「這一夜，我流著淚，反覆地思索著這幾句話。我知道，這話不是對我一個人說的，在這樣溢著暖人的深情的話裏，我又看到了那顆博大而又溫暖的心。這心，向著文學，向著青年人。」

　　一個一個文學青年像著小苗，經過茅盾這位老園丁的培育，澆灌，長大了，開花了。嚴文井充滿激情的詩句表達了無數青年作家的心聲：

　　　　在您面前，青年學藝者們從來不感到拘束。雖然繁瑣、淺薄、平庸，大家總是能對您說出自己心裏想說的話。

　　　　一代又一代的青年學藝者相繼找你求教。您總是耐心地傾聽，然後平靜地解說，微笑裏透露出仁慈和鼓勵。

　　　　能給予這樣的仁慈的，唯有真正的長者。

　　　　能給予這樣的鼓勵的，唯有真正的勇士。

　　　　我忘不了您那雙同情的眼睛。在您面前，小草有了繼續生長的信心。

五五　沉默，沉默

1963 年 12 月 23 日早晨，茅盾吃了妻子給他做的早點，穿上黑大衣，匆匆出門。

他是去參加中國文聯召開的所屬各協會的負責人聯席會議。昨天接到通知說，有重要文件要傳達、學習。

會上，中宣部副部長林默涵傳達了毛澤東主席在本月 12 日對文藝問題的一個批示，其中有：「各種藝術形式──戲劇、曲藝、音樂、美術、舞蹈、電影、詩和文學等等，問題不少，人數很多，社會主義改造在許多部門中，至今收效甚微。許多部門至今還是『死人』統治著。許多共產黨人熱心提倡封建主義和資本主義的藝術，卻不熱心提倡社會主義的藝術，豈非咄咄怪事。」

茅盾坐在會場裏，直到會議結束，未說一句話。和與會同志分別時，他也沒跟他們打招呼，只是默默地與周揚、林默涵、邵荃麟等同志握了握手。在汽車裏，他靠在後座上，一直閉著眼睛。

回到家裏，就向書房走去。妻子問他要不要給他開飯，他揮了揮手。看到丈夫臉色陰沉，也不知發生了什麼事，孔德沚沒有問，悄悄地拉上了門，退了出來。

茅盾擔任文化部長、全國文聯副主席、中國作協主席、《人民文學》和《譯文》兩個雜誌的主編以來，寫作的評論和文章有一百多萬字。從 1949 年 10 月 1 日發表《略談工人文藝運動》至今，他評論的作品有一百多篇（部），論述社會主義文學藝術事業的繁榮與發展的文章有幾十篇。他多次號召文藝工作者：認真改造思想，堅決面向工農兵，要運用革命現實主義和革命浪漫主義「兩結合」的創作方法進行創作；撰寫了《必須加強文藝工作中的共產黨領導》、《洗心革面，過社會主義關》、《堅決完成社會主義文化革命》、《新中國社會主義文化藝術的輝煌成就》等等。他所熱心提倡的，難道不是社會主義文藝，而是封建主義和資本主義文藝？

夜晚睡在床上，他輾轉反側，幾次起來服安眠藥，喝水，解手。

妻子問他哪兒不舒服，他也緘默著，沒有答話。

1964 年新年，茅盾參加了中國文聯各協會的文藝整風會。各協會黨組領導幹部都對照「批示」進行檢查，而且一次又一次地檢討。他坐在一旁，沉思不語。

他能說什麼呢，違心為「批示」說好嗎？或是不顧事實地把十多年來自

己的工作說得一無是處嗎？

7 月 12 日，茅盾又參加了全國文聯及下屬各協會負責人的會議，聽周揚、林默涵傳達了毛澤東在 6 月 27 日作的另一個批示。批示中有：「這些協會和他們所掌握的刊物的大多數（據說有少數幾個好的），十五年來，基本上（不是一切人）不執行黨的政策，做官當老爺，不去接近工農兵，不去反映社會主義的革命和建設。最近幾年，竟然跌倒修正主義的邊緣。如不認真改造，勢必在將來的某一天，要變成匈牙利裴多菲俱樂部那樣的團體。」

多麼可怕！他茅盾作為文化部長、中國作家協會主席，豈非罪魁禍首！

新中國成立以來，為了推動社會主義文化事業的發展，他嘔心瀝血，鞠躬盡瘁。而到頭來，竟是如此結論！

聽過傳達以後，茅盾更加沉默了。他什麼意見也不說，什麼文章也不寫。

此時無聲勝有聲！

7 月間，全國京劇現代戲觀摩演出一場連著一場。江青在會上大放厥詞，把社會主義文藝說成是「為帝王將相歌功頌德」，舞臺上「群魔亂舞」，「破壞社會主義經濟基礎」。並把一批優秀影片打成「大毒草」，其中包括夏衍根據茅盾小說改編的《林家鋪子》。

坐在主席臺上的茅盾聽到江青點了《林家鋪子》的名，心中一震，知道江青又要搞什麼陰謀了。但他緘口無語。直到粉碎「四人幫」後寫回憶錄才寫道：「夏衍把《春蠶》改編成電影，這是他和我的第一次合作。三十年後我們又有了第二次的合作，他又把我的《林家鋪子》改編為電影。但是這次合作卻帶來了大災難！《林家鋪子》的改編為電影，成為夏衍是『反革命修正主義分子』的罪狀之一。現在翻翻三十年代對《子夜》、《春蠶》、《林家鋪子》的某些評論，又回想當年對電影《林家鋪子》的批判，覺得兩者之間的觀點甚有相似之處。所不同的是，三十年代的評論，純屬學術觀點上的百家爭鳴，誰都不把它放在心上；而六十年代的批判，卻成了決定一個藝術家的政治生命和藝術生命的帽子和棍子。」

從聽傳達「兩個批示」開始，茅盾就沉默了。不少刊物的編輯前來約稿，他都一一謝絕。7 月號的《作品》刊出他寫的評論《讀〈冰消雪暖〉》，成了他在「文化大革命」之前發表的最後一篇文章。一直到「文化大革命」結束，長達十二年之久，報刊上再也沒有見到茅盾的文章。

陳白塵寫道：「在那一個混亂的年代，甘於寂寞，甘於沉默，是一個偉大

革命者的一種武器，也是對跳梁小丑們最大的輕蔑！」吳奚如則寫道：「茅盾同志不爲林彪、『四人幫』的淫威所懾，不爲虛僞而玄高的政論所惑，始終保持冷靜的沉默、嚴峻的沉默，顯示了這位無產階級偉大文學家的政治風格！」

這年 12 月 20 日，茅盾作爲山東省選出的人民代表，出席第三屆全國人民代表大會。到會議結束，他就被免去了已擔任十五年的中華人民共和國文化部部長的職務，當選爲全國政協副主席。

五六　總理保護，免遭劫難

1966 年 2 月，林彪、江青炮製的所謂「部隊文藝工作座談會紀要」出籠後，全國各地湧起了批判「三十年代資產階級文藝黑線」的濁浪。一大批優秀作品被打成「毒草」，許多知名的作家、詩人、劇作家、導演、演員被誣陷爲「牛鬼蛇神」、「判徒」、「特務」、「黑線人物」，遭到了批鬥。

茅盾也被江青點了名，指斥他是「三十年代文藝黑線的祖師爺」。在東總布胡同二十二號中國作家協會的大院裏，已刷出許多批判茅盾作品的大字報，說他「美化資產階級」、「醜化勞動人民」；他培養了一茬又一茬的文學新人，此時竟被加上「和黨爭奪青年作家」的嚇人罪名。

在這陰雲密佈的時候，他除了出席半月一次的政協座談會，應邀參加一些外事活動，有時去醫院看病以外，大部分時間閒居在家，看報、聽廣播、讀書，或者依照過去的習慣，將舊的德文版《新聞導報》對半裁開，細心裝訂成冊，加上用彩色畫報紙作的封面，製成一本本日記本。長期來，他就用這種自製的本子記日記。

對於政治形勢，謹言愼行的茅盾在日記中是避而不談的。但有時也偶而流露出一些情緒。他在 5 月 4 日的日記中寫道：「七時赴人大三樓看電影《桃花扇》，此乃三、五年前所攝，今則作爲壞電影在內部放映矣。」「昨晨因抽水馬桶漏水，水流瀉地，蹲身收拾約半小時。當時未覺勞累，昨晚稍覺兩腿酸痛，不料今日卻更感酸痛。老骨頭眞不堪使用了！」

年逾古稀的茅盾這一聲長歎，流露出這位文豪在十年浩劫來臨時無限沉重的心情。

5 月 31 日晚上，聶元梓等人的大字報向全國廣播之後，第二天，《人民日報》發表了《橫掃一切牛鬼蛇神》的社論。刹時間，大字報鋪天蓋地而來。

連日來，茅盾被通知到統戰部或政協聽報告、學習文件或討論。晚上，

他常常躺在床上想著正在發生的事情，久久不能入睡。他只得通過看書催眠，或加服安眠藥。6月27日，他在日記中寫道：「晚閱書至十時，服藥PH、LI、L、M各一枚，繼續閱書。但至十一時尚無睡意，乃加服S一枚，仍閱書以催眠，不料一小時後乃入睡。時已為翌晨一時矣！」

這一年的夏天，似乎也因「文化大革命」而顯得更加炎熱。多少在新中國文化教育事業上做出貢獻的教授、作家、學者，被當作「牛鬼蛇神」進行「遊鬥」！多少珍貴的文物和書籍被當作「四舊」被破壞或燒毀！

對這些，茅盾時有耳聞，也曾目睹。8月11日，他就在樓上見到隔壁社會科學院情報所造反派搞的一次「遊鬥」。這在當天的日記裏有記載：「今日上午比鄰之科學院情報所有一小隊（大概是該所的幹部）在所內草坪內遊行，其中有戴紙帽者七人，當即右派，但不知其為單位的，抑有科學院其他單位被揪出的反黨反社會主義右派分子。紙帽甚高，有字。在窗前望去，不辨何字。」

8月18日，他被通知參加毛澤東首次接見紅衛兵大會。這以前一天晚上，他「入睡後約二小時即醒，加服S半枚，M一枚，旋即入睡。但四時許即醒，聞街上鼓聲咚咚，蓋群眾赴天安門集會，毛澤東將在門樓與群眾見面。四時半起身，開爐燒開水及早餐，蓋褓姆例假，而德沚又因腰疼不能工作也。至六時許早餐已畢。六時廿五分機關事務局來電話請到天安門樓主席台。時司機尚未到來，打電話找司機，六時五十五分來了，即出發。七時五分到天安門樓。七時半大會開始。九時回家。九時半又赴政協參加追悼聶洪鈞之追悼會。十一時返家。」（日記）

8月25日，即人民藝術家老舍被迫害致死的第二天，他目睹了一場「破四舊」的鬧劇。日記中是這樣寫的：「今日下午有若干小孩，聞係文化部職員之子女，大者十餘歲，小者有十歲左右，先在文化部宿舍之院中將舊放在露天之漢白玉石盆（有桌子大小），一一推翻，不知其何所用意。後來又到我的院子裏，見一個漢白石小盆（此亦房子裏舊有之物，我本不喜此），推翻在地。彼等大概認為此亦皆代表封建主義者，故要打倒也。」

這事後的第五天——8月30日上午，突然一群人大「三紅」的中學生紅衛兵闖進了茅盾住的小院。那天只有茅盾和老伴在家。只見為首的一個舉著手中抄來的日本指揮刀，氣勢洶洶地嚷道：「我們剛從張治中家來，抄了他的家。對你算是客氣的！你家有四舊，我們要檢查！」

茅盾心想，對這些狂妄的孩子無理可說，答道：「這件事，得通過政協，

你們無權在這裡亂翻！」

然而這群紅衛兵根本不理會他的話，紛紛衝進房裏亂翻起來。

茅盾急忙給全國政協打電話，對方的回答只是「向上反映」。此時政協已處於半癱瘓狀態。

看他討不到「救兵」，正在抄家的紅衛兵更來勁了。抽屜被拉開了，箱子被打開了，「有一樟木箱久鎖未開，鎖生銹，不能開。乃用槌破鎖。」（當天日記）「檢查」不出什麼要破的「四舊」。那滿櫥滿架的書，他們看也不看，卻衝著茅盾嚷道：「書太多了沒有用處，都是些封、資、修的東西！只要有部『毛選』就夠用了！」

有個紅兵發現牆上一個鏡框裏是張軍人的照片，怒問茅盾：「這個國民黨軍官是誰？」

他們哪知道，這是茅盾女婿、革命烈士蕭逸的照片，而蕭逸穿的是解放軍的軍裝。

「國民黨軍官是什麼樣子的？你知道嗎！？我同你們沒有什麼可說的，你們問統戰部去！」

茅盾氣憤地說。

又一個紅衛兵嚷起來：「快來看這張照片啊！」

原來這是蘇聯電影明星拉迪尼娜送給茅盾的照片。紅衛兵也當作「封、資、修」的東西，在照片背面寫上：「不准看！」

文化部的一個群眾組織聽說人大「三紅」紅衛兵在抄茅盾的家，連忙派了幾個人趕來，對那個紅衛兵頭頭說，「我們來協助你們抄家。」然後，悄悄對茅盾說：「我們是來監視他們抄家的。」

這夥紅衛兵在茅盾家裏亂翻了一個多小時，直到上面派來一個工作人員，才一鬨而散。

事後，中央統戰部向周總理反映了這件事。

其實，就在茅盾家被抄的 8 月 30 日這天，周總理已親筆寫了《一份應予保護的幹部名單》，其中就有茅盾。隨後，茅盾的家便有了解放軍警衛。雖然他的處境日趨艱難，卻沒有再發生過抄家的事。中國作協裏的大字報，也被集中到一間屋裏，沒有向社會開放。

被抄家後的第二天下午，茅盾又接到通知，出席毛澤東第二次接見紅衛兵的大會。氣候突然由熱轉涼，而他沒有多穿衣服，在天安門城樓上由傍晚

五時站到七時，覺得「冷不可支，渾身發抖，乃於七時半返家，急服羚翹丸三丸，薑湯一盞，幸未發燒。」（8 月 31 日日記）

對於這場所謂「破舊立新」的紅衛兵運動和「文化大革命」，茅盾在公開場合始終緘默不語，內心卻很氣憤。他曾對親屬說：「他們那樣搞，天怒人怨！」

茅盾受到周總理的保護，家裏有解放軍警衛，「四人幫」的爪牙無法進去衝擊，無法將他揪出來批鬥。但「四人幫」對此很不甘心，時時尋找機會，企圖進一步迫害他。

1967 年初，在所謂「一月革命風暴」的襲擊下，文化部被造反派奪了權。全國政協癱瘓了。文聯和作協被「砸爛」了。林彪、江青利用他們控制下的報紙、刊物，大造輿論。姚文元在「兩報一刊」上發表《評反革命兩面派周揚》，誣衊茅盾是「資產階級反動權威」。「四人幫」控制的《文學戰報》發表了長篇的《茅盾——大連黑會擡出來的一尊凶神》，誣衊茅盾是什麼「反共老手」、「反黨的祖師爺」，還有什麼「老右派」，等等。胡說他在大連創作會議上的講話是「爲被『罷』了『官』的右傾機會主義分子叫屈，支持策應封建主義、資本主義勢力的猖狂進攻」；提出要「砸爛這尊兇神惡煞，讓他見鬼去吧！」隨後又在《文藝戰線兩條路線鬥爭大事記》中，誣衊他：「茅盾在會上對黨和社會主義制度破口大罵，誣衊大躍進是『暴發戶心理』。」

五七　妻子亡故

茅盾的夫人孔德沚，本來身體比較健康。雖然有點肥胖，患有糖尿病，但她心情開朗，笑口常開，樓上樓下操持家務，忙個不停。

「文化大革命」的狂風暴雨襲來以後，她日夜爲丈夫的命運擔驚受怕，心情憂鬱，頭上白髮增多了，體質日見衰敗。除了糖尿病，又有了心臟病、高血壓等疾病。加上營養不足，又得不到好醫生的診治，沒有對症的好藥。本來，治療糖尿病的胰島素，由茅盾託香港的友人買了寄來，「文化大革命」後不准再寄。孔德沚的病眼看一天比一天加重了。

妻子沉痾不起，茅盾內心如焚。但在那個時候那樣的環境裏，他能想出什麼辦法呢？他能去找誰幫助呢？幾十年戰鬥過來的革命同志、文朋詩友，有的已被投進監獄，有的自身難保。過去給他們看病的王歷耕醫生，也已被

趕出北京醫院。其他的醫生不熟悉病情，難以對症下藥。他每次拖著病軀陪妻子去看病，回來後全身像要癱了一樣。

妻子看他為照料自己，氣喘吁吁地樓上樓下忙碌，心疼地說：「德鴻，看把你累的，不要我的病沒好，你又給拖垮了。」

茅盾搖了搖頭，安慰她：「不會的。你安心養病要緊。」

孔德沚服藥後睡著了。他望望妻子滿頭的白髮，看看她臉上一條條的皺紋，不禁想起「文化大革命」以來她精神上經受的折磨。

他們家有一隻銅質臺燈，燈架是一個裸體女神的塑像，女神雙手向左右伸出，手上各拿著一個小燈。這本是一件工藝品。但是那次抄家時，紅衛兵說它是「四舊」，勒令不准使用。有一天，兒媳陳小曼回來看到臺燈上的裸體女神穿上了一件連衣裙，感到很好笑，便問婆婆。孔德沚說：「紅衛兵說這是四舊，不讓用，丟了又可惜。我才做了這件衣服給穿著，免得添麻煩。」

1969 年春天，經化驗、檢查，孔德沚的尿糖已得到控制，血壓亦正常，只是冠狀動脈硬化稍有進展。醫生對茅盾說：「這是老人常見病，她七十三歲，沒有大關係。」

然而妻子比以前瘦了許多，「這是否與病有關？」他問醫生。

醫生沒好氣地反問：「千金難買老來瘦，你不懂？」

茅盾想，這話很對，老年人與其肥，不如瘦，她過去太肥胖。這下瘦了，也許是好兆頭。

秋涼後，孔德沚更加瘦弱，而且下肢浮腫，只是血糖、尿糖仍然正常。茅盾天天服待她吃藥，雖未見好轉，也未見加劇。

到 11 月，他發現妻子突然食欲不好，服了開胃藥，才有所好轉。年底，又食欲大減，手也浮腫，服了中藥、西藥，仍不見效。

「今年一月中旬，體力益弱，行步須扶持，且甚慢，已不下樓。此段時間，連進醫生三次門診，醫生只謂老年，積久慢性病等等。除服常服之四、五種藥外，別無他法。」（致陳瑜清信）

到 1 月 24 日，孔德沚白天昏昏欲睡，飲食不進，前半夜卻不能入睡。

有人對茅盾說，「這是酸中毒的現象。」他「啊」了一聲，才覺得不妙，慌忙送妻子進醫生急診。

此時，孔德沚已神智昏迷。經過驗血，醫生診斷為：酸中毒、尿中毒、慢性腎炎併發。搶救了十多個小時，無效。

這天是 1970 年 1 月 28 日。孔德沚——這位茅盾一生的賢內助，終於拋開了老伴和兒孫，與世長辭了。

對於已經處在風燭殘年中的茅盾，這個沉重的打擊，無疑是雪上加霜！

妻子火化那天，茅盾悲痛欲絕，默默垂淚。他和兒子沈霜、媳婦陳小曼等七八個親屬，還有葉聖陶及其兒媳，參加了火化儀式。冷冷清清，唯有哀情與哭聲。

妻子病逝後，茅盾忍著悲傷，將噩耗寫信告訴了他們的親朋好友。

在致表弟陳瑜清的信裏，他敘寫了妻子的病情、醫療及逝世的情形後說：「德沚七十三歲，未為短壽；觀其病中痛苦，逝世亦為解脫，惟孫兒女皆未成立，她死時必耿耿於心也。」

他還告訴表弟：「我精力大不如去年，懶動，即作此一書，亦輟筆數次方才寫完。據此可想見其為廢物矣。」（7 月 7 日信）

後來又寫道：「我自前年下半年就日見衰弱，去年德沚病中，我強打精神，照顧病人，但自她故世，我安定下來，就顯得不濟了。現在上樓下樓（只一層而已）即氣喘不已，平地散步十分鐘也要氣喘，醫生謂是老年自然現象，無藥可醫，但囑多偃臥，少動作。如此已成廢人，想亦不久於世矣。但七十五歲不為不壽，我始願固不及此也。」（10 月 15 日信）

他把妻子的骨灰盒捧到自己臥室裏，擱在五斗櫃上。常常站到骨灰盒前，久久地凝視著，兩行老淚禁不住潸潸而下，往事便潮水般地在他腦海中湧現。1949 年解放後，新的生活召喚人們投身革命和建設事業。有一天，妻子向周恩來總理提出：「請您也為我安排一個工作，我也要參加革命！」周總理認真考慮後，回答好說：「好，我給您安排一個對您最重要也是最合適的工作，——照顧好茅盾同志。他是我們國家的寶貴財富，今後要他為新中國描藍圖，為新中國作出新的貢獻。您要好好照顧他，這是黨交給您的任務，這比您做任何工作都重要！」那時，妻子聽話地點了點頭，從此便把照顧他生活起居當作黨交給的任務。而今，在他最需要她照顧的時候，她卻被死神奪走了！

茅盾痛悔自己沒有早想到給妻子多準備胰島素，沒有早想到減輕妻子的家務負擔，沒有早想到分出一些時間和妻子到處地去走一走，甚至建國以後他倆連老家烏鎮也沒有回去過一次！如今這一切都無法彌補了。

五八 孤寂歲月

孔德沚亡故以後，茅盾成了一個形單影隻、孤苦伶仃的老人。

他所住的東西頭條 5 號大院內的那幢小樓愈加顯得冷冷清清。家裏的公務員造反去了。專用小汽車取消後司機也走了。兒子、媳婦一家住在很遠的西郊。家裏只剩下跟了他們夫婦幾十年的老保姆趙有珍。另外還有一個幫助他做點雜差的白髮老漢。沒有可以談談心裏話的親人。桌子上的電話也不響了。沒有人來匯報、研究工作，或是談論作品。作家碧野說：「據我所知，當時茅盾同志獨居，年老體衰，無人照顧，生活寂寞。」事實正是如此。

茅盾在致田苗的信裏說他此時是在「苟延殘喘」，「死神已在門外」。每天報紙來後，他往往只瀏覽一下標題。夜晚躺在床上，越是想睡，越睡不著。起身取安眠藥服下，勉強睡一二個小時，又常常被惡夢驚醒。於是再也無法入睡，睜著眼等天亮。

他時常患病。1971 年初，先患面部神經麻痺，醫治了一個月，方有好轉；繼而又感冒，慢性支氣管炎發作，咳嗽劇烈，夜不安枕，也是醫治了一個月，還「尚未全愈，委頓不堪」。他往往忍著病痛，拿上病歷和醫療證，拄著根拐棍，艱難地下樓，出院門，一步一挪地去醫院，排隊掛號，排隊門診，排隊化驗，排隊取藥。然後，他又一步一喘地走回家。他不出去拜客，也無須接客，常常幾天不刮臉，滿面鬍茬很長，皺紋又粗又深，壽斑增添了不少。

有一天，茅盾接到表弟陳瑜清從杭州的來信，便回信說：「來信謂如再有人動員您退休，您打算退休，我意亦然。那時你若能來北京小住，我家尚可安頓，多年不見，我在朝不保夕之頹年，亦常思念及親故也。」

他有時寫些舊體詩詞，以抒發胸中鬱積。1972 年春，他寫了七絕《偶成》：

> 蟬蜩餐露非高潔，蜣螂轉丸豈貪癡？
> 由來物性難理說，有不為焉有為之。

有時，兒子、媳婦在假日來看看老人，替父親做一些家務。沈霜知道父親的浴衣破得實在沒法穿了，想給他買一條新的，可是商場裏買不到，就設法買了幾條鵝黃的毛茸茸的大毛巾，裁剪開來，自己動手給老人做了一件浴衣。茅盾很高興，連聲說：「好，好！不錯，不錯！」

然而兒子、兒媳有自己的工作，不能常來照顧他。

秋深了，樹禿草枯，園庭冷落。茅盾望望緊挨他家的另兩座同一式樣的

小樓，窗玻璃被砸得殘缺不全，已是人去樓空。這原是周揚和陽翰笙的住宅。他們被誣衊為「反革命修正主義分子」、「四條漢子」，已被關進監獄。家裏的人也被「掃地出門」。不知他兩人是否關在一處？他們受到了怎樣的刑訊、逼供？也不知他們是否還活在人間？他作詞一首：

> 心事浩茫九轉腸，有美清揚，在水一方。
>
> 相思欲訴又彷徨，月影疑霜，花落飄香。

有時，他讀《紅樓夢》和「紅學」研究文章，讀王安石的《臨川集》、辛棄疾的《稼軒集》。

1973 年夏，作了一首《讀〈稼軒集〉》：

> 浮沉湖海詞千首，老去牢騷豈偶然。
>
> 漫憶縱橫穿敵壘，劇憐容與過江船。
>
> 美芹藎謀空傳世，京口壯猷僅匝年。
>
> 擾擾魚蝦豪傑盡，放翁同甫共嬋娟。

他家裏的座上客，僅剩下胡愈之、葉聖陶、胡子嬰和黎丁等幾個人。他們到來時，那座小樓裏才多了一些人聲。

林彪叛逃摔死之後，一些作家從湖北五七幹校返回北京，有人悄悄去看望茅盾，使他感到異常的欣慰。臧克家寫道：「我回到了北京，急匆匆地去拜望茅盾先生。……門開了，一位五十多歲的保姆問我：『找誰？』『貴姓？』她又一步一步慢騰騰地上樓去了。我進了門，立在地上，有時間打量樓下的樣子，看到左手的會客室裏橫一條長竹竿，竹竿上晾著一些衣服。我心裏默默地想：這間會客室，過去我每次來，總是語聲雜著笑聲，一進門就可以聽到；而今卻闃靜無人，好似耐不住寂寞的樣子。」「兩人多年睽違，一旦會晤，問長問短，舊情依依。」

一天，從廣州來北京開會的周鋼鳴，不顧會議關於不准看望「有問題」的人的規定，冒著危險來看望茅盾。臨別時，他握住周鋼鳴的手，久久不肯鬆開，說道：「很感謝你來看我。」周鋼鳴後來寫道：「這樣客套的話，是很不該出現在我們之中的，然而那個時候，究竟有多少人會去看他呢？」

對於故人重逢，茅盾也曾作詩抒懷：

> 驚喜故人來，
>
> 風霜添勞疾。
>
> 何以報赤心，
>
> 亦惟無戰慄。

　　來看他的朋友，帶來了他不知道的信息。當他從雲南作家李喬口中得知作家李廣田、劉澍德都死了之後，久久沉默不語。然後說：「北京的作家老舍已死了，楊朔也死了！楊朔死後，他弟弟去收屍，發現他哥哥身上有傷痕，可見楊朔不是病死的。」

　　1973 年冬，茅盾給鳳子寫信，說他「年來屢患大小各樣病，而氣喘支氣管炎糾纏不已，血管硬化則見端於步履蹣跚，面膚時感繃緊，以故極少出門」。

　　他雖「極少出門」，卻心繫他人。聽到駱賓基說，馮雪峰的病已確診為肺癌，吃中藥必須用麝香配，正苦於找不到珍貴的麝香。他毅然拿出珍藏的一支麝香，託胡愈之去送給馮雪峰。而此時的馮雪峰是一個被開除黨籍的「摘帽右派」，又戴有「文革」中被加上的其他種種「帽子」。茅盾卻置自己可能被牽連於度外。

　　周總理的逝世使他十分哀痛，在給陳瑜清的信裏寫道：「總理追悼會前一周的時間，京中工廠、機關、學校等，差不多人人都戴黑紗、白花；天安門廣場上人民英雄紀念碑前，群眾自動送來的花圈總有數千，——這都是不能送進勞動人民文化宮的。四川、上海友人來函也說如此。不知杭州如何？陳曉華的悼詩是好的。京中友人寫的也不少，但聞上面決定，一律不登。」茅盾此時的憤怒已經溢於言表了。

　　這年茅盾已八十歲，身體更差。他在給友人的信中寫道：「沒有住院，但氣短，精神倦怠，……手抖加甚，目疾依然，走路不但要用拐棍，還要人扶。不能用腦，用腦稍久，體溫立即超過三十七度；白血球偏高。」

　　但是，當他得到馮雪峰逝世的噩耗後，在「不許見報，不許致悼詞」的威脅下，毅然前往八寶山，主持了馮雪峰的追悼會。駱賓基對此事寫道：「這是肝膽照人的行動！……儘管這是一次沒有悼詞的追悼會，但卻形成了自文化浩劫以來所未曾有過的『砸爛』了的文藝界的大聚會！茅盾與胡愈之兩同志，無視『四人幫』給戴上的罪名，和同志們一一握手，倍加親切，這親切從彼此相顧的眼光裏如閃閃發光的暖流一般匯集成一個海洋，彼此越加信任。那時，茅盾先生的身體也很虛弱，但在這裡面卻顯示了一種多麼無畏的戰士的精神呀！」接著又寫道：「我從這次追悼會上，感到自己受了一次大檢閱……。而茅盾先生是這次大檢閱的主帥，無語，沉默，卻充滿了戰鬥精神！在我的印象中，從未有的感到，他是那樣崇高而莊嚴！」

五九　兩部手稿之謎

　　馳騁文壇半個多世紀的茅盾，他的短篇小說、散文、雜文、劇本和評論、學術論著，都是隨寫隨即發表或出版的。幾個長篇小說，也是先在報紙副刊連載，然後由書局或出版社印行。例外的情況只有他在解放後寫的一個電影劇本和一個未完成的長篇小說，這兩部作品在創作出來後，既未發表，也未出版，而且至今下落不明。

　　事情還得從五十年代說起。

　　1955 年初的一天，公安部部長羅瑞卿見到茅盾，要他寫一部反映鎮壓反革命的電影劇本。羅瑞卿說，全國規模的鎮反運動取得了偉大的勝利，破獲了國民黨反動派潛伏下來的主要殘餘勢力。但是鬥爭還未結束，希望茅盾能早日把這個電影劇本寫出來，拍成影片，向全國人民進行教育。

　　「不行呵，我不熟悉這方面的生活，怎麼寫呢？」茅盾真誠地說。

　　「我們可以給你提供詳細的材料。上海破獲了許多重大反革命案件，你可以看全部所需要的卷宗，也可以找有關人員談話。」羅瑞卿表示只要他願意寫，公安部門能夠為他提供一切的幫助。

　　茅盾見公安部長如此熱情，大力支持文學創作，便答應試一試。

　　幾天後，他很高興地到了上海。由周而復接他到旅館住下，很快和上海市公安局的負責同志聯繫上了。開始閱讀卷宗，找人談話，調查、詢問，記下了許多材料。

　　回到北京，有關部門的領導還指定趙明為他提供材料。

　　趙明是他在新疆學院任教時教過的學生，愛好戲劇、文學，曾和幾個同學一起學寫作。在茅盾帶領下，編寫過話劇《新疆萬歲》。茅盾為他主編的新疆學院校刊《新芒》寫過《五四運動之檢討》、《新新疆進行曲》等文章、詩歌。1951 年，文化部電影局討論趙明寫的電影劇本《斬斷魔爪》，茅盾又一次給了他熱情的支持。這次，聽說茅盾要創作電影文學劇本，就照領導的指示，盡心盡力幫助他的「沈老師」。

　　茅盾日趕夜趕，不久便寫出了這個電影劇本，交給文化部電影局。

　　電影局和劇本創作所的幾個負責人讀了茅盾的劇本，認為寫得好，只是有點小說化，對話多了一些，如果拍攝，需要分上、中、下三集。他們把本子還給茅盾，後來便拖了下去，不了了之。茅盾以後也沒有再拿出來過，一直擱在家裏。

　　1958 年春天，茅盾開始醞釀、構思一部新的長篇小說。並且在百忙中見縫插針地寫了起來。

　　這是一部以黨對資本主義工商業進行社會主義改造爲題材的作品。從題材來說，和《子夜》有比較密切的聯繫；就時代和人物的命運來說，也可說是《子夜》的續篇。據唐弢回憶，他曾聽人說茅盾正在寫《子夜》的續篇，書名叫《黎明》，有一天便匆匆去書店詢問有沒有《黎明》，書店回答他，還沒有印出來呢。那麼，茅盾此時寫的這部新的長篇，書名是不是叫《黎明》？茅盾並沒有向人透露，也沒有人知道。

　　1958 年秋天，他在和《中國青年報》編輯部的一位同志談話中，說起了他正在寫的這部作品。此時，他才寫了個開頭，有十萬多字。

　　次年 2 月下旬，茅盾收到一封催稿信，是中國青年報編輯部文藝組寫來的。3 月 2 日，他覆信道：「說起來非常慚愧，我的小說稿子還是去秋和你社一位同志說過的那種情況：擱在那裡，未曾續寫，也沒有加以修改。原因是去年秋冬有些事（例如其中一件是出國），同時身體又不好。這樣就擱筆了。本來，去秋和你社同志說：我這部東西，即使寫起來，也會使人失望的，而且題材又不適合於青年，所以至多選一點登登，那是希望得到青年讀者提意見，以便修改。但現在，則連這一點也拿不出來，眞是慚愧而且十分抱歉。從去年秋季起，我一直鬧病。神經衰弱，多用腦即失眠，天氣稍有變動就感冒（而且感冒後一定患嚴重的失眠），等等，使我深以爲苦。我現在是在半休狀態。何時能續寫，以了此文債，自己沒有把握，同時也十分焦灼。不過，始終老想完成這個『計劃』的。以上都是我的情況。本來不想告訴外邊，但既承你們這樣的對我關心，不敢不實告耳。」

　　從此以後，茅盾再也沒有續寫下去。

　　茅盾去世以後，他的兒子、兒媳曾經尋找過這兩部未發表的手稿，而且不止一次地尋找過，但是都沒有發現。是在文化大革命中毀了呢？還是藏在什麼地方呢？或者是被什麼人拿走了呢？有種種說法，莫衷一是。

　　茅盾的學生，曾協助茅盾創作那部電影劇本的趙明在 1981 年寫道：他「遲遲不見這部作品的發表。大約一年以後，一次我去沈老師家，談到這部作品。孔德沚同志和我說：『我讀了這部原稿，我感到他（指茅盾）對大革命時代的青年較爲熟悉，寫出來逼眞；對現代青年他不怎麼熟悉，寫出來的還和大革命時代的青年差不多。』可能就是由於這個原因吧，沈老師寫就的

這部作品，始終沒有拿出來發表。前年我問沈霜同志，他說這部手稿沒有找到，大概在文化大革命中燒掉了。」

如果說是茅盾自己燒掉了電影劇本手稿，那麼他為什麼要燒掉呢？又是在什麼時候燒掉的呢？

趙明又寫道：「由此可見沈老師對自己作品要求的嚴格，不成熟的東西絕不拿出來。他和魯迅一樣，拿給讀者的東西，一定是最好的。」

茅盾的好友周而復在一篇文章裏則說是：「茅公自己不滿意這個電影劇本，乾脆把原稿撕了，一張張墊在他用的吐痰杯子裏，然後倒掉。這個電影劇本一個字也沒有留下來，十分可惜，是新文學和電影事業的一個重大損失，即使不拍電影，要是茅公改寫小說，至少我們可以讀到另一部《腐蝕》。」

這是又一種說法。但是有沒有人親眼見他撕毀呢？或者竟是沒有撕毀，而是失落的呢？

那部已寫下十萬多字的長篇小說手稿，真實的情況又是怎樣呢？

茅盾研究專家、孫中田教授在《漫話〈子夜〉續篇》中寫道：「這部長篇已經開手，而且已得十萬字的開頭，可見是一部洋洋大觀的巨著。關於這部巨著的情況，曾引起許多人的注目。周而復在《〈永不殞落的巨星〉中》中說：『有一次德沚夫人告訴我，茅公寫好一部長篇，可是他不願拿出來。』陳白塵在回憶中也說：『茅公同志解放後所寫的一部長篇小說，在沈師母口中透露過，卻從來未將原稿示人過，究竟是被抄去還是被毀掉，或者藏在何處，也無人知道。』那麼開頭的部分，是否保留下來呢？筆者為此曾請教茅盾的家屬，好像直到目前為止，已動手的部分或者構思的綱要，都還未有下落。」被稱為《子夜》續篇的這部作品又成了一個謎。

六〇　退還稿酬

粉碎「四人幫」後，全國各地紛紛創辦和復刊文學雜誌。一本一本刊物、一封一封信，不斷寄到茅盾手中。請他題詞或題寫刊名、書名，甚至單位的牌子。茅盾看到新時期的文化事業欣欣向榮，心裏高興，因而有求必應，即使是地區或縣一級的小刊物，他也樂意為之。他故鄉的「桐鄉文藝」、「烏鎮中學」、「屠甸中學」、「烏鎮電影院」、「桐鄉中學生習作選」等等都是他寫的。他為曾就讀過的湖州中學題寫了「科學館」。給湖州師專的《教與學》題寫了刊名並寄贈《一翦梅》詞。給杭州的《東海》、《文化娛樂》，湖州的《南

湖》、德清的《莫干山》等雜誌題寫了刊頭。爲京、津、滬和其它省、市甚至地、縣辦的各種刊物題簽，多達一百多種。他爲作家茹志鵑的《百合花》題寫書名並寫序文，給白族作家那家倫的散文集《放歌春潮間》題簽，爲《北方文學》增刊題寫《文藝天地》，等等。作家馮驥才寫道：「我和李定興同志所著的長篇小說《義和拳》由人民文學出版社定稿待發。茅公從他親屬那裡得知這部《義和拳》是出自兩個青年人之手的處女作，欣然給我們題了書名。初題時所用的是繁體字，而出版社根據一般常規要用簡體。我覺得爲了一個字（『義』字）再去麻煩老人很不合適。總編輯韋君宜同志便出面去請茅公改寫。沒過幾天，負責封面的編輯來找我，給我一張紙，上面寫了十多條『義和拳』三字，都用了簡體，字迹清勁，俊逸灑脫，筆筆又著意不苟，一望而知，這是茅公的手迹。這位編輯說：『茅盾同志說，多寫了幾條，叫你們看哪條好，用哪條，隨你們挑。』我聽罷深受感動……茅公於三十年代就在文壇享有盛名，而我們都是默默無聞的文學青年；據我知道，茅公右眼患眼疾，寫這樣的核桃大小的字頗爲吃力的。他何以這樣認眞和尊重我們？我於此間感受到的，除去老前輩的愛護與鼓勵之外，還有一種偉大的文學家都具有的平等待人的高尚品德，如同璀璨的光照透我的心靈，使我學到了對於一個人民的作家來說比知識更爲重要的東西。」白族作家曉雪也曾寫道，茅盾甚至爲一張縣級文化站辦的八開小報《洱海》題寫刊頭，並應約爲《洱海》編輯部書贈《題白楊圖》一詩的條幅。收到茅盾題簽、題字、作序的單位和個人，無不如獲至寶，裱裝珍藏。他們將稿費給茅盾寄來，一張張匯款單由郵遞員送到茅盾的家裏。

然而，茅盾卻分文不收。他給兒子、兒媳講：童年時他常在一旁看祖父給人家寫匾額、堂名、對聯，都不署名，說是「我之爲人寫字，聊以自娛，非以求名。」烏鎮有一家富商嫁女兒，要寫一本嫁妝清冊，要求凡嫁妝中一切物品，都要寫成四字一句的對聯。祖父爲此花了兩天工夫。富商送來紋銀十兩。祖父不受。他說：「我爲人撰寫什麼，聊以自娛，非以求利。」

茅盾囑咐家裏人把匯來的錢，按匯款人的地址一一退回。

他的兒子韋韜、兒媳陳小曼理解老人的心情，於是不怕麻煩地一次又一次地跑郵局、覆信、退款。

八十年代第一春。3月7日下午，來自茅盾故鄉浙江省的一位編輯，叩開了沈寓的朱紅大門。出來迎接客人的是茅盾的兒媳陳小曼。她告訴來客沈老

正在休息。來人說，他是《浙江日報》編輯部特地派來北京，請沈老為該報即將開闢的《寄語故鄉》專欄題字和撰稿。陳小曼對他說：「沈老今年已經八十四歲，身體很虛弱，胃口不好，消瘦，體重才九十斤左右。視力也不好，一隻眼睛幾乎完全失明，另一隻眼睛只有零點三的視力，因此不能多用眼力，對外約稿一般都辭謝了。」

來客聽說，有點失望。又聽陳小曼說：「不過，爸爸經常向我們談論起家鄉的事，或許對你們的約稿會答應的。」來客又高興起來。

那位編輯走後，小曼把《浙江日報》社來人約稿的事給茅盾說了。老人答應給家鄉的省報寫一篇文章。而他體力實在不支，就口述了這篇文章，叫小曼代筆。這篇作於 3 月 17 日的《可愛的故鄉》，是一篇蘊含著濃鬱鄉思的優美散文。

茅盾讓陳小曼把這篇散文，連同題寫好的「寄語故鄉」，掛號郵給《浙江日報》編輯部。

《浙江日報》於 1980 年 5 月 25 日刊出了茅盾的題字和《可愛的故鄉》後，給他寄去五十元稿費。

茅盾聽小曼說了以後，說道：「他們怎麼給這麼多稿費呢？稿費標準我是知道的，我們不能收這麼多錢。你給他們退回四十元吧！」

小曼寫信告訴那位來約稿的編輯說：「稿費五十元收到了。你們給的稿費實在太多了，沈老讓我退回四十元，留下十元，免得一點不收你們又再次寄來，這樣大家都不安心。請體諒老人的心情，並轉告一下財務部門，免得他們又將四十元退回來。」

這件事使那位編輯很感動。他寫道：「按理講，一位中外聞名的作家，不顧年邁，為報紙寫了一篇難得的散文，這五十元稿酬是不多的。但茅公並不這樣看問題，而是把自己當作一名普通的作者。他對自己的要求有多麼嚴格，考慮問題又是多麼周到啊！」

茅盾向來是如此對待稿酬的。比如 1958 年，百花文藝出版社將他在《文藝報》上連載的《夜讀偶記》出版了單行本。出版社按規定給他寄來了上千元稿費。照說，收下這筆稿費也是合理的。然而，茅盾卻立即致信出版社，說他只收一份稿酬，隨即讓人將這筆稿費如數退了回去。

他對家裏人說：「我的錢是很多，可是每一筆錢都是工作和寫作得來的。不是勞動得來的報酬，我絕對不要！一本書，怎麼能拿兩份稿酬呢？！」

家裏人都覺得他說得在理。

韋韜和陳小曼得到老人的言傳身教，在茅盾逝世後一直秉承這種教導。1983 年，人民文學出版社開始陸續出版《茅盾全集》。這部全集共四十卷，有一千三百多萬字。按照規定，韋韜他們能得一筆鉅額稿酬。但是，韋韜和陳小曼聯名寫信給中國作家協會，將他們應得的《茅盾全集》稿費，全部捐贈給中國茅盾研究學會，作爲開展學會活動和獎掖學術研究成果之用。

六一　寫回憶錄

粉碎「四人幫」之後，茅盾復出。被迫擱筆十二年之後，他寫作的熱情像火山噴湧。《周總理挽詩二首》、《迅雷十月布昭蘇》、《滿江紅·歡呼十一大勝利召開》、《魯迅研究淺見》、《老兵的希望》、《貫徹雙百方針，砸碎精神枷鎖》等詩詞文章在各種報刊雜誌陸續發表出來。

1977 年初，一樁經過一年時間醞釀的大規模寫作計劃，在茅盾腦海中成熟了。這就是：寫回憶錄。從 1896 年 7 月 4 日誕生之日起，茅盾已度過八十個春秋；如果從 1916 年參加商務印書館編譯所工作算起，他也已走過了六十年風風雨雨的道路。在回憶錄的序裏有這樣一些話：「人到了老年，自知來日無多，回憶過去，凡所見所聞所親身經歷，一時都如斷爛影片，呈現腦海。此時百感交集，又百無聊賴。於是便有把有生以來所見所聞所親身經歷者寫出來的意念。」「一因幼年稟承慈訓而養成之謹言愼行，至今未敢怠忽。二則我之一生，雖不足法，尚可爲戒。」

茅盾的不少朋友如沙汀、艾蕪、田苗等人，也希望他早日把回憶錄寫出來。

然而，這確實是一項巨大的工程。他在致田苗的信裏寫道：「寫我一生經過的事，此事想想不難，哪知一動手，才知道要找許多舊書、報來核實，那就費事了。」兒子、媳婦不在身邊，又沒有專門的助手。怎麼辦呢？他不得不寫信給有關的領導同志，請求給他以幫助。1978 年 7 月 19 日，茅盾經過再三考慮，給周而復寫信說：「動手寫《回憶錄》（我平生經過的事，多方面而又複雜），感到如果不是浮光掠影而是具體且正確，必須查閱大量舊報刊，以資確定事件發生的年月日，參與其事的人的姓名（這些人的姓名我現在都記不眞了）。工作量很大，而且我精力日衰，左目失明，右目僅 0.3 視力，閱寫都極慢，用腦也不能持久，用腦半小時必須休息一段時間，需要有人幫助搜

集材料，筆錄我的口授。恐已往的經驗，從外找人，都不合適。於是想到我的兒子韋韜（在延安時叫沈霜，也許您認識）；他是我大半生活動中始終在我身邊的唯一的一個人了。有些事或人，我一時想不起來，他常能提供線索。我覺得要助手，只有他合適。他現名韋韜，在解放軍政治學院校刊當編譯。我想借調到身邊工作一、二年。為此，我已寫信給中央軍委羅瑞卿秘書長，希望他能同意借調。為了儘快辦成此事，希望您從中大力促進。

「最近（本月七日半夜）在臥室中摔了一跤，雖未傷筋骨，至今腰部仍然酸痛，因而更感到家中沒有親人（男的）之不便（白天除我之外，家中沒有男人），如能借調他（韋韜）來，既便於我寫《回憶錄》，也對我的生活起居有便宜。

「至今寫字尚手抖，都是本月七日半夜摔了一跤之後果。」

信中所寫的「在臥室中摔了一跤」，是指 7 月 7 日夜裏發生的事。他是習慣於獨宿的，那天晚上由於服安眠藥過了量，半夜起床小解時，因頭暈、腳軟而摔倒了。他不願意深夜叫醒別人，而是自己用雙手撐持著身體，一寸一寸地挪到床前，但是卻站不起來，掙扎了約摸一個鐘頭，最後總算抓住床欄，撐起身軀爬上床去。

即使在這種情況下，茅盾還堅持寫作。

後來，韋韜終於來到了他的身邊。老人有了助手，查找資料的事可以讓兒子去做了。而寫作，他仍然親自握筆，艱難地一個字、一個字地寫在稿紙上。

有些老朋友來拜訪他，他就抓住機會核對記憶中的人名、事件。有一天，陽翰笙來探望他，還沒談上幾句，茅盾突然問起 1926 年北伐軍打到漢口的事來：「那時是不是有一個人叫陳啓修？」陽翰笙答道：「有，是《中央日報》的主編。」他又問：「那人的另一個名字是不是叫陳豹隱？」對方回答：「是，是同一個人。」陽翰笙告別後想，他怎麼突然想起這個人來？後來才明白：「是在思考他的回憶錄，是在核對他記憶的人和事是否準確。他對工作、對創作這樣的一絲不苟、嚴肅認眞，實在令人感動。」

又有一天，孔羅蓀去盾他。他要孔羅蓀替他查一查：黎烈文什麼時候接手主編《自由談》？什麼時候離開？什麼時候去主持《中流》？孔羅蓀便找當年在上海、並經常為《自由談》寫稿的文學史家唐弢，弄清楚了告訴茅盾。

還有一天，葛一虹來拜訪。茅盾說，「上了年歲的人只能寫寫回憶了，極

其偶然也寫點舊詩。」他看到葛一虹帶來他們幾個在 1946 年遊西湖時拍的照片，有茅公和夫人孔德沚，還有洪深、趙清閣、鳳子、陽翰笙、陳白塵和他自己。看到一張在西泠印社拍的合影，茅盾拿起細細端詳了一下說，「太小了，看不清，得用放大鏡了。」葛一虹說：「那次相偕上市場買金華火腿，您指給我們看如何挑選上好的，當時您自己就買了兩段上腰峰。歸途中，您還說怎樣來燒湯或蒸切，才夠滋味。」茅盾笑了。送葛一虹走時，看到孫女兒在玩，茅盾好像被什麼事觸動了，又問葛一虹：「記得在桂林時曾經有一封信託你帶往重慶，是不是？」葛一虹說確有此事。那是葛一虹在 1942 年搭機飛往重慶前夕，茅盾夫婦去看望他，交給他一封給愛女沈霞的家書，囑咐他務必儘快妥交轉去。葛一虹告訴茅盾：「那信是我面呈總理的，諒必轉送到延安無疑。」茅盾說：「我一直不能確定帶信的人是以群還是你，現在算弄明白了。」

為了查找或核實材料，茅盾還發信到各地，請親戚、朋友們幫助。如上海的趙清閣就接到茅盾的信，要她幫助回憶一下三十年代及四十年代幾個歷史時期，他們同客一地的某些文藝活動情況。趙清閣為此寫道：「他記不清了，我也印象模糊，而我被他的嚴謹認真、一絲不苟的負責態度而感動，就代他從旁了解，力求準確符實，然後提供他參考。」

樓適夷說，每次與茅公見面，常談起他在寫的回憶錄。顯然，「他準備以晚年的歲月，全力完成這部最後的力作。為了寫作，許多活動他不參加；為了寫作，他放棄了遊覽與休息。但有時也表示，為不少的訪問與約請而感到苦惱。」樓適夷勸他到外埠找個幽靜的地方去寫，或可排除一些干擾。茅盾對他說：「不行，我身邊有帶不走的大堆大堆的資料，而且還得隨時隨地搜覓補充，去外埠是不方便的。」在交談中，樓適夷發現，茅盾寫回憶錄，不是隨想隨寫，也不是口頭說說，用錄音機錄下，讓秘書去整理，看一遍就完事，而是預訂詳密的規劃，搜足所需的資料，甚至五六十年前的文學資料，也一點不漏下，必須請人天南地北找回來，然後仔細查閱，才一筆不苟地動手去寫。「這是他一生中始終一貫的對寫作的謹嚴作風。直到成為一位八十老翁，而仍保持這種強毅的精神。」

長期以來，茅盾習慣於躺在床上看書。每天清晨醒來，就考慮一天的工作。七點起床，早飯後略事休息，九點開始寫作。在一般情況下，工做到十一點結束。如感到疲倦，就躺到床上休息片刻，然後再起來寫。下午，則常常從三點寫到五點；或者翻看書刊，查找資料。

他的臥室與書房相連，但他寫作的地方卻是臥室。他患有老年性氣喘病，一旦發作，上氣不接下氣，難過得很。在臥室寫作，可以免得從臥室走到書房引起氣喘。此時，他的一切都服從了寫作回憶錄。

茅盾睡的是一張單人鐵床。床上是簡單的被褥、枕頭。爲了免得花時間尋找，床腳邊的鐵欄杆上，整整齊齊地掛了一排褲帶，大多是中式編織的，有白的、黃的、灰的；有細長的、粗圓的，還有扁平條形的，等等，根據四季穿的不同中式褲子，他順手就拿到所要的那根褲帶。

單人鐵床旁邊是他寫作用的書桌。上面放著《魯迅年譜》和其它參考書，裏面夾了許多灰黃色的小長紙條。桌子前面放著六七支鋼筆。晚年他不用毛筆寫稿子，改用鋼筆。稿紙上的鋼筆字，像毛筆字那樣清秀遒勁，寫得一筆不苟，彷彿字字千鈞。

有一天，周而復來，見茅盾躺在床上喘著氣，就阻止他起來。

「老了，身體不行了，走動一下就氣喘，寫作久了也不行。」他呼吸稍均匀些，就對周而復低聲地說。

「現在你一天平均能寫多少字呢？」周而復問。

「不過幾百字。」

「是不是等身體好一些再寫？」

「不，趁我現在能寫的時候快一點寫出來。」

「可是身體健康也要好好注意啊！」

「我休息一會就好了，不要緊。」

周而復想起他過去在臥室裏摔過跤，便勸他讓一位年輕的家屬在外邊書房裏陪住，以便早晚有什麼事好照顧他。

「我愛安靜，看書寫作的時候，不喜歡有人在身邊走動，那會打擾我的思考的。」茅盾微微搖了搖頭說。

「白天你看書寫作的時候怕人打擾，可以不要人陪，晚上讓你孩子睡在外邊，有什麼事可以照顧你。」

「也不需要。我晚上睡不好，吃了安眠藥，只睡到半夜便醒了，起來上廁所，再服一片安眠藥，躺下去過一會兒，才可以再睡兩三個小時。我的睡眠是分段的，外界一打擾，就睡不好覺了。」

「那你半夜曾經摔過跤，沒人照顧你也不好。」周而復提醒他。

「不要緊，有事，我可以撳鈴。」

茅盾說，外邊書房東邊牆上有一個電鈴，聽到鈴聲家裏人就到後院來看他。床頭也有一個電鈴，睡覺時有什麼事，就撳這個電鈴。

「如果摔跤了，你怎麼撳鈴呢？」

「也有辦法，」茅盾笑了笑，指著床腳說：「那兒也裝了一個電鈴，線很長，摔在地上就撳那個電鈴。」

周而復果然看見一個電鈴掛在床腳那兒，不由心裏激動起來，他想：「茅公就是這樣一個人獨立地生活著、工作著、戰鬥著。他的書桌便是他的戰場，也是他的世界。他的書桌是他的親密戰友，傾聽沙沙寫字的聲音，偷聽他的思想，分享他寫完一篇又一篇作品的喜悅，也洞悉他撕毀原稿的心情。」

第四次全國文代會以後，茅盾的體質明顯下降，在四個月中，因肺部感染連續住了兩次醫院。但在醫院治療期間，他也不忘寫作《回憶錄》，自己不能執筆，就口述，讓家屬筆錄。1980 年一年中，他寫下的《回憶錄》就有十幾萬字。9 月 17 日，他為自己的《回憶錄》寫了篇序，其中有：「所記事物，務求真實。言語對答，或偶添藻飾，但切不因華失真。凡有書刊可查核者，必求得而心安。凡有友朋可咨詢者，亦必虛心求教。他人之回憶可供參考者，亦多方面搜求，務求無有遺珠。已發表之稿，或有誤記者，承讀者來信指出，將據以改正。其有兩說不同者，存疑而已。」

六二　最後的日子

1981 年春節後的一天——2 月 20 日，茅盾被家屬送往北京醫院急救。

檢查以後，醫生發現他的身體比過去更差，便讓他住進北京的 119 病房。

自從 1970 年 1 月 28 日他夫人孔德沚不幸病逝以來，茅盾身上的疾病日益增添、加重。1978 年 7 月 7 日半夜又在臥室裏摔了一跤。他給友人的信中多次寫到自己：「上了年紀，百病叢生」，「左目失明，右目僅 0.3 視力，且有白內障」，「又有慢性氣管炎，走路困難，站立不穩，雙腳發抖，臥床時多。」「精力日衰」，「精神也是一年不如一年」……。

就在茅盾住院的第三天，他的老朋友羅蓀同志代表中國作家協會書記處來看望他。

茅盾躺在病床上，隆起的鼻孔裏插了一根淡紅色的細細的橡皮管，正在輸液。看到羅蓀，他從白色的棉被下面伸出骨瘦如柴的右手，指指鼻子，又

向空中按了兩下，臉上現出歡迎和歉疚的神情。

過了一會，茅盾的警衛員小嚴來了，給他揭掉橡皮膏，取走橡皮管。他對羅蓀說：「還是老年病，肺氣腫，經常氣喘，缺氧，每隔一刻鐘，大夫給我吸氧一次。不過這次發現腎臟有變化，老是低燒，三十七度多點。」

「大夫們正在給您想辦法。您別急，低燒會降下來。」羅蓀安慰他。

「等低燒一退，我就可以出院，繼續寫回憶錄了。」

羅蓀對他說，先治病要緊。茅盾說：「不寫完回憶錄，對我精神上是個負擔。」

3 月上旬，他的病已轉重。可是，他身臥病榻，卻心繫天下。有時，氣喘好一些，就讓兒媳陳小曼給他讀一些文件和《參考消息》。

一天，陳小曼給他讀一篇全國政協常委討論陳雲同志最近講話的反映，她看父親閉上了眼睛，便沒有讀下去，心想讓他好好休息吧。

茅盾聽不到聲音，立刻睜開了眼睛，輕聲問道：「剛才讀到那個常委的發言，還沒有完哩，怎麼不讀下去？」

陳小曼只得繼續讀下去。

3 月 14 日，茅盾住的 119 病房來了好幾個醫生。其中除了替茅盾診治的北京醫院內科劉梓榮和裕東潔大夫外，還有院外專家吳階平大夫等。他們經過會診，發現茅盾心肺功能衰竭，腎功能也衰竭，經過 X 光和超聲波檢查，還發現胸腹有積水。

茅盾見到這麼多醫生來看他，感到情形異常，暗想可能自己的病情嚴重了。等到兒子韋韜回到病房，他急切地問道：「大夫說些什麼？我的病情怎麼樣？」

「疾病和過去有些不一樣。」兒子含含糊糊地回答。

他聽了不滿意，就直截了當地問：「我的病危險嗎？」

韋韜不想把真實病情告訴父親，說道：「沒有什麼，沒有什麼。」

但是這時的茅盾十分敏感，他知道自己病勢沉重了，知道《回憶錄》怕是寫不完了，就向韋韜交代了《回憶錄》的整理出版，然後就提起他入黨和捐款設立文學獎金這蘊藏在心裏的兩件大事。他叫兒子拿來紙和筆，讓韋韜筆錄他的口述。他先口述給胡耀邦同志暨黨中央的一封信。然後口述給中國作家協會書記處的另一封信。

兩封信都抄寫好了，他看了一遍，然後顫顫巍巍地舉起鋼筆，用全力在

前一封信上署名「沈雁冰」，後一封信上署名「茅盾」。

「等將來再送。」他關照兒子說。

「好的。」

「也許我可以親自重寫……」

韋韜知道父親的心意：仍盼望恢復健康，繼續為人民、為社會主義事業奮鬥。

那幾天，在醫生辦公室裏，劉梓榮和吳階平等醫師、專家反覆討論，共同制定出一套醫療方案，和茅盾身上的頑固疾病進行鬥爭。雖然還有低燒，可是感染得到了控制，胸水和腹水減少了，他的病情稍有好轉。

3月20日，他顯得有點興奮，自言自語地講出一些不連貫的話：「總理的病怎樣了？……好一些了吧……他身體很好……姐姐，唉……她的手術沒搞好……作家……他是誰……告訴他……我不能見了……」

「那牆上寫的什麼？……一張張紙上……很多字……」茅盾指著牆問陳小曼。

「牆上什麼字也沒有寫。」兒媳告訴他。

「哦，是我的幻覺。」他恍然大悟。

這時他很清醒。醫生和護士怕他疲勞，勸他睡覺休息。

「晚上了嗎？是該睡覺的時候了？」茅盾驚異地問。

護士知道外邊天還沒黑，為了使他休息，就順著他的話說：「是的，晚上了，該睡覺了。」

「那麼大家都睡覺，」茅盾一向關懷體貼別人，他對醫生和護士說，「你們都去睡覺，我才睡覺。」

「好的，我們睡覺去。」醫生和護士輕輕走出了病房。

茅盾看到警衛員還站在床邊，就對他說：「小嚴，你也去睡覺。」等警衛員走了，他才閉上眼睛休息。

在這以後，他只是吃點稀粥。這是醫院用雞湯、肉末和荸薺泥等為他特地熬煮的。然而他胃口不好，也常常因氣喘而難於下咽。茅盾在醫護人員的診治下，和病魔進行著殊死的博鬥，他躺在病床上不斷揪被子，要尋找什麼東西？揪來揪去沒有揪到什麼，顯得十分焦急，嘴裏嘀咕著：「稿紙……稿紙……」原來他想拿稿紙。

他又不斷用兩隻手朝眼睛上比劃。哦，他是一次又一次要戴上眼鏡。他

伸出右手，向上衣左邊的口袋裏掏什麼。起初在口袋邊上摸，摸來摸去沒有摸到他心裏想要的東西；又向口袋裏掏，也沒有掏出什麼。他頭上流下晶瑩的汗珠，非常著急地自言自語：「筆……鋼筆……筆呢？」他要拿筆寫作。

他屈著手指在數數，老是數二、三、四、五、六、七、八、九這些簡單的數字。這些數字的含義是什麼呢？

陳小曼站在他床邊，凝神細聽他嘴裏反覆嘀咕著說：「四月差不多了……可以出院……又能拿筆了……五月……六月……七月……八月，九月……九月寫完……一定寫完……」

陳小曼親切地安慰他：「爸爸，四月可以出院了，九月寫完回憶錄，你該到南方休養休養。」

「寫完……回憶錄……這回一定……到南方……休養……再寫……」

原來，八十五歲高齡的茅盾還想寫完回憶錄之後，轉而搞創作：把《霜葉紅似二月花》繼續寫下去，由五四運動一直寫到大革命；把《鍛鍊》續寫下去，由上海撤退，一直寫到抗日戰爭勝利，再把人物撒向全國。古人說，「烈士暮年，壯心不已」，他正是這樣。

彭真同志來看望他了；

胡耀邦同志來看望他了；

周揚同志也來看望他了……

黨和國家的領導同志在百忙中特地來到這間病房，握著茅盾的手，把黨和國家對他的關懷和慰問送到他的心中。茅盾這位病危的老人感動了，眼眶裏閃動著瑩瑩的淚光。

曹禺來看望茅盾了。茅盾用微弱的聲音說：「曹禺……謝謝！」

羅蓀不知是第幾次來看望他了。警衛員小嚴對他說：「昨天曾經昏迷好一陣，夜裏才醒過來。

茅盾的眼神裏卻反映出他的精神很興奮，他讓羅蓀坐下，說起他 1938 年春天到武漢辦《文藝陣地》的情形，還談起他 1940 年如何從盛世才的魔掌中逃出來……

當羅蓀緊握他的手告別時，茅盾輕輕地說了一聲：「你走啦！」

3 月 25 日下午，茅盾一直處於昏迷之中。後來，又清醒過來。

3 月 26 日上午，趙清閣又一次來看望他。這時，他的病情已惡化，但神智卻很清醒。他招呼趙清閣，卻無力講話。

目睹茅盾如此痛苦的神情，趙清閣不禁眼淚潸潸而下。當她瞭解到輸液內用的藥為普通的氨茶鹼時，暗暗詫異：「難道我們沒有更好的平喘特效藥嗎？」她的心不禁向醫院、大夫呼籲：應該有特效藥，救救肺心病患者，救救茅公吧！

「清閣！」茅盾發現她在啜泣，就喚道。

趙清閣急忙拭淚轉身，坐在他床前看著他吃飯。她很驚訝，茅盾的食欲比前些天好，護理人員餵他吃了一小碗粥，半碗牛奶雞蛋羹，還吃了一隻香蕉和半個橘子。趙清閣稍感樂觀地想：「只要胃納不壞，他是能夠化險為夷的。」

由於茅盾病情不穩定，不時清醒，有時昏睡，醫生又一次會診，想方設法治療。

茅盾看到那麼多穿白大褂的醫生圍在他床邊，不安地說：「怎麼驚動你們這麼多大夫來看我？」

為了保護治療，大夫不願把病情告訴他，而是說：「查房時有時大夫少一些，有時多一些，這是我們的工作。」

茅盾想起確實是有過較多的醫生來看過他。他就對醫生說：「我沒有什麼，不需要這麼多的大夫看。你們可以看別的病人去！」

「別的病人我們也要去看的。」

會診的醫生走了，他才放心。

3月26日晚上10點40分，茅盾的病情急遽惡化了。原來他血壓不高，這時血壓猛地下降到四十，一分鐘只有幾次呼吸，幾乎停止了呼吸。

院長來了，內科主任來了，醫生們連夜不斷地用阿拉明和多巴胺升壓藥。但是血壓回升不到滿意的程度，呼吸更加急促，有時停頓，紫紺，缺氧明顯……搶救的緊張氣氛使人們有一種窒息感。病房中的醫生、護士、茅盾的兒子、兒媳和同志、朋友，都把心提得高高的，盼望著此刻能妙手回春，戰勝死神。

淩晨，茅盾的四肢開始發涼了，搶救終於無效。日曆翻到1981年3月27日，時鐘指針停在5點50分，中國卓越的無產階級文化戰士、偉大的革命作家茅盾的心臟停止了跳動。

一個多小時後，周揚驅車趕到北京醫院。他佇立在茅盾遺體前默默致哀。

韋韜含著眼淚，忍著悲痛，雙手將父親的兩份遺囑交給周揚，請他轉呈黨中央和中國作協。

當天下午，在中共中央宣傳部文藝座談會上，周揚肅穆地站起來，沉痛地向同志們宣佈：左翼文學巨匠沈雁冰同志逝世了！他以無限悲痛的感情，向同志們宣讀沈雁冰寫給予中共中央的遺書：

親愛的同志們，我自知病將不起，在這最後的時刻，我的心向著你們，為了共產主義的理想我追求奮鬥了一生，我請求中央在我死後，以黨員的標準嚴格審查我一生的所作所為、功過是非，如蒙追認為光榮的中國共產黨黨員，這將是我一生最大的榮耀！

接著，宣讀了茅盾寫給予中國作協的信：

親愛的同志們！為了繁榮長篇小說的創作，我將我的稿費二十五萬元捐獻給作協，作為設立一個長篇小說文藝獎金的基金，以獎勵每年最優秀的長篇小說。我自知病將不起，我衷心地祝願我國社會主義文學事業繁榮昌盛！

茅盾辭世後的第四天，中共中央就根據他的請求和他一生的表現，決定恢復他的中國共產黨黨籍。決定全文如下：

我國偉大的革命作家沈雁冰（茅盾）同志，青年時代就接受馬克思主義，一九二一年就在上海先後參加共產主義小組和中國共產黨，是黨的最早的一批黨員之一。一九二八年以後，他同黨雖失去了組織上的關係，仍然一直在黨的領導下從事革命的文化工作，為中國人民的解放和社會主義建設事業奮鬥一生，在中國現代文學運動中作出了卓越貢獻。他臨終前懇切地向黨提出，要求在他逝世後追認他為光榮的中國共產黨黨員。中央根據沈雁冰同志的請求和他一生的表現，決定恢復他的中國共產黨黨籍，黨齡從一九二一年算起。

4月10日，黨和國家領導人和首都各界約二千人向茅盾遺體告別。

茅盾安臥在松柏與鮮花叢中，身上覆蓋著鮮紅的中國共產黨黨旗。

4月11日下午3時，北京隆重舉行茅盾追悼會。人們來到人民大會堂西大廳莊嚴肅穆的追悼會會場。在巨幅茅盾遺像下，安放著他的骨灰盒，上面覆蓋著中國共產黨黨旗。四周簇擁著一個個花圈。

鄧小平同志主持追悼會。胡耀邦同志致悼詞，沉痛地宣佈：「中國文壇殞落了一顆巨星！」

在追悼會舉行的同時，數以千計的人民群眾自發地集結在天安門廣場兩側，面對人民大會堂肅立默哀，直至追悼會結束。

後　記

　　1983 年的陽春三月，一封發自雅典的航空信郵到了北京。寄信人是希臘當代著名作家、1982 年歐洲文學獎獲得者安東尼斯·薩馬拉基斯，收信人則是：茅盾。

　　怎麼？他不知道茅盾已在兩年前去世了嗎？他不瞭解這個月的 27 日是茅盾逝世兩週年嗎？

　　薩馬拉基斯的信裏寫著：「親愛的朋友茅盾！此刻我寫給你信，自然不會到達你手裏。正如你無從看到我 1981 年 3 月 26 日星期四深夜在雅典給你寫下的信一樣，因為你竟於次日清晨安詳地溘然長逝了。……然而我，親愛的朋友茅盾，儘管明知我的信再也到不了你的手裏，我還是要給你寫，因為此刻，在我的曾蒙你喜愛並推薦翻譯出版的小說《漏洞》在中國出版之際，在我即將首次踏上前往你親愛的祖國的旅程的時刻，我的思緒又飛到了你的身邊。……人生中有這樣的情況：你可以遇見一個人僅僅只有一次，而且非常短暫，甚至只是短短的幾秒鐘，然而你卻立即感受到和他是那麼接近，一種親如兄弟的感情油然而生，……也有這樣的情況：你甚至可以與一個從未謀面的人在心靈上產生兄弟般的感情。你我之間就正是這樣的啊！……」

　　這封感人至深的異國作家來信，我是在 1983 年 3 月 26 日——茅盾逝世兩週年前夕的《人民日報》上讀到的。當時，我正在北京參加首屆全國茅盾研究學術討論會。在聆聽前輩作家、學者講話時，我發現他們和薩馬拉基斯一樣，都有著對茅盾的極其深厚的感情。

　　與從未和茅盾謀面的薩馬拉基斯相比，我還是很幸運的。因為我畢竟親睹過茅公的丰采。那是 1960 年 9 月的一天，茅盾應林淡秋校長之邀，到杭州

大學參觀，並與我們中文系部分師生座談。在這之前，我曾讀過他的名著《蝕》、《虹》、《子夜》、《春蠶》等。每讀一本，對他的崇拜就增添十分；我還聽人談起他早年曾參與創建中國共產黨，並且給毛澤東當過秘書，心中更增添了對他的敬仰之情。他身材中等，衣著整齊、樸素，面容慈祥、溫和，笑聲朗朗，娓娓而談。聆聽這位長者的教誨，使人深感他的思想、學識博大精深，透過他那異常平易近人的外表，彷彿看到了他那巨大的心靈。聽他談論文學和創作，真是一種幸福。

後來我在與茅公故鄉烏鎮毗鄰的南潯鎮上的吳興一中任教。幾年間，我多次去烏鎮訪問茅盾故居，聽當地人講述茅盾的家庭和生平事迹。再後，我又在湖州師專中文系任教，看到茅公為我校《教與學》題寫的刊名，惠贈的手書《一翦梅》詞，稱湖州為故鄉，使我對他的生平事迹更感興趣了。於是開始有計劃地調查、考證、研究，撰寫了一些論文，在刊物上發表。與此同時，萌發了寫作茅盾傳記的欲望，而且隨著瞭解、掌握的材料的增多，這種欲望日益強烈。然而，這是「初生牛犢不怕虎」，我的膽子實在是太大了。要寫一部茅盾全傳，無論從哪方面來看，我都是力不勝任的。怎麼辦呢？我轉而著手寫一個個有關茅盾生平事迹的故事，短的二三千字，長的五六千字。我認為這樣也可以寫出茅盾在各個時期的動人事迹，反映他那豐富的革命與文學的一生。我的這個想法得到了廈門大學莊鍾慶教授、上海文藝出版社編輯同志的熱情肯定與鼓勵。

為了寫作這本紀實文學作品，我訪問和寫信請教過茅公的家屬、親友和熟悉他的一些作家。韋韜同志還給我寄來了珍貴的資料。

謹在此向所有關心、幫助、支持過作者的茅盾親屬、前輩作家和其他同志表示誠摯的感謝！

茅公在 1961 年接見《鄧中夏傳》作者時曾說：「傳記的寫作主要是材料問題。首先要注意選擇那些可以斷定是可信的東西；中夏的文章可以摘錄，甚至可以全部放進去；別人的回憶可以作些參考。」本書也大致是按照茅公提出的這個原則去選擇和使用材料的。

李廣德
1987 年 4 月

附　錄

《一代文豪：茅盾的一生》的寫作與出版

　　拙作《一代文豪：茅盾的一生》於 1985 年冬開始動筆，1987 年 10 殺青，1988 年 10 月由上海文藝出版社出版。第一次印刷 3700 冊，不久即售罄。1992 年 2 月，上海文藝出版社將拙作印第二次。該社文學讀物二編室張利民主任來信說：「這次重印數有 6500 冊，超過了初版印數，還是令人滿意的，說明尊著還是很受讀者歡迎的。」（1992 年 5 月 5 日）。從第一次印刷到第二次印刷的三年多時間裏，我收到了大量的讀者來信，也收到了學術界不少學者和日本、美國的漢學家及中國現代文學專家的來信，予我以很大的鼓勵。其中一些來信詢問拙作是怎樣寫出來的，有些茅盾研究和寫作研究的同行尤對此問題感到興趣。值此拙作重印並產生新的影響之際，我也對此書寫作的經歷作了一番回顧和思考，現將有關情況及自己的認識加以整理並論述於下，以求教於研究現代文學和寫作學的學者及傳記文學作家。

一

　　《一代文豪：茅盾的一生》是以我對茅盾的欽敬和研究為寫作基礎的。早在五十年代讀中學時，我就讀到過茅盾的一些散文和短篇小說，像《白楊禮讚》、《春蠶》和《林家鋪子》等。在大學裏，我接觸到了茅盾更多的作品，讀了《蝕》三部曲、《虹》、《子夜》、《腐蝕》等。在現代文學史和黨史等課上，還聽說茅盾是建黨時的 57 個黨員之一，以及他曾當過毛澤東的秘書。我對他的敬仰和熱愛由此更進了一步。幸運的是，我還曾親睹茅公的丰采。如我在拙作《後記》中所寫的：「那是 1960 年 9 月的一天，茅盾應林淡秋校長之邀，到杭州大學參觀，並與我們中文系部分師生座談。……他身材中等，衣著整

齊、樸素，面容慈祥、溫和，笑聲朗朗，侃侃而談。聆聽這位長者的教誨，使人深感他的思想、學識博大精深，透過他那異常平易近人的外表，彷彿看到了他那巨大的心靈。聽他談文學和創作，真是一種幸福！」「後來，我在與茅公故鄉烏鎮毗鄰的南潯鎮上的吳興一中任教。幾年間，我多次去烏鎮訪問茅盾故居，聽當地人講述茅盾的家庭和生平事迹。再後，我又在湖州師專中文系任教，看到茅公爲我校《教與學》題寫的刊名，惠贈的手書《一翦梅》詞，稱湖州爲故鄉，使我對他的生平事迹更感興趣了。於是開始有計劃地調查、考證、研究，撰寫了一些論文，在報刊上發表」。因此可以說，我對茅盾的研究起始於直覺的非自覺的卻是寶貴的感性認識和熱愛與敬仰的感情。由於是不自覺的，所以在茅公還健在時沒能主動地寫信去向他請教。及至 1981 年 3 月茅公仙逝才恍然大悟，卻已追悔莫及。

　　《茅盾與吳興》是我最先發表在《吳興報》後爲《浙江日報》轉載的研究茅公的第一篇文章。以後接連發表了《茅盾的童年、少年和青年時代》、《茅盾——從子夜戰鬥到黎明》、《茅盾擷楚辭入小說》、《青年沈雁冰與中國共產黨》等論文。並在學報上編發了一組「紀念偉大作家茅盾逝世一週年」的文章，而且引起了一些專家、學者的關注。這使得我能有幸出席了 1983 年 3 月由中國作家協會在北京召開的全國首屆茅盾研究學術討論會，並成爲中國茅盾研究學會的首批會員之一。會議期間聽取了周揚及文藝界其他領導同志和前輩作家、學者的報告、講話和發言，對研究茅盾的重要意義及研究方向、方法、途徑有了理性的認識，此後的研究才漸漸走上正軌。至動筆寫《一代文豪：矛盾的一生》這本書之前，在 1984-1986 年初，我連續發表了《試論沈雁冰早期與黨的關係》、《茅盾何時來湖州讀書？》、《茅盾就讀湖州府中學堂小考》、《茅盾大革命時期在武漢的活動》、《茅盾與篆刻》、《從顧仲起到〈幻滅〉中的強連長》、《德鴻與德沚——茅盾結婚前後》、《茅盾的婚事》、《茅盾讀小學的故事》、《茅盾在彌留之際》等。而且，在 1985 年 7 月，我參與了由中國茅盾研究學會、湖州師專和桐鄉縣文化局聯合舉辦的首屆全國茅盾研究講習會的組織與會務工作，結識了全國著名的學者葉子銘、邵伯周、莊鍾慶、丁爾綱、王積賢、李岫、查國華等教授、副教授，得到了他們的關懷和幫助。這幾年間，我還與日本茅盾研究會的學者建立了聯繫，並在他們辦的會刊上發表了文章。日本大阪外國語大學中國語系教授、日本茅盾研究會負責人是永駿先生在給我的信裏說：「我去年已在《茅盾研究論文選集》上看到您的文

章《試論沈雁冰早期與黨的關係》，尤其對這一段：『失去黨的組織關係這件事，對沈雁冰個人來說是不幸的，但在中國革命和中國人民，卻可喜地得到了一個繼魯迅之後最偉大的無產階級文學家——茅盾。』我很感興趣！是有意思的看法。去年夏天開研究會時，會上我已把您的這一篇論文介紹給他們。茅盾的身份太複雜，是值得研究的。今年秦德君發表手記《我與茅盾的一段情》（香港《廣角鏡》），茅盾已逝，無從作證，但是有關茅盾身份的一篇驚人的手記。我看茅盾這位作家的魅力在於他雖然骨幹是唯物論馬克思主義者，可是他的意識是多層次多方面，好像是萬花筒似的。」（1985 年 3 月）

我意識到，中外學者在茅盾研究中正將作品文本的研究與作家主體的研究結合起來，孤立地研究作品已不能適應當代學術研究發展的形勢，只有深入研究創作主體才能使作品研究進入新的境地。而要研究創作主體，必須全面熟悉作家的生平和思想、感情，以及作家與時代和他人（包括自己的親人）的關係。我的研究之所以與一些現代文學研究者的研究有所不同而爲人注意，就在於我的切入點或重點是作家的生平事迹和思想、情感。這也與我是一個寫作學研究者和寫作教師有關。現代寫作學比傳統寫作學更關注寫作主體的研究，而這種研究與現代文學研究的結果是殊途同歸。還有，我在寫作論文的同時，還寫了一些篇幅較短的有文學性的茅盾生平的故事，這種現象則與我過去曾寫過詩、小說、散文等文學作品有關。研究論文用的是論述的方法，而傳記故事則運用敘述的方法寫成。前者以邏輯思維爲主，後者卻以形象思維爲主。雖然如此，歷史上一些著名的論著也不乏以敘述和形象化表達爲主而寫成的例子。如果那位學者能以敘述和形象生動、可讀性強的方法來表達他的研究成果，那將是極其可貴的。當然我寫的幾篇茅盾的故事僅是寫作論文之餘的副產品，跟那些形象生動、可讀性強的學術論著是不可同日而語、相提並論的。

從 1980 年到 1985 年這一段時間的茅盾研究論文和茅盾生平故事兩類體裁文章的寫作，是我從事長篇傳記《一代文豪：茅盾的一生》的寫作的前期準備，爲長篇傳記寫作奠定了思想和材料的基礎。

二

一部書稿的寫作和問世，寫作主體即作者具有最重要的作用。這是他心血的結晶，筆耕的碩果。然而拙作《一代文豪：茅盾的一生》之所以能寫成

和出版，卻與本書的責任編輯密切相關。應該說，本書責任編輯蔣九霄編審是拙作的引路人與扶助者。她為拙作付出了大量的心血和辛勤的勞動。而這位幾十年來「甘為他人作嫁衣」的老編輯卻不讓我在「後記」中寫上她的姓名以表感謝。我知道，她在幾十年的編輯生涯中編輯和出版過多位名作家的作品，其中有王西彥、碧野、王蒙、茹志鵑、柯靈、舒婷……等的散文集，而她只是在離休後才提筆寫自己的小說，說是要為自己「作一件壽衣」。但我永遠不會忘記她在我寫作過程中所給予的指導和幫助。如今重溫她和我談論傳記寫作的那些來信，細細思忖，倍感親切。我以為，美國雙日出版公司總編輯肯尼思・Ｄ・麥考密克讚譽「天才的編輯」馬克斯韋爾・埃瓦茨・珀金斯的話，同樣適用於我的責任編輯蔣九霄女士：「對待作者，他是一個監工，更是一個朋友，他在各個方面援助他們。如果需要幫助，他就幫助他安排結構，想出書名，構思情節。他像一個心理學者，一個開導失戀的人，一個婚姻顧問，一個職業經理，一個無息貸款人，忠實地為作者服務。」〔註1〕

拙作的寫作動因就是蔣九霄同志的一封約稿信。那是 1985 年 12 月初，她到廈門大學組稿時，聽到莊鍾慶教授說我已陸續發表了幾篇茅盾的傳記故事，返回上海後即給我來了一封短信，說她對出版一部茅盾傳記的書稿很感興趣，問我是否願意將書稿的大綱寄給她看看。有出版社編輯主動寫信約稿，我當然很高興。於是在 1985 年 12 月中旬，我將《茅盾的故事》的章節標題寄往上海文藝出版社。很快就收到了她的覆信：「閱章節標題後，我確實很感興趣。茅盾這樣一位偉大的作家是值得大寫特寫的。而到目前為止，有關他生平的書籍還很難見到。您編寫此書是非常及時的。……至於寫作進度，能快當然好，但首先要保證質量。望不因趕進度而影響質量。」（85 年 12 月 26日）她要求我將已經寫好的部分先寄去。其時，我因對寫書沒有準備，擬出提綱後匆匆寫了兩節，連同已發表的幾篇茅盾故事複印後一起寄給了她。請她對我的兩種寫法——一種是通過人物來講故事，另一種是由作者站在第三者的立場上直接敘述——表示意見。說實話，由於是第一次寫長篇傳記，我的確不知道如何寫作才好。所以，我是多麼需要編輯指點迷津啊！

作為一個既有經驗又有眼光的責任編輯，蔣九霄女士很懂得作者的心理和需要。她回信說：「比較兩種寫法，我希望您採用《茅盾結婚前後》這一

〔註1〕 〔美〕Ａ・斯科特・伯格：《天才的編輯》，孫致禮等譯，陝西人民出版社 1987
年 4 月第 1 版，第 6 頁。

種。此稿材料較多，又有故事的生動性。這種寫法既適合成人閱讀，又適合青少年讀。另一種寫法，『水』份太多，史實較少，讀之有冗長、不紮實感。」她接著闡明對傳記作品的觀點：「傳記性的作品，最重要的是材料要紮實、眞實，這也是這類作品可讀性是否強的重要條件。要在材料豐富、紮實的基礎上求得生動性。讀者心理，總是希望能看到立傳對象的豐富的事迹。你的文筆生動流暢，如能有豐富的材料爲基礎，一定能寫出一部好書。」（86 年1 月 17 日）這樣的觀點，我以爲很對。中外古今那些傳記名作，無一不是以其材料豐富、紮實而被讀者喜愛，且爲評論家們讚賞的。她在以後的信中又多次提醒我要進一步掌握材料：「『巧婦難爲無米之炊』。紮實的材料是寫好傳記的基礎。如果材料少，生花妙筆也寫不好。」（86 年 6 月 2 日）「寫傳記，材料等於燒飯的米。有了豐富的材料，憑你的文字表達能力，我想你是能夠把這部書稿寫好的。」（86 年 6 月 24 日）這裡既有嚴格的要求又有熱情的鼓勵。我於是邊寫邊收集更多的材料，又用大量的材料去寫新的章節。此書的材料主要來自三個途徑，一是向茅盾親屬和與茅盾有交往的前輩作家及其他人物採訪、調查、寫信請教，如訪問韋韜、趙清閣、黃源、陳學昭、陳瑜清、秦德君等；二是去茅盾生前曾生活、工作和戰鬥過的一些重要的地方去調查，去感受，如上海、重慶、杭州、北京、南京，尤其是桐鄉烏鎮茅盾故居去過多次；三是大量閱讀有關人士寫的回憶茅盾的文章；四是研讀茅盾和學者們的回憶錄、專著、評論集和資料，如《我走過的道路》、《茅盾文集》、《茅盾書信集》、《茅盾年譜》、《茅盾研究論集》、《憶茅公》、《茅盾紀實》、《茅盾史實發微》……等等。我自信所掌握的材料還是比較豐富的，也是比較紮實的。而且，對於新的材料，我還在寫作過程中不斷地尋找、發現和充實。

　　面對大量的傳記材料，我開始認眞而艱苦地構思。因爲，只有當這些材料經過甄別、選擇、整理、加工之後，才能成爲傳記作品的血肉筋脈骨骼。「凝神結想」和「心營意造」是這一階段的重要工作。那麼如何處理材料呢？魏巍和錢小惠爲了合寫《鄧中夏傳》去訪問茅盾時，曾就傳記的寫作方法向他請教。茅公告訴他們，「傳記的寫作主要是材料問題。首先要注意選擇那些可以斷定可信的東西；中夏的文章可以摘錄，甚至可以全部放進去；別人的回憶可以作些參考。」〔註 2〕這段話爲我處理各種材料指明了原則和方法。而在寫作過程中，蔣九霄編審不僅對我嚴格要求，而且及時來信提出建議和意見。

〔註 2〕 魏巍：《敬悼茅公》，《解放軍文藝》1981 年第 5 期。

她在讀了我寫的 1-6 章原稿之後來信說：「《茅盾的婚事》寫得比《爲新娘取名》更紮實、樸實。其他各章如能照這樣寫，也就可以了。」這裡所說的《茅盾的婚事》是已在《文化娛樂》上發表的那篇，而《爲新娘取名》則是 1～6 章中的第 6 章。她認爲這六章「共同的問題是空，眞正有用的材料太少。其中如第一章，泛泛而談，有點像新聞報導，比較乏味。這樣的開頭，不能吸引讀者，我意這一章可以不要。《扮犯人》這一章沒有多大意思，不能說明茅盾的什麼。像這樣的情節，在寫到茅盾童年生活時，帶上幾筆就足夠了，甚至可以根本不寫。《滿月酒》本應寫茅盾出生在一個怎樣的家庭裏。這章字數不少，但茅盾到底出生在一個什麼樣的家庭裏，還看不大清楚。多餘的、無用的材料太多，雖然有不少對話等細節，但對於說明茅盾是不起什麼作用的，反使文章顯得是硬拉長的」。她認爲，茅盾的母親是值得好好寫一章的，寫出她對茅盾的思想、品德、治學態度……等方面所起的作用，對茅盾成材所起的作用。但「《第一個啓蒙老師》中這方面的材料不多，而一些無用的描寫太多」。「從稿件看，似乎你掌握的材料還不夠豐富，但也可能是由於選材、運用材料不當。」（86 年 6 月 2 日）與原稿對照分析，問題正在於選材和用材上。於是我決定推倒重寫，並記下重寫的要點：集中一章寫「母親」，下列幾個小標題，寫有關的內容（時、地有變化，中心一個）。《父親之死》一章：幾件事寫父親。童年壓縮，少年寫其學作文、看養蠶和殺豬、偷看小說、軍訓、南京遊玩、刻圖章、爲大同學所辱。蔣九霄得知後立即覆信說：「文章結構是爲內容服務的。只要能把你掌握的材料剪裁好、運用好，什麼結構都可以，最好事先不要框定一種結構。」「茅盾的父親、母親各專寫一章或在他章裏也寫到，都可以。但在材料的運用上，一定要扣牢對茅盾的影響（心靈上的，生活上的，或其他方面的）。總之，不管寫什麼人，目的是寫茅盾，一切材料都要圍著茅盾轉。巴金的散文《願化泥土》裏，寫到幼年時家中馬房裏的轎夫對他心靈的影響，寫得親切、抒情、眞實，很感人。這是可以借鑑的。」她還提出：「每一章，按你現在規劃的，順時間寫來也好；但也可以跳躍寫，即揀你心頭材料最多、構思最成熟的章節先寫。這樣寫有個好處，可以寫得順手些，同時可以對某些不大成熟的章節繼續補充材料，進行構思。如此交叉進行，可節省些時間，加快些速度。不論怎樣寫，希望一定要注意材料紮實，不空，不單薄，力避空洞的描寫。」（86 年 6 月 24 日）這些意見很寶貴，我都努力去實行了。

　　傳記既是歷史作品又是文學作品。不論是史作還是文學，都應有自己的寫法，都應形成自己作品的風格。關於寫法，我在拙作《後記》中曾說：「要寫一部茅盾全傳，無論從哪個方面來看，我都是力不勝任的。怎麼辦呢？我轉而著手寫一個個有關茅盾生平事迹的故事，短的二三千字，長的五六千字。我認爲這樣也可以寫出茅盾在各個時期的動人事迹，反映他那豐富的革命與文學的一生。我的這個想法得到了廈門大學莊鍾慶教授、上海文藝出版社編輯同志的熱情肯定與鼓勵」。蔣九霄來信中說我「對此稿的章節構想很好，爲了保證此書獲得大的成功，寧可多花工夫。」她認爲，在寫作時，「表現手法也可以靈活些，除以故事情節爲主外，也可以適當採用敘述，因有些情況　，難以用故事情節表達。」（86 年 2 月 5 日）她還提醒我：「不要把力氣花在無用的描寫上，還是寫得紮實、樸實一點好。最好以敘述爲主。不要寫那些無用的對話、細節。」（86 年 6 月 2 日）又說：「最好多看些寫得好的中外傳記，以借鑑。」（86 年 6 月 24 日）根據她的意見，我在一年多時間里選讀了二十幾本傳記名著，從中深受教益。於是我盡量借鑑它們的寫法，因而加快了寫作進度。幾個月後已寫出書稿的三分之二。1987 年 2 月 27 日接到蔣九霄的信，內稱：「從廈門回滬，讀到你最近來信，知你又寫了許多。看來你越寫越順手了。年前寄來的十章已閱，大體上可以，無需動大手術。但有些華而無關緊要的描寫要壓縮，有些事迹要補充些。總之，希望力求紮實、樸實、豐富。」（87 年 2 月 27 日）在蔣九霄這位富有學識和編輯經驗的責任編輯幫助下，我下決心捨棄了在小說寫作中必不可少的大量想像、虛構和華麗的描寫與長篇的鋪陳敘述，她在閱稿時也協助我進行刪削。經過努力，終於形成了這本書的風格：眞實、紮實、樸實。當然，作爲一本人物傳記，必不可少的還有它的內容的豐富、新穎，語言的形象、生動，而這些則是每一本人物傳記都應該具備的共性。創作實踐啓示我：風格就是作家的個性，它是由作品的個性體現出來的；沒有作品的個性，也就是沒有作家的個性，沒有作家的風格。

　　在書稿的寫作過程中，對新的章節的寫作與對舊的章節的修改是交錯進行的。根據蔣九霄編審的要求，我將已寫好的第一稿的一些章節掛號寄給她審閱。與此同時，我繼續寫新的章節。當她把審過的稿子退給我修改或要求我重寫時，我雖然看了她的信，瞭解了她的意見、要求，但我並不立即著手改寫，而是繼續寫新的章節。在補充了新的材料，或者對某一章、某幾章重

新構思好了之後，再放下新的章節而著手重寫或改寫。有時，即使是已準備好了應補充的材料，已重新構思成熟，但新的章節正寫得順利時，我仍不停下新的章節的寫作。只是到了文思阻塞、滯留不前時，我才回過頭拾起舊的章節進行修改或重寫。一般情況下，都寫得比較順手。在稿子的質量問題上，我自己和責任編輯都有一條原則：「嚴格要求」。所謂「立馬可待」、「出口成章」、「下筆成文」，寫作短詩、短文或許適用，而不適用於長篇的創作。作者自己和出版社編輯雙方都「嚴格要求」，必然會有推翻重寫、動大手術等情形。

在我將六章 60 多節書稿交給蔣九霄之後，她覆信說：「最近開始看來稿。第一章不理想，基本上還是原來的。有的不能用；有的要推倒重來，重新改寫；有的要作較大的修改。但第二章不差，每一篇都可用，只要稍作修改補充。第三章尚未看，全部閱完後再與你聯繫。」（87 年 5 月 14 日）不久，她又來信說第二、三、四、五等章較好，唯有第一及第六章要大改。從 87 年 5 月 20 日起，我就開始改寫第三稿的前幾節。6 月 7 日蔣九霄編審由上海來到我所在的湖州，她花了三個半天和我詳細討論了全部書稿的修改問題。然後她去南潯參觀了聞名遐邇的嘉業藏書樓，又去桐鄉烏鎮參觀了茅盾故居。返回上海後，她來信說：「去茅盾故居參觀一下，大有收益。那裡有不少有時代意義、有生活氣息而且拍得很好的照片，以後都可收進集子。在陳列室的資料中，有茅盾在上海為罷工工人起草的復工條件的資料，希望能將此事蹟寫入稿中。還有在茅盾母親照片下有四句說明，很概括，很貼切，可作為你寫作的提綱。」（87 年 6 月 15 日）這以後，從 6 月中旬到 10 月 20 日，我連續揮筆改寫書稿。其間陸續將改寫好的稿子寄給她，而她也及時審讀、覆信和退回一些稿子讓我再作修改。在 9 月的一封信裏，她告訴我預定於 11 月中旬編好發稿，要我抓緊改寫。早在 86 年 6 月 2 日她就在信中提出：「我衷心希望你能及時寫好這部稿件，希望你寫作不走彎路。本來，你寫這部書稿的最大優勢是動手早，如能按你原告訴我的時間完成，在全國還是第一本寫茅盾一生的書。如果時間拖久了，別的寫茅盾一生的書出版了，你稿的內容難免與人家的重複、雷同，這樣，你就被動了，我們出版社也被動了，是否出版，要看具體情況了。我懇切地希望你不要喪失你的優勢。」這是建議，是提醒，也是忠告！我一直對自己說「時間要早」、「機不可失」！而在一年多的時間裏，我新寫、重寫、改寫的字數達百萬字之上，不少章節是三易其稿。她也抓得很緊。對於那些經她認可的章節，已經開始了編輯加工，而另

一些還需修改的又在信中難以說清楚的，她邀我到上海文藝出版社創作室住下修改。我因 10 月下旬去溫州出席省寫作學會學術會議，覆信告訴她擬於 11 月 4 日去上海修改書稿。但她於 10 月 27 日來信催我即去上海，因她將有海南之行。信中寫道：「你 11 月 4 日來滬，我們就來不及在 11 月中旬以前發稿了。你那最後一本是幾本中字數最多而且估計編輯加工量最大的一本。在預定發稿前我就來不及編好了。因我在 11 月 15 日要動身，在動身前也要做些準備工作。稿件編好後，還要辦許多發稿手續才能發稿（約要兩天）。再加我這裡已經編好的稿件還有幾十處要你作小的修改加工，你也來不及在預定發稿前幹完。所以我想請你在 10 月 31 日來滬。你未完成的稿子可以帶到上海來改。這樣，我可以把你已經改好的先編，你繼續修改未完成部分。你已經寄來的，到明天我可全部編好。還有些小修小改部分（都是情況未說清楚的），我因不瞭解情況無法修改，要等你來辦。」我 11 月 1 日從溫州返回湖州，閱此信後，第二日晨就趕往上海，見了蔣九霄編審之後，下午就開始改稿子。改寫中遇到問題，就與她一起商量。我一邊改，她一邊編，合作得很順利。至 11 月 14 日，全部書稿改畢定稿，我返回湖州。過了兩天，她來信說，領導通知要學習黨的十三大文件，暫緩外出，她的海南之行要推遲到本月底，而我的書稿倒可以在她外出之前發稿了。（87 年 11 月 16 日）這之後，我還遵她所囑，對書名作了反覆斟酌。起初，擬定的書名是《茅盾的故事》，後來，蔣九霄提出「《茅盾的故事》像是少兒讀物的書名，望能考慮改一個」。此後，我經考慮，問她是否可用《茅盾傳》或《茅盾的一生》。她覆信認為：「書名《茅盾傳》似太嚴肅，與內容及寫作形式不甚相符。《茅盾的一生》似也有些缺點。最好是能表達出『故事』，而又不用『故事』，總之要優美些、活潑些。反正書名可慢慢考慮，稿件寫好後再考慮也可以。」（86 年 2 月 5 日）87 年 10 月 14 日定稿時，書名改為《茅盾的腳印》，但是仍覺不好，比較輕飄，難以表達書的質與形。因此她又來信說：「關於書名，你如還有什麼考慮，可在 25 日前來信告我。」（87 年 11 月 16 日）由於她這一句話，我擬出了六個書名，並寫信告訴她我傾向於用《一代文豪茅盾》或《茅盾的一生、《茅盾的人生故事》。不久，她來信稱：「稿件已經領導審閱，一字未動，全部通過。但附錄不用了，因此稿的發行對象是一般讀者，不是專門人員。書名決定用《一代文豪：茅盾的一生》。」（87 年 11 月 24 日）至此，書名終於確定。

從開始單篇發表「茅盾的故事」，到擬出《茅盾的故事》書稿的章節標題，對各個章節的內容進行構思，執筆寫作，反覆修改，最後經編輯加工、發排，還有挑選封面照片，編輯及裝幀設計人員去烏鎮茅盾故居參觀和挑選插頁的照片，直至 1988 年 10 月出版、1989 年 1 月拿到樣書，前後經過了五年的時間。這本書的寫作就像是一次長征，其中的風風雨雨、甜酸苦辣，非一篇文章難以說明清楚、透徹。人生歷程和寫作生涯中的這段往事已成為難忘的美好的記憶，它對我的考驗、鍛鍊使我在人生和事業上進入到一個新的階段。而我之所以不厭其煩地多次、大段地抄引責任編輯蔣九霄女士給我的信，既是為了說明她對我寫作此書的巨大幫助和支持，也是想讓她的文字——思想能借這篇文章得以存留並傳達給其他從事寫作、研究寫作和書刊編輯的讀者、朋友。正是作者與責任編輯的富有成效的合作，以及許多幫助和支持作者採訪、調查、借書刊資料與協助整理、謄抄書稿的同事、親友的關懷及友情，才使得這部被韋韜同志（茅盾的兒子）稱為「第一本茅公的文學傳記」的《一代文豪：茅盾的一生》由上海文藝出版社出版、問世。

三

一部書稿寫完和印成書，還不能說寫作已經完成，更不能說作者已經成功。法國偉大的作家薩特認為，作者寫成書還只是完成寫作任務的一半，而另一半則需要讀者去完成。不被讀者接受和首肯的書，無異於一堆廢紙。對於拙作《一代文豪：茅盾的一生》來說，也是如此。

所幸的是，初版書在各地發行之後，很快就受到讀者的歡迎。《文藝報》、《文學報》、《書訊報》、《浙江日報》、《杭州日報》、《錢江晚報》及一些學術刊物發表了書訊和書評，《嘉興日報》、《湖州日報》刊出了記者的專訪文章。韋韜覆信作者說：「今日收到大作，十分高興，謝謝了。書收到後即翻了一下，尚未來得及細讀，先查了一下印數，見只有 3700 冊，所以趕快給你寫這封信。你這本書是第一本茅公的文學傳記，我自然要多保存幾本。但我擔心在北京的書店中買不到，因為印數太少。所以只得請你幫我再『弄』五本來，書款照付。這封信就只談買書的事，晚了，怕連你都買不到了。」（89 年 1 月 8 日）中共浙江省委宣傳部副部長兼浙江省新聞出版局局長梁平波先生讀到這本書後覆信作者指出：「茅盾先生是我國著名的文學家、革命家，在現在能為他立傳是一個很值得稱頌的事情。相信此書的出版和發行將會產生社會積極的反

響，特別是現在出版業受到金錢衝擊、大量武俠和閒書叢生之時，能夠看到這本書的誕生十分興奮，十分感謝您和上海文藝出版社的同志們，你們為社會提供了一份厚禮。」（89 年 3 月 23 日）中國茅盾研究學會常務理事、《茅盾年譜》作者萬樹玉致信作者：「不久前剛拜讀完老邵的評傳，現在又看到你的傳記性著作；現在可以說，我們對茅公一生的經歷和道路總算有了比較系統、全面的研究和記述了。老邵的專著重於評價，你的主要在記，兩者近乎姐妹篇了。大作只是粗略瀏覽一遍，未及細讀，初步感覺很好，內容翔實新鮮，寫得活潑，對研究瞭解茅公的生活道路、創作道路和政治道路都有幫助和啓迪。」〔註3〕（89 年 2 月 12 日）現代文學研究專家、《中國現代文學研究叢刊》編輯部負責人吳福輝先生認為：「給這樣的大作家寫傳甚不易，我有體會。你現在完成的是紀實性普及型的作品，應當是功德無量的。」（89 年 2 月 13 日）中國茅盾研究學會常務理事、著名學者查國華教授撰寫了書評《茅盾研究的新收穫》〔註 4〕，青年學者、《胡適傳》作者沈衛威博士也發表了書評《一座雕像的誕生》〔註5〕，作家、青年學者陳星的書評是〈他寫活了茅盾〉〔註6〕，學者、作家方伯榮教授的書評題為〈可信・可親・可愛〉〔註7〕，青年學者余連祥碩士的書評題目是〈一本非同一般的名人傳記〉〔註8〕。作協浙江分會書記處書記、作家華人秀稱讚「此書不僅為浙江文學界作出了一大貢獻，也為全國讀者瞭解一代文豪茅盾的身世奉獻了翔實而又有文采的材料。」（89 年 3 月 3 日信）茅盾表弟、翻譯家陳瑜清先生說收到此書後「一口氣就拜讀了十七題，覺得你掌握的材料是很豐富的，有許多事實，我讀了才知道。」（89 年 3 月 11 日信）還有一些讀者因在書店買不到此書而寫信給我或出版社；桐鄉烏鎮茅盾故居管理所曾進了 60 本書，他們說：「大作深受前來參觀的各界人士的歡迎，認為寫得很好，有助於對茅盾的瞭解和研究。現此書已經銷售一空；據說上海、北京、杭州、嘉興等地書店也已售罄。為此，建議上海文藝出版社能添印一批，以滿足讀者的需要。煩請您轉告該社。」（90 年 5 月 11

〔註 3〕 信中所說的「老邵的評傳」係指邵伯周教授著的《茅盾評傳》，四川文藝出版社 1987 年出版。
〔註 4〕 刊於《湖州師專學報》「茅盾研究專號」。
〔註 5〕 刊於《湖州師專學報》「茅盾研究專號」。
〔註 6〕 刊於 1989 年 6 月 9 日《杭州日報》。
〔註 7〕 刊於 1989 年 9 月 18 日《書訊報》。
〔註 8〕 刊於 1989 年 5 月 9 日《錢江晚報》。

日信）這本書出版後，在國外也有一定的影響。日本橫濱國立大學副教授、中國文學學者白水紀子博士寫道：「我拜讀了你的大作，從中學到了很多東西。特別是四十年代以後茅盾的生活狀況，你記述得很詳細。這對我研究茅盾後期的生活，幫助很大。」（89 年 7 月 10 日信）加拿大學者、中國文學研究專家陳幼石教授也曾託北京茅盾故居負責人瞿勃先生向我求索此書。以上這樣的多方面反響和評價，對我都是很大的鼓舞和激勵。

從書稿出版後社會各界反饋的信息中，我也發現了這本書的許多問題。其一，書的內容前詳後略。正如陳星同志在書評中指出的那樣：「這既然是有關茅盾先生一生的紀實文學作品，就應該對主人公在 1949 年以後的情況作足夠的描述。只有這樣，才能讓讀者對茅盾有一個完整的認識。但此著僅有七分之一的頁碼敘寫茅盾後半生三十餘年的歷史，跳躍幅度太大，讀後頗有失重之感。」造成這個缺陷的原因有三點：一是我在採訪、調查上花的功夫還不夠，訪問的人不多，調查的材料少；二是由於茅盾生前已列為國家領導人之一，無法看到他的檔案材料（作者的小人物身份與傳寫對象的大人物身份矛盾使然），而茅盾留下的幾十本日記也因未發表無法看到。書中寫到他在「文革」浩劫中的遭遇，所引用的那幾段日記還是從葉子銘教授的《十年浩劫中的茅盾》〔註9〕中轉引來的。三是初稿中已寫的部分章節，如《「左」的印記》（寫茅盾在《紅樓夢》批判和批判胡風等政治運動中的情形），在定稿時拿掉了。另外拿掉未用的還有茅盾與秦德君關係的《婚後的戀愛》等篇。其二，在對傳主茅盾形象的塑造和描寫上，未能充分深入人物的心靈進行刻劃。有的評論尖銳地批評本書「作者缺乏足夠的勇氣對人物複雜的心靈世界作出深刻的剖析」，認為：「茅盾和秦德君在日本的一段戀情，作者沒有隱去當然值得稱道，可只是冷處理成『異國寂寞的生活，使他們相互接近，又互相愛戀，又同居了』。為何不能放開寫呢？」有的書評說本書「終究未能突破茅盾生平事迹研究的框架。……如在《亡命日本》的一章中著重寫了茅盾創作小說《虹》的過程，而對茅盾與秦德君相處的事只是打了一個擦邊球……又如關係茅盾一生的轉折的《上下廬山》一章中，茅盾在大革命關鍵時刻受黨指派，帶了二千元的一張支票去南昌，但他結果沒去成。作者力圖從客觀環境（因路不通）去反映茅盾當時確實無法去南昌的原因，而不是從主觀意識上去剖析，這無疑使人感到有點牽強附會，像是為人物安排了一個合理的

〔註 9〕《鍾山》1986 年第 2 期。

臺階」。還有的書評說：「李廣德先生的《一代文豪：茅盾的一生》，從茅盾研究的角度看是認眞的、刻意求新的，然而從傳記文學的視點出發，他又爲『爲聖人諱，爲尊者諱，爲長者諱』的枷鎖所束縛，最終把自己的『獨立的自我意識』給隱沒了」。沈衛威博士指出：「正如我稱它爲『一座雕像』，此書有的部分顯得粗糙、模糊，有的部分則因太受史實的影響，而沒能放得開。對茅盾豐富、複雜的精神世界的揭示還沒有提到一種有意識狀態中，因而使得這方面顯示出一些不足」。其三，書中的一些史實材料欠準確或應補充。沈衛威博士研究茅盾回憶錄《我走過的道路》發現有一百多處有錯誤，他說拙作中雖改正了不少，但因引用茅盾回憶錄的材料，也有二三十處錯誤。查國華教授在書評中提出：「第四十五章《蔣介石發出邀請之後》中提到：『抗日戰爭爆發的第二年』，蔣介石政府曾託鄭振鐸函邀茅公參加第三期廬山座談會。這類材料可能是有出處的，但可靠性卻值得懷疑。因爲，茅公從 1937 年底離滬後，輾轉定居香港，直到 1938 年底才離港；而鄭振鐸一直留在上海。他們之間在 1938 年中似未見面，故事實眞相如何，尚待進一步考訂。有些章節，似還可以補充。如《〈腐蝕〉轟動香港》，似可考慮補入《青年的痛苦》、《霧夜偶記》等文。前者可以幫助讀者瞭解茅公對當時『大後方』的法西斯行徑的態度；後者可以幫助讀者瞭解皖南事變後茅公的心情。都是難得的研究《腐蝕》的好文章」。其四，好幾篇書評和不少學者、專家、教授來信批評書的印刷質量差，封面色彩不好，書中照片不清楚，不像是上海文藝出版社這樣的大出版社出的書。這些批評都是善意的，對我很有參考價值。在 1992 年 2 月第二次印刷時，出版社已據我的要求改正了書中的一些錯誤，對封面印刷也作了改進，並且加以塗塑；但由於是按初次印刷的紙型重印，所以在書的內容上無法進行大的修改和補充，只有留待以後有機會再版時，再作改寫、新寫。

四

　　《一代文豪：茅盾的一生》不是一部茅盾全傳。嚴格說來，它只是茅盾一生中閃光的 62 則傳記故事，以 62 顆珠子串起的一掛珠鏈。我寫茅盾傳記故事，既是茅盾研究事業所需，也是熱愛茅盾的讀者所需。美國文學批評家韋勒克和沃倫在《文學理論》一書中，把文學研究的諸種方式劃分爲「文學的外部研究」和「文學的內部研究」兩大類。而「傳記式的研究方法」是「文學的外部研究」方法中的第一種。他們認爲：傳記是一種古老的文學類型；

從編年和邏輯兩方面來說，傳記是編史工作的一部分；「傳記家要解釋詩人的文獻、書信、見證人的敘述、回憶錄和自傳性的文字，而且還要解決材料的眞僞和見證人的可靠性等類的問題。在傳記實際撰寫過程中，傳記家遇到敘述上的年代順序，素材的選擇，以及避諱或坦率直書等問題。傳記作爲一種文體所大量地碰到和處理的就是上述問題。」〔註10〕雖然他們對傳記式的文學研究方法持較多的批評態度，但他們並不否認「一部文學作品的最明顯的起因，就是它的創造者，即作者。因此，從作者的個性和生平方面來解釋作品，是一種最古老和最有基礎的文學研究方法。」〔註11〕「傳記式的文學研究法是有用的。首先，它無疑具有評注上的價值：它可以用來解釋作家作品中的典故和詞義。傳記式的框架還可以幫助我們研究文學史上所有眞正與發展相關的問題中最突出的一個，即一個作家藝術生命的成長、成熟和可能衰退的問題。傳記也爲解決文學史上其他問題積累資料……」。〔註12〕

　　傳記式的文學研究方法就使我對茅盾——創作主體的各個方面及其與中國革命和其他各種人物的關係有了更多的瞭解，這無疑有助於我研究和深入理解茅盾的作品。何況傳記作爲一種文體，它的存在價值有著更寬泛的意義，即傳記帶給讀者的信息是多種多樣的，決不限於文學（包括文學批評）一種信息。因此，一部文學傳記尤其是大作家的傳記，就具有廣泛的社會價值，而爲社會各界讀者所接受。本文是關於拙著《一代文豪：茅盾的一生》這部文學傳記的寫作和出版的論述，不是一篇文學作品創作經驗的總結，也不同於其他的對一篇作品的寫作進行客觀研究的論文。這篇文章既有我的寫作體會與研究寫作的心得，也有我對責任編輯在書稿完成和出版問世過程中作用的認識，還有我對讀者在完成本書「另一半寫作任務」中的作用的看法和態度。我想，不論是從事茅盾研究的讀者，還是進行寫作研究的讀者，以及正在或準備文學傳記寫作和研究的讀者，都會對拙文感到興趣。爲此，期待各界讀者給予批評、教正。

1992 年 5 月～10 月於浙江湖州吉山寓所

〔註10〕〔美〕韋勒克・沃倫：《文學理論》，劉象愚等譯，三聯書店 1984 年 11 月第 1
　　　　版，第 69 頁，第 68 頁，第 74 頁。
〔註11〕〔美〕韋勒克・沃倫：《文學理論》，劉象愚等譯，三聯書店 1984 年 11 月第 1
　　　　版，第 69 頁，第 68 頁，第 74 頁。
〔註12〕〔美〕韋勒克・沃倫：《文學理論》，劉象愚等譯，三聯書店 1984 年 11 月第 1
　　　　版，第 69 頁，第 68 頁，第 74 頁。